COLLECTION FOLIO

Françoise Chandernagor

de l'Académie Goncourt

La voyageuse
de nuit

Gallimard

Françoise Chandernagor, membre de l'Académie Goncourt, est l'auteur d'une pièce de théâtre et de nombreux romans couronnés de succès : *L'allée du Roi, La Sans Pareille, L'archange de Vienne, L'enfant aux loups, L'enfant des Lumières, La première épouse, La chambre, Couleur du temps, La voyageuse de nuit.*

1.

Elle a fermé les yeux plusieurs mois avant sa mort. Même le personnel de Louis-Pasteur s'en est étonné quand, avant-hier, elle y est entrée en *soins palliatifs* : « Madame, s'il vous plaît, ouvrez les yeux ! Pourquoi fait-elle ça ? » Nous ne savons pas. L'épuisement ? Il paraît que non : avec un grand malade, la communication passe par le regard.

Première explication : celle que notre père a reçue d'elle, comme une gifle. Il la conduisait aux toilettes. À l'époque, pour l'emmener de son lit — *médicalisé* — jusqu'au siège — adapté —, il fallait déjà deux personnes : l'une, devant, marchait à reculons, les bras de la malade posés sur ses épaules ; l'autre, placée derrière, soutenait le corps à la verticale. Maman ne tenait plus debout. Au sens propre. Quand on la levait, elle gardait, tout enraidie, la première inclinaison qu'on lui avait donnée ; son dos, ses jambes, pouvaient former un angle aigu avec le parquet ; par petites poussées, nous l'aidions à « ouvrir » l'angle. Un jour donc, comme Papa la guidait à reculons dans l'étroit corridor tandis que ma sœur Sonia, privée de visibilité, la poussait par-derrière, leur attelage se mit à tanguer ; Papa, excédé, finit par lâcher : « Bon dieu, Olga, si tu ouvrais les yeux, ça nous aiderait ! Regarde-moi. » La réplique fusa, criée tout bas : « Je t'ai assez vu comme ça ! »

Nous avait-elle tous « assez vus comme ça » ? Même ses filles ? Elle nous punit : « Disparaissez ! »

Que nous reproche-t-elle ? De retarder sa mort ? Ou d'être incapables de prolonger sa vie ? Incompétents ! De toute façon, nous sommes incompétents, comme les médecins, les infir-mières...

Lisa, ma plus jeune sœur, reste optimiste, à sa façon. Elle croit que Maman a trouvé le moyen de garder, avec un minimum d'efforts, son emprise sur le monde : « J'ouvre » ou « Je n'ouvre pas ». D'un battement de cils, elle sanctionne ou récompense. Demeure imprévisible, se fait dési-rer, prier. Souveraine d'un royaume minuscule — une paupière —, elle dicte encore sa loi.

Il est vrai que, même sans mots, sans regards, elle s'exprime avec une force étonnante. Pour répondre à nos questions, se plaindre, nous tancer, elle ne dispose que de cinq signes mais ne s'en montre pas chiche : haussement d'épaules, haussement de sourcils, soupir, plissement du front, et claquement de langue.

Ces derniers mois, quand le matin nous lui demandions comment elle avait passé la nuit, haussement d'épaules. Apportant son petit déjeuner sur un plateau, si nous avions le malheur de l'interroger sur ses préférences, « Ton demi-croissant, l'aimerais-tu mieux avec du miel, ou avec de la confiture ? », haussement de sourcils éloquent : on devinait sous les paupières fermées les yeux levés au ciel... Pour lui donner la becquée, nous étions obligés de la redresser sur ses oreillers. Nos efforts étaient maladroits : claquement de langue véhément. Après quoi, on abordait la phase, chaque jour plus difficile, des médicaments : « Ouvre la bouche, Maman... Maman, c'est ta morphine, ton Moscontin. Tu sais, le comprimé beige. Ouvre, s'il te plaît... » Bouche serrée, elle lève un sourcil interrogatif, puis plisse le front pour exprimer ses doutes sur la capacité de ses filles à gérer ses traitements. « Non, Maman, tu n'as encore rien pris ce matin : ni le cachet beige ni le rose. C'est à dix heures que je dois te les donner, c'est écrit sur l'ordonnance. Il est dix heures, il faut les prendre. Tu veux voir l'ordonnance ? » Soupir, haussement d'épaules. Un jour, comme elle semble insinuer que, dans mon insouciance, je vais l'empoisonner, je reprends mes explications, justifications, exhortations, et termine par cette ardente prière : « Je t'en supplie, Maman, fais-moi confiance : depuis ce matin tu n'as pris aucun comprimé. Pas un seul. Crois-moi ! Je ne me trompe pas, Maman... Je te le jure ! » Aussitôt, elle retrouve la parole pour me faire taire : « Ne jure pas, Katia ! »

Le ton, sévère, est celui d'une maîtresse d'école qui gronde une gamine menteuse — « et tu oses le jurer, en plus ! » Il lui a suffi de trois mots pour me rhabiller en jupe plissée et socquettes blanches. Je quitte la pièce au bord des larmes, sans discuter : les enfants ne discutent pas ce que disent les parents ; un mot de plus serait un mot de trop : insolence, rébellion — « Va dans ta chambre et que je ne te voie plus ! »

L'été dernier, lasse de ces affrontements répétés, j'avais demandé à Raphaël, mon plus jeune fils, de s'occuper des médicaments. Ma mère ne prenait pas son assistance au sérieux, il ne prenait pas sa méfiance au tragique. Ayant confectionné un grand tableau où les horaires de chaque remède figuraient en abscisse et les quantités en ordonnée, il exigeait de la malade une « décharge » portée sur le tableau après chaque prise. Il y a longtemps que Maman ne peut plus signer son nom — trop faible pour appuyer sur le papier. Pourtant, guidée par son petit-fils, elle s'efforçait de tracer une croix aux endroits qu'il indiquait. Et puisque aucune de ses filles n'était présente, elle allait même, paraît-il, jusqu'à soulever une demi-paupière...

« Quand je te le disais ! insiste Lisa. Bien sûr qu'elle pourrait ouvrir les yeux ! Elle n'est quand même pas "mal" à ce point-là ! Simplement, elle ne veut plus... Pas parce que la lumière la fatigue, penses-tu ! Ni pour éviter de nous voir. Elle ne veut plus, juste pour nous prouver qu'elle peut encore vouloir ! Tu comprends, Katia ? Nous prouver qu'en dépit des apparences c'est elle qui commande... »

Je ne sais pas. Lisa idéalise l'état, la force de Maman. Comme Véra. Déjà pourtant, avant de garder les yeux clos, dans sa chambre notre mère laissait les volets fermés. Et les doubles-rideaux, tirés. En plein jour. Quand j'arrivais de Paris, je voulais ouvrir, faire entrer la lumière, l'air. D'une voix faible et pourtant ferme, elle s'y opposait : « Je suis mieux comme ça. » Plus tard, pour économiser son souffle, elle disait seulement : « Laisse. » Comme une supplique ? Non. L'impératif était très impérieux.

Elle s'est enterrée vivante, mise d'elle-même au tombeau ; puis elle s'est fermé les yeux.

Il faut dire qu'elle entame sa sixième année dans le « couloir de la mort » ; et elle sait, depuis le début, qu'il n'y a aucune grâce à espérer. Elle doit attendre, c'est tout. Patienter jusqu'à ce que.

Ce quartier des condamnés, elle y est entrée par hasard, presque par erreur. Rien, d'abord, qu'une menace sourde — dix-huit mois de douleurs, sans diagnostic : « Votre maman est une grande nerveuse, nous disait le radiologue de la clinique, elle n'a rien, c'est psychosomatique. »

Et son généraliste de renchérir : « Vous connaissez votre mère mieux que moi : une émotive. Elle "s'autosuggestionne". Si elle était croyante, elle aurait les stigmates ! » Puis, brusquement, branle-bas de combat, expertises, contre-expertises ; à Villejuif, le verdict tomba : cancer du foie. Un an de traitements intensifs : opérations, ablations, chimiothérapies. Pronostic réservé. « Bien sûr, disait le chirurgien de Villejuif, si la clinique de Limoges n'avait pas perdu dix-huit mois, nous n'en serions pas là ! » Ensuite, face aux échecs répétés, c'est la malade qui a décidé l'arrêt du *curatif*. Elle a choisi la santé : le presquerien médical, le *palliatif* autogéré, les traitements à domicile — antalgiques, cures de vitamines, anti-inflammatoires, compléments protéiniques, somnifères, décoctions de plantes, homéopathie, massages, morphine. Beaucoup de morphine. Quatre ans de soins chez elle ou chez nous, sans un seul jour d'hospitalisation : l'hôpital, plus jamais !

« Quelle résistance ! » s'étonnaient parfois nos amis quand, ayant tâté le terrain prudemment, du bout des mots, ils découvraient que notre mère vivait toujours. Peu d'entre eux osaient demander : « Comment faites-vous ? » Comment faisions-nous, en effet ?... Maintenant qu'elle pèse trente-quatre kilos, que, d'escarre en escarre, son dos n'est plus qu'une plaie, que nous sommes devenues incapables de la remuer, il a bien fallu, malgré tout, revenir où elle ne voulait pas aller : l'hôpital. Un de ces services de luxe que la presse ne cesse de vanter : les soins palliatifs de Louis-Pasteur, à Neuilly. Elle vient d'y être admise, avec son accord puisqu'elle a toute sa volonté (« Laisse ! »). Pourtant, il y a près de deux ans qu'enfermée dans sa chambre aux volets clos elle n'est plus présente au monde et deux ans que, pour l'aider à mourir, nous avons toutes cessé de vivre.

2.

Quatre filles, nous étions quatre filles. Nous sommes quatre sœurs, mais nous étions quatre filles : Katia, Véra, Sonia, Lisa. Les filles d'Olga.

Nos prénoms sonnent russe, mais le nom qui les suit est breton : Le Guellec. Olga Le Guellec, Véra Le Guellec, l'assemblage peut paraître incongru. Est-il plus saugrenu, cependant, que le couple de nos parents ? Lui, Yann Le Guellec, officier de la marine marchande, fils cadet d'un marin pêcheur de Saint-Servan. Elle, Olga Sarov, née dans les montagnes de la Creuse de la rencontre improbable d'un soldat perdu de l'armée du Tsar et d'une bergère limousine.

Tout a commencé en 1917 quand les troupes russes envoyées sur le front de l'Aisne, sous commandement français, ont commencé à former des soviets. Vite, on les a sorties des tranchées pour les expédier dans le Massif central, à six cents kilomètres des combats : seize mille hommes de troupe et trois cents officiers parqués au camp de La Courtine, sur le plateau creusois, vaste étendue de landes grises et de taillis épais. Une seule route, deux ou trois hameaux frileux. Autant dire : au milieu de nulle part... Ce qui n'a pas empêché les mutins de faire la fête : leurs blouses réséda déboutonnées, la casquette à l'envers, ils ont, paraît-il, beaucoup bu, chanté, dansé même. Deux mois de java. Puis deux jours de bombardements au canon de 75 depuis les collines environnantes : le Grand Quartier général avait repris le contrôle de la situation. On envoya les meneurs à Biribi ; le gros de la troupe fut démobilisé et employé, sous bonne garde, à bûcheronner dans les forêts voisines en attendant la victoire. C'est ainsi que Mikhaïl Sergueievitch Sarov, mon grand-père, né au bord de la Volga, coupait du bois dans la forêt de La Feuillade lorsqu'il s'éprit d'une gamine de seize ans, fille unique du cafetier de Saulière-les-Puys : neuf cents mètres d'altitude, quatre cents habitants au bourg, le reste éparpillé dans la montagne — mazets du bout du monde, « bordages » d'avant le déluge.

Le 11 novembre 1918, Mikhaïl n'avait pas encore réussi à convaincre le bistrotier de lui donner sa Solange. Il renonça donc à suivre ses camarades qui regagnaient, d'un cœur léger, la Russie nouvelle où se levait le soleil rouge du prolétariat. Non qu'il fût l'ennemi du soleil, Mikhaïl, mais il était l'amant de Solange. Elle était sa « petite âme » ; le soleil, maintenant, il le portait à l'intérieur.

Il continua à bûcheronner de-ci de-là, mais toujours entre La Nouaille (Creuse) et Peyrelevade (Corrèze). Les gens du pays s'habituaient à lui. Même, ils l'avaient pris en sympathie. Comme il était grand — grand par rapport aux Creusois du plateau qui ne poussent pas bien haut —, on lui attribuait une force colossale, des histoires de hêtres abattus en trois coups de hache, de billes de chêne jetées négligemment en travers de l'épaule. En plus, ce gars-là avait inventé l'eau chaude : un samovar, récupéré à La Courtine après le départ des officiers, et grâce auquel il épatait les populations... Malin, donc ; costaud ; et « pas fier » : les soirs de batteuse, pour amuser la compagnie, il sifflait comme un merle et, en hiver, dans les veillées, chantait à plein gosier, chantait même en patois, roulant les « r » mieux qu'un vrai Limousin. Par-dessus le marché, il avait le vin gai, ce grand-beau Micha (tout le monde l'appelait Micha faute de pouvoir prononcer son « nom de là-bas »).

Ce fut précisément cette affaire de vin gai qui, au bout de cinq ans, décida le cafetier de Saulière à l'accepter pour gendre : quand on est dans la limonade, la première qualité, c'est de savoir amuser la pratique sans se prendre au jeu. Pouvoir trinquer avec la clientèle sans rouler sous les barriques. Micha « tenait » bien la chopine ; d'autant mieux qu'il n'aimait pas boire : il faisait semblant. Et puis, se disait le cafetier qui venait d'enterrer sa femme, « la Solange arrive à sa majorité, si elle claque la porte je perds ma ménagère »... En 1922, à la satisfaction raisonnée des deux parties, Mikhaïl Sarov épousa la patiente Solange et le bistrot de Saulière. Bientôt, dans le canton, on ne parla plus que d'aller *chez le Russe* — d'autant que le beau-père fit bientôt place nette en mourant d'un chaud et froid.

Micha, seul maître à bord, joignit à son petit commerce un rayon d'épicerie que tint Solange : huile, sucre, bougies et gâteaux secs. Quand, le soir, les enfants du village passaient pour *ramener à maison* un père soiffard qui avait, depuis longtemps, dépassé l'heure de la Suze à la gentiane et du Picon-grenadine, ils en profitaient pour *rapporter les commissions à la M'man.*

Les enfants... C'est justement ce qui manquait au bonheur de Solange et Micha.

Le *Russe* avait déjà passé la quarantaine lorsque enfin une fille naquit. Il aurait voulu l'appeler Volga, parce que sa vie, ses amours, se jetaient en elle. Volga, parce qu'un jour elle porterait ses espoirs jusqu'à la mer, « là-bas », dans la patrie du progrès. Volga... Mais il dut se contenter d'Olga, plus acceptable pour l'état civil.

Deux ans plus tard, Solange, dont le ventre s'était enfin *dénoué*, accoucha d'un fils. Hélas, l'enfant se présenta mal. Le médecin, appelé trop tard, arriva comme les carabiniers : le bébé mourut, la mère resta vilainement déchirée. C'est en tout cas ce que laissaient entendre les matrones qui avaient assisté, impuissantes, à l'événement. Auprès de nous, ses petites-filles, Mémé Solange ne démentit jamais les sous-entendus des femmes du pays. Au contraire : « Dans mon état, le médecin m'avait défendu d'avoir des *rapports*. Le bon temps, c'était fini ! » Olga grandit seule, adorée de ses parents qui ne s'aimèrent plus qu'à travers elle.

Sur son plateau creusois battu des vents, elle joue à la marelle devant le café. Et tire la langue au photographe : cheveux nattés et rubans au bout des nattes, on dirait la petite fille du « Chocolat Menier », en plus dissipée.

Micha la gâtait trop. Il l'habillait comme une princesse et l'élevait comme un garçon manqué. Elle portait des cols brodés mais grimpait aux arbres. « Mon unique », disait-il, et il en avait plein la bouche. Elle s'en rendait compte et, comme on dit chez nous, elle le tournait autour de son petit doigt. En 1943, quand il rejoignit le maquis (tireur d'élite, le *Russe*, et insurgé de naissance), Olga devint, à douze ans, la plus jeune commissionnaire de la Résistance et la mascotte des partisans. Un exploit. Et une imprudence.

De cette époque où elle se faufilait à la nuit tombée dans les taillis des vallées, Maman a longtemps gardé un souvenir émerveillé. Sans doute avaient-ils couru de grands dangers — Mémé Solange, plus tard, nous parlerait des « pendus de Tulle » et de ses grandes peurs —, mais le père et la fille n'évoqueraient jamais ce temps-là qu'avec du rire dans les yeux. Comme s'ils s'étaient bien amusés... Rien d'autre qu'un bon tour joué aux boches et aux pétochards de tout acabit !

Olga, Micha : unis jusque dans l'audace et la folie.

Devenu le *Micha de la guerre*, le « Robin des bois du plateau », l'homme fort du canton, Micha n'envisageait pas de se séparer de son trésor. Pas question d'études qui auraient éloigné Olga de Saulière ! Comme tout le monde, elle s'arrêta au *certificat*. D'ailleurs, des études, pour quoi faire puisqu'elle aurait l'épicerie et le café ? Un café qui, malgré l'exode des paysans, tournait à plein régime : Solange s'était mise aux fourneaux, et, maintenant, ils faisaient les banquets d'anciens combattants, les bals du samedi soir, les mariages et les enterrements. Pas les premières communions : sur le plateau, on ne communie pas. Deux fois par semaine, Olga descendait en car jusqu'à Aubusson pour prendre des cours de couture — une idée de sa mère. Puis, dès qu'elle eut seize ans, Micha l'inscrivit à la formation de secouriste que dispensaient des dames de la Croix-Rouge. Le secourisme, dans les révolutions, ça peut servir... Ce fut là qu'on découvrit à la jeune campagnarde un talent, une vocation : infirmière. Mais il fallait passer le brevet. Les dames conseillèrent un enseignement par correspondance.

Olga n'avait rien d'une bonne élève. Pas le genre à travailler sur ses cahiers, sagement assise dans un coin du café. Elle n'étudia pas grand-chose, dansa beaucoup, chanta un peu, ne révisa rien, mais, à la surprise générale, décrocha le diplôme. Elle avait dix-sept ans. Elle aimait la valse musette (Micha était un valseur hors pair), Django Reinhardt, le vélo, les radio-crochets, et la pêche aux écrevisses. Les dames vinrent dire qu'elles avaient une place pour elle dans une école qui dispensait une formation accélérée. Dans ces années-là, on manquait de bras : huit mois de cours, puis six mois de stage dans un hôpital parisien.

Paris ! Solange poussa les hauts cris. Micha bougonna qu'il n'était pas malade et que, bâti comme il l'était, il n'aurait jamais besoin d'une infirmière chez lui. Surtout une infirmière de Paris ! Soyons sérieux, est-ce que sa fille n'était pas bien, ici, dans la Creuse, auprès du samovar ? Les dames insistèrent : elles portaient des gants et des chapeaux, et tenaient énormément à moderniser les campagnes et à instruire les jeunes filles... Olga hésitait. Elle n'avait aucune envie de quitter ses parents, ni de travailler. Ses copines d'Aubusson — des niaises qui ne rêvaient que d'aller au Châtelet et de croiser Luis Mariano — décidèrent pour elle : « Prends donc ! Si ça te plaît pas, tu reviendras. T'auras toujours vu Paris ! Du moment que ces gens-là te paient le voyage... »

Quatre filles. Nous sommes les quatre filles d'Olga et de Yann Le Guellec, marin breton.

L'accident s'est produit place de l'Hôtel-de-Ville au bal du 14 Juillet. Notre père, frais émoulu de l'École de la marine marchande, venait de « monter » à Paris pour le mariage d'un ami. Maman avait reçu de son internat une permission de sortie. Ils dansèrent.

C'étaient les années cinquante. Les jupes virevoltantes, l'accordéon, les lampions, la joie. Et pas de contraception.

Neuf mois plus tard, j'étais là. Entre-temps, les amoureux de l'Hôtel de Ville avaient échangé leurs adresses et même, le temps pressant, leurs consentements. Olga Sarov était devenue Mme Le Guellec ; après quoi, renonçant au paramédical pour la puériculture, elle était rentrée chez son papa. Yann, mon père, faisait alors la ligne Dieppe-Libreville à bord d'un bananier : mon grand-père n'eut pas de mal à le convaincre qu'une si jeune maman (elle avait fêté ses dix-neuf ans trois semaines avant ma naissance) avait encore besoin de ses parents. Du reste, le marin breton n'avait pas de port d'attache : c'était tantôt Dieppe, tantôt Bordeaux, tantôt Le Havre. Avant d'installer la mère et l'enfant dans leurs meubles, on attendrait que la situation se stabilise : l'affectation dans un bureau, ou sur une ligne régulière. D'ailleurs à Saulière on n'est pas si loin de Limoges, disait Micha, ni de Clermont ; puisque la gare de Limoges est desservie par le Bordeaux-Lyon et celle de Clermont par un Paris-Marseille, Saulière se trouvait relié à toutes les mers du monde, non ? Où qu'il débarquât, le gendre, quand il serait *de congé*, pourrait en vingt-quatre heures de train retrouver « ses deux amours ».

Il le fit en effet, et, de deux, les « amours » passèrent tout de suite à trois : j'étais née à Pâques ; Véra vit le jour en février... Un mois par an, nous avons le même âge, ma sœur et moi.

D'habitude, dans les familles, les vêtements de l'aîné passent au cadet. Chez nous, pas question : Véra ayant « profité » plus vite que moi, Maman a dû nous habiller comme des jumelles. Elle tricotait tout en double — rose pour moi à cause de mes cheveux bruns, bleu pour Véra à cause de ses yeux. Ce qui fait que Sonia, née dix-sept mois après, s'est trouvée doublement gâtée : à chaque étape de sa croissance, elle a pu choisir entre le vieux chandail rose et le vieux chandail bleu, le bonnet rose troué et le bonnet bleu fatigué. Lisa, que la méthode Ogino permit de décaler de trente mois, eut droit à un trousseau neuf.

Pour deux couples, trois bébés, et un quatrième *en préparation*, l'arrière-salle du café et les deux chambres au-dessus étaient devenues trop petites. Mon père — par faiblesse ou indifférence — consentait à laisser ma mère loin des côtes et près de Micha, mais il voulut sa propre maison. Peu avant l'arrivée de Lisa, ils trouvèrent une grande ruine (huit pièces sans chauffage ni eau courante) à une demi-heure de Limoges, dans le faubourg de Cleyrac-sur-Maulde, une petite ville de porcelainiers à la frontière de la Haute-Vienne. Mon grand-père avait acheté une camionnette, Papa, une vieille Simca, et Maman passa son permis. De notre maison jusqu'au café, il n'y avait pas trente kilomètres ; mais par les petites routes de montagne c'était long, et l'hiver, avec la neige, presque impossible. Micha vendit son commerce, prit sa retraite et descendit à son tour vers les vallées : ma grand-mère avait hérité un vieux moulin, isolé auprès d'un petit lac, le moulin de La Roche, sur la commune de Fontenailles. De Fontenailles jusqu'à Cleyrac, six kilomètres : malgré l'humidité du vallon, mauvaise pour les bronches de Mémé, ils y emménagèrent sans hésitation.

À la naissance du « numéro quatre », ils nous prirent chez eux, Véra et moi, pour soulager leur fille : « Mon Olga est à bout, expliquait ma grand-mère aux femmes du pays, elle me fait de l'anémie. Pensez, à vingt-quatre ans, quatre enfants ! Quatre en cinq ans ! Y a des femmes, rien que de regarder un homme, ça les engrosse : mon arrière-grand-mère était comme ça — quatorze gamins ! C'est d'elle que tient ma petite. Ah, misère ! Pourtant, son homme, avec le métier qu'il a, on peut pas dire qu'elle le voit beaucoup... » En effet. Mon père faisait à ce moment-là une ligne plus régulière, mais c'était Le Havre-Valparaiso-Vancouver.

Nous avons été élevées par Micha, que nous appelions « Micha » comme tout le canton. Grand-mère, c'était « Mémé Solange » ; plus tard, Maman, pour marquer ses origines russes et entretenir le souvenir de son père, se fit appeler Olenka par ses gendres et Babouchka par ses petits-fils.

Katia, Véra, Sonia, Lisa, nous sommes les filles d'Olga et de Micha. Quand nous n'étions pas, pour quelques jours ou quelques mois, « en pension » à La Roche chez Micha, Micha était chez nous, à Cleyrac. Pour épauler sa fille : couper du bois, repeindre la maison, rentrer les pommes de terre, ranger le charbon, mettre le cidre en tonneaux, le vin en bouteilles, maçonner, jardiner, bricoler. Micha était toujours là, et nous étions toujours dans ses jambes : nous « l'aidions » à peindre les murs (il trempait nos pinceaux d'écolières dans le white-spirit), à éplucher les patates (avec des bouts d'allumettes, il en faisait des petits cochons), à touiller le ciment (dans des pots de yaourt) et à ramasser la mauvaise herbe (bien assises au fond de sa brouette). « Attends-nous, Micha, on vient t'aider ! Attends-nous ! »

Longtemps, j'ai cru que si mes trois sœurs avaient les yeux bleus — les miens sont noirs, comme ceux de Maman et de tous nos cousins

creusois —, si elles, les veinardes, avaient les yeux
« en couleur », c'est qu'elles ressemblaient à
Micha. Ce géant avait des yeux de poupée : bleu
d'azur. Il a fallu sa mort pour que je découvre, un
jour, que Papa aussi a les yeux bleus.

Sonia

Limoges, avenue Aristide-Briand, cité de La Châtaigneraie, bâtiment D, escalier B, troisième étage. Sonia Le Guellec : le nom est scotché sur la porte.

Dans l'entrée, un sac de voyage répand son contenu : une paire de bottes, des baskets, deux ou trois pulls — en rentrant de Paris, la locataire n'a pas pris le temps de ranger. Dans la salle d'eau elle a raccroché sa chemise de nuit, posé sa trousse de toilette sur le lavabo, et basta !

De toute façon, dans trois jours elle repart. Direction gare d'Austerlitz — son père rembourse le billet —, puis Neuilly — Katia offre le taxi. Elle repart même dès ce soir si sa mère... Son bagage est prêt : quand elle a besoin d'un slip propre, elle fourrage dans le sac. Évidemment, tout se froisse. Et après ? Autrefois, sa mère se serait fâchée : « Tu pourrais ranger, quand même ! » Lorsqu'à quinze ans Sonia laissait trop longtemps sa chambre en désordre, sa mère attendait un jour de pluie, entrait triomphalement en annonçant « On va déjeuner sur l'herbe », ouvrait grand la fenêtre et, depuis le premier étage, balançait dans le jardin mouillé les robes, revues, crèmes de beauté, cahiers de classe, bigoudis et soutiens-gorge qui traînaient sur les meubles : « Bon appétit, ma fille ! Et désolée que ton pique-nique soit un peu arrosé ! »

Au moins, maintenant qu'elle a vieilli et que sa mère va mourir, Sonia *pique-nique* au sec : elle s'étale dans son entrée, se déballe dans son living. Assez vaste, heureusement, pour qu'il soit encore possible de se faufiler entre les tas. Il y a le tas des vêtements à repasser, mais le fer est cassé ; le tas des cartons à mettre « aux poubelles », mais l'ascenseur est en panne ; le tas des photos à trier, mais les albums sont pleins ; le tas des lettres à décacheter, mais elle ne reçoit que des factures ; et le tas, plus encombrant, du peintre en bâtiment, escabeau, chiffons, pots : elle avait entrepris, il y a six mois, de badigeonner la pièce en « citron vert », mais, bof, c'est comme tout, plus de désir et plus de sous...

Derrière ces tas, les meubles se font tout petits, ils rasent les murs : buffet Conforama, vieux clic-clac, et bibliothèque soixante-huitarde — longues planches mal rabotées posées sur des parpaings volés dans les chantiers.

La chambre est du même goût : cendriers pleins et adolescence prolongée. Mais là sur le vieux sommier, au lieu d'une couette froissée, on trouve un vrai dessus-de-lit et, à la fenêtre, des doubles-rideaux avec cantonnière assortie et embrasses à glands de soie. Un travail comme on n'en fait plus. L'ouvrage d'un autre temps et d'une autre femme.

Celle, peut-être, dont on découvre le visage dans un cadre en cristal taillé, sur la table de chevet ? Une jeune beauté en noir et blanc sous un éclairage tamisé, façon Viviane Romance ou Simone Simon. Est-ce la même qu'on voit vieillir en couleur sur les photographies du couloir ? Posant avec quatre petites filles, puis quatre jeunes filles, avant de se fondre dans le groupe : cinq dames.

Dans le séjour, la décoration se veut plus « artistique » : posters d'exposition et reproductions des grands maîtres cachent les cloques et les salissures des cloisons auxquelles Sonia a — provisoirement — renoncé à s'attaquer. Les deux panneaux repeints en « citron vert » sont ornés, eux, de ces affichettes de publicité que les libraires collent dans leurs vitrines quand sort un livre attendu ; toutes vantent les romans de Katia Sarov (en littérature, Katia a repris le nom de sa mère, le nom de Micha — « Katia Le Guellec, ç'aurait été ridicule ! » dit-elle). Sur des Canson de couleur, Sonia a punaisé les divers essais de couverture réalisés pour les livres de sa sœur ; au-dessus du canapé, six versions virtuelles (attelages de Maillaud, vaches de Rosa Bonheur) du *Moulin des Ombres*. Même sur le buffet, elle a collé des projets de jaquette, pour *Souviens-toi des vivants* : porte de droite, un bouquet jaune et bleu signé Matisse ; porte de gauche, un crâne auprès d'un sablier ; le Matisse ouvre sur la réserve d'épicerie, la tête de mort sur le stock de whisky. Un stock impressionnant, digne d'un bar très fréquenté...

Pas de miroirs aux murs, sauf une glace minimaliste au-dessus du lavabo : Sonia veut bien encore apercevoir son visage — pour réparer les dégâts avant d'aller au travail —, mais elle ne veut plus se voir en pied.

Celui qui est en pied — et même de pied en cap (casquette, blouse grise, pantalon de velours côtelé, bottes en caoutchouc) —, c'est un vieil homme, un très vieil homme sur un très vieux cliché agrandi aux dimensions d'un retable. Ce vieillard « grandeur nature », dressé au fond de l'entrée, ce vieillard qu'on voit mieux de loin que de près (l'agrandissement a brouillé les détails), ce vieillard qui, de toute sa taille, domine le laisser-aller de la locataire, récuse son va-comme-je-te-pousse, ce vieillard a fière allure. Un beau visage aussi : des yeux clairs sous d'épais sourcils blancs, un nez busqué, des pommettes un peu kalmoukes. Il ne sourit pas, ne cherche pas à faire l'aimable, il n'en a pas besoin : c'est Micha.

3.

Micha est mort chez sa fille, à la maison. Il est mort dans son grand âge, et « ses jours avaient été pleins ». Il n'est resté chez nous, à Cleyrac, qu'une semaine. Le temps pour ses quatre petites-filles de se rassembler autour de son lit. Ce fut une mort familiale, simple et ordinaire. Il n'y manquait que mon père — en rade à Bahreïn, sur l'un des premiers supertankers.

Mon grand-père avait été installé dans la chambre de Maman, elle lui avait cédé son lit. Mémé, fatiguée, s'attardait avec une voisine en bas, dans la cuisine. Notre Micha avait perdu conscience depuis le matin. Son corps dégageait à distance plus de chaleur qu'un radiateur. Il brûlait de fièvre, les joues cramoisies. Brusquement, sa respiration s'est arrêtée, Maman l'a pris dans ses bras et j'ai vu la respiration de mon grand-père s'arrêter. Je n'ai pas détourné la tête ; je n'avais pas peur, je savais ; j'avais eu tant d'occasions, dans le haut pays limousin, de voir la mort de près qu'elle me semblait familière. Dégoûtante mais familière.

Ce que nous avions connu, à Saulière, à Fontenailles, à La Roche, c'était une mort domestiquée, qui allait et venait dans les maisons comme les chiens et les poulets. Une mort installée dans la pièce à vivre, au milieu de la famille. Pas toujours du grand spectacle (genre Louis XIV s'adressant à ses courtisans, ou le laboureur à ses enfants) mais toujours une mort publique sous un toit privé. Avec ça, sitôt le dernier soupir exhalé, une vraie pompe funèbre ! On en avait pour son argent : le cadavre dans sa plus belle toilette, les visites, le buis bénit, les horloges qu'on arrête, les miroirs qu'on voile, les veillées du corps avec casse-croûte, le grand deuil, les grandes larmes, les cierges à domicile, le cercueil sur mesure, enfin l'enterrement où, derrière la charrette à bras, tout le canton se retrouvait dans un long et joyeux cortège.

C'est plus tard, à Paris, que j'ai dû m'habituer à la mort cachée. Hôpital, paravents, isolement, fuite des familles, fuite des soignants, dernier soupir à la sauvette, sortie par la porte de service, prise en charge par des « pros », mise au frigo, cercueil en prêt-à-porter, corbillard banalisé, exfiltration définitive par incinération... Le « disparu » ne repassait même pas par sa maison ! Je rencontrais des hommes de trente ans qui n'avaient jamais croisé un cadavre, des femmes de quarante qui ne savaient pas « préparer » un mort — ignoraient tout de la mentonnière, de l'abaissement des paupières, des tampons de coton qu'il s'agit de placer aux bons endroits, enfin auraient été bien incapables de fermer seules les « neuf portes » d'un corps aimé... Dans les grandes villes le décès, abstrait, avait remplacé la mort, obscène.

Il a fallu la longue maladie d'un président pour que les médias s'interrogent enfin : pourquoi tant de sexe et si peu de mort ? Éros allait-il l'emporter sur Thanatos ? Non, car désormais la mort avait son champion : le Prince. La mort avait la faveur du Prince : elle fit un retour spectaculaire. D'un coup, « la Vieille » revint à la mode : dans les talk-shows et les dîners, on ne parlait plus que de *mort intime*, douce, confortable, rose bonbon. On célébra les charmes de la morphine et du dialogue ; on ouvrit, au milieu des fleurs, des centres de soins palliatifs ; on y filma le sourire béat des incurables et la bonne humeur des soignants ; d'anciennes dames d'œuvres se reconvertirent dans l'*accompagnement des mourants*...

Allait-on redécouvrir les vertus de la mort à l'ancienne ? Pas vraiment : la mort d'autrefois était rapide, et rarement annoncée. Dans notre Limousin des années cinquante, on ne traînait guère : le médecin était rare et cher ; et l'hôpital, pour des gens qui ne circulaient qu'en charrette ou à vélo, très éloigné. D'ailleurs, les « moyens d'investigation » restaient limités, les médicaments, peu nombreux, et comme personne ne connaissait la perfusion glucosée, le complément nutritionnel, les coussins anti-escarres, la couche Confiance, le slip Molicare, et le repose-talon en peau de mouton, impossible de prolonger l'agonie.

Pour les grands malades, dans les campagnes de ce temps-là, on n'avait rien. Rien de rien. Ni scanner ni résonance magnétique. Même pas d'eau courante. Pas de chauffage non plus. Quant aux besoins naturels, même chez Micha et Mémé, c'était « au fond du jardin », un jardin sans fosse d'aisances ni chalet de nécessité — directement sous les étoiles, « au frais ». À ce régime-là, les vieux vieillards ne faisaient pas long feu.

Du reste, on ne les retenait pas. Dès que le grand-père tombait malade, on tirait sur lui, même dans la journée, les rideaux de son lit. Derrière ces rideaux, c'est à peine si on l'entendait tousser, grommeler : dans la pièce unique, la vie continuait. Si, alerté par une quinte violente, on demandait des nouvelles du vieux, la fermière entrouvrait le rideau : on devinait le malade au creux de son traversin, étouffé sous l'énorme édredon de satin rouge. « Alors, le Pépé, vous allez pas fort, à ce qu'on dirait ! » criait la femme. Le Pépé, s'il n'était pas déjà inconscient, émettait un vague couinement ; la femme, sans s'apesantir, refermait le rideau : « À c't'âge, quèque vous voulez, ça connaît plus son monde ! »

À mesure que les vieillards se désintéressaient, on se désintéressait des vieillards.

Les jeunes malades eux-mêmes ne s'attardaient guère : puisqu'on ne pouvait pas distinguer un lumbago d'un ostéosarcome, ni une « petite fatigue » d'une grande leucémie, tous les valides étaient réputés bien portants. Ils travaillaient. Quand le cancer des os (« un tour de reins ») les faisait souffrir, ils rajoutaient une ceinture de flanelle ; et si le cancer de l'estomac les turlupinait, ils buvaient un peu de lait. Ne se sachant pas condamnés, ils étaient à l'abri de l'inquiétude. Tant mieux, puisqu'il n'existait pas d'anxiolytiques... Quand ils tombaient malades, ce n'était pas une formule : ils tombaient. On les couchait, ils ne se relevaient plus, l'affaire était bientôt réglée. Le plus souvent, le médecin, appelé à la dernière extrémité, n'avançait un diagnostic qu'après la mort. Souvent aussi, faute d'examens ou d'autopsie, il renonçait à diagnostiquer et tout le monde s'en accommodait : on mourait parce qu'on était mortel. N'était-ce pas une cause suffisante ? La France profonde ignorait la dépendance comme la longue maladie ; on y restait soumis aux lois de la Nature, qui sont celles de la jungle : au premier signe de faiblesse, l'« animal » était éliminé.

Bien sûr, l'animal humain avait alors la chance de mourir dans sa maison, au milieu des siens. Mince privilège : les maisons n'avaient pas de confort, les familles n'avaient pas de temps ; derrière les rideaux rouges des lits de ferme, le pépé ou la mémé marinaient dans leurs déjections — on ne craignait pas pour la literie : comme on dormait sur des paillasses, il suffirait de changer la paille, « après ». Voilà pourquoi on voyait tant de gens pourrir vivants : faute d'hygiène, la gangrène faisait des ravages. La gnôle calmait les souffrances. La septicémie achevait le travail. Vite fait, bien fait.

Le mourant lui-même ne semblait guère regretter la vie : quelle vie ? Peu d'amour, pas de loisirs, un métier qu'il n'avait pas choisi — et toujours le froid, la boue, le vent, la pluie... Non, il ne s'accrochait pas vraiment, « le p'tit cheval dans le mauvais temps ». Et c'est là tout ce qu'on peut regretter de la mort à l'ancienne : la bienheureuse ignorance du malade et la discrétion du mourant — ne vous dérangez pas, je ne fais que « passer ».

L'agonie du défunt ne laissant aux survivants que des souvenirs vagues, tout était recouvert aussitôt par la liesse des funérailles — bouquets, banquets, retrouvailles et, dans les pays chrétiens, l'odeur, si précieuse, de l'encens.

La mort à l'ancienne allait avec la vie à l'ancienne, rudes et brèves toutes les deux. On ne refera pas la route à l'envers.

Inutile, du reste, de cultiver la nostalgie : mort éclair d'autrefois ou mort interminable des *lieux d'amour ultime*, l'agonie n'est jamais douce, les mourants sont affreux.

« Qu'elle était belle, ta mère ! »

Nous sommes assis, mon père et moi, dans le *salon des familles*, une grande pièce avec canapé-lit, fauteuils club, bibliothèques, au quatrième étage de l'hôpital Louis-Pasteur. Ici, on ne dit pas *soins palliatifs* ; à l'accueil, comme dans le reste du bâtiment, on dit *quatrième étage*. Ce salon du *quatrième étage* où les proches peuvent se rassembler, discuter loin du mourant, rencontrer les médecins, prendre un café, est orné de plantes vertes artificielles dont le feuillage en tissu se découpe sur des murs rose saumon. Le hall d'accès est peint, lui, en rose tendre, très crémeux. Et toutes les chambres sont en rose fluo, presque translucide : rose dentier. Dans ce service pour *personnes en fin de vie* (on ne dit pas « agonisants », on ne dit plus « moribonds »), tous les murs sont roses. Quand on *lâche prise* — puisqu'on ne « meurt » plus —, on *lâche prise* au milieu des roses.

« Bon dieu qu'elle était belle, ta mère ! Si tu l'avais vue à dix-huit ans… » Mon père s'épanche. En cinquante ans il n'en avait jamais trouvé l'occasion. Ou le courage. Je parie que, tout à l'heure, il s'est pris un petit cognac au café d'en face. Et maintenant, tandis que les infirmières font une piqûre à Maman, il tient à me raconter l'« accident » : « On avait dressé une estrade tricolore contre la façade de l'Hôtel de Ville, une espèce de podium pour l'orchestre. À un moment, une fille a voulu rejoindre les musiciens. Mais, sur les marches, il y avait des gens assis, alors la fille a quitté l'escalier et, pas gênée, elle est passée sur le côté en escaladant l'échafaudage : elle se servait des poutrelles comme d'une échelle ! Ah, mon vieux, c'était une délurée ! Du coup, on n'a plus vu qu'elle : en robe rouge, talons hauts, qui grimpait de poutre en poutre jusqu'à la plate-forme, avec des jambes, mais des jambes ! Là-haut, sous la guirlande électrique, quand elle a parlé au saxo, qu'elle s'est penchée vers le batteur, avec sa robe rouge sans bretelles, sa robe à bustier, ah, nom de dieu, les épaules qu'on découvrait ! Et une poitrine... La poitrine ! Superbe ! » Il joint le geste à la parole. « Elle était splendide, cette fille : Ava Gardner ! Avec ça, des cheveux ! Elle portait encore les cheveux longs en ce temps-là. Une masse de cheveux noirs, ondulés : une crinière de pouliche ! Alors, tu comprends, cette chevelure flottante, sur la peau nue des épaules... Surtout qu'on n'aurait jamais cru qu'elle n'avait que dix-huit ans ! Elle en paraissait vingt-cinq : tellement épanouie, tellement... pleine ! C'est ce qui m'a trompé. » Il soupire. « Non, elle n'avait rien d'une jeune fille en fleurs, ta M'man, rien d'une beauté en bouton : c'était un fruit... Ava Gardner, oui. En mieux. »

Jeune, Maman ressemblait à Ava Gardner. Maintenant, dans son lit d'hôpital, elle ressemble à la momie de Ramsès. Visage osseux, cheveu

rare, cou maigre, squelette d'oiseau. Le dérègle-
ment croissant de ses fonctions hépatiques a
donné à sa peau cette teinte brunâtre, cette couleur de vieux parchemin qu'on voit aux cadavres
momifiés des Égyptiens. Et la déshydratation
progressive des muqueuses, le dessèchement
de sa bouche laissent maintenant ses dents
et ses gencives à découvert. Plus rien en elle de
charnu, de liquide — pas même les yeux, puisqu'elle garde obstinément les paupières closes. À
voir sur le lit ce corps immobile, ces épaules
saillantes, ce visage sec à la peau tannée, tellement tendue sur les pommettes que les lèvres se
retroussent sur les dents dénudées, je crois voir
la dépouille d'un pharaon disparu depuis trois
mille ans. Et pourtant, elle vit. À petit feu. À
grande douleur. Mais encore consciente, et ani-
mée d'une volonté farouche de durer.

Dès l'enfance, bien avant les soudaines confidences de mon père, j'ai su que ma mère était
belle. Bien faite. Parce qu'elle portait des jupes
moulantes, des *pulls chaussette*, des décolletés.
Grande, mince, la taille fine. Dans la rue les
hommes la sifflaient... Mais je ne l'avais jamais
vue nue. Je ne me souviens même pas de l'avoir
surprise en sous-vêtements ni admirée en maillot
de bain. Le matin, elle était habillée avant nous ;
le soir, elle ne se montrait pas démaquillée.

Je n'ai découvert son corps qu'il y a dix-huit
mois, quand elle n'a plus été capable de faire

seule ne fût-ce qu'un « brin de toilette », plus capable même d'enfiler un corsage ou une chemise de nuit. J'ai porté les yeux sur la nudité de ma mère. Porté les yeux sur ce ventre flasque qu'il faut savonner. Porté les yeux sur le sexe chauve, les seins pendants, si étroitement plaqués contre le thorax que la sueur entretient sous le mamelon une humidité constante. La peau, irritée, commençait à peler, la chair était à vif : il fallait talquer. Je soulevais chaque sein, le poudrais... J'avais pitié. J'avais honte.

« Ah, votre Maman, m'a lancé hier une petite aide-soignante, votre Maman, on comprend tout de suite que c'est une "dame" ! »

Maman est si décharnée maintenant qu'il me semble difficile, à distance, de savoir si c'est un homme ou une femme. Alors, « une dame » ? Je m'étonne : « À quoi le voyez-vous ? — À ses mains », répond la petite.

C'est vrai : ses mains sont celles d'une personne qui ne fait rien de ses dix doigts ! Il y a longtemps qu'elle, si habile autrefois, ne se sert plus de ses mains : elle ne « se sert » plus car elle est « servie » — en tout, comme pour sa toilette, nous sommes passés de l'actif au passif... Parce que ma sœur Sonia, esthéticienne de métier, lui masse la peau chaque semaine avec des crèmes adoucissantes, elles sont belles, ses mains, en effet, maigres mais soyeuses. Ses ongles aussi sont bien entretenus : certes, elle n'accepte plus, depuis longtemps, qu'on les lui coupe ; mais Sonia les polit à la lime. Ils sont aussi longs que des ongles de mandarins. Ils casseraient au premier geste ! Mais il n'y a plus de gestes... Sonia les vernit une fois par mois ; c'est bien suffisant, car, en l'absence de toute activité, le vernis ne s'écaille pas, ne s'écaille jamais.

Parfois, les ongles de « la dame », éternellement rouges et parfaitement laqués, m'effraient. Mais elle, « la malade », si elle ouvrait les yeux et voyait ces mains d'aristocrate, peut-être serait-elle contente ? « Pour une petite campagnarde », comme disait mon père, elle était très raffinée, ma « maman d'avant », raffinée et élégante. « Avec trois francs six sous, mes enfants ! » Longtemps, grâce aux cours de couture suivis à quatorze ans, elle a coupé et cousu ses vêtements elle-même, introduisant dans la maison des objets magiques — un dé doré, un aimant qui ramassait les épingles dans les rainures du parquet — et des mots cabalistiques : manches raglan, extra-fort, gros-grain, coupe en biais. Elle assemblait des tissus aujourd'hui disparus des boutiques, crêpe de Chine, linon, panne de velours, et assortissait des couleurs qui n'existent plus, grège et nacarat, tango et tête-de-nègre. Le résultat éblouissait les provinces : avec des mots anciens elle fabriquait des robes modernes, « la jeune madame Le Guellec a une allure folle ! ».

Et puis, autre cadeau des dieux, si à dix-huit ans elle en paraissait vingt-cinq, à soixante elle n'en paraissait que quarante : elle « faisait jeune ». Passé trente ans, elle a fait jeune, a fait jeune jusqu'à la fin de sa vie, c'est-à-dire jusqu'au jour où, il y a six ans, elle a su — ou décidé — qu'elle était perdue.

Jusqu'à ce jour-là elle se coiffait très court (elle avait coupé ses cheveux à trente-cinq ans pour se donner un style voyou, mi-gavroche, mi-Zizi Jeanmaire), elle portait des jupes en cuir, des spencers, des bérets jaune vif, des bottes rigolotes, des casquettes. Quand elle montait à Paris et me traînait dans les magasins pour m'habiller, « tu ne peux quand même pas aller à cette soirée avec ton éternel tailleur noir ! Et tu n'as pas de chaussures convenables ! », quand, choisissant pour moi, elle éliminait des portants les robes « tartignolles » pour sélectionner les ensembles « très couture », se faufilait dans ma cabine d'essayage, hochait la tête, repartait dans les rayons chercher un *petit haut* plus long qui camouflerait mieux mes rondeurs (« À ton âge, ma chérie, ça ne pardonne pas »), quand elle guidait la retoucheuse sur le quoi et le comment (« Resserrez la jupe de deux bons centimètres à la taille, relâchez la couture sur les hanches, épaulez la veste, reprenez sur la largeur du dos à hauteur de l'omoplate, et redescendez vers les fesses en mourant, pour que ça ne la boudine pas si elle veut attacher le bouton »), les vendeuses, invariablement, la prenaient pour ma sœur. Pas par flatterie, oh non ! Surtout quand c'était moi qui payais : quelle cliente serait ravie qu'on la croie plus vieille que sa mère ?

Non, c'est de bonne foi que la vendeuse me conseillait : « Vous devriez écouter votre sœur, madame, elle a raison »... Pour sauver (un peu) la face, il m'arrivait, en réglant l'addition, de glisser à la vendeuse un : « C'est vrai qu'elle a le coup d'œil, ma *grande* sœur ! » Si on prenait ma mère pour ma sœur, que ce soit au moins pour ma sœur aînée...

Maintenant, c'est gagné : on la prendrait pour mon arrière-grand-mère.

Jamais je n'ai vu quelqu'un d'aussi vieux, d'aussi usé, d'aussi maigre. Pas même les rescapés des camps sur les photos d'après-guerre. Bien sûr, comme eux, elle a le visage émacié, les orbites creusées, les côtes saillantes et les articulations plus épaisses que les membres. Mais les famines d'Afrique nous ont tellement habitués à ce genre de spectacle que nous sommes blasés.

Ce qui m'étonne, en revanche, me choquait quand je faisais encore sa toilette, c'est la disparition totale des fesses, des « parties charnues de la région du bassin » comme on dit dans le dictionnaire : du coup, l'anus n'est plus *en dessous*, caché, il remonte, aussi visible qu'une boutonnière.

Voilà comment je me suis aperçue que les médias occidentaux ne nous montrent la misère que du côté « face » — le moins rebutant.

Tout a métastasé. Il y a désormais dans son corps trois « pôles de croissance ». De développement incontrôlé de la mort. Foie, poumon, intestins : ces jours-ci, ses trois cancers se livrent une concurrence acharnée. Lequel coiffera les deux autres sur le poteau ? D'ailleurs, où est-il le poteau ? Où, la dernière ligne droite ?

Autrefois, la mort était un sprint. C'est devenu une course de fond. Et nous sommes toutes à bout de souffle.

Lisa

Neuilly, hôpital Louis-Pasteur, quatorze décembre, seize heures.

Debout devant l'unique fenêtre du *salon des familles*, Lisa appuie son front contre la vitre : la nuit tombe déjà... Mais pour elle la nuit est finie, finie avant d'avoir commencé ; il est trois heures du matin à Sydney, et deux jours n'ont pas suffi à remettre son horloge interne à l'heure de Paris. Depuis dix-huit mois elle a l'impression de vivre en décalage horaire permanent. En décalage saisonnier, aussi : dans la ville où elle travaille, c'est l'été ; dans la ville où meurt sa mère, l'hiver. Il faut tenir pourtant, aller au bout ; normalement on ne devrait plus en être très loin, leur mère a beau s'accrocher...

Elle sent remonter la nausée, s'enveloppe dans son manteau et ouvre la fenêtre. L'air froid lui fait du bien. Tout, plutôt que cette odeur d'hôpital âcre et fadasse à la fois : eau de Javel, alcool, Betadine. Dans la chambre, elle a cru qu'elle allait tomber — un vertige. Elle ne savait plus où elle était. Se voyait dans le lit, couchée, sa jeune mère assise près d'elle : « Tout va bien, ma chérie, l'opération s'est parfaitement déroulée, il n'y aura pas de conséquences... » Véra s'est rendu compte que sa sœur pâlissait : « Lisa, tu ne te sens pas bien ? Sors, va te reposer ! Tu es crevée, va dans le *salon* ; étends-toi un moment sur le canapé... Nous sommes bien assez nombreux ici ! »

Trop nombreux même : Véra avec Jérémie, son fils cadet ; Katia avec son fils Marc... C'est Raphaël, le benjamin de Katia, qui, dès l'entrée de sa grand-mère à l'hôpital, a organisé les tours de garde familiaux. De huit heures du matin jusqu'à dix heures du soir.

« Bien sûr, vos sœurs ont raison d'entourer si tendrement votre maman, a dit à Lisa l'infirmière en chef. Seulement, ne vous faites pas d'illusions : c'est peut-être à la minute précise où vous vous absenterez que notre malade choisira de s'éloigner. "Ça" se passe souvent entre deux visites, voyez-vous. Ou bien au milieu de la nuit, quand la famille est partie... »

Compris : la mort est comme le Père Noël — elle vient quand les enfants ne regardent pas.

La nuit est tombée, Lisa a refermé la fenêtre, mais elle n'allume pas : en dépit de ses murs joyeusement saumonés, la pièce lui paraît sinistre. Le canapé à grosses fleurs orange, les fauteuils en skaï marron, le portemanteau surchargé de doudounes et de parkas, les vieilles revues empilées sur la table en fer forgé, tout lui donne le cafard. Pourtant, l'équipe soignante a fait un effort pour « égayer » : partout, des affiches touristiques, lagons turquoise, paillotes, cocotiers — le Paradis sans transcendance, l'Au-delà à la portée de toutes les âmes. Au téléphone, Sonia l'avait prévenue : « Le bâtiment est confortable, mais l'équipe me semble un peu barje — tu verras, leur salle d'attente a l'air d'une agence de Nouvelles Frontières : en route pour le Grand Voyage ! Destination inconnue ! »

Lisa aime mieux rester dans le noir. Elle s'est assise sur le canapé, renverse la tête contre le dossier : et si cette nausée, ce malaise tout à l'heure, annonçait une migraine ? Il ne manquerait plus que ça ! Ce n'est pas boulevard de Grenelle, dans cet hôtel, le Star, où Katia a réservé pour elle qu'elle va trouver le repos nécessaire ; on a l'impression de dormir dans la rue : le matelas est aussi moelleux qu'un trottoir, les voitures vous passent sur le ventre, et le métro vous roule sur la tête ! À midi, elle a demandé à son père, que Katia a logé à la même enseigne : « Tu as pu dormir, toi ? — Oui. Pourquoi ? » Leur mère disait : « Votre père dormirait le cul dans l'eau ! » Elle lui en voulait de son excellent sommeil, de son excellent appétit : « Il bouffe, il bouffe, ça me dégoûte ! » Elle lui en voulait de l'air qu'il respirait, lui en voulait parce qu'il lui survivrait. Elle tâchait de lui faire payer, en avanies de toute espèce, les années *en plus*, les années *en trop* dont il jouirait. Elle essayait encore, l'an dernier, d'organiser son avenir de manière à bien le punir, disait : « Votre père devient sourd (ce qui n'est pas faux) et il est gâteux (ce qui n'est pas vrai). Dès que je serai "partie", placez-le en maison de retraite... » Hargneuse. Furieuse. Est-ce qu'elle va rester furieuse jusqu'au bout ? De la colère dans la voix, de l'impatience dans les gestes, et ce rictus de mépris, de haine ? Un visage qui ne lui ressemble pas. Ce n'est pas pour revoir ce visage-là que Lisa a fait trente heures de vol.

Lumière. La lumière crue et triste du *salon* rose saumon. Jérémie se tient sur le pas de la porte, c'est lui qui vient d'allumer le plafonnier : « Oh, pardon, tante Lisa : je ne savais pas que tu étais... Je venais reprendre mon manteau. Qu'est-ce que tu as ? Ça ne va pas ? — Si, si. C'est le *jet lag*... et un peu de migraine, je crois. Quand pourrai-je embrasser ma mère, à ton avis ? — Mais tout de suite ! Je ramène Maman à Noisy-le-Grand (Véra loge là-bas, chez des amis), Marc est parti. Il n'y a plus que Katia. Mais il y a trois chaises. Elle n'en occupe qu'une, tu sais. Ce qui te laisse du choix... » L'humour froid des fils de Véra.

Lisa ramasse en hâte ses affaires ; mieux vaut ne pas laisser Katia trop longtemps seule avec leur mère : au chevet d'un mourant, Katia n'est pas vraiment la personne adéquate ! Beaucoup de bonne volonté, mais aucun sens pratique. Dans le réel, Katia s'empêtre. Leur mère l'avait jugée : « pas débrouillarde », « mal fagotée », « elle a deux mains gauches », « se noie dans un verre d'eau ». Leur grand-mère l'appelait, gentiment, « Marie Patauge ».

Comment « Marie Patauge » a-t-elle pu élever quatre enfants, mystère ! Elle fuit le réel — refuse d'acheter un téléphone portable, ne relève jamais ses e-mails. Au XXIᵉ siècle ! Mais, de toute façon, elle ne vit pas au XXIᵉ siècle. Cultive la nostalgie. A décidé, une fois pour toutes, de s'installer dans le passé. Elle excelle dans le roman rural, genre École de Brive. Et quand elle revient dans le monde d'aujourd'hui, c'est pour commenter, chez un grand éditeur, des Mémoires anciens et des correspondances oubliées — vieux papiers, vieilles dentelles, robes à tournure et politesses surannées : des squelettes parlent à des squelettes. C'est une spécialiste des « danses macabres », la grande sœur, elle leur a consacré sa thèse : « *Artes moriendi* dans la littérature européenne des XVIᵉ et XVIIᵉ siècles ». Katia ne s'intéresse pas à la vie. S'en protège derrière des buissons de mots. À qui la faute ? À Lisa ?

Quand elles étaient petites, Lisa aimait Katia ; Katia, elle, se passionnait pour les insectes : elle pouvait rester des heures devant les ruches de Micha. Sans jamais écouter Lisa, ni même la voir : « Va jouer avec Sonia ! »

Une année, une fourmilière géante s'était installée à deux pas de leur cuisine, sous le tilleul ; après le déjeuner, « l'aînée » allait secouer la nappe près de l'arbre, faisant pleuvoir sur les insectes nécessiteux une manne de miettes ; en rentrant de l'école, elle courait encore y émietter son goûter : elle était la grande sœur des fourmis.

De la cuisine, Lisa regardait Katia, qui ne regardait que les fourmis. C'est alors qu'une drôle d'idée a commencé à lui trotter dans la tête... Un jour, elle s'empara de la bouilloire en fer-blanc que leur mère laissait sur un coin de la cuisinière à bois (ils n'avaient pas encore hérité le samovar ni installé de chauffe-eau), elle descendit les marches du perron et déversa l'eau brûlante sur les colonnes d'ouvrières en marche, les galeries, les trous, les œufs. En dix secondes le désastre fut consommé : noyés, les boyaux, les tranchées ; cuites, les fourmis ; et bouillie, leur précieuse descendance — au fil des rigoles, les œufs éclatés suivaient en chapelet les petits cadavres noirs. On entendait les derniers gargouillements de l'eau aspirée dans les entrailles de la terre.

Fascinée, Lisa contemplait cette fin du monde. Soudain, Katia se jeta sur elle : « Ébouillantées, tu te rends compte ? Salope ! Salope ! », gifles par paires, gifles en paquets. Lisa hurla. Leur mère accourut et, voyant la grande taper sur la petite, tapa sur la grande : « Mais tu veux la tuer, ta sœur, dis ! » Les taloches pleuvaient : « File dans ta chambre ! Tu m'entends, Katia ? Et privée de dessert ! »

Au dîner, il y avait un clafoutis à se partager. Lisa, dont la colère était retombée, tenta, timidement, d'éclairer leur mère sur le pugilat de l'après-midi — sur ce qui, avant l'empoignade fatale, était « arrivé » aux fourmis... Effet inverse : « Ces bestioles seraient rentrées partout, dit Maman, jusque dans le sucrier ! Merci, Lisa, d'avoir détruit cette vermine. L'an prochain, Katia t'épargnera ce travail : elle épandra de la poudre insecticide sur les marches, les gravillons, et toute l'allée... Je ne veux plus une seule fourmi autour de cette maison ! »

Fin d'une vocation d'entomologiste. Katia s'orienta vers les danses macabres... Est-ce la faute de Lisa ? La mort, est-ce toujours sa faute ?

« Maman chérie, c'est moi, Lisotchka. » En entrant dans la chambre, les visiteurs s'annoncent puisque Maman-chérie n'ouvre plus les yeux. Lisa se penche sur le corps immobile, baise le front, glisse sa main sous les doigts crispés, parvient à les soulever de quelques centimètres et les embrasse, les embrasse longuement, jusqu'à ce qu'elle sente enfin le bras entier s'abandonner. « Alors, demande-t-elle gaiement, ça va ce soir ? » Profond soupir de sa mère. Lisa sent sur elle le regard jaloux de Katia : c'est une réponse, ça ! Une vraie réponse ! Soulagée que tout se passe si bien, « l'aînée » en profite pour s'échapper : « Je repasserai après le dîner », dit-elle en nouant son écharpe.

Restée seule, Lisa tente de poursuivre la conversation brillamment amorcée : « Jérémie m'a dit tout à l'heure qu'il t'avait fait boire un peu de jus de raisin : c'était bon ? » Pas de réaction. Elle change de sujet : « Sonia a reçu un coup de fil de ta cousine Denise. Tu sais : Denise, de Bourganeuf... Elle est à Paris. Est-ce que ça te ferait plaisir qu'elle passe te voir ? » Ni soupir ni grincement de dents. Rien. Pour se donner une contenance, Lisa change l'eau des fleurs, arrange un peu la couverture : « Tu n'as pas froid ? » Et tout à coup la vérité lui saute aux yeux : marre des questions, les mourants en ont marre des questions ! « As-tu soif ? » « As-tu mal ? » « Veux-tu que je remonte ton oreiller ? » « Tu n'as pas trop chaud ? ».

Nous ne leur parlons pas, songe Lisa, nous les pressons, les harcelons. Mais il faut dire qu'ils ne nous aident guère ; ils se taisent, et ce silence, dont nous savons qu'il sera éternel, nous rend fous. Des mots d'amour, nous voudrions leurs derniers mots d'amour. Mais ils ne disent que « oui » ou « non ». Et encore, pas souvent ! Et distraitement ! Juste pour avoir la paix. Comme des gens très occupés ailleurs. Des grandes personnes que les enfants dérangeraient au milieu d'une conversation sérieuse.

Lisa, qui fut, comme ses sœurs, une petite fille obéissante, renonce à « s'immiscer ». Elle n'ose même plus approcher ses lèvres de la joue creuse, de la main inerte... À la vie, pourquoi ajouter ces mois, ces heures, ces minutes, qui ne sont plus la vie ?

Elle remonte le boulevard de Grenelle sous la pluie. Chaque pas résonne dans sa tête : une migraine carabinée ! Elle n'a même pas pu patienter jusqu'au retour de Katia. A laissé un petit mot pour elle sur le « cahier de liaison », ce carnet qu'elles ont placé dans la chambre pour communiquer entre elles : « Migraine épouvantable. Pardon. Je rentre à l'hôtel prendre des médicaments. »

C'est à cause de l'odeur. Il y a longtemps qu'elle ne supporte plus l'odeur des hôpitaux. Et là, au chevet de sa mère, c'était pire. Dans le silence, elle entendait la voix de celle qui ne parle plus : « Je suis là, ma chérie. Ne bouge pas, mon petit bouchon. Le chirurgien est très content. On a évité le pire. C'est fini. Il n'y aura pas de conséquences. Aucune. » Que la migraine provoque des hallucinations visuelles, elle le savait ; mais des hallucinations auditives, c'est nouveau !

Le front pris entre des pinces d'acier, elle avance, alors qu'il faudrait ne plus remuer et fermer les yeux. Surtout fermer les yeux... Elle avance. Les boutiques ont déjà descendu leurs rideaux de fer, et tous les rideaux de fer sont tagués. Les rez-de-chaussée des immeubles aussi. Il fait nuit, il pleut. Sur le trottoir, elle slalome entre les crottes de chien. Les poubelles du « mobilier municipal », remplacées par des sacs en plastique translucide, laissent voir les détritus. Devant le Franprix les rafales balayent des papiers sales. Elle déteste cette ville malpropre, et si provinciale aujourd'hui. Mais elle ne pouvait pas transporter sa mère en Australie, et il n'y a pas de *soins palliatifs* dans la Creuse. En France, ces services sont rares — il faut y réserver sa place avant de tomber malade. Ou se faire recommander : pour Louis-Pasteur, Katia avait un piston. Voilà pourquoi Lisa va vivre la mort de sa mère dans une chambre-avec-douche du Star Hôtel.

Quand elle a émis des réserves sur le choix du Star, Katia a paru étonnée : « C'est central pourtant, et puis, de l'hôtel à l'hôpital, le métro est quasi direct : un seul changement. — Mais tu as visité les chambres ? C'est sinistre ! — Écoute, Lisa, j'ai tenu compte des facilités d'accès et de votre fourchette de prix. Mais si ça ne te convient pas, je peux te trouver mieux et plus près : le Concorde La Fayette, porte Maillot, ça te va ? » Sa sœur sait bien que depuis près de deux ans, à cause de leur mère, Lisa est non seulement en décalage horaire mais en découvert bancaire : les Paris-Sydney l'ont « lessivée » de toutes les manières. Alors elle se contentera du Star — rideaux poussiéreux, couvre-lit douteux, lavabo descellé, et robinet qui goutte. Pour la migraine, rien de tel que le robinet qui goutte !

Véra non plus n'a pas compati à ses malheurs : « Essaie de voir les bons côtés de la situation : que vous soyez dans le même hôtel, Papa et toi, c'est une chance ! Vous allez pouvoir faire connaissance !... » Depuis quinze ans que Lisa vit en Australie, son père ne l'a jamais appelée, en effet. Pas une fois. Même maintenant que leur mère est malade et qu'il fait de son mieux. Sonia prétend, pour l'excuser, que les marins n'ont pas l'habitude du téléphone. Sans doute... Mais Lisa pense qu'il ne connaît pas son numéro ; quand elle était petite, il ne savait pas son âge.

Elle remonte le boulevard de Grenelle. Elle a mal, elle a froid. À Sydney, le jour se lève, et sa chambre, son bureau donnent sur la mer. Demain, au bout du fil, William lui demandera si elle va bientôt revenir, si elle croit vraiment que, cette fois, sa mère va mourir. Elle dira : « Oui. Elle est là pour ça. »

4.

Cinquième jour d'hospitalisation. Ce matin, la doctoresse a cherché à me rassurer quand, malgré tout le « palliatif » autorisé, pendant sa toilette Maman criait. « Ne vous inquiétez pas, Madame, c'est sans gravité... Suivez-moi. » Elle m'a entraînée vers le *salon des familles*.

Les soignants du service passent plus de temps *au salon*, à discuter avec les proches, qu'à tenir compagnie aux mourants dans leurs chambres. Ils prétendent qu'à l'approche de la mort la famille a besoin d'eux. Ce sont eux qui ont besoin de la famille. Besoin des vivants. Pourquoi mentir ?

« Voilà, a repris la doctoresse en s'asseyant dans le fauteuil club, vous m'avez paru impressionnée tout à l'heure dans le hall quand vous entendiez votre Maman qui...

— Hier, elle a gémi toute la soirée...

— Peut-être. Mais elle ne souffre pas. Pas vraiment. Elle se sent juste un peu... un peu inconfortable. »

Ah, bien trouvé ! Pour l'euphémisme, les chantres du palliatif sont champions : « Personnes en fin de vie se sentant un peu inconfortables cherchent accompagnants persévérants pour amour ultime. » Des cris ? Oh, trois fois rien : votre Maman trouvait son drap mal tiré — si vous saviez comme nos mourants sont capricieux !

La doctoresse a dû me sentir incrédule. Elle a voulu se montrer plus humaine pour m'apaiser. Elle pose la main sur mon bras — encore une technique d'« haptonomie », j'imagine ! — et murmure : « Pour vos sœurs, pour vous, je comprends que ce soit difficile : il est dur, même à votre âge, de se retrouver orphelines... — Orphelines ? Mais, docteur, nous le sommes depuis longtemps ! »

Une fois de plus, la dame se méprend. D'abord interloquée, elle affiche maintenant un air entendu, accentue sa pression sur mon bras : « Je sais que, d'une certaine manière, votre Maman est déjà morte pour vous. Notre amie Carole (c'est la psychothérapeute du service rose), notre amie a parlé à l'équipe de ce que vous lui aviez confié avant-hier : vous n'arrivez plus à entrer en contact avec votre malade, elle vous repousse quand vous essayez de l'embrasser, de la caresser. C'est un comportement plus fréquent que vous ne pensez. » Et, aussi sec, la voilà partie dans un cours de psychologie sur l'*approche*, le *passage*. Mais je ne voulais pas dire orphelines « de mère », moi, je parlais juste de notre situation d'orphelines « de père » !

« Les orphelines » : c'est comme ça qu'on nous appelait à l'école. Je ne l'ai découvert que vers neuf ou dix ans. Avant, j'avais seulement su que les autres nous surnommaient « les jumelles », Véra et moi.

Nous étions entrées à Paul-Bert la même année : nous vivions encore toutes les deux au moulin, chez nos grands-parents, mais on nous avait déjà mises à l'école de Cleyrac, moi en CP, Véra en grande section de maternelle. Dès la première semaine, dans la cour de récréation des chipies nous ont harcelées : « Pourquoi qu'elle est pas dans la même classe que toi, ta sœur ? C'est pas normal, pour une jumelle ! » Des jumelles ? Bien sûr : n'avions-nous pas la même taille ? N'étions-nous pas toujours habillées « pareil » ? « Mais, fis-je timidement, ma sœur me ressemble pas : elle a les yeux bleus... — Et alors ? Y a des jumelles, qu'on les appelle des fausses jumelles, elles ont pas la même couleur de zyeux. T'es une fausse jumelle, et ta sœur, c'est une attardée ! — Ouais, crièrent les autres, vous êtes des jumelles fausses ! Et anormales ! » Ricanements et charivari à toutes les récrés...

Pour convaincre nos persécutrices qu'elles se trompaient, je dus en appeler à l'autorité suprême : ma mère vint expliquer aux filles, à la sortie, que, contrairement aux apparences, Véra et moi n'avions pas le même âge, que j'étais seule de mon espèce, et Véra unique en son genre. Mais comme elle ne cessa pas, pour autant, de couper nos robes dans les mêmes tissus et de nous acheter tabliers et capuchons par paires, nos camarades gardèrent l'habitude de nous distinguer de nos plus jeunes sœurs en opposant les « petites Le Guellec » aux « jumelles ».

Pour « orphelines », je l'ai su plus tard : un jour que la fille d'un soldeur de porcelaines, qui habitait à l'autre bout de Cleyrac, vint jouer à la maison avec une de ses cousines. Elle s'attarda sur une carte postale posée sur ma table de nuit : « C'est quoi, ça ? — La statue de la Liberté... À Nouillorque », ajoutai-je avec un brin de snobisme. Déjà, quand j'avais trois ans, je répondais, paraît-il, aux questions amusées de mes grands-parents (« où qu'il est ton papa ? ») : « À Nouillorque, parti gagner les quatre sous. » Nouillorque n'impressionna pas la fille du soldeur, qui savait peu de géographie. Mais elle était indiscrète, avide de découvrir ce qu'on ne cherchait pas à lui enseigner : « Et qui c'est qui te l'envoie, la carte ? — Mon papa. »

Trois ou quatre fois dans l'année, notre père, en effet, nous adressait une carte postale collective (« Mesdemoiselles Le Guellec ») dont le texte, sobre, ne changeait jamais : « Affectueusement. Le Guellec. » Les vues elles-mêmes ne nous apprenaient pas grand-chose sur les pays où il accostait. Il s'en tenait aux symboles universels : de Rio il nous envoyait le Pain de Sucre ou le Corcovado, de San Francisco le Golden Gate, d'Athènes le Parthénon, de Marseille la Bonne Mère, et de New York, invariablement, la statue de la Liberté. Si nous avons échappé à la tour Eiffel, c'est que les paquebots ne remontent pas la Seine...

Ces cartes postales banales, et presque anonymes, avaient suffi pourtant à aiguiser la jalousie des Limousines pur sang dont les pères, attachés à un piquet, tournaient court. J'en pris conscience quand la fille du marchand d'assiettes s'écria : « Tu mens ! Ta carte, elle vient pas de ton papa puisque vous avez plus de papa : vous êtes — elle fit une pause et, soulignant son mépris d'un *h* aspiré — horphelines ! » Des malveillants avaient donc fait courir le bruit que Maman était veuve ? Et les apparences donnaient du poids à cette rumeur : à l'école, où il nous conduisait quelquefois, on voyait mon grand-père, que beaucoup connaissaient de réputation — *le Russe, le Micha de la guerre* ; à la maison on voyait ma mère, toujours prête à abandonner ses casseroles pour nous déguiser, nous prêter un couvercle de lessiveuse qui servirait de bouclier, ou une passoire pour en faire un casque. À l'occasion on pouvait aussi rencontrer ma grand-mère, tapie dans un coin, ses lunettes sur le nez et son tricot entre les mains. Mais de père, point ! Pas la queue d'un ! Nous étions les filles de « la veuve ».

Pourtant, le commandant, le « pacha » comme

il prétendait qu'on l'appelait à bord, le pacha passait à Cleyrac de temps en temps, entre deux ports, mais il ne s'attardait pas. S'il était *de congé* et prenait ce congé à la maison — « chez Maman » —, il partait toute la journée. En été, c'était pour pêcher dans l'étang du Moulin : presque un lac, dix hectares, dix mètres de fond, qui appartenait à mes grands-parents. En hiver, pour chasser le chevreuil et le sanglier dans les forêts du plateau, du côté de Faux-la-Montagne ou de Saint-Oradoux. Et, en toutes saisons, pour voir des « amis ». À Bourges, à Tulle, à Montluçon. Je n'aurais jamais cru qu'un marin pût avoir tant d'amis à terre. Et dans une région qui n'était pas la sienne ! Bref, il n'apparaissait dans la famille qu'une ou deux fois par an et réussissait à disparaître au cœur même de ses apparitions... À part notre voisine d'en face, Louise — une ancienne ouvreuse du Moulin-Rouge, tombée par mariage dans un bourg creusois et devenue la meilleure amie de Maman —, je me demande qui, à Cleyrac, aurait pu soupçonner l'existence du capitaine au long cours.

Maman nous a élevées seule. Et à sa guise.

Nous sommes quatre sœurs. Pour quelques jours encore, les filles d'Olga. Des filles sans père. Des femmes sans hommes.

Enfin, n'exagérons rien : des hommes, nous en avons eu. Et des flopées ! Mais nous ne les gardons pas. Nous n'en avons pas besoin.

Véra a été mariée deux fois. Et deux fois divorcée. À sa requête, bien sûr. Son premier mari lui a donné trois enfants. Elle avait de la sympathie pour lui, il en a pour elle, ils gardent d'excellents rapports : un couple exemplaire. Son second mari, en revanche, elle l'a vite détesté, et trompé sans arrêt. Mais avec discrétion. Par prudence conjugale, et surtout professionnelle (un expert-comptable se doit d'être *respectable*), elle ne consommait jamais « dans la paroisse » : elle choisissait sur place ceux qu'elle enverrait l'aimer ailleurs. Depuis son deuxième divorce, elle a continué à caler ses passions sur les horaires de train. Une seule grande ligne, malheureusement : elle évite Brive, où trop de Limougeauds vont pour affaires, et remonte vers le nord. Retrouve ses amants à Châteauroux. Parfois même — la ville est plus grande — à Vierzon. À Vierzon, elle ne risque rien : personne ne descend à Vierzon, à moins d'être Vierzonnais.

Moi, je n'ai pas ces soucis-là : je suis veuve. Veuve avec quatre enfants, comme Maman. Mais veuve déclarée — ce qui a des avantages. Mon mariage était une catastrophe, mon veuvage fut une bénédiction. Le Ciel m'a délivrée. Le ciel, avec une minuscule : un accident d'avion. Mon mari était un commercial « international ». Il voyageait sans cesse. Souvent sur des lignes intérieures, dans des pays peu développés. L'accident d'avion, rare pour la statistique, représentait, dans son métier, un risque non négligeable :

il ne l'avait pas négligé, il était très bien assuré. Financièrement, l'accident d'avion est préférable à l'accident de voiture. Et de beaucoup !

Néanmoins, sur le moment, j'ai été surprise. Emportée par le chagrin de mes beaux-parents et de mes enfants. Oubliant ce que m'avait fait souffrir le « disparu » (et disparu, lui l'était vraiment : envolé, pas de cadavre — une mort ultra-moderne), je me sentais prête à tout lui pardonner. Puis, j'ai trouvé, dans les poches de ses costumes, des choses qui m'ont bien consolée...

Ce que je me demande encore, c'est pourquoi, après la triste expérience de mes parents, j'avais choisi d'épouser un voyageur : voyageur de profession, voyageur par vocation. Ces gens-là, je le savais, rentrent rarement à la maison !

Lisa a convolé sur le tard — avec un Anglais qui vit en Australie. Elle a longtemps hésité — à cause du mariage ? à cause de l'Australie ? Ne s'est mariée qu'à trente-deux ans. Sans fla-flas ni flonflons.

Quant à Sonia, c'est une célibataire endurcie. La seule d'entre nous, du coup, qui ait transmis le nom de Papa : à son fils naturel, Fabrice, qu'elle a eu très tôt. Maman, qui a élevé le petit pendant plusieurs années, nous disait, perfide : « Si on vous demande, les filles, qui est le père de Fabrice, répondez que c'est "des messieurs que vous ne connaissez pas"... » Elle n'approuvait pas la désinvolture sentimentale de Sonia : des liaisons nombreuses, parallèles, brèves — à peine des liaisons. « Oui, disait Sonia avec sa petite bouche-cerise et ses yeux bleu-vert (elle était ravissante, en ce temps-là), oui, au matin, quand ils s'en vont, je m'aperçois que je ne sais pas leur nom... » Il faut dire qu'à cette époque déjà, passé minuit, elle n'avait plus les idées bien nettes. Maman ne voulait pas l'admettre, mais si, comme Micha, Sonia avait été cafetier, elle aurait consommé son fonds.

Aujourd'hui, entre sœurs, Sonia l'avoue sans honte (sans honte puisque « c'est une maladie ») : elle a « un problème avec l'alcool ». Parce qu'elle a un problème avec l'alcool, elle a un problème avec ses employeurs. Parce qu'elle a un problème avec ses employeurs, elle a un problème avec l'argent. Sonia a « un problème avec l'alcool ». Parce qu'elle a un problème avec l'alcool, elle a un problème avec son tour de taille. Parce qu'elle a un problème avec son tour de taille, elle a un problème avec les hommes. Etc. À moins que ce ne soit l'inverse ? Parce qu'elle a un problème avec ses amants, avec ses patrons, avec sa banque, Sonia a un problème avec l'alcool ? Je ne sais pas. Nous n'en parlons jamais longuement. Maman n'est pas au courant, ne veut pas l'être. Nous n'en parlons pas.

Pourtant, quand je reviens écrire « au pays » (après la mort de nos grands-parents, j'ai repris le moulin de La Roche, son grand étang, ses bois), j'aime faire des courses à Limoges ou à

Clermont avec Sonia. Quelquefois même, à Aubusson ! Maman s'étonne toujours qu'habitant Paris j'achète des tailleurs à Aubusson — elle, plus exigeante, « monte » (enfin « montait ») à Paris pour s'habiller. Surtout, elle ne comprend pas pourquoi, dans ces parties de lèche-vitrines, je demande conseil à Sonia plutôt qu'à Véra : « Toujours très chic, Véra, et plus moderne que toi ! Elle, au moins, saurait te guider. Avec ça, faite au moule ! »

Justement. Dans les cabines d'essayage, Sonia est plus réconfortante. À cause de ses cheveux tristes et de sa « grande taille ». Du coup, je me sens mince et pimpante. J'en suis quitte pour payer à Sonia un tee-shirt XXL ou un chemisier chinois à dix euros. Elle rougit un peu, mais n'a plus les moyens de refuser les cadeaux. Du reste, Maman l'a habituée, dès l'enfance, à se contenter, pour ses vêtements, des restes des autres : troisième-née, elle « finissait d'user ».

J'aimerais couvrir Sonietchka de neuf et de soyeux, lui donner tous les ours en peluche qu'elle n'a pas eus ; je voudrais la câliner... Plus le temps passe, et plus elle est douce. « À côté de ses pompes, dit Véra, complètement à l'ouest ! » Oui, mais douce. Douce comme un vieux chiffon fatigué. C'était la plus féminine d'entre nous, la plus féline, la plus fragile. Donc la plus orpheline, puisque nos parents n'aimaient pas les filles.

5.

Nos parents n'aimaient pas les filles, et ils ne s'en cachaient guère. Papa, surtout. Entendons-nous : les femmes prises individuellement, il les supporte. Et il les baise, en brave marin qu'il est. Il arrive même qu'il s'en éprenne : à preuve, ses confidences d'avant-hier, à l'hôpital, sur le bal du 14 Juillet. Donc, les femmes peuvent le troubler... Mais en tant que genre il les déteste.

Pire : il les méprise. Certaines femmes ont pu lui plaire, la Femme lui répugne. Tout en elle est dégoûtant. À commencer par la trop fameuse *odor di femmina*... Ah, ce n'est pas lui qui, amoureux, aurait écrit, comme Henri IV à Gabrielle d'Estrées : « J'arrive. Ne te lave pas. » Dans mon enfance, quand il venait en congé « chez nous », Papa en sortait d'assez vertes sur le fumet des dames ; par exemple, s'il croyait flairer dans la cuisine le relent ammoniaqué d'un poisson plus très frais : « Qu'est-ce qui pue comme ça ? Infect ! À lever le cœur ! Ça sent la petite fille qui se néglige ! » Pour un oui, pour un non, « la petite fille qui se néglige » refluait par les canalisations et remontait des fosses septiques... D'ailleurs, tout ce que produisaient les femmes, y compris leur littérature (car il lit), restait marqué d'une odeur fétide : « Colette ? tranchait-il, ce qu'elle écrit sent le dessous de bras ! »

Et pourquoi, pourquoi le sexe faible était-il à ce point malodorant ? D'abord, parce qu'il avait partie liée, intimement liée, avec l'urine : les filles étaient des « pisseuses ». Papa ne nous appelait jamais autrement, bien qu'il le fît avec affection : « En route, les pisseuses ! » disait-il quand, par hasard, il nous emmenait faire un tour dans sa vieille Simca.

Le corps des femmes était humide, humide et mou. Les hommes sont secs, les femmes, liquides, et elles coulent de partout. Papa détestait nos larmes : « Ouin, ouin ! V'là les pleureuses ! » Même si, en application de la théorie des vases communicants, il trouvait un petit avantage à l'épanchement externe des chagrins féminins : ce qui sortait par un bout ne sortait pas par l'autre — « Pleure, tu pisseras moins ! » Je passe sous silence d'autres écoulements, intermittents, que les hommes de sa génération ne détestaient pas évoquer avec un rire épais. Dans la Creuse, quand ils avaient un peu bu, à la fin des noces et des banquets, entre la *bombe glacée* et le *pousse-café*, ils faisaient en public, devant les femmes, des allusions transparentes à leurs dégorgements périodiques — les petites filles, honteuses, baissaient les yeux sur leur assiette. Parfois, se sentant libérés par l'urgence, justifiés par le service qu'ils rendaient, ils signalaient d'une voix forte, à une femme gênée, qu'elle avait des « fuites »...

Le corps des femmes suinte, il fuit, il dégoutte et dégoûte.

Mon père, que l'odeur des femmes et toute leur plomberie mettaient si mal à l'aise, ne sous-estimait pas leur esprit. Du moins, pas a priori. Il ne demandait qu'à voir. Il nous a laissées faire de solides études, et ne s'est pas opposé à ce que nous tentions des concours réservés aux garçons. Au contraire... Espérait-il que logarithmes et équations, grec et latin, finiraient par drainer nos fluides, éponger nos trop-pleins ? En tout cas, de mention « bien » en mention « bien », à vingt ans j'avais mérité d'être son fils aîné.

Je fus ensuite la plus jeune agrégée de France et ma « jumelle », qui avait choisi les chiffres pour se démarquer de moi, devint, de son côté, l'une des premières femmes commissaire aux comptes. Double succès : rose et bleu, comme autrefois nos bonnets et nos capuchons. Mais pour aucun de ces exploits on n'a sablé le champagne : Papa n'était pas là, et Maman se moque des diplômes. Ou, plus justement, elle considère que le succès — tout succès — porte en lui-même sa récompense. Une éducatrice sans faiblesse.

Pourtant, le champagne, elle l'a quand même débouché quand Lisa, la « petite dernière », s'est inscrite au barreau de Limoges et a étrenné sa robe d'avocat : avec le temps, même dans les meilleures institutions, la règle s'assouplit, les principes se patinent...

Quant à Sonia, elle n'avait jamais fourni le moindre prétexte à dérogation : n'ayant décroché le bac qu'à dix-neuf ans et « au rattrapage », elle choisit la faculté des lettres, qu'elle quitta avant les *examens blancs* de février — elle venait de découvrir qu'elle était enceinte.

Maman n'en fit pas un drame : cette histoire devait lui rappeler quelque chose... Et puis, Micha venait de mourir : tout était bon pour remplir le vide. Un bébé, pourquoi pas ? Mère et fille s'organisèrent ; Maman prit l'enfant, Sonia s'orienta vers une formation courte : l'esthétique. Aujourd'hui, elle est la seule de nous quatre à exercer un « métier de femme » — au milieu des flacons, des crèmes, des papotages et des parfums. Ce qui ne force pas l'admiration de Papa et ne donne pas à ma sœur une vraie raison d'exister : « Tu crois que ça m'amuse, d'épiler "le maillot" ? » Non, en effet, pas plus que d'astiquer son « appart », ni même, depuis quelques années, de se bichonner. Or, quand Sonia ne s'amuse pas, elle rechute...

Autrefois nous nous étions partagé, Véra et moi, le suivi scolaire des « petites » — elle s'occupait de Lisa, je surveillais Sonia. À douze ans Sonia était un cas difficile : en classe elle n'écoutait pas, à la maison elle ne faisait rien, mais avec tant de gentillesse ! Je l'aidais à préparer ses contrôles — c'est-à-dire que j'apprenais ses leçons à sa place, les lui mâchais, et tâchais de lui faire absorber, cuillerée après cuillerée, cette bouillie prédigérée. Elle finissait par répéter ce que je lui serinais, mais n'essayait pas de comprendre. Surtout pas ! Si je m'écartais un tant soit peu du « par cœur », elle levait sur moi des yeux étonnés. J'insistais. Acculée, elle se dissolvait. Parvenait à disparaître sans bouger, rien qu'en vidant ses yeux pâles de leur regard. Pour la ramener à elle, il m'arrivait de la gifler — comme lorsqu'une femme s'évanouit. Elle ne criait pas, ne pleurait pas. Revenait lentement au monde, douce, plus douce encore, si blonde, si résignée. Jamais elle n'aurait appelé au secours, « Maman, les grandes me battent ! », comme faisait Lisa à tout bout de champ. Jamais, non plus, elle ne m'en a voulu de mes sévérités : elle savait qu'elle avait mérité les corrections que je lui infligeais, me les pardonnait, et se pardonnait tout le reste... Quand j'ai dû partir en prépa, elle a dévalé la pente.

« Si tu te figures que ça me passionne de désincruster les épidermes ! De nettoyer toutes ces peaux de vieilles ! Et de parler à longueur de journée du temps qu'il fait, ou des mérites comparés du Botox et du rétinol ! » Je sais. Je compatis. D'autant qu'elle est aujourd'hui la plus cultivée de mes trois sœurs, la plus artiste. Quand elle va bien, elle peint (elle peignait ?) au couteau. Des paysages de neige, des arbres morts, du noir, du blanc... Elle aurait pu chercher à placer ses tableaux, démarcher des galeries, non ? « Bien sûr que non ! hurle Véra dans le téléphone. Parce qu'elle est passive : pa-ssive. Incapable de vouloir ! Elle ne se tient à rien. Tu sais qu'elle n'assiste même plus aux réunions des Alcooliques anonymes ? Ça se terminera comment, à ton avis ? En plus, elle va perdre son nouveau boulot ! Parce que figure-toi qu'au salon de beauté Madame a décidé de travailler en baskets ! Tu imagines : un jean et des vieilles tatanes sous la blouse rose pimpante ! Sa patronne lui a collé un avertissement... Mais comment en est-elle arrivée là ? Si négligée alors que, bon sang, à treize ans c'était une vraie Lolita ? Tu te souviens de sa bouche en cœur, de son petit cul, et de ce qu'elle mettait dessus ? Une vraie femme déjà... »

Maman avait au moins un point commun avec Papa : elle n'aimait pas les filles — toutes des chipies, des trouillardes, des mijaurées ! Elle avait espéré mettre au monde beaucoup de petits Micha. J'aurais dû m'appeler Ivan, elle me l'a répété cent fois. Véra, c'était Serge ; à cause de « Mikhaïl Sergueievitch » — Serge, le prénom de cet arrière-grand-père de la Volga dont nous savons si peu de chose... Ah, on peut dire que nous l'avons déçue, notre mère ! Elle ne faisait pas mystère de son désappointement : « J'ai pleuré à la naissance de Sonia, mais pleuré, si vous saviez ! En plus, pendant ma grossesse, la sage-femme m'avait dit "le bébé est très gros, ça sera un fiston pour ce coup-là" »...

Je me rappelle encore sa visite à la maternité où je venais d'accoucher de mon premier enfant ; elle rayonnait, prenait le poupon dans ses bras, le berçait, le reposait, puis le reprenait : « Ah, disait-elle, je suis heureuse ! Si contente pour toi : un garçon ! Tu verras, pour une mère je suis sûre qu'il n'y a rien de plus beau : un fils, avec ses petits poings, sa bonne bouille, son regard franc, sa tendresse ! Une fille, bon, c'est autre chose... Mais un fils, quelle chance tu as ! Quel bonheur ! » Je la voyais si émue que je ne voulus pas gâcher son plaisir en soulignant que cet éloge des fils, elle l'adressait à sa fille.

Je crois, du reste, que ses quatre « orphelines » ont parfaitement compris ce qu'elle attendait : nous ne lui avons donné que des petits-fils.

6.

Notre mère est devenue grand-mère à l'âge où, aujourd'hui, les *businesswomen* mettent au monde leur premier enfant.

Après la naissance du fils de Sonia, elle a équipé sa maison de Cleyrac pour l'accueil d'une deuxième famille qu'elle a imaginée à tous les stades de son évolution : d'un ancien débarras elle fit une nursery — berceau pliant, mange-disque, table à langer ; à l'étage, la chambre des six-douze ans — lits superposés, coffre à jouets ; et dans les combles le dortoir des grands. Pour les vacances, mes « Parisiens » rejoignaient les fils de Véra et de Sonia qui, vivant à proximité, passaient chez Babouchka leurs mercredis et leurs week-ends. Quelques-uns y furent même pensionnaires à temps complet : dès qu'un petit était en difficulté, notre mère se substituait à ses filles pour remettre l'enfant sur pied.

Je lui ai confié mon plus jeune fils, Raphaël, catalogué comme asthmatique dès l'âge de six mois ; quand un an plus tard elle me l'a rendu, il était guéri. Fabrice, le fils de Sonia, elle l'a élevé jusqu'à sa douzième année : au début, parce que Sonia n'avait pas terminé ses *études* ; ensuite, parce qu'elle avait suivi à Madrid un *amant sérieux* ; après, parce qu'elle travaillait tard et traînait dans les discothèques avant de rentrer.

Mais ce que ma mère a accompli de plus inouï, elle l'a fait pour Jérémie, le cadet de Véra. Il avait dix-huit ans, étudiait le droit européen à Strasbourg : Limoges-Strasbourg, ce n'est pas direct ; le droit, ce n'est pas drôle ; une « chambre de bonne avec vasistas », ce n'est pas riant. Et voilà que, pour couronner le tout, sa petite amie l'avait plaqué ! Au téléphone, mon neveu pleurait comme un gosse.

Maman a bouclé ses valises : pendant sept mois — jusqu'à la fin de l'année scolaire — elle a vécu dans une chambre de service de dix mètres carrés. Il n'y avait qu'un lit ; elle n'a pas voulu en priver son « petit » ; elle s'est contentée d'un futon qu'elle déroulait chaque soir : à soixante-cinq ans, toutes les nuits pendant sept mois, elle a dormi sur le plancher.

Dans la journée, pendant que mon neveu assistait aux cours, elle visitait Strasbourg (« j'ai de la chance, c'est une belle ville, je ne m'ennuie pas ») et elle décorait la chambrette : miroirs autocollants pour renvoyer la lumière du vasistas ; couvre-lit assemblé par ses soins ; petites lampes, petits coussins (elle raffolait des petits coussins), et même un palmier (« comme ça,

notre petit peut se croire dans un jardin ! »). Le
week-end, elle emmenait Jérémie marcher dans
la campagne : « Il a besoin de s'aérer, de se
dépenser... — Et toi, Maman ? — Ah, moi, j'ai
mal au genou, tant pis ! Je force un peu ma
machine ! Du reste, c'est le dos qui me fait le
plus souffrir... Surtout, si Lisa t'appelle, ne lui
dis pas que je couche par terre ! Elle s'inquiète
toujours pour moi. Et puis, tu sais, comme elle
n'a pas d'enfants, elle n'imagine pas qu'un garçon de cet âge pourrait faire une bêtise ! »
    Le soir, quand Jérémie rentrait de la fac, elle
l'emmenait dîner dans des brasseries, suggérait
même des séances de cinéma, Schwarzenegger,
Tom Hanks, elle qui avait horreur des films américains ! Quand il révisait ses cours, assis sur
l'unique chaise de la pièce, elle s'étendait sur le
lit et tricotait en silence : « Mais il sent ma présence, tu comprends, ça le rassure. Et puis je lui
propose un petit thé russe, avec de la brioche. Et
des confitures "maison", apportées de Cleyrac...
Je lui ai acheté un grille-pain, et, je te le donne en
mille, un micro-ondes ! Ce truc effrayant ! Mais,
dans dix mètres carrés, je n'avais pas le choix :
au moins, comme ça, le petit mange chaud...
Avant-hier, devine ce que j'ai fait : nettoyé la
douche collective et les W-C du palier ! Ce n'était
pas du luxe ! Les locataires de l'étage sont venus
me remercier. Ça m'a permis de faire la connaissance d'une jeune Portugaise qui occupe la
chambre d'en face. Samedi, je l'inviterai à une

dînette saumon-blinis. » Notre mère n'a regagné Cleyrac qu'une fois les examens de première année passés et les peines de cœur consolées dans les bras de la Portugaise. D'une pierre deux coups : ce nouvel amour doublait la surface habitable du « petit » — ce que sa grand-mère pouvait avoir escompté...

Aimante, Babouchka l'était. À l'ancienne mode cependant : *donnante* et *faisante* comme on dit à la campagne, mais guère disante. Énergique, toujours prête à aider, elle ne perdait son temps ni en paroles tendres ni en « fricassées de museau » : elle se rendait utile. Alors, bien sûr, quand elle n'a plus été capable de bouger, quand la maladie l'eut mise dans l'incapacité d'agir, son amour, qui ne trouvait plus à s'exprimer par le mouvement, devint comme hésitant. Puis il s'étiola, s'étouffa, et disparut.

Depuis près d'une année elle n'a eu de rapports affectifs avec personne. Elle se tait, ferme les yeux, soupire. Même ses petits-fils favoris (Marc, Fabrice, Raphaël, Jérémie) ne parviennent plus à trouver le chemin de son cœur. Je me souviens de sa dureté à l'égard de Sonia qui, au début de l'été, s'arrangeait, malgré son travail, pour venir à Cleyrac deux fois par jour lui masser les pieds — nous vivions alors sous la menace d'un escarre du talon (je dis bien « nous » et je dis « menace », puisque notre vie, à ce moment-là, était suspendue à la vie de Maman, que tout tournait autour du corps décharné et pourrissant de Maman). Un jour, à genoux devant l'Impératrice impassible, Sonia, qui venait d'achever ses dix minutes de massage biquotidien, demanda, pleine d'espoir : « Ça t'a fait du bien ? — Pfft... ! » dit la Reine et elle haussa les épaules. Quand je raconte à Véra des scènes de ce genre-là, elle proteste : « En tout cas, elle n'est pas comme ça avec tout le monde ! Ah non, pas avec tout le monde ! » Sous-entendu : « Pas avec moi ; avec moi qui sais l'aimer. » Autrement dit : Maman peut encore aimer ceux qui savent aimer... Véra donne à Maman tellement d'amour qu'elle finit par s'imaginer qu'elle en reçoit.

7.

Dans la chambre, à Louis-Pasteur, c'est l'heure de la toilette du soir et des soins, de plus en plus longs et douloureux. On me fait sortir, patienter dans le couloir. Parfois, malgré tout, j'entends ma mère crier. Mais aujourd'hui ses cris sont couverts par ceux du mourant qui occupe la chambre d'en face. Je connais déjà la voix particulière, si caverneuse, de cet homme : la veille encore, à travers la porte, je l'entendais parler avec un visiteur — une voix à chanter le Commandeur dans *Don Giovanni*... Mais aujourd'hui il ne chante pas, il crie. Hurle sur un seul souffle. Il me faut longtemps pour distinguer le mot « lumière ».

Il réclame de la lumière. Aurait-on déjà, à cette heure, éteint sa chambre ? Improbable. Du reste, comme tous les patients du service, il dispose en permanence d'une sonnette qui lui permet d'appeler l'équipe soignante où qu'elle soit : la sonnette d'une seule chambre allume, dans toutes les autres, un voyant rouge. Alors ? Pour en avoir le cœur net, j'éteins une seconde le couloir : la lumière filtre sous sa porte. Me voilà plus tranquille : c'est un patient qui divague sous l'effet de la morphine. Banal, ici.

Je me rassieds, reprends mon journal. Mais les cris continuent, plus espacés mais toujours effrayés. Je finis par déranger les infirmières : « Il y a un monsieur, là en face, dans le service... Il réclame de la lumière. Je crois pourtant que c'est allumé. » Les soignants se précipitent ; j'entends qu'on lui parle, qu'on s'agite ; puis un sifflement continu : on lui donne de l'oxygène. C'est ça : de l'oxygène. Il demandait de la lumière, mais c'est d'air qu'il avait besoin, il étouffe — cancer du poumon, sans doute. « Phase terminale », assurément.

Il appelait au secours, voulait dire « de l'air », il disait « lumière ». Dans la nuit des hommes, tout ce qui est bon s'appelle « lumière », j'aurais dû le savoir.

Le lendemain matin, la porte de sa chambre est entrouverte de quelques centimètres : l'équipe s'est rendu compte qu'il n'était plus en état d'appuyer sur la sonnette ; par l'entrebâillement, j'entends le ronronnement régulier de la respiration assistée, j'imagine les tuyaux, les bonbonnes — il ne parlera plus.

Le surlendemain, sa porte est grande ouverte, le lit, refait : il est *parti*.

« Votre Maman aimerait-elle que je lui mette de la musique ? » L'infirmière qui me pose la question est nouvelle dans le service, le silence de la chambre rose doit lui peser. Les chambres, ici, sont toutes équipées de radios et lecteurs de CD. Le hall aussi : je viens d'y entendre, à plein volume, le « Dies Irae » de *La Symphonie fantastique* — oui, le « Dies Irae ». Très belle œuvre, au demeurant. Seulement, si le malade connaît un peu la musique, ce choix ne doit pas lui remonter le moral !

L'infirmière revient à la charge : « Si vous n'avez pas apporté de disques, je peux lui mettre Radio Classique… » Malheureusement, Radio Classique n'est pas vraiment le genre de Maman. J'aimerais bien, moi, Radio Classique. Entendre de la musique dans mes derniers moments, j'aimerais bien. Enfin, je crois. La musique n'est pas du bruit : se peut-il qu'elle agace, quand on meurt ? Il me semble que tout m'aiderait, musique sacrée, musique profane, piano, guitare, concertos, passacailles, mazurkas, messes en *ut*, messes en *ré*, et même les requiem ! Mais je me trompe sans doute : la musique dont je m'étonnais que Maman ne ressente jamais le besoin ces derniers mois, la musique n'est nécessaire qu'à ceux qui meurent en pleine santé — les condamnés à mort, par exemple. Auxquels il est d'usage d'offrir aussi une dernière cigarette. Mais à ceux qui meurent de fatigue et de cachexie au fond de leur lit, ceux qui n'ont plus de force, plus d'appétit, inutile de proposer cigarette ou symphonie : il y a longtemps qu'ils se sont détachés des petits plaisirs de la vie et des grands mensonges de l'art.

De toute façon, comme je l'explique à l'infirmière, ce que ma mère aimait c'était le rock. La femme en blanc n'insiste pas : un *Rock Around the Clock* déchaîné (mon Dieu, comme Maman a aimé danser !), un Chuck Berry, un Bill Haley, dérangerait sûrement la quiétude des « voisins de palier ».

Alors, comment rompre le silence ? J'entends d'ici la psy de service : « Et quel besoin avez-vous de le briser, ce silence ? On communique aussi bien par les gestes, par le contact des peaux... » Peut-être, mais ma mère refuse mes caresses ! Elle ne veut pas que je lui tienne la main ! Pourquoi ce lieu commun du bon vieillard, du malade touchant ? La vérité, c'est que les mourants ne sont pas contents !

Maman reste d'ailleurs très mesurée dans l'expression de son ressentiment : elle se borne à garder les yeux fermés, à hausser les épaules et à repousser mes mains. La mère d'une de mes amies n'était pas si tendre : elle « communiquait » avec ses enfants en les pinçant jusqu'au sang.

Du reste, elle a sûrement raison, ma maman, raison de ne plus supporter que je la touche : je suis trop électrique, en effleurant sa peau je parie que je lui envoie des décharges ! Parce que toujours pressée : entre deux trains, deux sorties de bouquin, deux congrès... « Speed », « stress », comme disent mes enfants. Alors que les grands malades sont si lents !

Véra est plus calme, c'est un fait, elle prend son temps, a des gestes sûrs, une voix posée. Quant à Lisa, depuis vingt ans ses visites sont pour Maman des fêtes carillonnées...

Je cherche ce que je saurais faire, moi, qui plairait à ma mère. Et je ne trouve pas.

Je sais lire, bien sûr. J'aimerais lui lire quelque chose : elle entendrait ma voix, comprendrait qu'elle n'est pas seule, se sentirait rassurée ; peut-être aussi serait-elle sensible à la musique des mots et même, si elle n'est pas trop épuisée, à leur sens ? Je lui lirais des poèmes. Des poèmes sans éloquence. Discrets, doux, légers. Comme le murmure de la cascade, au moulin de La Roche, ce murmure continu au déversoir de mon étang : nuit et jour, hiver, été, le fil de l'eau... Ou bien la Bible. Quelques morceaux choisis. Rien de moralisateur : le Cantique des cantiques, les Béatitudes.

Non, je ne lui lirai rien. Maman n'aime pas les livres. J'ai longtemps cru que c'était la lecture qu'elle n'aimait pas, le déchiffrage. Je lui ai offert des livres enregistrés, je les choisissais courts, palpitants, dits par de bons acteurs : elle ne déchirait même pas la cellophane des CD. Rien, elle n'attendait rien des romans, des Mémoires, des correspondances. Il m'a fallu du temps pour me rendre à l'évidence : ma mère n'avait pas besoin des livres...

Assise en silence à son chevet, je me demande ce que Maman aimait — quelle était sa manière à elle de créer, de recevoir, de donner. Et la réponse s'impose, symétrique du constat précédent : Maman adorait tout ce qui m'ennuie — la cuisine, la couture.

Pour la cuisine, elle avait du génie. Pas de livre de recettes — jamais de livre surtout, horreur de ces petites boîtes rectangulaires pleines de feuilles sèches ! Pas de ça chez elle, question de principe ! Sans livre donc, elle inventait. Inventait en fonction des ustensiles dont elle disposait, des condiments qu'elle trouvait dans ses placards, des restes qu'il fallait finir : « Saluez ce plat, disait-elle en posant le faitout sur la table, saluez ce plat car vous ne le verrez pas deux fois ! » Et elle riait, bien incapable, en effet, d'indiquer les quantités ou de se rappeler les ingrédients : comme sa mère avant elle, sa mère aux fourneaux du café, elle cuisinait à l'intuition. Mélangeait, saupoudrait, battait, brassait, flambait... Et c'était fête ! Sauf si nous allions au restaurant : « Gargote, tranchait-elle invariablement, et il se dit cuisinier, ce bonhomme-là ? C'est minable ! Tout est "lié" à la crème fraîche ! On ne pourra pas dire qu'il met ses viandes *à toutes les sauces* : il fait toujours la même ! »

Même quand, gagnant mieux ma vie, je l'invitais dans un deux-étoiles, elle ne cessait, pendant tout le repas, d'analyser et de critiquer — certains musiciens ont « l'oreille absolue », Maman a le palais absolu : « Trop d'estragon... Il faudrait une pointe d'ail... "Mouiller" n'est pas noyer... » Brusquement, elle s'immobilisait : « Un pépin ! Je viens de trouver un pépin ! À quoi elle leur sert, l'étamine ? Ah (elle levait la main, exigeait le silence), là, par contre, c'est intéressant (elle reprenait une cuillerée de sauce, fermait les yeux), ils ont ajouté un soupçon d'armagnac en fin de cuisson. Attends, il y a autre chose (elle repiquait une bouchée), j'ai trouvé ! (son visage s'illuminait), dans leur poivrade, ils ont délayé un jus de groseille ! Astucieux. Tu ne sens pas ? » Non, je ne sentais rien, mais je lui faisais confiance.

Comme pour la couture : « Le chic est dans la coupe, assurait-elle, et je sais couper. » D'une main ferme, elle maintenait la pièce d'étoffe, de l'autre elle « attaquait » avec l'assurance d'un grand chirurgien, laissant ses ciseaux filer à travers la peau du satin. Le vêtement bâti, elle faisait défiler devant elle l'enfant cousue de fil blanc : « Ça tombe bien, non ? Reconnaissez que ce truc a de l'allure : ah, votre mère, comme "petite main" elle aurait pu faire une carrière !... Et tout ça, mes cocottes, avec six francs cinquante de fournitures ! » Autour de la machine d'où débordaient, en bouillonnant, des mètres de tissu épinglé, nous vivions comme on vit dans l'atelier d'un peintre : dans les marges de l'œuvre en cours. L'artiste avait deux grands sujets de fierté : ses robes de danse, toujours originales, et ses cantonnières en toile de Jouy. La confection d'une cantonnière *de style* est le treizième des travaux d'Hercule : « Les rideaux, les dessus-de-lit, c'est ennuyeux mais facile, disait-elle. Surtout dans l'uni. Par contre, ce que j'ai souffert avec mes cantonnières ! Tous ces festons, ces plis, ces tombés, et les pompons, les galons ! Un tapissier demanderait une fortune ! Aujourd'hui, mes petites filles, on dit que dans une famille il faut un second salaire : eh bien, avec tout ce que je permets à votre père d'économiser sur les cantonnières, je le gagne largement, ce second salaire ! »

Maman magicienne : fée à l'atelier, sorcière à la cuisine... Et dire que la fille d'une mère pareille est à peine capable de recoudre un bouton et de rôtir un poulet ! À douze ans déjà, je lui laissais finir les « devoirs de couture » que le collège m'imposait : la petite robe à smocks, le béguin brodé... À quarante, j'acceptais avec reconnaissance les bocaux de « vraie soupe », de « vraie compote », ou de « vrai confit » qu'elle cuisinait chez elle, transportait dans son coffre jusqu'à La Roche (et parfois jusqu'à Paris !), puis rangeait dans mon frigidaire avec le mode d'emploi collé sur le couvercle. Parce que, sans instructions écrites et détaillées, la fille aînée serait trop gourde pour savoir qu'une bonne compote se mange tiède ou que le confit est à réchauffer au bain-marie... « Attention, Katia ! Tu m'écoutes ? Katia, tu as compris ? » Pauvre mère, qui n'avait pas mérité qu'une de ses filles préférât les mots ailés aux nourritures terrestres !

Véra

Louis-Pasteur, quatrième étage, chambre les « Œillets », quinze décembre.

Ce matin, Véra s'est maquillée et coiffée avec soin, « pour faire honneur à Maman ». Si la mère rouvrait les yeux, la fille s'en voudrait de lui offrir un spectacle de désolation : la mourante aimait la beauté, l'élégance, l'impertinence, même. Qu'au moins dans un dernier regard elle emporte, du monde qu'elle va quitter, une image d'harmonie : sa fille à son chevet, avenante et *racée* comme une vendeuse de chez Cartier...

À Noisy-le-Grand, dans la minuscule salle d'eau de ses amis, Véra a longuement brossé ses cheveux, puis donné, du bout des doigts, un mouvement balayé aux mèches. Tout se mettait en place avec facilité. Elle laque à peine. Aime les coiffures souples, les coupes au carré qui laissent ses cheveux bouger autour de son visage. Elle a de beaux cheveux, aussi dociles qu'autrefois quand sa mère s'amusait à les nouer en couettes dissymétriques ou à les boucler, par jeu, autour de son doigt pour faire des anglaises.

Ils sont même plus épais qu'avant, ses cheveux, mais moins lumineux. La toison d'or vire au blond filasse. Parce qu'il s'y mêle une quantité croissante de cheveux blancs.

Avec précaution, en marchant sur la pointe des pieds pour ne pas éveiller sa mère qui semble sommeiller, Véra se glisse maintenant dans le cabinet de toilette rose de la chambre rose du service rose, elle se plante devant la glace, relève une ou deux mèches, examine sans indulgence les racines à la lisière de son front. Quand la mère débarbouillait ses filles avant l'école, elle était fière d'aligner devant elle ses trois « petites Russes », ses « blondinettes » (tant pis pour la brune Katioucha !), « je parcours la gamme », disait-elle en admirant leurs blondeurs différentes... Au moins la mère aux yeux fermés ne verra-t-elle pas ses blondoyantes sombrer l'une après l'autre dans le gris pisseux. Car Lisa aussi se ternit : elle, qui était d'un blond pâle, a maintenant des cheveux de cendre. Quand elles étaient petites, leur mère disait : « Ah, pour réussir le blond de celle-là, j'ai mis dans la sauce un jus de citron ! » Fini, le citron. Sous certains éclairages, on croirait Lisa poudrée d'amidon.

Seule la couleur de Sonia tient le coup. Elle est d'un blond Rubens, plus chaud. « Je l'ai gardée longtemps au four, expliquait la mère, et, en fin de cuisson, il m'a pris l'envie de napper le tout d'un roux blond — cinquante grammes de beurre, soixante grammes de farine et un demi-litre de bouillon : attention, les filles, il faut faire fondre le beurre à la poêle sans le laisser noircir, et mouiller la farine sitôt qu'elle roussit ! J'ai servi Sonia juste à point... »

Elles adoraient entendre cette histoire-là. Avec leur mère, tout « faisait ventre » : tout en venait, et tout y retournait.

Véra se souvient : à Cleyrac, dès qu'elle poussait la porte d'entrée, elle était enveloppée d'une vapeur tiède ; la buée collait aux carreaux, conséquence des lents mijotages et savantes cuissons élaborés dans la cuisine. Mélange de soupe aux herbes, de cire d'abeilles et de fleur d'oranger. Moiteur douce qui la baignait de ses odeurs tandis que, marchant sans bruit sur des tapis épais, elle avançait en direction du « saint des saints » : le four Siemens à air pulsé, avec ralenti *spécial soufflé* et pierre à pizza.

Çà et là, pour chasser les relents de chou ou d'oignon, la mère allumait des bougies parfumées, lumières ambrées qui ne tiraient de la pénombre qu'un fauteuil à la fois, une seule gravure, ou l'une des collections de babioles qu'elle avait accumulées au hasard des vide-greniers — petites boîtes russes, tabatières anciennes, œufs peints. Partout, dans des cache-pots en barbotine, des fleurs heureuses, bien nourries, grasses à souhait : pivoines, tulipes, camélias.

Des plantes aussi, alignées dans l'entrée, le couloir, le salon, comme dans une pépinière. La mère prenait leurs plantes malades « en pension complète » de même qu'autrefois leurs enfants convalescents. Quand ses petits-fils eurent passé l'âge de la varicelle, elle consacra tous ses soins aux ficus blêmes et aux dieffenbachias anémiés. Elle avait la main verte ; fougères et caoutchoucs transformèrent son rez-de-chaussée en serre exotique ; les fenêtres et leurs cantonnières disparurent derrière une forêt d'anthuriums.

Véra n'aime guère les jardins d'hiver ; les fanfreluches non plus (chez elle, tout est sobre et beige : adepte du *less is more*, elle prône la ligne droite, le bois brut, et le mobilier suédois) ; mais elle aime, aimait, la maison de sa mère, avait encore besoin, à quarante ans, de revenir chaque dimanche dans la « maison de Maman », pour manger les « petits plats de Maman », et même pour coucher dans le « lit de Maman » quand ses fils passaient le week-end chez son ex.

« Regarde ce philodendron, disait sa mère, c'est celui que Jérémie croyait crevé, je lui ai donné de l'engrais, de la lumière, et le voilà reparti ! Je n'arrête pas de le rempoter, mais il s'étoffe tellement que je ne peux plus le "tenir", dis à ton fils de venir le chercher, ça devient urgent ! Et ce lierre ? Il était tout jaune. Sonia voulait le jeter, je l'ai sauvé de justesse ! Une pincée de terre de bruyère, quatre cuillerées d'"or brun", et regarde : il grimpe, grimpe, il finira par toucher le plafond ! Ah, on peut dire qu'il se plaît ici, le lierre de ta sœur ! » Les plantes aimaient la maison de sa mère, si nourrissante, si joyeuse, les plantes aimaient l'amour de sa mère...

Mais tout avait décliné en même temps : la mère, son amour, ses plantes, et la maison qui les abritait tous. Véra qui habite très près, à Saint-Léonard-de-

Noblat, était mieux placée que ses sœurs pour assister au naufrage : elle a vu la mère et la maison s'abîmer ensemble, lentement, si lentement.

En premier, ce fut l'odeur qui disparut. Le four n'était plus allumé. Leur mère avait cessé de cuisiner, et leur père, habitué à la tambouille des cargos, se contentait de la bouilloire électrique et d'une plaque de cuisson. Plus besoin de camoufler le fumet de la matelote ou du civet sous les parfums d'Arabie, inutile de faire brûler dans les couloirs des bâtonnets de jasmin ou d'encens. La maison ne sentait plus rien.

Pourtant, maintenant, les visiteurs entraient directement par la cuisine ; le père avait condamné l'entrée principale et le grand jardin sur lequel elle donnait : il n'y avait ni interphone ni gâche électrique à la vieille grille ; et quand il s'absentait, la mère, qui n'avait plus la force de traverser la pelouse, ne pouvait ouvrir à personne. D'ailleurs, ils craignaient les agressions. Le père avait fini par poser une barre de fer au portail du jardin — et le jardin fut coupé de la rue — et plusieurs verrous de sûreté à la porte vitrée — et la maison fut coupée du jardin. Désormais, on entrait « par-derrière » — par le garage et une petite cour sinistre qui donne sur l'entrepôt d'un chauffagiste.

La « maison de Maman », qui avait perdu son odeur et son jardin, perdit aussi sa lumière. Le pacha, qui, la plupart du temps, était seul au rez-de-chaussée, vécut dans la cuisine, renonçant à ouvrir les volets du salon et de la salle à manger. À l'étage, la malade s'opposait à ce qu'on ouvrît les persiennes de sa chambre... Le soir, les lampes ne réussissaient plus à réchauffer ces pièces mortes : la mère avait aimé les éclairages indirects, le père, lui, n'allumait que les plafonniers — comme beaucoup d'hommes, il s'éclairait « utile ». Et même « antigaspi » : un demi-lustre au lieu d'un lustre entier, quarante watts au lieu de cent. Dans cette lueur grisâtre, les bibelots semblaient couverts de poussière. Quant aux plantes, privées de clarté, elles dépérirent.

Pour faciliter les rares déplacements de la malade, qu'on installait encore, à certaines heures, dans le coin télé, le chef de famille avait décidé de supprimer les tapis. Car il décidait maintenant ! Dans la maison il décidait ! Un moment, Véra, bouleversée, tenta de lui résister, puis elle roula le grand « mille fleurs » de Bessarabie à pétales rouges que sa mère avait tant aimé, et monta au grenier les quasi Kairouan et les presque persans. Les parquets réapparurent : ils étaient laids. Le mobilier du salon fut « adapté », lui aussi : les gros fauteuils à franges cédèrent la place à un relax métallisé ; on n'ôta plus la housse du canapé ; des bouts de couvertures beiges commencèrent à traîner sur les chaises Louis-Philippe ; et les « compléments nutritionnels », dans leurs emballages cartonnés, remplacèrent sur la console 1900 les bouquets de fleurs et les boîtes peintes.

Au premier, ce fut pire encore. La chambre, que la mère avait voulue si douillette, boutis, dentelles et pastels, cette chambre était méconnaissable : sur le vieux parquet mis à nu et qu'on ne cirait plus (la malade aurait pu glisser) trônait le lit médicalisé avec ses ferrailles. Autour, pour ne pas gêner les mouvements, on avait enlevé fauteuils et guéridons, ne laissant qu'une commode en pitchpin qui disparaissait sous les fioles, kleenex, piluliers et petites cuillères.

Pendant les six ans de maladie où la maison n'eut plus de maîtresse, ses peintures s'écaillèrent, ses papiers peints jaunirent. Il y faisait froid, il y faisait sombre, il y faisait faim, il y faisait triste. L'été, par la porte vitrée condamnée, Véra regardait le jardin inaccessible, le jardin sans fleurs, le jardin abandonné.

La maison où Lisa était née, où les quatre filles avaient grandi, où leurs enfants passaient vacances et maladies, cette maison autrefois si heureuse, si ouverte, n'était plus qu'un corps sans âme.

Mais cette enveloppe vide, Véra l'aime encore. Elle aime aussi, en dépit de tout, le corps émacié, évanescent, de sa mère, ce corps qui contient la mort comme un fruit son noyau. Fruit sec et corps sans chair, réduits à l'amande amère.

8.

Plusieurs années avant sa maladie, Maman m'a dit un jour : « Je me demande ce que je ferai quand ton père sera mort (elle se croyait sûre de l'enterrer puisqu'il a cinq ans de plus qu'elle), je ne me vois pas continuer à habiter cette grande baraque. Quand il sera "parti", je n'aurai plus qu'une demi-retraite, tu sais : je ne pourrai pas continuer à payer le chauffage d'un pareil bazar ! Sans parler de la manutention : ma chaudière me bouffe cent cinquante kilos de bûches par jour — tu me vois en train de la charger, à quatre-vingts balais ? En plus, si Louise quitte Cleyrac, si elle suit ses filles dans le Midi, je vais m'ennuyer, moi, toute seule. J'aime la compagnie ! — Mais, Maman, ai-je lancé dans un brusque élan du cœur, je te prendrai à Paris. Et au moulin. — Ah non, par exemple ! J'aimerais mieux aller chez Véra : elle, au moins, elle est épatante : positive, énergique... »

Ce jour-là, j'ai pensé que je ferais bien d'économiser mes sentiments.

Quand nous étions enfants, Véra et moi, nous nous donnions toujours la main. Sur le chemin de l'école ou des *commissions*, j'ai tenu ma sœur par la main jusqu'à neuf ou dix ans, de peur qu'elle ne s'aventure sur la route ou qu'un méchant bonhomme ne se jette sur elle pour l'enlever. Quand nous allions jouer chez de nouveaux amis, ou que Micha nous emmenait visiter, sur le plateau, des cousins que nous ne connaissions pas, nous ne nous séparions jamais. Sa main accrochée à la mienne, nous restions soudées l'une à l'autre pour traverser les cours de ferme, les étables, passer sous la courroie des batteuses, affronter l'inconnu. C'est pour cela, sans doute, que les caïds du cours élémentaire nous avaient prises pour des jumelles. Erreur : nous étions des sœurs siamoises.

Ma siamoise a été admirable avec Maman malade. Tellement, même, qu'il m'arrive de me demander si, à ce degré, c'est encore du dévouement ou, déjà, de la mortification : que cherchet-elle à expier ? En tout cas, elle nous a toutes entraînées dans sa démarche pénitentielle : entre sœurs aimantes il n'y a pas de limite à la rivalité. Depuis cinq ans, il a fallu que nous nous occupions de Maman sans cesse, et seules. Nous seules : Maman « première servie », et par la chair de sa chair exclusivement. La mère et ses filles, la mort et ses filles.

Sans doute ma sœur se souvient-elle de la

manière dont Maman a soigné ses propres parents qui sont, l'un et l'autre, morts dans sa chambre et dans ses bras ? Parfois, j'osais souligner, pourtant, que les situations n'étaient guère comparables : quand elle avait pris ses parents en charge, notre mère était plus jeune, donc plus solide que nous ne l'étions ; et puis, elle ne travaillait pas, alors que nous sommes toutes *à temps plein* ; sans compter que j'habite Paris huit mois sur douze et que Lisa vit en Australie ! « Tu feras comme tu voudras, disait ma sœur, mais moi je. » Alors, moi aussi. Et Lisa. Et Sonia. Jusqu'à épuisement de nos forces.

« Je suis vieille, protestai-je un jour. J'ai cinquante-deux ans ! — Juste comme moi, dit Véra (c'était le moment de l'année où nous avons le même âge, je tombais mal !), et tu vois, je me sens encore assez bien pour aider ta mère. »

Ah, ce retournement du possessif ! « Ta mère », me disait-elle chaque fois que je l'impatientais. Elle me téléphonait (au téléphone, elle a la voix de Maman, mais je ne pouvais pas confondre : Maman ne me parlait plus) : « Ta mère ne veut plus de son supplément "Provita". Faudrait peut-être que tu te bouges ! Que tu fasses le tour des pharmacies de Paris ! » « Ta mère risque d'être seule jeudi : Papa sera au Havre. Qu'est-ce que tu proposes ? » « Ta mère », disait-elle en prenant son ton de commissaire aux comptes.

Je me risquais encore à discuter ; mais chaque fois que je suggérais une solution susceptible de nous soulager, Véra s'écriait que nous n'en étions *pas là*. Et lorsqu'elle finissait par s'y résoudre, nous n'en étions *plus là*... Un lit médicalisé ? « Oh c'est sinistre, nous n'en sommes pas là ! » Quand nous avons toutes eu le dos rompu, il a bien fallu l'adopter, pourtant, ce lit d'hôpital. Mais pas question, le soir, d'en attacher les montants : « Tu n'y songes pas, nous n'en sommes pas à... » Quand Maman est tombée de son lit, nous avons bien dû, cependant. Une chaise percée dans sa chambre ? Humiliant, et puis nous n'en sommes pas... Une auxiliaire de vie ? Inutile, nous pouvons bien. Une garde de nuit ? À quoi bon, en nous arrangeant. Et je prenais les trains du vendredi soir et du lundi matin pour passer trois nuits auprès de Maman. Et Lisa multipliait, depuis les antipodes, les voyages ruineux pour assurer une permanence d'une semaine. Et notre père (revenu, sagement, « vivre entre ses enfants le reste de son âge ») se démit l'épaule en relevant la malade tombée sur le parquet. C'était trop, beaucoup trop ! Et trop pour quoi ? Pour sauver nos souvenirs ? Le décor de notre enfance ? Préserver nos illusions ? Celles de la mourante ? Vain combat, puisque, pour finir, il fallait toujours en passer par ce que nous avions refusé : notre mère dut s'accommoder du changement de lit, puis de la chaise percée, accepter des inconnus dans sa maison — une auxiliaire de vie, puis une garde de nuit — et, malgré ça, nous n'avons pu lui éviter de revenir à l'hôpital, cet hôpital où elle mourra face à un mur rose gencive, une laque Ripolin qui ne lui rappelle rien...

Pourtant, ma sœur n'est pas du genre à s'attacher corps et âme au passé. À rejouer la bataille de Waterloo pour la gagner. Est-ce bien pour maintenir — la malade et sa maison, ce faux nid conjugal qu'au fond Maman n'aimait pas tellement —, est-ce pour « maintenir » que Vérotchka se battait, ou bien pour effacer ? Quel péché doit-elle se faire pardonner ? Quelle faute, inconnue de nous toutes, veut-elle racheter ? Le sait-elle seulement ? À moins qu'elle ne se reproche enfin l'erreur dans laquelle elle s'est entêtée : croire que les règles de l'expertise comptable s'appliquent aussi à l'agonie et que les mourants réclament des bilans sincères.

9.

Nous avons perdu Maman le jour où, sous la pression de mes sœurs, nous l'avons obligée à regarder la mort en face. De cet instant elle ne nous a plus vues ni entendues : l'Autre, l'Invitée, qu'elle ne perdait pas des yeux, est toujours restée en tiers entre nous.

Cette vérité qu'au nom de la nouvelle morale médicale nous lui devions, la lui devions-nous à ce point-là ? Qu'on empêche les familles de s'abriter derrière de pieux mensonges, soit. Mais le malade, lui, n'a-t-il pas le droit de se mentir ? Faut-il lui repasser la vérité en boucle, comme sur France Info ?

Quand Maman a été opérée d'urgence à Ville-juif, ce qu'elle redoutait n'était pas le verdict, mais l'anesthésie : c'était sa première opération, la première de sa vie, et l'exotisme déroutant du bloc opératoire, la perfusion, la perte de conscience qui s'ensuivrait l'inquiétaient plus que les « analyses ». Elle fut donc ravie, et surprise, de se réveiller.

Cependant, le résultat des prélèvements confirma le pessimisme du chirurgien à la sortie du bloc — il fallut se résoudre à en informer la malade. Le chef de service s'en chargea. Le diagnostic était précis : cancer primaire du foie, très développé *in situ*, mais encore peu, ou pas, métastasé. Il y a mieux, il y a pire... Le lendemain de cette visite du grand patron, Maman, qui n'avait pas encore quitté la réanimation, nous expliqua qu'on ne savait toujours pas de quoi elle souffrait — ces docteurs, tous des ânes !

Mes sœurs s'inquiétèrent, persuadées que le médecin n'avait pas été clair ; je fus chargée de lui téléphoner pour le prier, au nom de toute la famille, de recommencer. Je le fis à contrecœur : la vérité est un fusil à un coup... Le patron revint cependant, pour « achever la bête ». Il me rendit compte de cette deuxième mission ; comme à sa première visite, il avait exactement nommé la maladie et détaillé les traitements possibles au cas où l'opération ne suffirait pas à enrayer la prolifération : chimio-embolisations effectuées directement dans le foie, congélation partielle, ou réchauffage, des organes malades, et cetera. Non, il n'y avait pas beaucoup d'« et cetera »... Juste assez pour faire croire qu'on n'était pas à la dernière extrémité.

Dans les jours qui suivirent, Maman prononça le mot « tumeur » : elle avait une tumeur, mais cette tumeur n'était ni bénigne ni maligne, elle était « atypique ». Atypique : l'adjectif lui plaisait, elle le répétait à tout bout de champ.

Elle entra en maison de convalescence : les ablations qu'elle avait subies histoire de bien nettoyer — la moitié du foie, la vésicule et quelques appendices adjacents — nécessitaient un suivi médical attentif. Dans cette maison de postcure au milieu des bois d'Ambazac, elle sembla reprendre goût à la vie ; l'appétit lui revint, elle recommença à marcher. Nous faisions quelques pas dans le parc ; elle était contente de son chirurgien (« efficace », disait-elle) et indulgente à l'égard de la médecine — si ignorante, n'est-ce pas, qu'on n'était même pas capable de qualifier « sa » tumeur : « Atypique ! J'ai une maladie atypique, un truc qu'ils n'ont jamais vu ! Et ils ne savent ni pourquoi j'ai attrapé ça, ni comment ça va évoluer ! Ah, qu'on ne me parle plus des progrès de la médecine ! » Elle ironisait : « Molière ! Molière ! "Le poumon, vous dis-je !" Eh bien, moi, c'est le foie. Et leur diagnostic s'arrête là ! »

Cherchait-elle à nous préserver ? Essayait-elle de s'aveugler ? N'importe : la vérité n'est pas d'un prix tel qu'il faille lui sacrifier le bonheur.

Je dus rejoindre Paris, m'envoler pour le Salon du Livre de Montréal. Lisa regagna l'Australie. Papa ne venait que de temps en temps : une association dont il s'occupe depuis des années, les Amis des peintres de marines, l'appelait d'urgence dans les Cévennes et le Bourbonnais... Mais Sonia et Véra, qui vivent à Limoges ou tout près, prirent le relais auprès de la convalescente : Véra lui apportait des bijoux à cinq sous, des bracelets brésiliens censés protéger du mauvais sort ; Sonia jouait les coiffeuses et les manucures avec crèmes et vernis variés. La convalescence se passait aussi bien que possible.

« Non, me dit Véra un soir au téléphone, ça ne se passe pas bien : Maman n'a pas compris qu'elle a un cancer.

— Le médecin le lui a bien expliqué.

— Ce toubib te raconte des histoires ! Elle n'est pas au courant, c'est clair : elle nous parle d'infection microbienne, de grosseur atypique...

— Laisse-la faire.

— Pas question : elle a droit à la vérité ! Je ne veux pas la tromper.

— Qui te le demande ?

— Toi ! Apprends-moi comment je pourrais lui cacher la vérité sans être dans le mensonge ?

— Commençons par le commencement : qu'est-ce que la vérité ? »

Ma sœur aurait pu me traiter de Ponce Pilate, mais elle ne le fit pas car, en digne fille du plateau, héritière de quatre générations de libres-penseurs, elle n'a jamais lu les Évangiles.

« Bon, reprit-elle agacée, ne finassons pas, tu sais comme moi ce que Maman nous a dit et répété : si un jour elle tombait gravement malade, elle voudrait connaître la vérité.

— C'est ce qu'elle disait, oui, quand elle était en bonne santé... »

Il y eut un long silence au bout du fil (j'allais m'habituer à ces silences qui annonçaient la fin du débat — « assez perdu de temps ! ») :

« Écoute, conclut l'*executive woman*, tu feras ce que tu voudras, mais nous (« nous », c'est-à-dire mes sœurs sans moi) avons décidé que je parlerai à Maman. Sonia m'accompagnera. Nous allons lui mettre les points sur les i... On ne se bat pas sans savoir contre quoi !

— Et votre commando de choc attaque quand ?

— Demain matin. »

C'était la première fois que je me trouvais ainsi mise devant le fait accompli : par la bouche de Véra, le « collectif » m'informait de ce qu'il avait décidé ; une famille est une société démocratique et Véra, je n'allais pas tarder à le comprendre, ne se présentait devant moi qu'après avoir réuni une majorité...

Je réussis quand même à joindre l'un de mes beaux-frères, Henri, le premier mari de Véra, qui a gardé de l'influence sur la mère de ses enfants : « Je crois que ta sœur a raison, me dit-il, navré. Ta mère n'aimerait pas découvrir que vous lui cachiez quelque chose. » En effet : dans l'éducation qu'elle nous avait donnée, pas de faux-fuyants, pas de mensonge, rien même de secret — il était interdit de la tromper. Mais déjà elle n'était plus la femme qui nous avait élevées : elle voulait être trompée. « Je ne dis pas que le médecin de Villejuif s'est défilé, non, poursuivait mon beau-frère, mais il a dû employer des mots qu'elle n'a pas compris... — Qu'est-ce qui t'autorise à le penser ? Ça t'étonne que Maman ait réclamé la vérité et qu'aujourd'hui elle la fuie ? Ça vous étonne, Véra et toi ? Est-ce que vous avez jamais regardé les hommes vivre, sondé le fond de leur cœur ? Je vous en supplie, ne l'obligez pas à y voir trop clair... »

Le lendemain, à quatre heures du matin (décalage horaire), je fus réveillée par Véra qui fulminait au téléphone : « Alors, il paraît que je ne me suis pas assez penchée sur le cœur humain ? C'est possible, vois-tu. Très possible. Parce que, avec deux maris à remorquer et trois mômes à élever, ma vie, en dehors des heures de bureau, ce n'était pas du Racine ou du Sarraute, c'était plutôt bouffe, lessives, supermarché, pédiatre, réunion de parents, fournitures scolaires. Et bouffe, plombier, vaccins, "range ta chambre", Darty, brevet des collèges, nettoyage de moquette. Et bouffe, classe de neige, électricien, réunion de copro, "M'man, Gilles a renversé le mercurochrome sur le canapé !". Et baffes, bouffe, baise, bof... Ma condition de femme ne m'a pas laissé beaucoup de temps pour m'interroger sur la condition humaine ! Si toi, tu en as eu le loisir, tant mieux ! » Qu'est-ce qu'elle croit ? Moi aussi, pendant vingt ans, c'était bouffe, baffes, bof ! Mais quand Véra est dans cet état, inutile de discuter...

Dans l'après-midi, sur mon stand, coup de fil de Sonia. Plus douce, elle, plus timide, et la diction légèrement savonneuse. Écrêtement des consonnes. À Limoges, il est dix heures du soir : elle a dû faire un ou deux bars avant de rentrer. Même pas : depuis que son fils est parti, elle a tout ce qu'il faut chez elle.

« Mon poussin, disait-elle (elle m'appelle "mon poussin", Véra m'appelle "ma petite sœur", et Lisa, "Katioucha" ou "p'tite Katy" — depuis quand, moi leur aînée, suis-je devenue leur benjamine ?), mon poussin, j'ai bien réfléchi à ce que tu as dit à Henri. Sur le moment, quand Véra m'en a parlé, ça m'a troublée. Je me suis demandé si, quelque part, tu n'avais pas raison... Mais j'ai relu Simone de Beauvoir (possible : maintenant elle lit beaucoup, "trop, disait Maman, tu as vu comment elle tient son intérieur ?"), ce bouquin, tu sais, que Beauvoir a écrit sur la fin de sa mère, *Une mort très douce*, bon bouquin d'ailleurs, peut-être son meilleur... Beauvoir et les médecins avaient menti à la malade jusqu'au bout. Eh bien, après coup, elle s'en voulait, Beauvoir. Elle écrit : "Nous lui avons volé sa mort..."

— Moi, ça m'embêterait qu'on me vole ma vie, ou même mes bagues, mais ma mort, franchement, je n'y tiens pas tant que ça ! Je vous la laisse !

— Bon, Katia, peut-être que le sujet mérite que tu le traites sérieusement... À cette heure-ci, je suis crevée, j'ai sommeil, alors si tu veux bien m'écouter cinq minutes... Dans ce livre, Beauvoir explique que le mensonge a créé une distance entre la vieille dame et son entourage : il rendait l'échange impossible, tu comprends ? En plus, il empêchait la mourante d'évoluer. Comment dire ? De se montrer plus grande que son sort...

— Ah oui ? Et qu'est-ce qu'elle aurait pensé, ta chère Simone, si sa vieille maman, dûment informée, s'était montrée plus petite, beaucoup plus petite que son sort ? Ça doit bien arriver de temps en temps, non ? Et puis la vérité, quand elle ne laisse pas d'espérance, la vérité isole aussi !

— Hmm... Je ne vois pas pourquoi. D'ailleurs, nous nous arrangerons pour laisser de l'espoir à Maman... »

Son siège était fait. Avec ou sans Beauvoir. Je renonçai à lui expliquer que la vérité de l'un — « tu vas mourir » — n'est pas la vérité de l'autre — « je vais mourir ». Le mourir diffère sensiblement selon qu'on le conjugue à la première ou à la deuxième personne.

Mais à quoi bon argumenter ? Sonia ne m'appelait que « par gentillesse » : la décision était prise.

La délégation familiale fit de son mieux pour persuader la convalescente de la nature de son mal : le mot « cancer » lui faisait peur ? Les traitements l'effrayaient ? Mes sœurs, avec tendresse et fermeté, lui coupèrent toute retraite.

De ce jour, Maman entra dans une dépression douce. Son appétit devint capricieux. Bientôt ce fut l'anorexie. L'anorexie comme réponse à un gavage moral, un trop-plein de sincérité. Puis, pendant la dernière année, ses yeux toujours fermés — des yeux que ses enfants l'avaient obligée, par trois fois, à ouvrir grand sur son état.

10.

Elle a tout de suite trouvé injuste d'avoir un cancer du foie. D'avoir un cancer bien sûr, mais surtout un cancer du foie, elle qui ne buvait pas, n'achetait que des poulets « fermiers », mangeait « bio » avant tout le monde, évitait les surgelés et refusait le micro-ondes (« Vous croyez que c'est sain, vous, ces radiations ? »).

Dès l'annonce de sa maladie, elle s'est persuadée que la nourriture, toute la nourriture, était empoisonnée. Ses organes, malgré la sévérité du pronostic, fonctionnaient encore, mais elle est entrée dans une anorexie qui s'est aggravée plus vite que le cancer lui-même. Elle refusait la viande — à cause de l'ESB ; les œufs — qui donnent du cholestérol ; les charcuteries — bourrées d'antibiotiques ; les volailles — nourries aux farines ; le saumon — élevé en « batterie » ; les poissons d'eau douce — pleins d'arêtes ; les fruits — qui provoquent des « aigreurs » ; le sucre — qui prédispose au diabète ; le lait — qu'elle ne digérait pas ; les pommes de terre — des concentrés de pesticides ; le maïs — génétiquement modifié ; le pain — « tu as vu avec quoi "ils" traitent leur blé ? » ; les tomates — « ça n'a plus de goût ! » ; les pâtes — « c'est bien fabriqué avec du blé ? » ; le vin — trafiqué ; les sirops — colorés ; l'eau — polluée ; le chocolat — mauvais pour le foie ; etc. Pendant les trois premières années de sa maladie, elle a encore accepté les potages « maison » (faits avec des légumes achetés chez un maraîcher qu'elle connaissait), le melon (que son épaisse carapace protégeait, à son avis, des agressions du milieu), l'eau d'Évian, et le miel du Gâtinais. Chaque jour, je calculais mentalement le nombre de calories qu'elle avait absorbées — quand nous atteignions le millier, je m'estimais contente car, malgré le manque de protéines, c'était encore, vu son âge, une ration de survie...

C'est alors que, brusquement, nous avons connu de terribles ennuis avec le miel du Gâtinais : le *Gaucho*, le fameux *Gaucho*, cet herbicide appliqué aux cultures de tournesols, tuait les abeilles ; celles qu'il n'avait pas liquidées, il les rendait folles et leur miel était contaminé — les médias citaient les régions les plus atteintes ; parmi elles, la Mecque des ruchers, le Gâtinais. Aussitôt, de son menu si menu, Maman retrancha le miel... Il nous a fallu plusieurs semaines pour découvrir, chez un petit apiculteur, au fin fond de la montagne limousine, du côté de Lamazière-Haute, un « miel de bruyère » que le

Gaucho n'avait sûrement pas touché : rien n'était cultivé, ni cultivable, sur des milliers d'hectares. Après examen de nos preuves, elle accepta de se remettre au miel, à condition que nous nous en tenions à deux cuillères par jour, dissoutes, avec un jus de citron, dans un verre d'eau.

Quand nous nous succédions auprès d'elle, nous nous repassions des adresses, des recettes, nous nous refilions les trucs qui « marchaient ». Marchaient provisoirement : « En ce moment, elle accepte les nectarines », ou « Elle ne veut plus de melon, mais tu lui passes les tranches au mixer, et le jus, elle l'avale », ou « Figure-toi que j'ai pu lui faire prendre du fromage blanc ! Des petites faisselles à 0 %, mais attention : sans gélatine, surtout sans gélatine ! Et de marque *Supralait* exclusivement ». En ce temps-là, en effet, elle exigeait de vérifier les emballages, les étiquettes, et lisait attentivement les compositions. Les repas (repas ?) faisaient l'objet de longues négociations : « Ce matin, au marché, je t'ai pris du raisin italien, regarde comme il est beau ! — Tu sais bien que je ne mange pas de raisin, je ne peux pas avaler les pépins. Ça ne passe pas... »

« Je t'ai fait une petite crème à la pistache, pour le dîner... — Je n'aime pas la pistache. Et je n'ai pas l'intention de dîner. »

« Une compote à la cannelle. Mais si, Maman : ce sont des pommes de mon jardin ! Des pommes du moulin. D'habitude, tu les aimes bien, les compotes de mon jardin... — Justement. Tes compotes, toujours tes compotes ! Tu m'en sers si souvent que j'en suis dégoûtée ! »

Parfois, nous réussissions à découvrir, chez tel pâtissier, une brioche qu'elle pourrait aimer (c'est-à-dire qu'elle en consommerait trois bouchées), puis, chez tel autre, une tuile aux amandes ou un *financier* qu'elle consentirait à goûter (« Rien qu'une moitié ! Oh ! pas tant que ça, Katia, tu vas me faire vomir ! »). Ces relâchements ne duraient jamais plus de quelques jours ou quelques semaines : le petit extra était vite retranché du régime ordinaire qui, d'épuration en épuration, tendait vers zéro. Elle maigrissait, ne se mettait plus à table. Papa nous appelait au secours : « Revenez ! Elle ne prend plus que trois cuillerées de bouillon et un demi-yaourt ! »

Très tôt — au moins trois ans avant les « murs roses » —, nous avons donc pris les choses en main : à cette époque, Maman n'était pas encore dépendante ; loin de là ! Pourtant, il nous a fallu venir chaque jour la faire manger, ou la prendre chez nous, par périodes, pour la remplumer. Entre deux réunions à son cabinet comptable, Véra, qui habite à mi-chemin de Limoges et de Cleyrac, passait tous ses moments libres à arpenter les marchés — à la recherche du fruit rare, de la bonne idée ; elle lui confectionnait des petits plats, qu'elle tentait ensuite de faire passer de l'assiette à la bouche, et de la bouche à l'estomac : cette dernière étape n'était jamais gagnée ;

souvent, après avoir mâché interminablement, Maman recrachait la nourriture dans un coin de son assiette, à moins qu'elle ne dissimulât, derrière un pot de fleurs, le bout de gâteau que nous croyions « digéré »... Jamais elle n'a vomi, même si elle nous en menaçait : elle ne souffrait encore, malgré le cancer, d'aucun désordre digestif apparent. Du reste, sitôt que nous nous trouvions rassemblées dans le Limousin pour un Noël, un mariage, un anniversaire, que nous étions occupées à rire et à discuter, trop occupées pour garder les yeux fixés sur son assiette, elle mangeait — et de tout ! Même de la mousse au chocolat et du foie gras !

Cette grande malade était une petite fille. L'enfant unique, l'enfant gâtée de Mikhaïl Sarov. Nous aurions dû la distraire sans arrêt, l'amuser. En tout cas, ne pas lui permettre de « faire l'intéressante » en attirant l'attention de tous sur sa fourchette. Nous aurions dû l'ignorer... Nous n'y parvenions jamais longtemps, ni séparément : dès qu'au lieu de nous réunir autour d'elle nous nous succédions à sa table, la lutte reprenait, cuillerée par cuillerée. Pour stimuler son appétit, ses petits-fils s'évertuaient, les uns après les autres, à réaliser les recettes qu'elle leur avait transmises : « Babouchka, j'ai préparé ton délicieux poulet à l'abricot ! » « Babou, goûte mon crumble, j'ai appliqué ta méthode, goûte ! Juste une bouchée ! Une minuscule bouchée, Babe. Pour me donner ton avis... »

Elle maigrissait. Cachait sa maigreur sous des châles superposés. Mais ses bagues glissaient de ses doigts décharnés. Pour nous tromper, elle faisait réduire leur diamètre ; mais, six mois après, ce camouflage était à recommencer : elle perdait son diamant de fiançailles dans la salle de bains, l'aigue-marine de ses noces d'argent dans la cuisine.

Véra, qui pratiquait le tennis et le yoga, luttait contre les porcheries industrielles, défendait la truite sauvage et les femmes afghanes, renonça peu à peu à toute activité extraprofessionnelle pour faire manger Maman, prendre le temps — de plus en plus long — qu'il fallait à un bien-portant pour faire manger Maman. Associée, depuis longtemps, dans le plus gros cabinet d'expertise de la région, elle décida d'en refuser la présidence quand on la lui proposa. Lorsqu'elle nous annonça sa résolution, j'eus l'impression qu'elle s'enterrait vivante : dans une profession libérale, à l'âge qu'elle a, on ne « redémarre » pas. S'il s'agissait d'un championnat d'abnégation, l'ampleur de son sacrifice la mettait hors concours. Certes, je ne voyais plus mes fils, pour Maman j'avais renoncé aux loisirs, aux vacances et aux week-ends, mais je n'avais laissé tomber ni l'édition ni l'écriture. Sonia n'avait pas abandonné le whisky-Coca...

Peu après, Maman, que ce don avait laissée indifférente, décréta qu'elle ne voulait plus mâcher. Mâcher la fatiguait. Nous sommes passées au tout-en-purée, aux petits pots pour bébés et aux *compléments protéiniques* variés. Les généralistes (Maman changeait souvent de médecin traitant — « tous des ânes ! »), les généralistes nous faisaient la leçon : « Elle doit absorber chaque jour deux boîtes de compléments. Deux. Pas moins ! C'est facile à prendre : ça se boit... » On voit qu'ils ne connaissaient pas leur patiente (elle ne leur laissait d'ailleurs pas le temps de la connaître !) : « Facile à prendre », les compléments ? Oui, sans doute, puisque même les tétraplégiques parviennent à les avaler — avec une paille, comme un jus de fruits. Mais Maman déclara cette mixture infecte : plutôt mourir ! Nous avons écumé les pharmacies, tout essayé, les goûts « fraise », « chocolat », « vanille », cherché les marques qui dissimulaient le plus grand nombre de calories sous le plus faible volume... En vain : il fallait se battre depuis le matin jusqu'au soir pour lui faire ingurgiter une demi-« brique » de complément.

J'avais pourtant goûté au breuvage sans le trouver répugnant : ce n'était ni bon ni mauvais — quelque chose comme du lait concentré, en plus fade. La dernière année, au lieu de m'évertuer à dénicher dans les réserves des pharmacies un goût nouveau qui lui plairait, je choisis résolument la marque la plus insipide pour mieux la déguiser : après avoir fait tiédir la préparation, je la mélangeai, dans la proportion d'un cheval et d'une alouette, à quelques cuillerées de thé très

113

fort, très parfumé, et bouillant. Je servais le tout à cinq heures, accompagné d'un biscuit sec. Le goûter comme le petit déjeuner étaient, depuis longtemps, les meilleurs « repas » de la malade ; peut-être parce que, plus informels, pris sans passer à table, ils donnent — aux anorexiques comme aux obèses — l'illusion de manger sans se nourrir ? Entre les petits bouts de croissants, les quarts de brioche, les demi-financiers, le lait, le sucre et le miel, nous arrivions à introduire, en fraude, trois ou quatre cents calories de plus dans ce corps affamé : en parfumant au thé russe son complément nutritionnel, je poursuivais cette politique du faire sans dire ; *Questions pour un champion*, qui commence en fin de goûter et captait par intermittence son attention, m'aidait à lui faire avaler les dernières gorgées.

Vint, cependant, le temps des « yeux fermés », le temps où la télévision resta éteinte dans la chambre, le temps où le bouillon, même le bouillon clair, fut repoussé. Nous devions le lui donner à la cuillère, obtenir, après avoir longuement parlementé, l'ouverture de la bouche, puis la réouverture de la bouche (soupirs, haussements de sourcils), et la ré-réouverture de la bouche... Il n'était pas rare de devoir réchauffer le bol dix fois de suite.

Vint aussi le moment où alimenter Maman excéda le temps libre de toutes les personnes de la famille ; on peut sacrifier à sa mère son conjoint, ses enfants, sa carrière, mais, en

114

période de chômage, on ne lui sacrifie pas son patron : Maman ne voulait plus manger ; nous devions gagner notre bifteck...

Papa ayant fini par déclarer forfait, une « auxiliaire de vie » fut chargée de tenir, à notre place, le bol et la cuillère. C'était une Camerounaise aimable et grassouillette. Très grassouillette. Un excellent coup de fourchette. Muguette Glorieuse (c'est son nom) finit bientôt tous les hors-d'œuvre, tous les rôtis, tous les gâteaux que nous nous obstinions, bêtement, à préparer pour Maman. D'ailleurs, elle ne se donnait pas grand mal pour nourrir cette vieille femme au bout du rouleau : elle proposait gentiment quelques aliments, les plaçait à portée de main sur un plateau, et vogue la galère ! La télévision reprit du service... Quand l'un de nous arrivait au moment du goûter ou du dîner, et qu'il s'étonnait de trouver pleins à ras bord les verres de *complément nutritionnel*, « Ben, elle en veut pas, disait Muguette avec son accent chantant, on va quand même pas la forcer, cette dame, hein ? »

L'indolence de Muguette Glorieuse divisa la famille. Elle était indolente, assurément. Mais il y avait dans cette indolence une forme de bon sens, une sagesse à l'ancienne : j'y trouvais le respect des vieillards (même si Muguette ne pouvait savoir que le cancer avait vieilli « cette dame » de trente ans en trois ans), et une soumission raisonnable aux processus naturels — la mort, la mort des autres en tout cas, n'effrayait pas la rieuse Camerounaise.

N'est-il pas dans l'ordre des choses, en Afrique et ailleurs, qu'un jour le vieux, rentrant à la maison, se couche et cesse de manger ? Il a bien assez souffert, ce vieux, bien assez trimé ! Il a le droit de rester couché, le droit de ne plus parler, le droit de refuser l'eau et le millet. On ne va pas contrarier les anciens et, encore moins, les gaver. Où serait leur dignité ?

Avions-nous tort d'obliger Maman à se nourrir ? Devant le comportement à la fois paresseux et raisonnable de Muguette, je me le suis demandé. Mais Muguette ne s'est occupée de Maman que trois mois, les derniers ; et si, de l'assistance à personne en danger, nous étions passés insensiblement à l'acharnement bien intentionné, au début nous n'avions pas trahi la volonté de notre mère : elle ne cherchait pas à « en finir ». Pour le suicide, elle avait tout le nécessaire dans son pilulier — somnifères en pagaille et stock de morphine. Ce n'était pas pour mourir qu'elle s'affamait, c'était pour régner : nous réunir toutes autour d'elle, nous enrôler, nous enfermer. Son champ d'action se réduisait ; son empire rétrécissait ; il restait son corps, ce corps qui avait été bon vivant, ce corps qui aimait la table et le lit, ce corps qui avait de l'appétit, lui... Inflexible, elle le contraignit.

Coup double : à travers ce corps qu'elle contrôlait, elle nous contrôlait aussi. Certains jours, il me semblait que si elle avait pu faire rentrer dans son ventre souffrant tous ceux — enfants et petits-enfants — qui en étaient sortis, elle nous aurait emportés dans son voyage... Voilà ce que, « sans le vouloir », elle voulait.

Lisa

Jeudi 16. Hôpital Louis-Pasteur. Quatorze heures trente.

Comme tous les jours, face à sa mère, Lisa se sent coupable. Coupable d'avoir été trop aimée. Coupable d'avoir perdu cet amour. Coupable de l'avoir racheté trop cher. Et coupable de se reprocher encore le prix qu'elle l'a payé. Mais la mère aussi est coupable. Avait de bonnes raisons de se sentir coupable, et de redoubler d'amour pour se faire pardonner. À elles deux, elles ont tissé un réseau serré, un réseau secret, de hontes et de culpabilités.

Du côté de ses sœurs, c'est plus simple : culpabilité à sens unique. Lisa s'en veut d'avoir été la « préférée » — au moins jusqu'à douze ou treize ans, avant que Véra ne prenne le relais. Puis, de nouveau, après son mariage. Elle s'en veut surtout d'habiter l'Australie et de se soustraire depuis cinq ans à la marche quotidienne de sa famille vers la mort. Tout le temps qu'elle ne donne pas à sa mère, Lisa croit qu'elle le vole. Non seulement à la mourante, mais à Sonia, Véra, Katia. Elle craint pour elles le surcroît de fatigue. Ce qu'elle accorde encore à la vie, Lisa s'accuse de le dérober à la mort. Au point qu'elle ne serait pas étonnée, pas révoltée, qu'elle se trouverait même soulagée si, comme les empereurs de Chine, leur mère les emmenait toutes dans sa tombe...

Elle se sent tellement en faute qu'elle n'a pas « profité » de sa migraine. N'en a pas profité pour se faire dispenser de présence auprès de la malade. Ne s'est offert qu'une matinée de repos. Et encore, « sur avis médical ». SOS Médecins a dû passer deux fois. Elle pleurait de douleur — on lui a fait deux piqûres. Elle pourrait, comme à l'école, fournir un mot d'excuse...

« Bonjour, Maman, c'est Lisa. » Elle a l'impression que la main aux ongles vermillon a bougé. En embrassant Katia, qui a assuré sa propre permanence du matin, puis a refait le bouche-trou de midi à quatorze heures pour donner à sa sœur le temps de se rétablir, Lisa continue à informer sa mère : « Je viens remplacer Katioucha, qui part travailler. Elle repassera ce soir, avec Papa, après ton dîner (« ton dîner » !). Entre-temps, tu vas voir (« voir » !) tes petits-fils Fabrice et Raphaël. Et William m'a téléphoné pour avoir de tes nouvelles. Tu te souviens de William ? » C'est une question, alors qu'elle s'était juré de ne plus en poser ; et une question idiote, en plus ! Bien sûr que leur mère se souvient de son gendre ! D'autant que c'est le dernier qui lui reste ! Elle est mourante, mais elle n'est pas gâteuse ! D'ailleurs, elle le fait savoir en bougeant, cette fois nettement, sa main posée comme une araignée sur le drap blanc : un mouvement d'impatience. L'araignée voudrait se carapater... Lisa aussi.

Par chance, retour de Katia, qui avait oublié son parapluie. Dehors, il pleut — un peu de neige fondue. Depuis que Lisa a remis le pied sur le sol français, la pluie n'a pas cessé. Le bitume est gras, huileux, on glisse sur les trottoirs, les métros sentent le chien mouillé, les Parisiens mordent, les dernières feuilles pourrissent dans le caniveau, on ne voit plus le ciel. *Il f'sait un temps épouvantable, on avait mis les morts à table* : voilà les paroles que Lisa cherchait pendant sa migraine, qu'elle cherche depuis trois jours. Un air de valse, une ritournelle qui lui trottait dans la tête, quelques mots, un bout de refrain : *Est-ce ainsi que les hommes vivent ?* Elle vient de retrouver le couplet, qui ne valse pas, lui : *On avait mis les morts à table.* La musique voulait l'amener à ces mots-là, l'air connaissait la chanson, et la chanson parlait de la mort de sa mère.

Mais elle ne mettra pas sa mère *à table* : dans le « cahier de liaison » elle voit qu'une infirmière a réussi à lui faire prendre tout à l'heure, en présence de Katia, quatre cuillerées de compote ; et, hier soir, Jérémie a noté qu'il lui a fait accepter une demi-Danette au chocolat : leur mère, une Danette ? Faut-il qu'elle aime Jérémie ! Lisa est décidée à ne rien proposer — d'abord, parce qu'il faudrait interroger (« Voudrais-tu un peu de ») et qu'elle ne veut plus poser de question. Puis, franchement, elle se demande s'il est bon d'insister pour « faire durer ».

Elle en a touché un mot, l'autre soir, à Sonia. Mais Sonia, qui lit beaucoup, lui a presque ri au nez : « Un être humain, à condition d'être correctement hydraté, peut tenir cinquante-cinq jours sans s'alimenter. Alors... »

Lisa approche sa main du poignet amaigri de sa mère ; en même temps, pour apprivoiser l'araignée à cinq pattes qui pend au bout du poignet, elle parle, elle dit doucement : « C'est toujours Lisa, Maman. Ta petite, ta dernière. Je suis revenue, je suis là », et, comme la main ne la fuit pas, que le visage aux yeux clos ne se contracte pas, autour du poignet elle forme un bracelet léger de ses doigts. Sans appuyer. Simplement, de temps à autre, elle fait glisser son pouce sur la peau tiède, pour une caresse brève, un petit rappel d'affection. Pas d'exagération, aucun pathos. À la première caresse, elle a tout de même murmuré « Je t'aime », parce que c'était vrai. Mais elle n'a pas dit « Je t'ai pardonné », puisque ce serait faux. Sa mère ne mentait jamais et s'en vantait ; elle non plus ne ment pas. Elle n'est revenue qu'une fois sur le passé, pour solde de tout compte, un soir où elle était de garde auprès de la malade, il y a six mois. Elle venait de coucher sa mère dans son lit *médicalisé*, avait allumé le petit transistor en choisissant un programme que sa mère, autrefois, aurait adoré : le hit-parade des discothèques ; elle n'avait branché que la veilleuse. Brusquement, quand l'heure bleue a basculé dans la nuit noire, elle a su qu'elle devait aborder le sujet. Elle l'a fait d'un ton léger : « Tu sais, à propos de mes erreurs de jeunesse... Au cas où il t'arriverait encore d'y penser, il ne faut pas que tu t'en veuilles. » Elle avait choisi soigneusement ses mots, en juriste scrupuleuse : « Il ne faut pas que tu t'en veuilles » ne signifie pas « Je t'ai pardonné », mais « Je souhaite que tu te pardonnes ». Sur ce point, Lisa était sincère ; et elle espérait, lâchement, qu'un esprit moins précis confondrait les deux formules : « Ce que tu as voulu, tu l'as voulu pour mon bien, je le sais. Personne ne pouvait prévoir... Mais maintenant je n'y pense plus. William est un homme merveilleux, et ma vie, une vie utile. Ne t'inquiète surtout pas pour moi. » Les mourants, paraît-il, attendent toujours quelque chose de leurs proches — une promesse, une mise au point, une permission... C'était fait. Aujourd'hui elle se borne, en caressant du pouce le poignet maigre, à répéter : « Je t'aime, Maman, je t'ai toujours aimée. » Devrait-elle avouer : « Je le savais bien, va, que j'étais ta préférée » ? Non, car il faudrait ajouter : « J'ai accepté ce que tu voulais. Même quand je ne le voulais pas. »

La mère respire paisiblement, la bouche ouverte. Elle a l'air de dormir. Sa fille a lâché le poignet : elle commençait à souffrir d'une crampe dans le bras. En desserrant ses doigts, elle a eu l'impression de libérer sa mère aussi, comme si elle lui ôtait des menottes. Elle croyait la caresser, elle l'emprisonnait.

Les deux mains posées à plat sur les accoudoirs du fauteuil, bien calée contre le dossier, elle essaie de calquer sa respiration sur celle de sa mère, elle aussi aimerait s'endormir... Mais la migraine remonte comme une marée, vient battre contre ses tempes.

Elle n'arrivera pas à s'en débarrasser tant qu'elle restera au Star Hôtel, elle le sait.

Elle voudrait loger chez Katia. Elle adore les maisons de Katia. Le moulin de La Roche surtout, qu'à la mort de leurs grands-parents la mère a donné à son aînée sous prétexte qu'elle était la seule des quatre filles qui fût à la fois épouse, mère, et salariée. Depuis, aucune des autres n'a pu faire mieux... L'appartement de sa sœur, avenue des Ternes, n'est pas déplaisant non plus. Il y a du feu dans les cheminées, des chandeliers, des jeunes filles en plâtre, des fleurs séchées, des livres reliés — Katia excelle dans le désuet délicieux, le cosy patiné : elle écrit du pseudo-rural XIXe et crée de fausses maisons de famille ; on a l'impression que des générations de Sarov et de Le Guellec se sont succédé là et qu'après sa mort ses descendants trouveront leur place dans le décor sans changer un meuble, comme des ducs anglais. Dans ce lieu immobile, que le temps a oublié, Lisa se sentirait protégée.

Après tout, elle n'a qu'à aborder la question franchement : « Je me sens très mal au Star, Katioucha. Est-ce que je peux venir chez toi ? » Katia n'osera pas refuser ; certes, elle n'a pas proposé d'héberger Véra, qui est descendue chez des amis à Noisy-le-Grand (pour Neuilly, pas la porte à côté !), mais elle accueille Sonia le week-end, Sonia qui vient juste de retrouver un job et n'a pas encore de *droit à congé*. À Lisa, Katia répondra : « Bien sûr que tu peux venir chez moi, ma chérie ! On se tassera un peu, on se débrouillera. Il y a le divan, dans mon bureau. Oui, bien sûr... Ah, le problème, quand même, c'est Papa... Un peu gênant, non, de laisser Papa seul à l'hôtel dans un moment pareil ? » Lisa dira « Oui, évidemment », bien qu'elle s'en fiche, au fond : combien de fois les a-t-il abandonnées, lui ? Où passait-il ses congés ? Et maintenant qu'il est retraité, pourquoi participe-t-il à tant de banquets de capitaines marchands du côté du Havre ou de Toulon, tant de congrès de commandants à Hambourg ou Rotterdam, sans parler des « Peintres de marines » ? S'occuper des peintres de marines dans le Massif central, on n'imagine pas, mais c'est un rude boulot ! Il n'a plus une minute à lui, le pacha !...

Aux inquiétudes filiales de Katia, Lisa répliquera : « J'ai trouvé la solution ! Tu prends aussi Papa chez toi, et c'est lui que tu mets sur le divan du bureau. Moi, pendant la semaine, je couche dans le lit de Sonia, et, quand Sonia remonte, je dors sur un matelas pneumatique, avec un oreiller. Un petit oreiller. On pourrait être dans la même chambre, Sonia et moi. Comme quand on était petites. On bavarderait dans le noir et puis on s'endormirait rassurées, chacune dans l'odeur de l'autre... »

La fin de ce dialogue imaginaire, Lisa la met au conditionnel car elle sait bien qu'elle n'imposera jamais un pareil cauchemar à Katia : à la seule idée de débarrasser le divan (sa table de décharge) de tous les dossiers et bouquins qui l'encombrent, et de devoir, par-dessus le marché, caser dans ses penderies le contenu de deux valises supplémentaires et, dans la salle de bains, trois trousses de toilette et un rasoir électrique (sans compter les draps et serviettes à fournir, et le matelas pneumatique à gonfler, « où il est, le gonfleur ? Allô Marc ? Allô Damien ? »), Katia s'affolerait. Elle est si vite débordée ! A si peu de prise sur la réalité ! Il faut lui laisser le temps, à l'historienne de la littérature, de revenir de la guerre de Cent Ans...

La « grande sœur » s'est évadée, on ne la rattrapera jamais. William aussi a su prendre la tangente. Si l'on avait dit à Lisa, autrefois, qu'elle épouserait un paléontologue, un homme qui vit au Jurassique moyen — à cent soixante millions d'années du monde d'aujourd'hui —, elle aurait bien ri ! Elle, la femme d'action, l'ex-militante du MLF, l'avocate de Greenpeace et d'Amnesty, tomber amoureuse d'un homme qui trouve le brontosaure trop moderne, quasi fin de race ! La spécialité de William, c'est le « dragon des roches », un tyrannosaure discret à plume et à crête, de trois mètres cinquante de long, qui vivait quatre-vingt-dix millions d'années avant le « T-rex » géant dont Hollywood a fait sa vedette. William arpente la Chine, le Kazakhstan, la Mongolie, la Tasmanie, le désert de Gibson, à la recherche des os manquants de son autruche jurassique : la terre, pour lui, n'est qu'un vaste cimetière. Du coup, il a du mal à s'intéresser aux malheurs contemporains : pourquoi s'inquiéter du sort des baleines quand les dinosaures ont disparu ? Comment, même, s'inquiéter du sort de l'homme, espèce récente dont l'instabilité semble indiquer qu'elle est condamnée à bref délai ? L'homme, une nanoseconde dans l'histoire du

monde. Ou, si l'on veut rester optimiste, un chaî-
non...

*Dans la grande chaîne de la vie / Nous aurons eu
la mauvaise partie* : c'est une chanson, ça aussi. Il
manque des mots au couplet, et quel était le refrain ?
Dans l'enfance de Lisa, leur mère chantait, elle dansait et chantait tout le temps. Comme la cigale de la
fable. À Lisa, elle avait appris à faire la « deuxième
voix », elle trouvait que sa petite dernière chantait
juste, mieux encore que Véra. Ensemble, en riant,
elles chantaient *C'est toi, ma p'tite folie, toi ma p'tite
folie, mon p'tit brin de fantaisie*. La mère tenait le
volant, Lisa tenait la note, et les trois grandes, derrière, « faisaient les trois cloches », comme disait
leur mère en se moquant. Les « trois cloches »
étaient chargées d'accompagner la mélodie en faux-
bourdon — bom, bom — comme les Compagnons
de la chanson avec Édith Piaf dans l'histoire de la
cloche « qui sonne, sonne, c'est pour Jean-François
Nicaud ».

Dans la grande chaîne de la vie : un truc moins
drôle, sûrement, que *Ma p'tite folie*. Triste même, elle
en prend le pari. Aujourd'hui Lisa ne se rappelle que
les chansons tristes...

C'est comme pour sa mère : une voix d'ange,
un sourire radieux, un caractère ardent, une volonté
de fer. Certains jours, pourtant, dans cette chambre
où sa mère agonise, Lisa ne se souvient que du fer.

11.

Chez elle à Cleyrac, chez moi au moulin, je faisais la toilette de Maman. Comme elle s'agrippait au lavabo des deux mains, le plus difficile était de lui brosser les dents : on n'est pas habitué à brosser, de face, les dents d'un autre.

Chaque soir, je lui enfilais sa chemise de nuit : le passage des bras, qu'elle ne pouvait plus lever, qu'elle décollait à peine du corps, exigeait des précautions infinies ; le seul fait de saisir son poignet si maigre, de tirer un peu sur son avant-bras, lui arrachait des gémissements.

Ensuite, je branchais le compresseur qui gonflait et dégonflait à intervalles réguliers son matelas anti-escarres, et je lui donnais ses comprimés : chaque déglutition demandait un long effort, il fallait plusieurs minutes pour que le cachet finisse par « passer » ; entre chaque gorgée, elle fronçait les sourcils, secouait la tête, soupirait.

Après quoi, je l'asseyais sur le lit, la basculais doucement vers la pile d'oreillers, puis soulevais ses jambes en tâchant de les étendre. La chose faite, je revenais à la tête du lit pour ôter l'un après l'autre, et en évitant de la remuer, les oreillers qui la tenaient assise : par paliers, le haut de son corps descendait à l'horizontale. Je branchais alors le coussin chauffant qu'elle exigeait, même au mois d'août, posé sur son ventre. Selon ses instructions, j'« organisais » aussi, pour la nuit, sa table de chevet : le verre d'eau miellée (même si elle ne parvenait plus à saisir seule le verre le plus léger) ; le mouchoir parfumé à l'eau de Cologne *Lavande-muguet* ; la petite trousse de maquillage (gloss et mascaras dont elle ne faisait plus usage) ; les clés de sa maison ; et la veilleuse. Contre la table, j'appuyais la canne de Micha, dont elle s'était servie quelques mois auparavant et croyait encore, chaque soir, pouvoir se resservir le lendemain : « As-tu pensé à ma canne ? » demandait-elle, anxieuse, sans se donner la peine d'ouvrir les yeux.

Enfin, sous la couette, autour de son corps, au plus près de ses cancers, je disposais les « doudous ». Tout le fourniment dont, depuis l'aggravation de sa maladie, elle avait besoin pour s'abandonner au sommeil : son transistor (qu'elle n'allumait pas) ; une bourse en tissu rose (contenant épingles et ciseaux) ; et les éventails. Ah, les éventails ! Toute l'attention, l'affection dont elle avait été capable s'étaient reportées, la dernière année, sur ses éventails. Ou, plus exactement, *son* éventail — c'est nous qui avions mis au pluriel le précieux grigri pour éviter les drames que provoquaient ses disparitions répétées : fatiguées de retourner vingt fois par jour les coussins du canapé, nous en avions acheté une douzaine d'exemplaires dans un bazar chinois.

Et pour quoi faire, ces éventails ? Pendant les deux ou trois premières années de sa maladie, il s'agissait tout bonnement de s'éventer : elle souffrait, disait-elle, de bouffées de chaleur — d'angoisse, peut-être ? Elle étouffait. Dans ces moments de crise, s'éventer la soulageait. Elle avait acquis, dans le maniement de l'instrument, la dextérité d'une vieille Espagnole : même quand son corps affaibli lui eut refusé tout service, elle garda longtemps dans le poignet droit une force, une flamme extraordinaires ; enfoncée dans son fauteuil, les yeux fermés, elle s'éventait avec violence, avec rage, avec passion... Puis ce geste, à son tour, se rétrécit ; bientôt, elle n'eut même plus la force de déplier les branches articulées pour ouvrir le « papillon ». De fonctionnel, l'éventail, fermé, devint transitionnel — il l'aidait à passer d'un lieu à un autre (un soir où, à trois, nous l'aidions à remonter l'escalier vers sa chambre, elle prit brusquement peur et, s'accrochant des deux mains aux balustres de fer, murmura : « Il faut que je me tienne aux éventails »). Passer de la chambre à la salle de bains, de la veille au sommeil, de la vie à la mort, du connu à l'inconnu, pour tous ces voyages l'éventail la rassurait : elle s'accrochait à l'éventail comme d'autres se cramponnent au crucifix.

Un soir, après avoir procédé au lent cérémonial de son coucher, je m'attardai un moment près d'elle pour bavarder en attendant que les somnifères produisent leur effet. Entre deux propos futiles (que de futilités on dit aux mourants !), j'osai lui demander ce que, parvenue à son âge (je songeai son « état »), elle répondrait à ses petits-enfants s'ils l'interrogeaient sur le sens à donner à leur existence : « En fin de compte, Maman, qu'est-ce qui est le plus important ? » Les yeux fermés, le visage immobile, elle semblait ne pas avoir entendu ma question ; mais je croyais pouvoir anticiper sa réponse, elle allait me dire « la famille », « ce qu'on a bâti, transmis »... Elle se taisait ; j'insistai : « Hein ? Qu'est-ce qu'il y a de plus important dans la vie ? — La vie... »

Le mot fut chuchoté — ses lèvres avaient à peine remué —, mais il me foudroya. Ce qu'il y a de plus important dans la vie, la vie ? La vie tout court ? Car elle ne m'avait pas dit « profiter des bons moments » ; ça encore, j'aurais compris ! C'était « la vie », rien que la vie, la vie n'importe comment et à n'importe quel prix. Sa vie donc, telle qu'elle était aujourd'hui, douleurs et morphine, suffocations, nausées, paralysie, dépendance, désintérêt, vide affectif. Une vie aveugle et muette, dont seule la souffrance lui permettait encore, par intermittence, de prendre conscience. Pire : si la vie n'avait d'autre objet que la poursuite de la vie, si l'on ne devait vivre que pour vivre, alors elle allait tout perdre !

Je restai pétrifiée devant l'ampleur de son malheur et la brutalité du désaveu qu'elle m'infligeait : j'avais toujours cru que la vie n'est pas une fin mais un moyen, que ma vie, la sienne s'inscrivaient dans une lignée et un projet, qu'elles s'ennoblissaient de n'être que des passages s'ils menaient vers un monde moins laid. J'avais toujours cru que la vie d'un homme s'agrandissait du futur des autres. J'avais cru aussi que c'étaient ma mère et Micha qui me l'avaient appris... Sa phrase me niait, la niait, rideau !

Plus tard, pour renouer le dialogue, je me suis persuadée que j'avais mal interprété : à cette heure de la soirée, trop fatiguée pour discuter ou raisonner, l'esprit embrumé par les antalgiques et les somnifères, Maman, bien sûr, n'avait pas compris ma question. « Qu'est-ce qu'il y a de plus important dans la vie ? » Machinalement, pour avoir la paix, elle avait répété le dernier mot : « La vie... »

« Qu'est-ce qu'il y a de plus important dans la vie ?

— La vie... »

Ce n'était pas une réponse, c'était un écho.

Il y a aussi, parmi les « doudous » dont elle s'entoure même à l'hôpital, la liseuse blanche, cette liseuse qu'avait tricotée Louise, sa voisine, sa complice, sa meilleure amie. La meilleure amie est morte, et la liseuse, fatiguée. Quelquefois, nous sommes obligées de l'enlever toute une journée — pour la raccommoder ou la laver. Maman la réclame (soupirs, plissement du front), elle s'impatiente.

J'ai fini par me souvenir que, vingt ans plus tôt, « Tatie Louise » m'avait offert une liseuse à moi aussi. La même que celle de ma mère, au point près. De temps en temps, je parviens à substituer l'une à l'autre. Subterfuge d'autant plus nécessaire que Maman, qui s'est d'abord contentée d'une liseuse de « nuit », ne veut plus s'en séparer le matin. Par superstition ? Ou en souvenir de cette amie tant aimée ?

Pourtant, quand Louise est morte brusquement chez une de ses filles à Toulon et qu'on a ramené son corps à Cleyrac pour l'enterrement, Maman, déjà malade, n'a manifesté qu'une émotion « convenable » : elle a tenu, malgré son état, à aller jusqu'au cimetière, mais elle n'a pas pleuré. Et dans les mois, les années qui ont suivi, plus jamais elle n'a prononcé le nom de l'amie, l'unique amie de toute sa vie. Cependant il reste cet attachement passionné à la liseuse, une liseuse que nous ne parvenons même plus à lui enfiler ; nous nous bornons à poser le tricot sur sa poitrine, comme une couverture. Au début (il y a un an), ne sentant plus le frottement de la laine dans son dos, elle continuait à réclamer : « Ma liseuse ! Où est ma liseuse ? » Parfois, lapsus de fatigue, elle disait « mon éventail » ou « mon verre ». Si nous la corrigions, elle soupirait : ne savions-nous pas parfaitement de quoi elle voulait parler ?

À cette époque, je croyais encore que la liseuse n'avait pas plus de rapport avec Louise que l'eau miellée, la canne ou l'éventail. Louise, elle n'y pensait plus. Je me trompais. Récemment, à Cleyrac, en rangeant la chambre, cette chambre où Papa et Muguette Glorieuse laissent la poussière s'accumuler, Sonia a trouvé, sous une pile d'ordonnances, des petits poèmes gribouillés d'une main maladroite : Maman avait essayé d'écrire couchée, quand, déjà, elle avait de la peine à tenir un crayon. Sur ces papiers arrachés au bloc que nous placions sur sa table de chevet pour y noter les « consignes », elle avait griffonné cinq ou six vers — débuts de poèmes sur la beauté de Louise, le rire de Louise, la mort de Louise.

Elle voulait dire son amour et son chagrin — de la manière la plus noble qu'elle connût : les vers. Mais elle ne pouvait plus écrire, ne savait pas rimer. Et ces messages d'amour inachevés, elle les a oubliés parmi les mouchoirs sales et les boîtes vides.

À la maison, nous retrouvions aussi, en faisant son lit, des pilules décolorées, à moitié sucées. C'étaient les médicaments de la veille, qu'elle avait recrachés dans ses draps. Devant nous, elle prenait son verre d'eau, faisait mine d'avaler le comprimé, mais elle le gardait sous la langue jusqu'à ce que nous la croyions endormie. Cette supercherie, bien innocente au point où nous en étions, me rendait, un instant, la jeune maman que j'avais aimée : dans le printemps de sa vie, et le printemps de l'année, elle adorait sucer des noyaux de cerise, qu'elle gardait dans un coin de la bouche toute la journée. Elle pouvait manger, boire, et parler sans jamais perdre « son » noyau. Si par hasard, à ce moment-là, notre père rentrait après trois mois d'absence, elle se précipitait sur lui pour l'embrasser et, tandis que, dans ce bouche-à-bouche passionné, il s'attendrissait, elle lui « refilait » le vieux noyau ! Fureur du capitaine amoureux, rires de la coquine !

Maintenant elle essayait sur nous son ancienne ruse, mais était-ce encore un jeu ? Il y avait longtemps qu'elle ne riait plus. Ne souriait même pas. Que cherchait-elle en « jouant » à ne pas prendre ses médicaments ? Voulait-elle mourir plus vite ? Ou craignait-elle, au contraire, que nous ne lui donnions cette mort que, trois ou quatre ans plus tôt, elle réclamait ?

« Pourquoi m'interdire d'en finir ? » criait-elle alors. Elle agressait tous ses visiteurs, vieux cousins, braves dames de Saint-Léonard ou de Fontenailles, même la petite coiffeuse qui faisait les « domiciles » : « Trouvez quelqu'un pour m'aider. Un pharmacien, une infirmière... Aidez-moi ! » Chaque soir au téléphone, c'était le même refrain : « À qui faut-il s'adresser ? » « Est-ce qu'on ne peut pas reconnaître au malade le droit de mourir quand il le veut ? » « Je veux m'inscrire dans un centre d'euthanasie ! ». Mais, ces derniers mois, alors qu'elle allait beaucoup moins bien, qu'elle n'aimait plus rien dans la vie — ni sa famille, ni ses amis, ni sa maison, ni le pain, ni le vent, ni la lumière —, elle redoutait qu'en surdosant sa morphine nous n'exaucions le vœu qu'elle avait formulé...

Elle voulait mourir. Était si lasse, était à bout. Elle voulait mourir. Demain. Elle voulait mourir. Bientôt. Elle voulait mourir. Voulait bien. Un peu. Mourir un peu. Mais pas trop.

Lisa

Leur mère est restée, jusqu'au bout, l'infirmière stagiaire qu'elle avait été : petit soldat irrespectueux à l'égard des généraux, mais fidèle à son drapeau. Elle ne croyait pas aux médecins, mais n'a pas cru aux charlatans. Pas de potion Beljanski, ni de pilules de ginseng. Même quand Sonia, désespérée, était prête à lui procurer des illusions au prix de l'or :

« Beljanski, tu connais ? avait-elle demandé à Lisa.

— Oui. Une escroquerie.

— Pourtant, on m'a cité des gens. On m'a parlé de résultats.

— Enfin, Sonia ! Explique-moi pourquoi Beljanski, qui aurait trouvé la recette universelle contre le cancer, est lui-même mort d'un cancer ? A-t-il poussé l'altruisme jusqu'à refuser de « détourner » en sa faveur la moindre dose de son remède miracle ? Non seulement génie méconnu, mais saint et martyr ! Voyons, Sonietchka, un peu de bon sens... Souviens-toi de ce guérisseur dont on parlait dans notre enfance, un guérisseur réservé aux très riches : Solomidès. Grâce à Solomidès, les très riches ne mouraient plus du cancer… Tu parles ! »

« La troisième fille » avait tout de même abordé le sujet avec sa mère — laquelle avait refusé de s'en laisser conter. Les deux autres s'étaient réjouies avec Lisa : elles étaient fières de leur Maman. Ce qui n'empêche pas Sonia, aujourd'hui, de donner dans d'autres pièges : la naturopathie, le yin et le yang, ou le psychologisme.

Sonietchka est psychologiste, en effet. Une religion qui prospère sur le terreau du *palliatif*. Les psychologistes ont répandu dans le public cette idée admirable qu'on ne meurt que si on se laisse aller. La preuve, d'après eux : les cancéreux en phase terminale, quand ils sont chrétiens, s'empêchent de mourir à Noël ; les juifs en fin de vie évitent Yom Kippour ; les musulmans s'accrochent jusqu'à la fin du ramadan ; et tous « tiennent » pour leur anniversaire, le mariage de leur fille, ou la naissance du premier petit-enfant. Après quoi, quand même, ils ont — comme disait déjà une grande dame du XVIIIe siècle dont Katia a publié la correspondance — « un petit moment de distraction »…

Lisa vient de lire une étude américaine qui réduit ces légendes à néant : elle établit que les *incurables*, quelles que soient leur religion et leur situation familiale, meurent également tous les jours de l'année ; la mort ignore les fêtes de famille et ne prend pas de vacances. C'est d'ailleurs ce que les esprits non prévenus avaient cru remarquer ! De toute façon, le résultat américain n'a pas ébranlé les croyances des

« services aux murs roses » : on ne meurt que lorsqu'on le veut bien, et si le malade consentait à faire un petit effort...

« Pourquoi votre Maman resterait-elle en vie si elle avait le sentiment que sa vie est finie ? » a demandé à Lisa la doctoresse du *quatrième étage*. Pourquoi ? Lisa n'en a pas la moindre idée ! Qu'attend-elle pour mourir, en effet ? Elle en est maintenant à ne plus supporter le poids d'un drap sur ses jambes — trop d'escarres, trop d'abcès : on a placé un arceau d'osier sur son lit et on pose le drap sur l'arceau. Et boire ? Ne parlons pas de manger, mais boire ? Elle ne peut plus, même avec un verre à bec : il faut y aller à la pipette, lui introduire la seringue d'eau dans la bouche et pousser doucement sur le piston pour lui permettre de déglutir et éviter qu'elle ne s'engoue ; malgré tout, elle s'engoue, fait une fausse route une fois sur deux. Jusqu'à quand, mon Dieu ! « Mon Dieu » ? Ah, si Lisa était croyante, elle lui réglerait son compte à celui-là : « S'il fallait nous tuer, Ô Dieu bon, ne suffisait-il pas de préprogrammer pour chacun la crise cardiaque ou la rupture d'anévrisme ? »

Souffrir pour mourir, faire souffrir pour faire mourir, quelle absurdité ! Pour autant, bien sûr, qu'on s'attache à l'hypothèse d'un Créateur raisonnable... Si l'on écarte cet a priori, tout se tient : les souffrances de sa mère ne sont pas plus déconcertantes que l'extinction des dinosaures, la mort des étoiles et la splendeur de l'Univers — accidents, cas fortuits. Rien d'absurde : de l'aléa. Rien de vide : du trop-plein. Rien d'ordinaire : du merveilleux. « Merveilleux ! »

c'est ce que dit William, qui est athée sans être malheureux. Il adore les vies inutiles, les caprices de l'évolution, les destins brisés, les courts-circuits, les impasses, le non-sens, l'injustice, le hasard, la sottise. Sans doute parce qu'il passe la plupart de son temps en compagnie d'un demi-crâne d'autruche du jurassique moyen !

Katia, elle aussi, est une preuve vivante de l'efficacité de la méthode historique quand il s'agit d'accepter l'inepte et le saugrenu : docteur ès danses macabres et romancière d'une société rurale évanouie, elle relativise tout. Parlez-lui sida, fièvre Ebola, « syndrome respiratoire aigu » ou grippe aviaire, elle vous répondra 1348, Boccace, et peste noire : « Plus de la moitié de la population européenne balayée en quatre ou cinq ans, qui dit mieux ? Il a fallu quatre siècles à la France pour retrouver son niveau de population d'avant le bacille. Alors, vous comprenez, mes enfants... » Elle ne s'aperçoit même pas qu'elle agace ses amis avec cette façon d'interposer, entre les événements d'aujourd'hui et les émotions qu'ils suscitent, le large bouclier du passé. Les violences raciales dans les banlieues, les problèmes du voile ou de la polygamie ? Bah, elle en a pris son parti, elle qui, dans l'empire de Constantin, a vu s'installer successivement — « et, au début, plus pacifiquement qu'on ne le dit » — les Goths, les Wisigoths et les Alamans : aux tirades de Véra sur l'intégration, comme au multiculturalisme de Sonia, elle oppose le sourire las d'un vieux patricien romain... Du haut de sa tour d'ivoire elle regarde s'effondrer les civilisations.

Dans la grande chaîne de la vie, / Nous aurons eu la mauvaise partie... Seules Lisa et Véra maintiennent la tradition familiale de volontarisme et de résistance. Dignes filles de leur mère et de Micha : responsabilités associatives, actions judiciaires, mandats locaux, militantisme, entrisme... Elles se battent, ne baissent jamais les bras. *Struggle for life* ! Droits de l'homme ! Droits de la femme ! Libérez nos camarades !

Mais Lisa a-t-elle encore la force ? De nouveau, elle se sent nauséeuse. Le cœur au bord des lèvres. Serait-elle malade ? « La vie est une maladie mortelle », disait Louise, l'amie de sa mère. Mortelle. Est-ce que Lisa a fait son temps, déjà ? Est-ce qu'elle est vieille ? Comment savoir ? Au début, la vieillesse est comme la nausée : intermittente.

Si sa mère n'était pas à l'agonie, elle l'interrogerait, lui raconterait ses peurs. Dès qu'elle se retrouvait seule à Sydney, que William était parti la tromper avec sa vieille autruche au fond de la Chine ou de la Mongolie, elle appelait longuement la maison de Cleyrac. Pourtant, les conversations avec sa mère n'étaient pas toujours revigorantes. Surtout quand on lui avouait manquer d'entrain, se sentir « vidée » : « C'est ton retour d'âge », tranchait-elle. À partir des quarante ans de Katia, elle leur a servi le « retour d'âge » à tout bout de champ. Un coup de blues ? Une bouffée de chaleur ? C'était le retour d'âge — « es-tu sûre de ne pas être ménopausée ? ». Il y a une dizaine d'années, un jour d'août où elles déjeunaient toutes sous la charmille à Cleyrac, avec

« Tatie Louise » et ses trois filles, « entre femmes »,
Sonia très en forme (elle venait de s'offrir un scooter) a rembarré la matriarche. S'étant plainte d'avoir
trop chaud, elle avait été renvoyée, sans sommation,
à son âge sur le retour (explication d'autant moins
pertinente en l'occurrence que les bouffées de Sonia
ont plus à voir avec ses whisky-Coca qu'avec son
horloge hormonale) :

« Tu sais, Maman, qu'avec cette histoire de retour
d'âge tu commences à nous faire chier ? (Aucune
fille Le Guellec n'avait jamais usé d'un pareil vocabulaire contre ses parents ! Surtout Sonia, d'ordinaire
si docile ! Elle avait dû forcer sur l'apéritif.) Oui, tu
me fais chier. Je n'ai que quarante-deux ans, et non,
désolée pour toi, je ne suis pas ménopausée !

— À quarante ans, ta grand-mère Solange était
ménopausée, rétorqua la mère, pincée.

— Ça ne m'étonne pas ! Mémé Solange était un
cas ! Et même un cas médical ! Sur le plan hormonal
du moins, d'où sa stérilité. Parce qu'aujourd'hui, en
France, la moyenne d'âge à la ménopause est de cinquante-deux ans, figure-toi ! Sans parler des traitements "substitutifs"... Alors, navrée de te décevoir,
mais tu vas devoir patienter ! »

La véhémence inhabituelle de Sonia avait refroidi
l'air ambiant... Mais, heureusement, on en était au
dessert et Louise avait eu la bonne idée d'emmener
tout le monde danser un rock dans la maison, « un
bon vieux Johnny, comme quand vous étiez petites ».
Les deux amies avaient dansé ensemble, les filles
tapaient dans leurs mains, marquaient la cadence,

puis Véra avait fait avec sa mère une démonstration éblouissante ; comme d'habitude, la mère dirigeait, Véra faisait « la jeune fille » ; elles avaient la même façon de glisser les pas, de souligner le tempo — elles dansaient *en miroir*. Elles avaient enchaîné les vinyles, un Elvis de derrière les fagots, un Ray Charles de la meilleure cuvée... Véra avait craqué la première : « Pitié, je ne peux plus respirer ! J'ai le cœur à mille tours minute ! » Leur mère eut le triomphe modeste : « Eh bien, convenez qu'à plus de soixante balais je ne m'en sors pas mal... Allez, Louise, on va leur montrer ce que c'était qu'une vraie rumba ! »

Lisa était ressortie dans le jardin. Près de la « nécropole des fourmis », elle avait trouvé Katia et Sonia en train de tracer une marelle-avion en écartant les gravillons :

« Oh ! Si Papa était là, vous vous feriez sacrément gronder : il déteste ratisser les graviers !

— Ouais, on a peur, dit Katia. On est mortes de trouille ! Ce qui nous rassure, c'est qu'il n'est jamais là...

— Fais gaffe, mon poussin, l'avertit Sonia. Lisa est une rapporteuse ! (Elle riait :) Si, si ! Elle va cafter. Tout dire à Maman, et même z-y dire qu'on z'y a piqué des rubans ! »

Elles pouffaient, ces deux folles : elles étaient allées chercher des rubans roses dans les malles du grenier, dans ce « musée du souvenir » où leur mère gardait, pour chacune, quelques tenues d'enfant — bavoirs, petits bonnets, tabliers à carreaux. Elles avaient noué ces rubans autour de leur cou et dans leurs cheveux brushés, Sonia roulait maintenant les jambes de son jean en « corsaire », Katia se mit à pousser le palet de case en case en chantant : *J'ai cinq ans, ça fait plus d'quarante ans que j'ai cinq ans...* « Qu'est-ce qui vous prend ? Vous êtes cinglées ! — Maman veut qu'on soit ses sœurs, dit Sonia. Alors, on essaie, mais c'est dur. Parce qu'elle est trop jeune pour nous ! » Et, à son tour, elle commença à chanter : *J'ai deux ans, va dire à ma maman que j'ai deux ans.* Givrées !

Mais Lisa eut brusquement envie d'entrer dans leur folie. Elle ôta ses sandales compensées, sa jupe étroite, et, en petite culotte, se mit à sauter à cloche-pied derrière ses aînées : *J'ai deux ans, va dire à ma maman que j'ai deux ans...*

Une jeune infirmière a poussé la porte sans bruit, a vu que la malade semblait dormir, a adressé à Lisa un joli sourire de connivence et posé un doigt sur ses lèvres, ses lèvres si fraîches : « Chut ! »

Que peuvent-elles penser, ces petites infirmières, des quatre filles Le Guellec ? Comment les voient-elles ? Comme des dames mûres, sûrement, qui assistent une plus vieille, un être sans sexe et sans âge. Katia par exemple, Katia a « pris des formes » (c'était une expression de Mémé Solange), trop de formes : elle s'est « enveloppée ». Avec ses tailleurs un peu vieillots, elle finira par ressembler à la reine d'Angleterre. Véra en impose davantage. Et elle est mieux conservée. Parce que c'est une sportive, qui durcit en vieillissant, qui fonce en séchant. Regard bleu acier, peau bronzée aux ultraviolets, muscles tendus, silhouette sculptée. « Celle-là a dû être une belle femme », voilà ce que se disent les infirmières de vingt-cinq ans.

Et Sonia ? Sonia avec ses boots et sa parka ? Le bonhomme Michelin ! Bibendum. C'est le mot latin qui lui convient, Bibendum — « doit boire » et « qui a bu boira ». Quand elle entre dans une pièce, Sonia répand autour d'elle une bonne odeur de café ou de menthe fraîche. À longueur de journée elle croque des grains d'arabica, suce des pastilles mentholées. L'innocente ! Qui croit tromper son monde alors que cette haleine camouflée dénonce justement l'alcoolique chevronnée ! Est-ce que les infirmières ont fait le diagnostic ? Il y a aussi, sur ses joues, ces veinules violacées qu'elle cache plus ou moins bien sous un fond de teint épais les jours où elle travaille au Beauty Shop. Elle a beau faire, la pauvre : pour un salon d'esthétique elle n'est pas une bonne réclame ! Sauf si l'on ne voyait que ses yeux. Des yeux immenses, qui invitent au voyage : ni bleus ni gris, ni gris ni verts, c'est la mer bretonne sur la Côte d'Émeraude, l'écume des vagues à Scheveningen, le reflet des étangs en Camargue... « Ni gris ni vert » : encore une chanson, tiens, et qui revient pour dire le chagrin : *Ni gris ni vert, comme à Ostende et comme partout / Quand on se demande si c'est la peine, et puis surtout si ça vaut le coup / Si ça vaut le coup d'vivre sa vie...*

La mère s'est réveillée. A fermé la bouche à moitié, mais n'a pas relevé les paupières. Maintenant elle se racle la gorge, ou essaie de se racler la gorge. Remue un peu la tête sur l'oreiller. « Je suis là, Maman. C'est Lisa. » La mère s'agite. Tente de ramener ses lèvres sèches sur ses dents découvertes, n'y parvient pas, voudrait parler, finit par articuler sans joindre les lèvres : « Merci. » Lisa se jette sur la main osseuse, et l'embrasse, l'embrasse en pleurant : « Je t'aime, Maman... »

Une autre infirmière — changement d'équipe ? — passe la tête à son tour, jette sur la chambre un coup d'œil rapide, et recule en voyant qu'il y a « du monde ». Le défilé des visiteurs, l'omniprésence de la famille gênent les soignants, Lisa en est certaine.

Elle se mouche sans bruit, espère que sa mère n'a pas senti couler ses larmes. Dimanche soir, la psy du service a dit à Sonia : « Donnez à votre Maman la permission de s'en aller. » Une extrême-onction laïque ? Oui et non : « Il s'agit simplement de lui dire qu'elle a bien rempli sa tâche, qu'elle a le droit de se reposer. De la rassurer sur votre avenir (leur avenir, des quinquagénaires !), d'expliquer que vous pourrez vous débrouiller sans elle... »

« En somme », a conclu Véra quand Sonia leur a rapporté ces propos, à elle et à Lisa, « en somme nous devons la traiter comme une invitée qui s'attarde, lui tenir un discours du genre : "Chère amie, nous avons passé ensemble un excellent moment, mais j'ai encore un peu de travail et je ne vous retiens pas !" La chasser, quoi ! Eh bien, moi, je ne le ferai pas ! — Tu préfères que ça dure encore ? — Non, a dit Véra, en détournant le visage. — Est-ce qu'on en parle à Katia ? » a demandé Sonia. Véra a haussé les épaules, suggérant du geste que leur aînée est une compliquée, qui oppose toujours des « si » et des « mais », parle avec force subordonnées relatives ou circonstancielles, considère l'Histoire dans la « longue durée », cite des auteurs que personne n'a lus, bref, fait son Proust ! À elles trois, elles ont décidé que c'est Lisa qui se chargerait de *donner congé* à l'agonisante : puisqu'elle était « la préférée »...

Il faut profiter d'un moment où la chambre est vide et la malade, très consciente. Ce moment, le voilà. Il ne se représentera peut-être jamais : dans dix minutes, si l'on se fie au planning scotché sur le mur, un lot de petits-fils motorisés va débarquer... Alors, Lisa parle de la mort — à genoux près du lit pour pouvoir appuyer sa joue contre la main aimée, caresser de la joue le dos de la main, et se caresser à la peau encore tiède, encore vivante, de sa mère, se caresser comme un chat. Elle dit la nécessité de se séparer. Le devoir accompli : « Tu as fait pour nous tout ce que tu as pu. Nous avons fait pour toi tout ce que nous pouvions. » Elle promet la fin des souffrances, la paix.

Dans son lit, la mère soupire, bouge les pieds, fait des petits bruits de carpe avec la bouche, tente de dégager sa main, et, rassemblant ses forces, dit enfin, d'une voix presque ferme : « Mais je ferai comment si mes petits... si mes petits ont besoin de moi ? Si... ils tombent malades ? »

Véra

Hôpital Louis-Pasteur. Bâtiment de « médecine générale ». Self des malades valides et des visiteurs pressés.

Sur la petite table bistrot, Véra pose son plateau (céleri-rave, cabillaud-tagliatelles, mandarines) face au plateau de Lisa (céleri-rave, cabillaud-purée, mandarines). « Je te prends une Évian ? À moins que tu préfères la Badoit ? Ils ont aussi du beaujolais au verre. C'est meilleur pour le moral...

— Mais moins bon pour la ligne ! »

Elles ont quitté la chambre rose pleine de petits-fils « libres à l'heure du déjeuner » et sont descendues manger un morceau avant que Véra ne rentre à Noisy et que Lisa ne retourne veiller sur sa mère en attendant Katia, qui déjeune avec un auteur.

« Je me demande, dit Véra, comment Katia peut déjeuner avec ses auteurs alors que, dans la collection historique qu'elle dirige, on ne publie que des auteurs morts !

— *Il f'sait un temps épouvantable*, chantonne Lisa, *on avait mis les morts à table...*

— C'est sûrement ça, oui. Katia déjeune avec un mort, après quoi ils iront guincher au Père-Lachaise : une petite danse macabre... Tiens, voilà ton Évian. »

Lisa tend la main pour s'emparer de la bouteille, elle a les ongles très courts, si courts que la chair déborde par-dessus. Des ongles ridicules qui ne s'accordent pas avec son tailleur Hugo Boss et sa frange blonde savamment déstructurée.

« Ne me dis pas que tu as recommencé à te ronger les ongles !

— Oh non ! (Lisa rougit.) Avec l'âge, ils sont devenus trop durs. Tu sais, les ongles, c'est comme le cœur : quand on vieillit, ça durcit... Non, je les ai taillés très court pour les égaliser : avant-hier, je m'étais cassé deux ongles au ras du doigt. À cause des foutus placards de cet hôtel : ils se coincent, et...

— À propos de tics idiots, tu te souviens de la manière dont Papa avait soigné Sonia quand elle s'était mise à froncer le nez ? Elle avait huit, dix ans, à table elle fronçait le nez à tout bout de champ, sans raison, comme si elle était dégoûtée, mais elle ne le faisait pas exprès bien sûr, tu te souviens ? »

Leur père était en visite à la maison pour deux ou trois semaines et le nouveau tic de Sonia l'agaçait ; il trouvait qu'un enfant bien portant doit pousser droit, « comme un brave petit gars », sans faiblesses, manies, ni chichis ; il avait donc exigé qu'à chaque repas sa troisième fille soit assise à sa droite, pour être mieux « à sa main », et il la surveillait du coin de l'œil : toutes les fois que son petit visage se contractait, il lui expédiait une grande gifle... Quand il est reparti pour Vancouver (ou Bassora, Véra ne se rappelle pas), Sonia était guérie. Le père avait su créer un réflexe conditionné : plus jamais de nez froncé. Aujourd'hui, les gogos paient cher pour guérir de cette façon-là : on a rebaptisé le truc « thérapie comportementale » et on s'émerveille de son efficacité.

« Sonia a reçu toutes ces baffes sans ciller... Beurk, la bouffe de cet hosto est infecte : leur cabillaud, ils le conservent dans le formol, je parie !... Donc, sous les taloches, Sonietchka restait zen, tu la connais. Celle qui souffrait, c'était Katia. À chaque gifle elle sursautait. Un jour, elle a même osé quitter la table... Sans demander la permission ! Au milieu d'une blanquette de veau ! Autant te dire que ça s'est mal passé ! Pour ses viandes en sauce, Maman exigeait un respect religieux, tu te rappelles ? Et le pacha, qui ne nous voyait pas souvent, n'aimait pas être "contesté" quand par hasard il était là. À l'époque, il n'était pas chiche de coups de pied au cul, le paternel ! C'était même son seul principe éducatif. Chaque fois qu'un gosse se tenait mal, le diagnostic tombait : "Il lui a manqué quelques coups de pied au cul !" Il disait : "Moi, ce que je veux, c'est des garçons bien élevés, pas des chochottes !" Remarque, à y regarder de près on était des filles... N'empêche, on est bien élevées. »

Véra parle en souriant. Malgré la mère-qui-là-haut, le père-qui-dans-le-temps, elle arrive à plaisanter — toujours « positive ». Mais Lisa n'a plus faim, ne peut pas finir son déjeuner.

« Tu ne te sens pas bien ? s'inquiète sa sœur.

— Un fond de migraine qui traîne... Passe-moi ton reste de Badoit : par précaution, je vais prendre deux comprimés de Lamaline.

— C'est quoi ?

— Un antalgique de base.

— Tu ne devrais pas avaler autant de cochonneries ! Je suis sûre que la plupart de tes malaises sont dus à ces saletés... Et les antidépresseurs, tu continues à en prendre ?

— Oui.

— Mais tu n'en as pas besoin, voyons ! Arrête ! Tu vas finir comme Sonia : de plus en plus abrutie... Anxiolytiques, antitussifs, antalgiques, anti-ceci, anti-cela : vous vous détruisez la santé, mes petites ! Moi aussi, j'ai du chagrin, mais c'est la vie, Lisotchka, il faut lutter ! Tu n'es pas du genre à te laisser aller, hein ? Pas du genre non plus à te cacher derrière ton petit doigt : souviens-toi, pour les remèdes Beljanski, avec quelle énergie tu as dissuadé Sonia ! Et tu avais raison... Allez, secoue-toi : si tu habitais Limoges, je t'emmènerais tout de suite manifester contre les pesticides. Ou pour le TGV. Au choix. Ça dope le cœur et ça dégage le cerveau !... Tu ne manges pas tes mandarines ? File-les-moi. Et je vais te commander deux cafés bien serrés : la caféine, c'est souverain contre la migraine. Contre la déprime aussi, je suppose : la caféine et l'amour, non ?

— Non. »

Il aurait fallu interroger Lisa, savoir ce que cachait ce « non » en forme d'hameçon. Lisa crie, mais Véra ne veut pas l'entendre. Autrefois, elle aidait la benjamine à s'habiller, vérifiait son cahier de textes, guidait ses jeux, la prenait sous son aile... Maintenant, sous son aile, il n'y a plus de place : elle couve sa mère, la mort de sa mère.

Le corps étendu de la mère sépare les deux sœurs comme au temps où, dans la chambre conjugale de Cleyrac, Lisa dormait encore dans son berceau d'osier à gauche de Maman, et Véra, à droite de leur mère dont elle partageait le lit. Une situation provisoire : Micha achevait de peindre la deuxième chambre d'enfants, celle où coucheraient bientôt les deux plus petites. En attendant, Maman avait essayé de prendre avec elle sa fille aînée, mais Katia, quand elle dormait, donnait des coups de pied ; alors, sous son grand couvre-lit en toile de Jouy, imprimé de bergères roses, la mère avait pris Véra, plus placide. Une nuit, après un vilain rêve, un rêve plein de loups, Véra s'était réveillée brusquement, mais sans bouger. Immobile et silencieuse, elle avait entendu « le bruit » : non pas le ronflement du vieux poêle, ni le souffle régulier de Maman, plus profond que celui du bébé, mais des aspirations saccadées, comme étouffées. Le loup ? Un loup qui respirait dans le noir ? Non : sa mère qui pleurait, pleurait toute seule quand ses filles dormaient.

Que faire pour la consoler ? Désormais, chaque soir au moment du coucher, pour que sa mère ne pleure plus, Véra multiplierait les facéties, les grimaces, les chansons, les baisers... Investie d'une mission qu'elle seule connaissait : veiller sur Maman.

12.

« Ce médecin est fou, disait ma mère au début
de sa maladie, deux Di-Antalvic, tu te rends
compte, deux ! De toute façon, je ne les prendrai
pas ; ça me donne mal à l'estomac... *Deux* comprimés, il est dingo, ce type ! Complètement
marteau ! — Voyons, Maman, pour la moindre
rage de dents, on va jusqu'à quatre ! » Et, croyant
la rassurer : « Moi-même, quand j'ai une crise
d'arthrose, j'en prends. Et par deux à la fois :
c'est le principe de ce médicament-là. Et je te
jure que ça ne me brûle pas l'estomac ! Il m'arrive même, quand j'ai très mal, d'aller jusqu'à... »
Elle me coupait, furieuse : « Oh, toi ! Toi, bien
sûr ! Toi... »

Ce « toi bien sûr » cinglant me rejetait, pour
deux Di-Antalvic, dans la catégorie des m'as-tu-
vu ; petite déjà, quand j'osais suggérer que, peut-
être, Charles X ne succédait pas directement
à Charles IX, je me faisais réduire au silence
en moins de deux par le sifflant « Oh, toi, bien
sûr ! » Un « toi bien sûr » qui me remettait illico

à ma vraie place : à part. Hors de la tribu protectrice.

J'ai toujours agacé ma mère. Je lui déplais depuis que je suis née. Elle m'aime, mais elle se demande pourquoi.

« Tu sabotes », me disait-elle ces dernières années quand je montais dans sa chambre pour l'embrasser, la laver, la vêtir, la faire manger. « Tu sabotes ! Je ne comprends pas que tu sabotes comme ça ! » C'était son premier mot quand j'arrivais chez elle après quatre heures de voyage. Chaque fois, son premier mot. « Saboter : *détruire par un acte criminel, contrarier par malveillance.* » Je ne suis coupable, pourtant, que de piétiner le silence, de le briser en marchant aussi gauchement que si je portais une paire de sabots : je « sabote », c'est vrai… Ce reproche par lequel Maman m'accueillait, je le craignais tellement que, dès le vestibule, je l'attendais, l'entendais avant même qu'il eût franchi ses lèvres. J'essayais de monter l'escalier sur la pointe des pieds. Peine perdue : ni « bonjour » ni « bonsoir », pas le moindre « tiens, c'est toi ? », mais tout de suite : « Tu sabotes ! »

Certains jours, je cherchais à me justifier : « C'est parce que j'ai mis des bottines » ou « Je porte des talons carrés ». Haussement d'épaules. Depuis l'enfance, elle trouve mon pas lourd, ma démarche disgracieuse. Au fil du temps, elle a fini par s'habituer, mais elle ne s'est pas résignée. Quand elle n'a plus ouvert les yeux et que les

sons ont pris pour elle une importance démesu-
rée, le martèlement qui me précède a recommencé à l'exaspérer : le son qui m'annonce n'annonce rien de bon.

Je tâchais de prendre la chose du bon côté.
Certes, je ne marche pas aussi plaisamment que
mes sœurs, et Maman en souffre ; mais puisqu'elle ne me regarde plus, au moins s'épargne-
t-elle le choc de ma coiffure et de mes tenues,
qu'elle déplorait tant, autrefois :

« Ma pauvre Katia, ta coiffeuse n'est vraiment
pas douée !

— Maman, il y a vingt ans que tu me le dis,
et, en vingt ans, j'ai eu dix coiffeuses différentes,
je n'ai pas pu tomber sur dix nullités !

— Je ne sais pas... Regarde Véra, elle est toujours bien coiffée. Toujours à la mode.

— Maman, nous n'avons pas les mêmes cheveux : ceux de Véra sont souples et très épais.
Moi, j'ai les cheveux raides et fins. Sans compter
que, sur le front, leur implantation est catastrophique ! Me coiffer comme Véra, je voudrais bien
mais je ne peux pas, je te le jure ("Ne jure pas,
Katia !"), j'ai essayé et je ne peux pas !

— Ttt, ttt... Tu n'as jamais su trouver une
bonne coiffeuse. »

À une époque où, par hasard, l'été, nous
avons, ma mère et moi, fréquenté le même
« salon » de Saint-Léonard, j'ai supplié la jeune
femme qui nous coiffait d'expliquer à Maman les
problèmes qu'un professionnel, même compé-

tent, rencontre avec ma tignasse ; la coiffeuse l'a fait d'autant plus volontiers qu'elle se sentait gênée de ne pas pouvoir exécuter les instructions que ma mère, à chaque visite, lui donnait discrètement à mon sujet : « Quand ma fille Katia viendra (sa fille de quarante ans !), coupez-lui les cheveux au carré. Avec un petit départ de raie à gauche et une mèche lisse sur le côté. Le front bien dégagé. Comme ma deuxième fille, Véra, vous savez, l'expert-comptable qui habite la grand-place : tenez, voilà sa dernière photo... »

Depuis que ma mère n'ouvre plus les yeux et se borne à me reprocher le bruit que je fais, je me sens mieux coiffée.

« Laquelle est la plus belle ? » C'est un jeu que Lisa avait inventé. Elle devait avoir six ou sept ans, moi, dix ou onze. Le principe ? Se placer devant Maman à la queue leu leu, après s'être « mistifrisées » — de la brillantine sur les cheveux, des barrettes dorées, des rubans écossais, de la pommade Rosat sur les lèvres, et un soupçon de « rouge à joues ». Puis, dans le genre Bluebell Girls à la télé, se mettre d'un coup sur la même ligne en criant : « Laquelle est la plus belle ? » Invariablement, Maman prenait Lisa dans ses bras en disant : « La plus belle, c'est toi, ma chérie ! » Pourquoi jouer si, d'avance, on connaissait le résultat ? « Pour amuser Lisa », me répondait Véra qui ne détestait pas se pomponner.

Eh bien, moi, je trouvais ce jeu stupide ! Pendant des années, Maman n'avait aimé que les filles qui ne pleurent pas, les filles qui n'ont peur ni des souris ni des cataplasmes, les filles qui jouent à la guerre, au ballon et aux billes, les filles en salopette, en blouson, en short, en bottes — et, sans préavis, elle changeait de cap ! Parce que Lisa rêvait de souliers vernis et d'aigrettes en plumes, il fallait minauder et parler aux miroirs. Comme dans *Blanche-Neige* ! En plus, Maman était un méchant miroir, qui ne disait pas la vérité : la plus jolie n'était pas Lisa, mais Sonia !

Avec sa frimousse de chat, ses yeux presque verts, son teint rose de sucre d'orge, « Numéro trois » me bouleversait. Et puis Sonia, qui n'était guère plus âgée que Lisa, mettait tout son cœur dans ce jeu truqué. « Laquelle est la plus belle ? », elle se le demandait avec angoisse et tâchait de faire pencher la balance de son côté, changeant en hâte son vieux gilet râpé pour un chemisier décoloré. Elle jouait « pour de vrai », espérant à chaque fois gagner : je le voyais bien, après, à son regard de cocker... Si au moins, en flattant la benjamine, Maman avait fait un clin d'œil complice aux trois aînées, du genre : « Ne vous inquiétez pas, les filles : Lisa n'est qu'un bébé ! » Mais rien. Alors Sonietchka s'éloignait, tête basse, en traînant ses godasses éculées. Véra, elle, s'en fichait : elle jouait pour jouer. De mon côté, je savais bien que je n'avais aucune chance, la Nature s'est montrée un peu chiche avec moi : à part le sourire, je n'ai rien de charmant. Je me serais même plutôt améliorée en vieillissant, si j'en juge par mes photos de bébé...

L'an passé, alors que j'étais venue à Cleyrac m'occuper de ma mère, j'ai feuilleté un vieil album avec Papa et je me suis aperçue, étonnée, qu'il nous avait connues enfants. Si, notre père nous a connues ! Vrai de vrai ! Il n'y a pas trace de lui dans nos albums, ni dans ma mémoire ; mais, de ses courts séjours à la maison, il a gardé le souvenir précis de mon « bébé-sœur » (comme j'appelais alors Véra) ; il me raconte ses jeux, ses premiers mots : « Elle savait s'y prendre avec ta M'man (oui, "épatante", je le sais), elle parvenait à forcer sa tendresse : elle était très bulldozer, elle se jetait à son cou, l'appelait "Mamoune, oh Mamoune !", et elle lui barbouillait les joues de baisers mouillés... »

Je comprends que ma mère ait aimé cette petite fille énergique et audacieuse. Comme, plus tard, elle a aimé Lisa, si belle. Lisa est vraiment belle : passé la quarantaine, je me suis rendu compte que Maman avait raison. La beauté de Sonia à six, douze ou dix-huit ans tenait à la mobilité de ses traits, à l'innocence de ses expressions, à sa peau dorée, ses lèvres gonflées, ses formes pleines, bref à la chair d'excellente qualité qui habillait de haut en bas son squelette. Tout cela, qui la rendait émouvante, puis sexy avant l'heure, était voué à s'effacer tôt :

la chair ne tient jamais — par endroits elle se relâche, à d'autres elle s'épaissit. Double menton, bajoues, paupières alourdies : la fleur a perdu ses pétales... Les années, au contraire, ont souligné la beauté de la « petite dernière », qui tient à la pureté des lignes, aux heureuses proportions de la structure : la peau de son visage épouse une ossature parfaite. À la Garbo. Elle n'est pas touchante, Lisa la blonde, elle ne l'a jamais été : elle est parfaite.

Pour l'allure, toutefois, la splendeur du corps, dès que nous sommes entrées dans l'adolescence Maman a élu Véra. « Numéro deux » était en effet la plus élancée ; ses jambes s'allongeaient, s'allongeaient... Avec ça, « très bien roulée », reconnaissait Sonia, pas contrariante. « Elle a ce qu'il faut où il faut », opinait Lisa qui répétait comme un perroquet tout ce que Maman disait. Pendant une dizaine d'années, « Numéro quatre » fut détrônée. Un déclassement provisoire : elle revint en cour vers sa vingt-deuxième année, à grand renfort de clichés — « beauté lumineuse », « regard limpide », « port de reine », etc. Et surtout : « Ta sœur est plus fragile que tu ne crois, et plus tendre qu'on ne l'imagine » (j'attendais « Un cœur bat sous sa robe d'avocat »...). Elle a ses chagrins, elle aussi. Elle ne dit rien, mais je la devine, va ! C'est en elle, aujourd'hui, que je me reconnais. Je me revois au même âge. C'est comme si elle et moi, nous ne faisions qu'une. — Mais tu es brune, non ? »

Fille unique, Maman ne mesurait pas les ravages que ces classements incessants opèrent dans une fratrie. Dans son esprit, ce n'était qu'une sorte de distribution des prix, révisable annuellement. Tous les pédagogues ne sont pas « psy », et notre mère, dieu merci, passait très au large des erreurs du siècle : elle ignorait le b.a.-ba du freudisme, ne pratiquait pas « l'écoute », renvoyait l'inconscient dans ses limbes et ne laissait personne se vautrer sur un divan. Pressée de juger et jugeant sur la mine, elle élisait donc des favoris et dressait son tableau d'honneur : « Marc est le meilleur de mes petits-fils » ou « Jérémie est le plus beau » ou « Décidément, je ne supporte pas Guillaume ». Pour ses gendres, elle se montrait plus impartiale : elle n'en aimait aucun. Sauf peut-être William, le dernier, bien qu'il eût entraîné sa « Divine » en Australie...

Un jour, comme j'étais descendue de Paris pour aider mon père à la nourrir (« Une cuillerée de gâteau de semoule, Maman ? Il est encore chaud, bien grillé sur le dessus, je crois que je l'ai réussi »), elle me jeta à la figure qu'elle ne toucherait plus à mes plats tant que je n'aurais pas appris les rudiments de la cuisine : « Ta bouffe est immangeable, ma pauvre fille ! C'est très beau, les intellectuelles, mais ça ne sait rien faire de ses dix doigts ! » J'allai cacher mes larmes dans la salle de bains — à cinquante ans passés ! Mon père vint me rejoindre : était-ce pour me dire qu'en pleurant bien je « pisserais moins » ? Vite, je m'essuyai les yeux et pris les devants : « C'est idiot, à force d'être écrivain on devient trop sensible ! — À force d'être trop sensible, on devient écrivain », dit-il. C'était la première fois qu'il m'en racontait si long. Et si à propos.

Je sais bien, d'ailleurs, que l'amour n'est jamais juste, l'amour maternel pas plus qu'un autre : « C'était lui, c'était moi... » Et je sais aussi que, malgré tout, Maman restait une vraie mère : quand elle avait servi à grandes louches ses favoris, il restait assez d'amour au fond du pot pour nourrir les affamés...

En fin de compte, elle était sans doute plus douée pour l'éducation collective que pour le sur-mesure. Avec quatre enfants (et les trois de son amie Louise), huit petits-enfants (et leur ribambelle de copains), une maison sans confort, des parents âgés, peu d'argent, et un mari aux abonnés absents, elle s'était équipée, physiquement et moralement, pour encadrer un bataillon : grandes tablées, partage des corvées, réjouissances organisées. Une éducation « taille unique » mais chaleureuse, inventive, joyeuse. À la russe ! Pour un oui, pour un non, des masques, des loteries, des arrosages au jet d'eau, des rondes, du rock, des crêpes-parties, des lits en portefeuille, des cadeaux-surprise, des blagues au téléphone, des pique-niques, des imitations, des farces, des devinettes, des cache-cache, des fous rires, des folies — bref, tout ce que je n'ai

pas su, moi, donner à mes enfants. Individua-
liste, je les aime individuellement ; solitaire, soli-
tairement ; et, peut-être, tristement ?

Mais ils m'appellent « P'tite Maman ». Nous
n'aurions pas appelé notre mère « P'tite
Maman ». Pas son genre...

Si elle ne m'avait pas aimée pourtant, comment aurais-je survécu ? Elle était mon soleil.
Comme le soleil, indispensable à la vie. Et,
comme lui, susceptible de tuer. Je recherchais sa
chaleur, et craignais sa brûlure.

Sonia

Limoges. Cité de La Châtaigneraie. Dix-huit décembre, onze heures.

Sonia a raté le premier train, n'a pas entendu le réveil : trop de somnifères, ou pas envie de se lever... Elle a même réussi, elle se demande comment, à se mettre en retard pour le train suivant. Elle vient de prévenir Katia, elle est à la bourre, Véra va l'engueuler, elle ramasse ses vêtements épars dans l'entrée et les enfonce dans son sac. Y ajoute, pour le train, trois ou quatre livres attrapés au vol : *Dix poèmes zen*, *La révolution des antioxydants* (en bandeau : « Ralentir le vieillissement et prévenir les maladies ») et *Guérir de tout grâce aux images intérieures* (en bandeau : « Nous portons en nous un monde positif capable de nous sauver », et en quatrième de couverture : « Ce livre vous apprendra à pousser les portes de votre fascinant univers personnel et à retrouver la capacité de vous aimer »). Le plus urgent quand même, ce serait les antioxydants : Sonia a beau ne jamais se regarder en pied, elle voit bien que ses jambes se couvrent de marbrures violâtres qui tourneront en varices, les varices en ulcères, les ulcères en abcès... Elle a les jambes plus vieilles, plus laides, que les jambes de sa mère il y a six mois. Et ses pieds ? Ses pieds se déforment, elle a des cors, des oignons, sans parler de la corne, maintenant, sous sa voûte plantaire. Elle qui avait des pieds si doux : un de ses amants, autrefois, s'était émerveillé de la douceur de ses pieds... Les hommes, quand ils lui disaient qu'elle était jolie, qu'elle avait des yeux splendides, une bouche faite pour les baisers, des beaux seins, des petites fesses pommées, elle ne les croyait jamais. Mais pour les pieds, c'est bizarre, elle avait tout de suite cru ce que ce garçon lui racontait. Et depuis, en secret, elle se sentait fière de ses pieds... C'est fini. Si elle n'avait pas déjà largement de quoi se lamenter, elle en pleurerait.

Bon, *La révolution des antioxydants*, pourquoi pas ? « Savez-vous », demande l'auteur, un médecin, « que l'oxygène que vous respirez, indispensable à la vie, est aussi votre pire ennemi ? » Terrifiant ! Et le praticien, qui dirige un Centre d'investigations bio-cliniques du stress oxydatif, poursuit, sans pitié : « L'oxygène consume votre corps qui se fragilise et vieillit. » Mais (car il y a un mais) « ce processus peut être ralenti » ! Ouf !... C'est une collègue du Beauty Shop qui lui a prêté ce bouquin. Deux cents pages : elle l'aura fini avant d'arriver à la gare d'Austerlitz. Et comme, de toute façon, elle n'a pas de quoi se payer une cure d'antioxydants, dès Orléans elle pourra commencer le passionnant ouvrage de Mme Ledru-Vasseur sur les images intérieures. Les images intérieures ne coûtent pas cher : en se concentrant bien sur ses pieds, sur le souvenir de ses jeunes pieds, et en essayant en même temps de se relaxer, de faire des « pauses respiration » et de « laisser tomber la cuirasse », à Paris-Austerlitz elle aura déjà perdu deux ou trois millimètres de corne. Sûrement...

Sonia sait qu'elle lit des âneries. Mettons, des « rêveries ». Elle n'est pas bête au point de... Mais en ce moment, elle ne... Non, il y a longtemps déjà qu'elle ne lit plus que des livres inutiles, qu'elle se berce d'illusions tout en jurant qu'elle n'est pas dupe. Elle a toujours adoré les contes de fées. Questionnaire de Proust : « Le bonheur parfait selon vous ? » Lire un conte de fées en restant couchée... Oui, bien sûr, elle devrait se ressaisir. « Ressaisis-toi », dit Véra, et parfois, quand sa sœur prononce ces mots-là, Sonia entend un sanglot dans sa voix. « Ressaisis-toi », ce qui signifie « Repeins tes quatre murs, Sonia, les quatre ! Citron vert ou vert anis, on s'en fout, mais finis le boulot ! », et « lave ton jean », « descends les cartons », « repasse tes chemises », « appelle ton fils », « écris à la Sécu », « paie tes impôts », bref « range ta chambre ! ». Range ta chambre, sinon...

Son bagage est prêt. Il n'y a plus qu'à le traîner jusqu'à cette gare de Limoges dont Micha prétendait, quand il argumentait contre son gendre, qu'on ne pouvait en trouver de mieux située : au centre de la ville la plus centrale de France, et raccordée à toutes les mers qui comptent — « il n'y a pas un endroit où

164

mon Olga pourrait être plus près de vos bateaux ».
Sacré Micha !

Ah, elle allait oublier son Espéral : il est resté sur
la table de la cuisine. En ce moment, elle ne boit pas :
elle prend son Espéral tous les matins et, comme
chaque comprimé rend la prise d'alcool impossible
pendant cinq jours — trop douloureux, trop dangereux —, elle « tient ». Elle tiendra jusqu'à la mort de
sa mère. Après, elle s'en fout. De sa mère venaient
toute douleur et toute consolation. Tout jugement
aussi. Après...

Finalement, elle n'a peut-être pas besoin d'emporter l'Espéral, puisque le traitement a cinq jours
d'efficacité. Or, d'ici cinq jours — d'après ce que
Véra lui a laissé entendre —, d'ici cinq jours leur
mère sera morte... Supposons qu'elle laisse aujour-
d'hui son Espéral sur la table de la cuisine, qu'elle
soit, demain, dans l'impossibilité d'en prendre, eh
bien, elle pourrait recommencer à boire juste avant
l'enterrement : à ce moment-là, elle en aura besoin,
c'est sûr. Devra se donner du courage chaque soir
pour tenir jusqu'au lendemain. Ne serait-il pas judi-
cieux, dès lors, d'oublier l'Espéral dès maintenant ?...

En hâte, Sonia charge le sac de voyage sur son
épaule et ferme la porte de son appartement.

Lisa

Star Hôtel, métro Sèvres-Lecourbe. Lisa lave son bol dans le lavabo, et le range sur l'étagère à côté de la bouilloire électrique, des sachets de thé, des gâteaux secs, et des dosettes de café : l'hôtel ne sert pas de petits déjeuners, mais fournit, dans un coin de la chambre, l'équipement nécessaire aux paresseux et aux fauchés qui aiment encore mieux un Nescafé-biscotte au pied de leur lit qu'un croissant-crème au café d'en face.

Lisa traîne en chemise de nuit. Ce matin, elle a tout le temps : sa mère ne manque pas de compagnie ; Sonia doit être arrivée de Limoges, et, le samedi, les petits-fils qui vivent en province viennent rendre visite à leur « Babou », accompagnés de la petite amie du moment, qui n'en demande pas tant. « J'aime ma grand-mère, tu comprends ? Mes tantes disent qu'elle va mourir... Je n'y crois pas. Elle va mal, c'est sûr, mais maintenant elle est bien soignée, dans un très bon hôpital. J'ai confiance. »

Guillaume, tout à l'heure, est passé en voiture avec un ami pour prendre son grand-père à l'hôtel et l'emmener à Neuilly. À Neuilly, Lisa y est allée deux ou trois fois par jour — une seule demi-journée d'absence, pour cause de migraine. Par rapport à ses sœurs, elle a du retard à rattraper : trop souvent, elle n'a participé que de loin aux péripéties de cette longue, interminable maladie. Faudrait-il dire « agonie » ? Non, personne n'agonise pendant cinq ans. Et pourtant...

« Maman et sa dépression, Maman et ses traitements, Maman et ses deux opérations, Maman et sa révolte, Maman et son anorexie, Maman et son invalidité, Maman et ses escarres, j'en ai ras-la-marmite, moi ! Je suis vieille maintenant, j'ai de l'arthrose, je perds mes cheveux, je ne vois plus de près, mon effacement est programmé et Maman accélère le programme, elle me tue ! » C'était Katia au téléphone, il y a deux ou trois mois, Katia furieuse contre Véra pour une histoire de femme de ménage ou d'auxiliaire de vie... Lisa sait bien qu'elle, « l'Australienne », reste en dette. Qu'elle doit. Doit.

Deux fois par jour, elle va à Neuilly et revient de Neuilly. Métro Sablons, église Saint-Pierre, avenue du Roule. Il pleut. Sur les trottoirs, les dernières feuilles de platane n'ont pas été balayées — à la mi-décembre ! Il est vrai que l'automne n'était pas précoce cette année : les feuilles restaient vertes, s'accrochaient... Rue de Chézy, boulevard du Château, il pleut, les feuilles sont tombées en couche épaisse, elle marche vite. Se croit en retard. Mais elle a peur de glisser. Le long des jardins de l'hôpital, les feuilles envahissent la chaussée, débordent des caniveaux.

Il pleut. Le matin, il fait encore nuit, et il fait déjà nuit l'après-midi : sous ses pieds, dans l'ombre bleue, le tapis jaunasse est chaque jour plus glissant, il se putréfie, se liquéfie, c'est une bouillie, une diarrhée. Elle a mal aux yeux, mal au cœur... Certaines fois, rares, une feuille se pose à l'écart des autres : découpe d'or éclatante sur le bitume noir. Une survivante ? Non, une belle mort. Nette. Solitaire.

Lisa soulève le voilage jauni qui cache sa fenêtre. Embouteillages, coups de klaxon, parapluies. Boulevard de Grenelle, devant l'hôtel, les stores déversent leur trop-plein d'eau sur les passants. Le kiosque a replié son étal, les vendeurs à la sauvette s'abritent sous le métro aérien. Des parapluies noirs, parapluies bruns, luisants comme des coléoptères, se bousculent aux feux rouges. Pris de frénésie : c'est un samedi de l'Avent — l'« avant cadeaux ». Un samedi de grosses dépenses. Les boutiques ont allumé leurs vitrines.

Lisa cherche le ciel. Ici, ce sont les nuages qui lui manquent le plus, les grands nuages qu'elle voit de son bureau traverser la baie de Sydney. Troupeaux, montagnes, falaises, flocons, barbe à papa ; nuages qui gonflent, glissent, s'étirent et s'effilochent, blancs sur bleu, gris sur blanc, roses sur gris, nuages qui s'assemblent, s'entassent et se dispersent, l'entraînant, immobile, dans leur fuite perpétuelle. Sur le large écran de sa fenêtre, elle les suit comme on regarde un film, captivée, entre deux dossiers, par le spectacle du ciel, ce ciel qui, tout bien pesé, est le plus beau paysage d'Australie. Encore, pour en profiter, ne faut-il pas trop s'éloigner de la côte ! Parce qu'à l'intérieur il n'y a rien : pas plus de nimbus que de forêts ; un air toujours bleu, une terre toujours rouge, le sable, le scrub, les cailloux. Ciel plat, sol nu : la lune, sans les cratères. À moins d'être cosmonaute, on ne « choisit » pas l'Australie.

En fille de la montagne limousine, elle n'aimait que les arbres et les sources, les chênes et les cascades, les lacs et les bouleaux. Dans le désert, elle est servie ! Mais, à un moment de sa vie, elle voulait une île — a eu besoin d'une île. Elle a rencontré William.

William est un homme entouré d'eau. Une terre ferme, mais très isolée. Dans ses bras, on se croit en sécurité — invisible, inaccessible, hors de portée. Lorsqu'elle a décidé d'aimer William, Lisa ignorait qu'il était une île « au carré » : un citoyen britannique domicilié en Australie... N'importe, plusieurs précautions valent mieux qu'une : sur l'île il y aurait un lac, sur le lac un rocher, sur le rocher une forteresse.

Ils n'avaient passé ensemble que quelques jours (quelques nuits) quand William a su lui dire qu'il serait son abri. Il l'a dit en empruntant les mots d'un autre — un chanteur des années soixante-dix, passé ensuite à la prédication sous le nom de Yusuf Islam. Au temps où ce type s'appelait Cat Stevens et n'avait pas encore trouvé Dieu, il fréquentait la poésie ; s'accompagnant sur un piano au son métallique, aigrelet, il chantait une fille perdue dans la nuit, une fille qui pleure sans dire pourquoi : *Lisa Lisa, sad Lisa Lisa.* William n'avait-il cité la chanson qu'à cause de la similitude des prénoms ? Quand il avait serré Lisa contre lui en fredonnant *She hangs her head and cries on my shirt / She must be hurt very badly*, elle s'était crue devinée. Il tirerait ses ombres vers la lumière. Blottie contre son cœur, quand il lui avait murmuré la fin du couplet elle avait su qu'elle ne le quitterait jamais.

Il faut dire que cette affaire de chanson était extraordinaire — difficile de ne pas y voir un signe ! Car, en France, *Sad Lisa* n'avait pas été un très grand succès et, dans les années quatre-vingt, quand Lisa avait rencontré William, paroles et musiques semblaient aussi oubliées que Yusuf Islam lui-même. Lisa ne connaissait cet air que par Katia, qui avait acheté le quarante-cinq tours à sa sortie et n'avait jamais cessé de le passer : « Écoute, Lisa, et regarde : c'est une dame en noir, qui coud avec du fil noir. Dans sa maison, il y a des napperons de dentelle, et ce vieux piano dont elle ne joue jamais. C'était sa petite sœur qui en jouait... Il fait froid. Elle est seule. Tu la vois ? » Lisa la voyait en effet. « Un jour, ajoutait Katia, j'écrirai son histoire. » Les romanciers, ces grands naïfs, s'imaginent qu'ils auront le temps d'écrire toutes les histoires qu'ils se sont racontées ! Mais, à l'âge qu'elle a maintenant, Katia Sarov n'écrira pas le dixième des romans qu'elle a rêvés. Et jamais on ne saura ce que « sad Lisa » cachait...

William, lui, continue à faire de son mieux. Tant d'hommes auraient déjà quitté une femme comme elle ! Quand il cesse un instant de poursuivre son tyrannosaure emplumé et qu'il revient, comme par erreur, dans son siècle, il la trouve là où il l'avait laissée : au milieu de ses dossiers, de ses ONG, de ses bonnes causes et de ses mauvais procès ; il la trouve là, à peine vieillie, presque aussi belle, calme, lucide et désespérée ; il l'attire contre son épaule, caresse ses cheveux, la berce un peu : *Lisa Lisa, sad Lisa Lisa.*

Ici — près de sa mère, parmi ses sœurs, au Star Hôtel ou dans la chambre rose, face à son père ou devant ses neveux — elle se sent comme une mouche sous un verre retourné. Où est la sortie ?

Même à Sydney, dès qu'elle cesse d'agir et de s'agiter, elle sait qu'elle est piégée. Pour ne plus être triste, il faut qu'elle soit en colère. Qu'elle casse le verre.

Son corps a compris dès l'enfance ce que son esprit a mis longtemps à accepter : elle est violente.

Au début, elle cassait. Tous les bouts de machins qui lui tombaient sous la main dans la cave ou dans l'atelier de Micha... Un jour, le grand-père l'a attrapée par ses nattes : « Dis donc, brise-baraque, les vieilles bricoles que je récupère, et que je répare pour faire plaisir à ta maman, ça serait pas toi, des fois, qui viendrais me les bousiller ? Entends-moi bien, mon p'tit Ravachol : si je te reprends à tourner autour de mon établi, je te pends par les oreilles ! »

Elle cassait même ce qu'elle aimait : son beau baigneur aux yeux dormeurs, par exemple, un garçon en celluloïd, dur mais fragile. Un jour où par maladresse elle l'avait fait tomber sur une pierre du jardin, il eut deux doigt sectionnés ; elle s'en trouva si malheureuse qu'elle fut obligée de le détester ; à coups de talon elle le réduisit en miettes, son « bébé » — plus de bras, plus de jambes, plus de ventre, quelques éclats de plastique rose, à demi enfoncés dans la terre... Restait le visage, pourtant ; elle n'avait pas osé toucher au visage, qui continuait à la regarder tristement avec ses grands yeux en verre bleu. Elle ramassa un bâton, l'enfonça dans un œil, l'y poussa jusqu'à ce que les deux yeux basculent et disparaissent au fond de la tête. Après, elle se reposa.

Les soucis commencèrent quand sa mère tricota une petite brassière pour « Nicolas » (c'est comme ça que Lisa appelait son bébé) : « Je te l'ai faite hier avec un reste de laine, après avoir fini le pull de Véra. Viens, on va l'essayer à ton baigneur, il sera superbe ! »

Mais impossible de retrouver Nicolas : « Tu l'as perdu ? Laissé quelque part ? » Dénégations muettes, mais énergiques, de Lisa. « Où était-il la dernière fois que tu as joué avec lui ? — Là ! » (elle montrait le berceau). Elle était presque sincère. Ne savait plus comment les choses s'étaient passées. S'en sentait innocente puisqu'il ne restait aucune trace du crime : sa colère ayant refait place à la tristesse — une tristesse aggravée, puisqu'elle n'avait plus de bébé à bercer —, elle avait enterré les débris sous la pierre moussue d'une bordure, au pied de la glycine. Par prudence ? Par respect ? Une tombe pour Nicolas ? Non, il s'agissait juste de faire place nette, de cacher le désordre, la saleté. Enfouir le passé. Lisser le présent. Et lorsqu'il fut clair, malgré la mobilisation de la famille, que Nicolas restait introuvable, qu'il avait vraiment « disparu », Lisa versa une grosse larme — comment vivre sans son enfant ?

Ce chagrin muet redoubla l'énergie de sa mère. Le lendemain, pendant que les quatre filles étaient à l'école, elle entreprit une fouille systématique du jardin et aperçut, près de la glycine, une esquille rose : un bout de celluloïd grand comme l'ongle... Bien qu'elle n'eût pas songé à soulever les pierres de la bordure, cette découverte lui laissa penser que le kidnapping de Nicolas avait pu s'achever en assassinat. Le mobile ? Une vengeance « de fille ». De pisseuse. De garce. La méchante envie de chagriner Lisa. Au retour de l'école, face à l'unique *pièce à conviction*, les trois aînées subirent un interrogatoire serré. Aucune n'avoua.

Lisa, qui avait retrouvé la mémoire, pleurait ; elle se réfugia au grenier sans attendre le jugement. Sa mère vint l'y rejoindre, s'excusa d'avoir dû, faute de preuves, relaxer les prévenues, et promit à la « victime » bouleversée qu'au prochain Noël elle trouverait dans la cheminée un Nicolas plus beau encore que le premier : un Nicolas dernier cri, avec « des cheveux en nylon implantés », un bébé auquel elle pourrait faire de vrais shampoings.

Après la mort subite de Nicolas, il y avait eu l'inondation, non moins soudaine, de la fourmilière. Puis l'épisode des poussins. Qui eut lieu au moulin, où Mémé Solange élevait quelques poules et des lapins. Lisa aimait nourrir les lapins à travers le grillage de leurs clapiers et courir derrière les poules. Le jeu était plus drôle si les poules avaient des poussins : quand on poursuivait une petite famille, la mère s'affolait, voletait, caquetait, essayait en vain de rameuter sa marmaille pour la remettre dans le droit chemin — sous ses grandes ailes —, tandis que la progéniture s'éparpillait, fuyait en désordre, et, incapable de s'envoler, finissait, dans sa course désespérée, par exécuter de risibles dérapages ventraux et de ridicules roulés-boulés. La bonne méthode consistait à scinder le groupe, en isoler les individus les plus faibles ou les plus sots, courir plus vite qu'eux et laisser leur grosse maman s'égosiller...

Un jour Lisa a pu, de cette façon-là, séparer Baba Yaga — la poule blanche, celle qui pondait les plus beaux œufs — de deux de ses enfants qu'elle a poussés vers le ruisseau, histoire de voir s'ils nageraient comme des canetons. Mais ces trouillards évitaient l'eau, piaillaient désespérément en longeant le ruisseau, et s'enfonçaient dans les ronciers pour se cacher. Avec son bâton, Lisa les délogeait et la course reprenait : « Tu vas nager, crétin, dis, tu vas nager ! » grondait-elle entre ses dents, et elle tapait sur les fourrés. Les poussins commencèrent à se fatiguer, ils couraient moins vite, se taisaient. Lisa sentit sa colère monter : « Tu vas nager, oui ? » Sous une fougère, près du pont de bois, les deux poussins s'étaient collés l'un à l'autre, ils tremblaient, ils avaient froid. Lisa tapa plus fort. Ils se couchèrent en même temps.

Elle lâcha son bâton. Mit quelque temps à reprendre son souffle, comme après une crise de sanglots. Puis elle se pencha sur les deux petites boules jaunes, les prit, l'une après l'autre, dans ses mains : les poussins étaient encore tièdes mais gardaient les yeux fermés. Elle n'avait jamais vu de poussin aux yeux fermés. Elle trouva leurs paupières affreuses, indécentes : un renflement rose et plissé, tout nu ; deux globes morts, sans cils, recouverts d'une peau rêche... Le reste, pourtant, était comme avant, très doux, très beau : même les petites pattes recroquevillées, si pareilles aux doigts d'un nouveau-né qu'on avait envie de les toucher, de les caresser... Mais ces paupières chauves, quelle horreur ! Elle jeta les poussins dans le ruisseau, qui les emporta.

Par la suite, elle revit souvent des paupières roses dans ses cauchemars. Elle ne tua plus que des hannetons, des scarabées. Commença à se ronger les ongles, s'arracher des « petites peaux » au bout des doigts, se gratter jusqu'au sang, se cogner dans tous les meubles, se blesser.

Abîmer ses bras, ses mains, l'aidait à évacuer sa colère mais ne la préservait pas de l'angoisse : au-dessus de son corps enlaidi, haï, planait toujours, comme une menace, l'amour immense de Maman, si lourd qu'il en devenait fragile, si tendu qu'il finirait par casser. À tout instant, sa chaleur excessive pouvait dégénérer en orage : « Mais qu'est-ce que j'ai fait au Ciel pour avoir des filles pareilles ! Ma parole, vous avez le feu au cul, ta sœur et toi ? ! » Jusqu'au jour où : « Je t'ai donné mon avis, Lisa. Tu ne veux pas le suivre ? Tu es libre. Mais, dans ce cas, tu t'assumes et tu t'en vas : la porte est ouverte... » Non, à seize ans, la porte est fermée : où aller ? Comment vivre sans l'amour de Maman ? Surtout quand on est sa préférée. Son bébé. Sa prisonnière. « Tu deviens raisonnable ? Tu verras, ce sera comme chez le dentiste, on te fera une petite anesthésie... » Une mouche sous un verre renversé.

C'est plus tard, à dix-huit ans, que Lisa a découvert le droit. Le droit est une arme autorisée. Aujourd'hui, elle assomme l'ennemi à coups de codes, le bombarde d'articles de lois, le transperce d'alinéas... Elle casse le verre, expulse sa colère ; et s'il n'est pas trop méchant, l'ennemi se rend.

13.

Il paraît qu'une bonne *fin de vie* doit permettre au malade ou au vieillard d'accepter l'inéluctable. De *renoncer*. J'ai lu cette forte pensée dans des psycholivres qu'on trouve en tête de gondole dans les hypermarchés. Je comprends mieux, dans ce cas, la révolte de ma mère : fille de résistant, elle n'est pas capitularde. Les gens du pays disaient d'elle : « Ah, votre Maman, chapeau ! C'est une battante ! »

Elle défendait le consommateur quand on ne l'appelait encore que le « client ». D'une enfance vécue au temps du marché noir, elle avait gardé une certaine méfiance à l'égard des marchands, soupçonnés de mouiller leur lait et de faire leur beurre. À l'époque du *Suivez le bœuf*, je l'ai vue, toute la rue l'a vue, obliger le patron de la supérette à reprendre un gigot qu'elle n'avait pas craint de rapporter dans son plat en Pyrex encore chaud : « Des confettis, monsieur ! Après cuisson, ce ne sont plus des tranches que je découpe, mais des confettis ! Parce que ce n'est pas une épaule, ça : c'est un os, rien qu'un os bardé, et bardé de déchets, qui plus est ! Si on vous laisse faire, vous nous vendrez du mou pour chat au prix du foie de veau ! » Ou bien c'était un nouveau pâtissier, trop beau pour être honnête, qu'elle contraignait, devant sa boutique pleine, à avaler ses propres éclairs avariés : « La crème est déjà tournée ! Vous savez pourquoi ? Parce que vous m'avez refilé vos invendus d'hier ! Au risque d'intoxiquer mes enfants ! Ah, vous prétendez qu'ils sont frais, vos éclairs ? Vous osez soutenir qu'ils sont bons ? Alors, mangez-les ! Si, si, j'y tiens, monsieur : mangez-les devant moi ! Allez, encore une bouchée ! Un petit effort ! » Au bout du premier éclair, le coupable, les tripes en sautoir, demandait grâce et avouait son forfait. Maman, triomphante, se tournait vers le public : « Libre à vous, mesdames et messieurs, de continuer à vous servir ici, mais moi je ne suis pas pressée d'habiter le cimetière ! Quant à vous, l'empoisonneur, regardez-moi bien, vous m'avez vue ! »

Même l'administration, dans ses incarnations les plus absolutistes, eut à pâtir de cette redresseuse de torts : la postière grincheuse, le gendarme despotique, le guichetier SNCF mal luné recevaient tour à tour leur paquet. Jamais de menaces (du genre « vous aurez de mes nouvelles ») ni de lettres aux supérieurs : Maman préférait l'oral à l'écrit, et le présent au futur — elle réglait ses comptes sans intermédiaire et sans délais. Mais non sans imagination : sous René Coty, elle avait déjà inventé les sit-in et le happening. À elle seule, au fond de sa province, elle était *60 millions de consommateurs* et la Ligue des droits de l'homme !

Pourtant, rien dans ses manières n'annonçait une harpie : gênée, dès qu'elle mettait le nez dehors, par la modestie de ses origines et de ses connaissances (« mon petit bagage », comme elle disait), elle ne cherchait pas le scandale. Mais l'abus de position dominante la jetait d'un coup dans l'action. « Comme en quarante » ! La moustache de Zorro dissimulant son Rouge Baiser, elle ne cédait plus ni à la crainte ni à la raison : loin de la retenir, la disproportion des forces l'excitait.

Pas étonnant qu'une telle femme ait exigé des enfants courageux ! À peine sorties des langes, nous suivions une formation accélérée de chefs de réseau : pour la prochaine guerre, il lui fallait des filles loyales, intrépides et stoïques. Dans cette descendance qu'elle avait rêvée mâle, il n'y avait pas de place pour les mères Chochotte et les pères Douillet. Quand elle nous emmenait au dispensaire de la PMI pour les vaccins, prises de sang, ou points de suture, nous faisions l'admiration du personnel et des mamans : on pouvait nous piquer partout, nous ne bronchions pas. « Mais enfin, madame, que promettez-vous à vos filles ? demanda un jour un médecin sur-

pris. Combien de bonbons ? — Rien du tout »,
dit fièrement ma mère.

Rien, en effet, elle ne nous avait rien promis
— que le pire : la souffrance inutile et la mort au
bout ; il avait suffi qu'elle nous parle (sérieusement ou sévèrement, c'est la même chose à
quatre ans) de son ancienne expérience d'infirmière stagiaire : à l'hôpital Trousseau elle avait
découvert des dizaines d'enfants couchés dans
leurs petits lits blancs, des enfants pâles auxquels
on ouvrait le ventre, coupait les bras, coupait les
jambes. Ils souffraient beaucoup, mais ils ne
pleuraient jamais ; parfois, malgré toute leur
bonne volonté, certains mouraient — les docteurs n'avaient pas pu les sauver, la vie est ainsi.
« Alors, mes enfants, avant de hurler parce qu'on
vous pique les fesses, je vous demande d'avoir
une pensée pour les petits malades des hôpitaux
qui vont mourir sans avoir pleuré. Rien qu'une
pensée. Après, vous ferez comme vous vou-
drez... » Tu parles ! Sur les filles de Maman, ce
discours se révélait d'une terrible efficacité !

Certes, en grandissant, je me demandais bien
quelquefois en quoi mon stoïcisme pouvait soulager la douleur des amputés et des tuberculeux... Il n'empêche : je ne me suis jamais fait
faire une prise de sang sans être accompagnée
de mes « petits lits blancs » ! Dès l'âge des barbo-
teuses, comme d'autres sont éduqués en vue de
la prépa d'Henri-IV ou inscrits dans leur futur
rallye, nous étions vouées, mes sœurs et moi, au

maquis et au sacrifice ; nous avions nos jeunes héros, tombés au front...

Et voilà qu'aujourd'hui cette femme qui nous avait appris à mépriser nos souffrances faisait des comédies pour prendre un cachet ! Voilà qu'elle décrivait le tube du scanner comme une antichambre de l'enfer ! Qu'elle reparlait pendant des mois d'une chimio de deux jours ! Dans la maladie, la « longue maladie », elle ne s'est pas montrée à la hauteur de ce qu'elle nous avait enseigné. Sans cesse à se plaindre de l'injustice du sort, à s'emporter contre les traitements, les soignants, les *aidants* ! Faisant triste figure à la mort et boudant la vie, elle n'est romaine en rien.

Au début, je lui en ai voulu. Elle tombait de son piédestal, trahissait, désertait. Puis j'ai resongé à Bernanos, aux carmélites de Compiègne, à la mort apeurée, honteuse de la première prieure, et à la mort sublime de la craintive novice. Je me suis dit que Maman, elle aussi, avait accepté par amour d'« échanger » sa mort pour celle d'un autre : en abdiquant devant ses filles et ses petits-fils toute fierté, peut-être prépare-t-elle une mort plus douce au moins solide d'entre nous — à moi, qui sait ?

Le drame, au fond, c'est qu'elle a joui longtemps d'une excellente santé : à soixante-huit ans, elle n'avait jamais été hospitalisée. Pas même pour ses accouchements : nous étions nées « à la maison ». Jamais hospitalisée, car jamais anesthésiée, biopsée, fibroscopée ou endoscopée ; jamais, même, plâtrée.

L'hôpital, dont autrefois elle nous parlait familièrement, elle ne l'avait connu qu'à dix-huit ans, comme élève infirmière : de l'autre côté de la barrière. Malade, elle l'a découvert : « C'est insupportable, cette façon qu'ils ont d'entrer dans les chambres à tout bout de champ, même en pleine nuit ! Je ne peux pas dormir... — Ah, bien sûr, on récupère mal, c'est l'hôpital... — Mais les repas ? Ce qu'ils osent nous servir... En plus, ils nous font dîner à cinq heures ! Tu imagines ? — Oui, je sais. C'est l'hôpital... — Et ce boucan dans les couloirs, toute la journée le "glinglin" des chariots ! — C'est l'hôpital... — Je ne te parle pas de la manière dont ils traitent les patients : on nous gronde comme si nous avions cinq ans ! C'est infantilisant ! — L'hôpital, Maman... »

Pour la mort, c'est la même chose : nous la pensions habituée à l'agonie et au *passage*, préparée, mieux que personne, aux derniers moments — son père, sa mère n'étaient-ils pas morts dans ses bras ? Et ne nous avait-elle pas raconté cent fois comment, jeune infirmière, elle s'attardait auprès des mourants — au chevet de ces vieilles femmes solitaires qui agonisaient en réclamant leurs enfants ? Elle prenait leur main, disait avec tendresse : « Me voici, Maman », restait parfois jusqu'à leur dernier soupir. Les soignants expérimentés la houspillaient : « Vous, la stagiaire, vous avez du temps à perdre, on dirait ! »

Maman a longuement, courageusement, fréquenté la mort, mais de « l'autre côté ». Elle est surprise, et très indignée, depuis qu'elle la voit de plus près.

14.

Si j'essaie de lui caresser le bras, d'un geste sec du poignet elle repousse ma main, comme on chasse une mouche. Si je lui lisse les cheveux, elle hausse le sourcil et soupire. Si, comme Véra, je lui passe sur le visage une lingette parfumée, elle détourne la tête ; si, comme Sonia, j'entreprends de lui masser les pieds, elle déplace son talon de trois centimètres — une distance énorme, vu son état. Un effort surhumain pour me fuir... Dès que mes doigts touchent sa peau, en quelque endroit que ce soit, elle souffle : « Laisse-moi ça ! » Dégage, quoi.

D'instinct, elle rejette toutes mes tendresses. D'instinct, car elle ne me voit pas, ne m'entend pas, mais, dès la première seconde, elle sait que je ne suis ni Véra, ni Lisa, ni Sonia, je suis « l'autre », la gourde, l'aînée, l'empotée... Ma mère ne m'aime plus assez pour me laisser l'aimer.

Tout ce que je fais pour elle, maintenant je le fais pour ma « maman d'avant ».

Ma maman d'avant partageait avec moi des secrets. Partageait sans dire. J'avais quinze ans, elle me laissait deviner. Puisque j'étais l'aînée. Avec son amie Louise, qui gardait des souvenirs du Moulin-Rouge et des fringales de Parisienne, elles prenaient la Dauphine et s'en allaient danser — au *Mambo Club* à Limoges ou au *Whisky* à Bellac, où personne ne les connaissait (« Cent soixante kilomètres aller et retour, tu te rends compte ! Il faut en avoir envie ! »). Elles partaient et quelquefois, je crois, elles ne rentraient pas seules. Il faut dire que ni l'une ni l'autre n'avaient de mari : Louise avait épousé un chauffeur routier... Quand elles étaient accompagnées (j'entendais, au milieu de la nuit, une deuxième voiture se garer), elles « dormaient en face » chez Louise. Je me demande si, à un certain moment, elles n'ont pas eu le même amant. De toute façon, quand elles sortaient, elles nous regroupaient toutes dans la « maison de Maman » — les trois filles de Louise et les quatre filles Le Guellec : je gardais la nichée puisque j'étais l'aînée. Les petites se réjouissaient effrontément d'être abandonnées ; elles ne restaient pas en place, ne se couchaient pas à l'heure, s'envoyaient des verres d'eau à la figure ; je devais me fâcher, éponger les murs, et, pour éviter une punition collective, « finir » les parquets au sèche-cheveux... Si mes grands-parents téléphonaient (ou s'ils débarquaient à l'improviste : ils habitaient si près !), je restais évasive sur l'absence de leur fille ; et quand Mémé Solange se montrait trop curieuse, je mentais carrément : « Elle est à Limoges, avec Louise et les gens de l'Amicale laïque, pour une conférence de Connaissance du monde sur les Papous de Nouvelle-Guinée. » Complice sans être confidente, je protégeais ma mère : dans ces circonstances-là, elle était bien, que la chose lui plût ou non, ma « P'tite Maman ».

Puis je suis partie pour Paris, je suppose que Véra a pris le relais. Elle ne m'en a jamais rien dit ; mais quand elle a commencé à faire ses trajets Limoges-Vierzon, j'ai repensé au *Whisky* de Bellac...

Plus tard, avec ma mère, j'ai partagé un autre secret d'amour. Sans doute le dernier : après celui-là, il n'y eut plus d'amour.

C'était au début de sa « longue maladie ». Marc, mon fils aîné, travaillait dans la presse écrite : il recevait gratuitement quantité de magazines qu'il n'avait pas le temps de feuilleter — il mettait de côté, pour sa grand-mère, les journaux susceptibles de la distraire, presse « people » et magazines féminins. Chaque quinzaine, il prenait sa voiture et faisait quatre heures d'autoroute pour les lui apporter.

Quand dix-huit mois plus tard il a été embauché à la télévision, il n'a plus bénéficié de ces services gratuits. Mais toutes les semaines, sur son salaire encore modeste, il est allé acheter *Gala*, *Hola !*, *Elle*, *Point de vue* ou *Femme actuelle*, et, chaque mois, les a livrés à la malade : « Tiens, disait-il en lui tendant un énorme paquet, j'ai reçu un tas de revues dont je ne sais pas quoi faire ! »

« Surtout, me chapitrait-il, ne dis jamais à Babouchka que je les paie ! Elle serait fâchée : tu la connais, elle ne veut pas qu'on dépense un centime pour elle. Si elle apprenait qu'il me faut maintenant un budget pour ses journaux, elle ne se laisserait pas gâter. Et ce serait dommage, parce que ces bêtises l'amusent : pendant qu'elle s'intéresse aux stars, elle ne pense plus à la maladie ! »

Un jour où j'étais descendue m'occuper d'elle, Maman me dit : « J'ai vu ton Marc la semaine dernière. Il est arrivé par le train de seize heures et reparti par celui de vingt heures cinquante : sa voiture était en panne. Le pauvre, il trimbalait quand même ses invendus ! Et dire qu'il se donne toute cette peine pour rien ! Parce que moi, les princesses et les top models, je m'en fiche, tu penses bien ! Et puis je n'ai plus la force de regarder les images, de tourner les pages... Tiens, remporte son paquet, tu le liras. Moi, je ne l'ai pas défait. Mais surtout, pas un mot à Marc : le pauvre chéri a tellement de plaisir à croire qu'il me fait plaisir... »

Ce manège s'est poursuivi jusqu'aux « yeux fermés ». J'ai gardé les deux secrets.

«Votre Maman a eu une rémission de trois ans. Enfin, "rémission", j'exagère... Mais "stabilisation", oui. Et elle n'a pas su en profiter ! »

C'est la première fois qu'à Louis-Pasteur nous rencontrons le grand patron, celui qui suivait notre mère depuis quatre ans en consultation externe. On le voit peu dans les chambres roses : il inspecte rarement ses troupes, n'a pas le temps de réconforter les mourants — le pauvre homme a trop à faire au-dehors pour porter la bonne parole. C'est un théoricien du *soin palliatif*. Un commercial, en somme. Il ne s'occupe pas de la fabrication.

Quelquefois, tout de même, il se plaint de la matière première : on lui fournit du moribond de petite qualité. Aujourd'hui, par exemple, il juge sévèrement notre agonisante : « Quand je recevais ses IRM, je lui disais qu'elle n'allait pas beaucoup plus mal. État semi-stationnaire. Prolifération, certes, mais limitée. Bien sûr, on ne savait pas combien de temps ça tiendrait : il n'y a pas de miracle, hein ? Je le lui disais. Parce que j'avais vu sur-le-champ que j'avais affaire à une femme solide. Seulement qu'y puis-je si, finalement, cette dame n'a pas su vivre dans le présent ? » Le présent des condamnés... Imbécile !

Pourtant, c'est un fait : Maman s'est enfoncée dans la dépression encore plus vite que dans la maladie. En dépit de cette prétendue rémission — dont nous n'avions jamais entendu parler —, elle était anorexique, triste, dure, n'ouvrait plus ses volets, ne voulait voir personne, ne répondait pas au téléphone. Mais une fois passé l'épisode du « Pourquoi m'empêche-t-on de me supprimer ? », elle allait moralement très bien, du moins c'est ce qu'elle assurait : « Jamais été mieux ! » En public, quand, malgré ses refus répétés, il lui fallait se montrer, elle portait son cancer avec panache, « où est le problème ? ».

Notre mère ne croit pas aux maux de l'âme. Elle les regarde comme une faiblesse de caractère. La dépression est de la paresse, l'angoisse un manque de courage. Impossible, dès lors, de lui faire accepter le moindre antidépresseur, d'évoquer même l'éventualité d'une dépression, ç'aurait été lui faire injure !

Un jour, pourtant, il m'était venu une idée : pour soigner son moral sans qu'elle s'en indigne, il suffisait de lui présenter sa dépression comme une maladie physique. Bien qu'ancienne stagiaire des hôpitaux, elle ne connaissait presque rien à l'anatomie ; il fallait jouer sur le mot « nerfs ». Elle était persuadée que ses souffrances les plus violentes étaient causées par le sectionnement des nerfs auquel on avait dû procéder lors de sa première opération : les antidépresseurs « soignent les nerfs », n'est-ce pas ? On pouvait les lui administrer sous prétexte de reconstituer les terminaisons nerveuses de son foie...

Contente de ma trouvaille, j'osai appeler le grand manitou pour lui suggérer cette ruse.

Hélas, j'étais encore tombée sur un adepte de la Vérité : « Madame, me dit-il d'emblée, je dois vous prévenir que je rapporterai à votre mère tout ce que vous me direz : c'est la règle de notre service. Nous ne traitons pas nos malades en enfants. Il s'agit d'un rapport de confiance entre eux et nous. Maintenant, vous pouvez me parler, je vous écoute. » J'ai raccroché.

D'un nouveau généraliste de Limoges (Maman continuait à en changer deux fois par an), nous avons obtenu la prescription d'un anxiolytique léger. Pour le reste, le jeune médecin n'osa pas contrarier les décisions de Louis-Pasteur — ce service à la pointe du rose, cette unité de soins qui, d'après ses thuriféraires, vous offre *des moments d'une densité humaine incomparable*, une *occasion inoubliable d'intimité* !

En six ans de « longue et cruelle maladie », notre mère n'a donc jamais reçu le moindre médicament pour l'âme... Mais nous en avons pris. Nous : Sonia, Lisa, moi aussi. Pour tenir. Continuer à lui sourire. Continuer à la servir.

J'ai peur pour Sonia. Il y a vingt ans, à une époque où notre mère apprenait le rock aux aînés de ses petits-enfants, Sonia m'a dit sur le ton de l'évidence, en regardant Maman danser, qu'elle ne survivrait pas à sa mort. « Mais comment peux-tu penser une chose pareille, Soniet-chka ? De toute façon, Maman mourra avant toi : il est logique qu'une mère meure avant sa fille ! — Je ne sais pas. Je n'imagine pas... Je n'imagine pas que je pourrais vivre sans elle. »

Depuis le début de la maladie de Maman, nous n'avons plus eu ce genre de conversation. Notre mère, du reste, ne nous a guère laissé le temps de nous occuper les unes des autres. Entre sœurs, nous ne communiquons que pour régler des problèmes pratiques : plus nous sommes amenées à nous entendre, moins nous nous parlons. À Cleyrac, ces dernières semaines, quand nous nous succédions, nous laissions pour la suivante des consignes dans le « cahier de liaison ». Une page à rédiger vite avant de retourner travailler, de sauter dans le train ou de reprendre l'auto, une page pour indiquer ce que la malade avait accepté d'avaler, dans quelle position la coucher, comment la faire boire, de quand datait la dernière selle, la dernière urine, quel type de pansement appliquer sur le nouvel escarre, ce que conseillait la pharmacienne, ce qu'exigeait l'infirmière, le nom du médecin de garde pour le week-end, le numéro de l'ambulancier, etc. C'est sur ce cahier de liaison que je suggérai un jour le recrutement d'une femme de ménage. Pour enlever la poussière, nettoyer la salle de bains, repasser le linge, tâches qui n'entraient pas dans les attributions de Muguette Glorieuse.

Comme pour toute proposition touchant, de près ou de loin, au sort de Maman, j'aurais dû entreprendre au préalable une campagne de « sensibilisation », compter mes voix... Faute de cette habile préparation, je trouvai sur mon répondeur, quatre heures plus tard (le temps de mon voyage de retour), un refus collectif transmis, à mots hésitants, par ma sœur Sonia : « Mon poussin chéri (elle le prenait d'assez loin), à propos de ton idée, euh... nous ne sommes pas vraiment d'accord. Enfin, je veux dire, moi en ce moment, tu vois, je ne pourrais pas chercher une femme de ménage parce que le médecin vient de me remettre en arrêt de maladie, oui, tu sais, je dois rester couchée, ma prothèse de rotule s'est débinée... »

Depuis son accident de moto, il y a dix ans (comment Maman a-t-elle pu être assez imprudente pour offrir un scooter à Sonia alors qu'elle avait déjà son « problème avec l'alcool » ?), depuis cet accident Sonia a des rotules en plastique. Elle a du mal à monter les escaliers de son HLM, et la « station debout prolongée » lui est déconseillée — c'est commode, pour une esthéticienne ! Voilà pourquoi, certains jours, elle porte des baskets malgré sa blouse rose, « si je mettais des escarpins, ma pauvre Katia, il me faudrait un travail à tiers temps ! » Donc, une fois de plus, elle était « arrêtée ».

« Évidemment, si tu venais plus souvent dans le coin, pour une femme de ménage tu pourrais chercher... » La petite perfidie de celles qui en ont marre, bien sûr, d'habiter à côté, marre de veiller à tout, de se couper en dix. « Tu sais à quel point c'est difficile, dans la Creuse, de trouver quelqu'un pour aider ! Regarde le temps qu'a mis Véra pour dénicher Muguette !... Et puis, euh, on a demandé l'avis de Lisa (à certaines heures, Véra et Lisa, installées devant leur ordinateur de chaque côté de la planète, se racontent leur vie par courriels), et Lisa a vraiment peur que Maman ne s'habitue pas à une nouvelle tête. » Tut ! tut ! fit le répondeur : fin du message. Sonia avait rappelé pour bien souligner : « Donc, Lisa est contre. » En somme : si tu déplores l'absence d'aide ménagère, prends-t'en à Lisa... qui habite aux antipodes ! Sonia, elle, « compte pour du beurre », nous le savons : c'est encore Véra qui avait décidé de se punir, et de nous punir avec elle en nous entraînant dans cette surenchère de sacrifices. Pourquoi tient-elle à se flageller ? Pourquoi ?

Ces questions, nous ne les lui poserons jamais. Pas plus que nous n'oserions demander à Lisa ce qui ne va pas dans son couple et pourquoi ils n'ont pas eu d'enfants. Il n'y a qu'Henri, l'ex-mari de Véra, pour trouver le moyen, sur des sujets aussi sensibles, de mettre les pieds dans le plat. Un jour, il y a une dizaine d'années, au cours d'un déjeuner de famille, il s'est lancé dans un long, très long éloge de la fécondation in vitro. Silence gêné. Maman devait être occupée à la cuisine ; autrement, elle aurait détourné la conversation : elle ne supporte pas que cette question soit abordée — même avec elle, même en tête-à-tête : « Considère que c'est du passé. Il n'y a pas à y revenir. D'ailleurs, William n'aime pas les enfants... » À ce déjeuner-là, Sonia avait fait de son mieux pour interrompre Henri, mais un « mieux » à sa manière — gentille et indirecte : chute bruyante de sa fourchette, puis de sa serviette, puis de son paquet de cigarettes, enfin « on crève de soif ici ! ressers-nous, Henri ! ». Mais c'est Lisa qui a mis froidement un terme au monologue : « La fécondation in vitro est une merveille. Mais, dans mon cas, il faudrait, au minimum, une mère porteuse. Je dis bien "au minimum"... » Elle s'est tournée vers Henri : « Alors, tu nous le sers, ce verre de meursault ? Je tiens à boire à la santé de mes neveux ! »

De cet incident nous n'avons reparlé entre nous que bien des années après. À l'occasion du mariage d'un des neveux justement : pour la circonstance, j'avais prêté le moulin à Véra. Maman était encore là, mais déjà malade, et partie s'étendre dans une des chambres du premier. Les petites filles d'honneur en robe framboise et en tulle blanc couraient entre les peupliers. Nous nous sommes retrouvées un instant, ma « jumelle » et moi, sur le ponton de l'étang, à les regarder. Les mots sont venus naturellement, comme si nous poursuivions une conversation commencée depuis longtemps ; nous n'avons même pas eu besoin de préciser qu'il s'agissait de Lisa :

« Quand elle a parlé de "mère porteuse", j'ai compris que c'était un problème d'utérus.

— Un utérus malformé, oui, ou quelque chose dans ce genre-là. Ses ovaires fonctionnaient normalement, je pense...

— Pas sûr. Certaines ont besoin à la fois d'un don d'ovules et d'une mère porteuse. Si ça se trouve, elle n'a plus, enfin... Peut-être qu'on lui a tout retiré ?

— Nous l'aurions su quand même ! Je crois bien que, depuis son appendicite — c'était à quel moment ? en seconde ? —, elle n'a jamais été malade... Elle pouvait même aller nager, et dans l'eau du lac, quand elle avait ses règles !

— Mais moi aussi, Katia ! Rappelle-toi ! Tu étais la seule, ma pauvre, à souffrir comme tu souffrais... »

Nous ne nous cachions rien autrefois de nos « petites misères de femmes » (pour reprendre l'expression de Mémé) : cystites, mastoses, règles douloureuses, infections vaginales, nausées de grossesse, vergetures... Nous ne nous cachions rien de nos corps, puisque Maman savait tout, exigeait de tout savoir : « Dis donc, Véra, tu as eu tes règles ce mois-ci ? » « Katia, il y a combien de jours que tu n'as pas changé de slip ? » Elle le tenait à l'œil, son gynécée !

Mais ses indiscrétions ont duré bien au-delà de notre adolescence. Quand elle fut délivrée de sa lourde charge (quatre filles appétissantes à « coacher » de la puberté jusqu'au mariage), elle ne nous a rien laissé ignorer du fibrome de Louise, de la grossesse extra-utérine de sa cousine Denise, ou de la blennorragie de Sonia. Espérait-elle encore nous dégoûter de la féminité ? Ou était-ce tout bonnement son côté « village » qui ressortait, l'héritage génétique de Mémé Solange ? Bien entendu, un tel rapprochement aurait rendu Maman furieuse : elle était née de Micha seul, voyons ! Née, comme Minerve, du cerveau, de l'âme de son père.

À propos... Quelle a été la vie sexuelle de notre grand-père après « l'accident de maternité » de sa femme : une vieille maîtresse dans la paroisse, des *obligeantes* de Limoges les jours de foire, ou rien, plus rien ? Et le père du fils de Sonia, qui est-il ? Se peut-il vraiment qu'elle-même l'ignore ? Qu'elle croie Fabrice né d'une rasade de whisky et du Saint-Esprit ? Je me souviens d'avoir compris, vers quinze ans, que ma sœur, encore une enfant, venait d'être « abusée ». Par qui ? Un parent ? Un voisin ? Le mari de Louise ? Je me souviens surtout de n'avoir pas voulu savoir, pas voulu écouter. Est-ce à cause de ma surdité qu'aujourd'hui Sonia force sur le J & B ? Et Papa ? Où va Papa quand il s'en va ?

Le gynécée parle misères intimes et remèdes furtifs, mais il garde la terreur des sentiments ; les femmes de la tribu, même quand elles emploient des mots crus, taisent l'essentiel. Font semblant de ne pas s'interroger. Il y a des choses que personne ne doit savoir : les problèmes de Lisa, les amours de Micha, l'alcoolisme de Sonia, les amants de Véra, et « où va Papa quand il s'en va ? ». Stop ! Maman ne permet pas. Sens interdit. Demi-tour. Elle ne permet pas.

Lisa

Lisa voudrait quitter le Star Hôtel et Paris. Fuir sa mère, ses sœurs, son enfance. Ou fuir dans son enfance. Au pays de Micha. En tout cas, choisir son plus beau souvenir et s'y enfermer. Un soir en Australie, elle a vu une émission sur le suicide assisté, l'autodélivrance des malades : « Exit », une association de Genève, fournit à ses membres la *potion létale* qui leur permet d'en finir sans risquer une fausse manœuvre. On réunit quelques témoins, l'*accompagnant* bénévole dilue le poison dans un grand verre d'orangeade (ou de pêche ou de jus de groseille — on laisse au mourant cette ultime option), puis il demande au volontaire de le boire devant lui, jusqu'à la dernière goutte. Il insiste : la dernière goutte. Comme pour la ciguë : *Nous n'en broyons, Socrate, qu'autant qu'il est nécessaire*... Il lui recommande, en même temps, de penser à un bon souvenir : « La tête va vous tourner tout de suite, je vous aiderai à vous rallonger, c'est rapide, choisissez maintenant votre souvenir et, dès que vous vous sentirez gagné par le sommeil, plongez-vous dans ce beau passé. »

Lisa choisira une roue. Le mouvement de la roue du moulin, régulier, tranquille, hypnotique. Son grand-père a longtemps laissé tourner la vieille roue du moulin — jusqu'à ce que les palettes pourrissent et qu'il soit obligé de tout démonter, renvoyant directement l'eau du bief dans le ruisseau. Avant, Lisa s'asseyait dans le pré en contrebas avec « Nicolas Deux » et elle regardait la roue pendant des heures ; parfois distraite (elle tressait des paniers de jonc, déshabillait Nicolas), mais toujours reprise et toujours fascinée. « Attention aux vipères, disait Mémé. Y en a plus que de sauterelles, dans ce pré-là ! » Mais Lisa n'avait peur de rien. Même pas des serpents. Dans le pré, elle se calmait. Le mouvement de la roue l'absorbait, le grincement lent du moyeu l'endormait.

Elle aimerait bien revenir en vacances au moulin. Dormir au moulin. Mais le moulin appartient à Katia : quand leurs grands-parents sont morts et que la question de ces quatre murs s'est posée, Katia était la seule qui eût les moyens de reprendre la bâtisse. De son côté Lisa traversait une longue disgrâce — fini, la « chouchoute à Maman »...

Voilà pourquoi au printemps elle ne voit plus le reflet des arbres rouges dans l'étang — ce rouge qui précède, au bout des branches dénudées, l'arrivée du vert tendre. N'entend plus le bruit continu de la chute d'eau, violent l'hiver et chantant l'été, le bruit de cette cascade par où le bief, désormais, s'engouffre dans le ruisseau. Ne sent plus l'odeur aigre de la fumée en novembre et, en août, l'odeur de mousse qui monte des vieux murs de granit, faits pour avoir le pied dans l'eau.

Bon, elle a sa maison de Morterolles, après tout ; à dix kilomètres du moulin ; en haut des collines avec « vue dominante » comme disait l'annonce. Un cadeau de William à sa *triste Lisa*. Un cadeau d'autant plus généreux qu'ils n'y passent qu'un mois par an... Bien sûr, la fermette, minuscule, ne vaut pas le moulin ; il faudrait s'y créer un passé ; et puis agrandir un peu. Mais, comme disait sa mère : « Pour deux, c'est bien suffisant ! »

En septembre dernier, un matin, Lisa est descendue jusqu'à la Maulde. La lumière était acide et légère comme un petit vin blanc. Elle a regardé sa maison de loin. Aux jumelles. Au-delà du petit bois, au-dessus de la lande des Errats, tout en haut de l'allée de peupliers, on apercevait la pelouse, les volets grands ouverts, la table et les chaises de jardin. Elle imagina sa vie comme l'imaginerait un promeneur : de l'extérieur. Et elle s'envia...

« Tu as tout pour être heureuse ! » Propos d'imbécile qu'on lui tient rarement puisque tout le monde sait ce qu'il lui manque pour être heureuse. Mais il lui manque plus qu'on ne croit : les roues du moulin, de la charrette, du vélo... À La Roche, pour rentrer le bois, ramasser le foin de l'*ouche* et du pré, Micha avait un vieil âne aveugle, Bakounine, auquel il attelait une charrette. La charrette, autrefois, avait été peinte en bleu, il restait du bleu sur les ridelles et même sur les rayons des roues. Un bleu pâli, usé, que

Lisa ne quittait plus des yeux lorsque Micha prenait l'âne par la bride : elle attendait, espérait que le grand-père la prendrait dans ses bras et la monterait dans la charrette, sur le tas de foin ou le tas de bois : « Oh, hisse ! V'là not' barinia dans son carrosse ! » La roue bleue... Se rappeler, au moment de mourir, qu'il faut regarder la roue bleue.

Et le pneu blanc de son vélo. Qu'elle revoit écrasant le sable des routes creusoises, cahotant sur les cailloux, au temps où, cycliste débutante, elle gardait le nez sur le guidon. Elle revoit la poussière de ces routes dont aucune, alors, n'était bitumée. Revoit les routes blanches, éblouissantes au soleil avec leurs ornières pavées de cristal de roche, de blocs de quartz concassés, de pierres de schiste étincelantes de mica. Les routes menaient ailleurs, et toutes les routes brillaient.

Depuis le début de la maladie de sa mère, Lisa a passé toutes ses vacances d'été dans la Creuse, non loin de ses sœurs et de leurs souvenirs, dans sa « fermette avec vue ». Chaque jour, elle faisait la route entre Morterolles et Cleyrac. Une route noire, goudronnée, qui la menait de la tristesse à la mort, et de la mort à la tristesse. Elle avait succombé au mirage : l'enfance est un pays où l'on ne revient jamais.

Dans la grande chaîne de la vie / Nous aurons eu la mauvaise partie : il manque des mots entre le début et la fin de la phrase. Trou de mémoire. Elle a quand même retrouvé le nom du chanteur — Félix Leclerc, un Québécois —, et le refrain de ce succès des années cinquante que Louise et leur mère aimaient chanter en duo : *Quand les hommes vivront d'amour / Il n'y aura plus de misère / Les soldats seront troubadours / Mais nous, nous serons morts, mon frère.* Félix Leclerc est mort. Les soldats ne sont pas troubadours.

Il faut fuir ! Toujours plus loin. Refaire ses malles. Il doit bien exister un ailleurs, un vrai. Une île, une autre île. L'Australie ne lui convient pas. Alors ? La Nouvelle-Zélande ? L'Islande ? Trop confortable. Encore trop confortable. Des humains de plus en plus nombreux, une terre de plus en plus sèche : ils viendront. Ils viendront partout où la vie leur paraîtra meilleure, vivable, simplement vivable. Les îles, ils y arriveront par la mer, mais ils viendront...

Il faut fuir. Chercher une île très inhospitalière, carrément rebutante. Les Kerguelen peut-être ? Personne n'a jamais tenu le coup aux Kerguelen. Glace, neige. Quoique avec le réchauffement climatique... Ou bien l'île Saint-Paul : perdue dans l'océan Indien, petite (quatorze kilomètres carrés), inhabitée, mais pas tout à fait gelée. Il y a de l'herbe. On a pu y acclimater des vaches bretonnes. Le fermier, lui, ne s'est pas acclimaté. Les vaches, abandonnées, sont devenues sauvages et pullulent. Un désastre pour l'écosystème. Tous les cinq ans, le gouvernement français envoie de la Réunion un groupe de fusiliers marins chargé de « réduire » l'excédent... À Saint-Paul, l'amusement est rare, mais le bifteck, abondant : l'entrecôte au bout du fusil — pour une fois qu'on avait réalisé un idéal révolutionnaire !

Sur l'île Saint-Paul, oui, on pourrait résister. Pas d'aéroport, la baie du Cratère comme seul point d'accostage, et le plus proche voisin à trois mille kilomètres. Survivre et résister, sûrement... Mais pour transmettre quoi ? Et à qui ?

Lisa est l'enfant d'une mère mourante et d'un monde condamné. Tôt ou tard, d'autres viendront, elle le sait. Qui n'auront rien à perdre. Et les heureux, les sans-armes, seront balayés, repoussés pêle-mêle loin des villes, loin des côtes, vers l'intérieur. Dans les montagnes, dans les déserts. Où bientôt, aborigènes à leur tour, ils disparaîtront. La main passe. Éternel retour de la mort.

« Tu es verte, Lisotchka ! Tu t'es regardée ? Fais la grasse matinée, je t'en supplie, prends ton temps, va dans les magasins, change-toi les idées ! »

Les magasins ! Elle en a de bonnes, Véra ! Comme si on pouvait abandonner sa mère à son lit de mort pour courir au rayon des parfums ! Si Lisa déserte ce matin la chambre rose, ce ne peut être que par devoir ; donc elle va travailler. Pour se faire pardonner. Elle a branché son portable, ouvre sa boîte aux lettres, envoie quelques instructions à son trop jeune associé, puis se replonge dans un dossier qu'elle doit bientôt plaider à Darwin, pour une tribu aborigène justement. Quand on lui demande quelle est sa spécialité juridique, elle répond en souriant : « Les victimes. » Bien sûr, en droit, ce n'est pas une spécialité ; d'ailleurs, elle plaide au pénal, au civil, passe du droit de l'environnement au droit du travail, du code maritime au code de la santé, mais toujours pour des victimes, seul point commun entre tous ses dossiers. Elle défend les espèces en voie d'extinction — l'aborigène d'Australie occidentale (association Mémoire vive), le renard de Tasmanie (WWF), la baleine bleue de l'Antarctique (Greenpeace) — et lutte pour tous les damnés de la terre : le prisonnier canaque de Nouméa (Amnesty International), l'immigré indonésien clandestin (association Robin Hood), le demandeur d'asile afghan (association Brotherhood), la prostituée chinoise de Melbourne (association Womanhood). À chaque fois, elle doit assimiler de nouvelles règles de droit, changer de terrain, découvrir, apprendre, s'adapter, bouger — émigrer, en somme. Un travail énorme.

Moyennant quoi, maître Richard-Jones (c'est son nom d'épouse) est bien connue des médias australiens. Presque une vedette : on voit parfois sa photo dans les journaux. D'après Sonia, son physique y est pour beaucoup. Selon Katia, son succès tient surtout aux affaires qu'elle traite : « Je ne dis pas que, sur le plan juridique, Lisa a toujours partie gagnée. Mais, sur le plan médiatique, si ! Avant même de plaider ! Ce n'est pas la championne des causes perdues, la frangine, pas Voltaire, ah non! Lui, quand il s'enflamme pour Calas, ce bonhomme est, de l'avis général, un "infanticide" : rien moins que populaire ! Et quand Zola soutient Dreyfus, l'opinion regarde l'accusé comme un traître... »

Propos tenus il y a sept ou huit ans. Mais Lisa n'a pas mis en doute le récit que sa mère lui en a fait ; d'abord sa mère ne mentait jamais ; et puis, ce genre de considération, c'est du Katia tout pur ! Repartir en arrière, comparer le présent au passé, relativiser... Sa sœur aurait même ajouté, paraît-il, « pour juger du courage de Lisa et de ses talents d'avocat, j'attends qu'elle défende un vieux pédophile. Ou un raciste. On doit bien trouver un ou deux salauds qui auraient été injustement condamnés, non ? — Ce n'est quand même pas la faute de Lisa si elle est de gauche ! s'était exclamée Véra. — De gauche ? » Katia ricanait (du reste, depuis quelque temps, les cadettes soupçonnent leur aînée de voter centre droit). Oui, elle rigolait, l'*écrivaine* : « Si la gauche c'est ce qui dérange — l'iconoclasme, le poil à gratter —, alors non, Lisa n'est pas de gauche ! Elle est bien-pensante, une bien-pensante athée du "village global". Au XIXe siècle, elle aurait été dame d'œuvres ! »

La critique avait peiné Lisa. Katia ignore de quels sacrifices s'accompagne ce choix qu'elle croit « facile » : Lisa travaille beaucoup, mais c'est William qui fait bouillir la marmite. Le malheur a beau être à la mode, la victime ne nourrit pas son homme... Évidemment, maître Richard-Jones aurait pu, comme tant d'autres, défendre à grand bruit la veuve et l'orphelin dans le prétoire, et conseiller à bas bruit les assassins dans le secret de son cabinet. Ce n'est pas son genre. L'hypocrisie, le double jeu, merci bien ! Elle paie cher cette liberté... De ce manque à gagner,

elle n'a jamais parlé, il est vrai, parce que sa mère
— résistante à treize ans ! — l'aurait rembarrée :
« Et que vaudrait, ma petite fille, une liberté qui ne
coûterait rien ? »

Décidément, elle ne peut pas se concentrer. Elle
éteint l'ordinateur, le replace dans sa housse pour
l'emporter à l'hôpital : le Star n'est pas un hôtel sûr.
Constatation qui l'agace. Une fois de plus.

Elle aimerait prendre un bain aussi, avec des sels
marins. Mais il n'y a qu'une douche, exiguë, et dont le
mitigeur a des ratés...

Elle est de mauvaise humeur. A gâché sa matinée.
N'a même pas été fichue de travailler. Se sent coupable à l'égard de sa mère. Et désolée pour ses aborigènes... À moitié désolée. À moitié seulement,
parce que le chef de la tribu, qu'elle a rencontré
quatre ou cinq fois, lui a paru désagréable. Macho
comme il n'est pas permis. Agressif, tyrannique.
Balwatja Kukayunuwanga : deux heures dans le bush
avec ce type-là, et on a envie de soutenir les skin-
heads de One Nation ! La victime odieuse, quoi, le
mauvais pauvre : ce qu'elle redoute le plus dans son
métier ! Évidemment, elle est sûre que cette tribu a
été spoliée. Mais sûre aussi que, dans le lot, on va
indemniser un salaud. Qui n'indemniserait personne,
lui, s'il avait volé.

*Dans la grande chaîne de la vie / Nous aurons eu la
mauvaise partie.* Elle revoit les gestes de sa mère
malade l'été dernier. À soixante-douze ans, elle avait

déjà des gestes de grand vieillard. Quand, par exemple, de ses doigts sans chair elle caressait machinalement, dix fois, cent fois, l'accoudoir en bois de son fauteuil... Lisa aime encore mieux qu'elle ne remue plus. Et s'en veut.

Dans la grande chaîne de la vie... Ça y est ! Elle tient le passage manquant. Les paroles effacées au milieu de la phrase. *Dans la grande chaîne de la vie, où il fallait que nous soyons, où il fallait que nous passions, nous aurons eu la mauvaise partie.* Ce qu'il fallait que nous soyons ? Un maillon, bien sûr. Un maillon de la chaîne. Voilà ce qu'elle avait voulu oublier : qu'avec elle la chaîne se brise, la route s'arrête — Lisa est une impasse.

« Tu sais que tu devrais écrire une histoire de la chanson populaire ! » Sonia était sincèrement épatée (elle aime admirer ses sœurs, c'est un de ses bons côtés) : « Je ne m'étais pas rendu compte que tu avais retenu autant de rengaines de Maman, de Louise, de Micha... »

C'était il y a trois ou quatre ans ; toute la famille s'était réunie à Cleyrac pour « un des derniers réveillons de Babouchka ». Les petits-fils s'étaient donné le mot, « Tous chez Babou pour le premier de l'an ! », ils laissaient tomber les copains : « Parce qu'on ne sait pas si, l'an prochain, notre grand-mère... »

Personne — pas même les médecins — ne pouvait dire en décembre où « en serait » leur Babouchka à l'été : une maladie mortelle n'est pas une grossesse dont on connaît le terme. Ils ne faisaient plus de projets.

Après le repas, histoire d'amuser Babou, les trois générations avaient joué à un quiz chansons. Pour pousser leur mère à s'intéresser au jeu, les filles tâchaient de retrouver des couplets des années cinquante ou même d'avant-guerre, des *Étoile des neiges*, des *Sombre dimanche*, Fréhel, Jean Sablon... Très vite, Lisa s'était révélée incollable :

« *Le ciel est bleu, la mer est verte, laisse un peu la fenêtre ouverte...*

— Suzy Solidor !

— *Le petit chemin qui sent la noisette...*

— Mireille ! »

La « petite dernière » avait gagné haut la main. Quand leur mère était montée se coucher (elle montait encore l'escalier en ce temps-là) et que les garçons eurent filé « en boîte », les quatre filles s'étaient retrouvées seules dans la cuisine à faire la vaisselle. Véra lavait, Katia et Sonia essuyaient, Lisa rangeait. C'est là que Sonia avait imaginé un dictionnaire de la chanson rédigé par Lisa, publié par Katia.

« J'en serais bien incapable, dit Lisa. Maman ne m'avait pas formée pour écrire sur la chanson, mais pour gagner des radio-crochets. Manque de chance, quand j'ai eu vingt ans, il n'y avait plus de radio-crochets et pas encore la Star Academy !

— Je ne crois pas que Maman nous voyait dans le show-biz, dit Véra. Même toi. À mon avis, tu l'as comblée en devenant avocat. Elle nous a toutes élevées pour ce boulot-là : le combat... Mais nous sommes arrivées trop tard, la guerre était finie. »

Sonia, un peu éméchée, se remit à pousser la chansonnette : *Quand c'est fini et ninini, ça recommence...* Katia, plus grave, entonna : *Un jour ou l'autre il faudra qu'il y ait la guerre, on le sait bien...* Lisa, la Lisa qu'aimait William et que ses sœurs connaissaient si peu, la Lisa de *Sad Lisa*, fit doucement la deuxième voix : *Tant pis pour le Sud, c'était pourtant bien, on aurait pu vivre plus d'un million d'années et toujours en été...* On aurait pu.

Sonia

Lundi 20 décembre. Sept heures du matin. Gare d'Austerlitz. Sonia repart pour Limoges, Katia porte le sac de sa sœur pour aller plus vite. Un vent glacé balaye la salle des pas perdus, les quais. Des pigeons tournent sous la verrière. C'est une gare abandonnée : elle ne dessert plus que le Massif central.

Katia s'énerve : toutes les machines à composter sont hors d'usage. « Tu vas être obligée de chercher le contrôleur, dans le train, pour lui expliquer... — Ne t'en fais pas ! » Elles slalomant entre les palissades qui cachent, ici et là, des « travaux en cours » jamais achevés ; des moineaux picorent le ciment devant l'unique sandwicherie, fermée : « J'espère que tu pourras prendre un café dans le train... — Ça m'étonnerait : il n'y a jamais de wagon-bar ! Quelquefois, les bons jours, une vente ambulante... Mais ne t'inquiète pas pour moi. »

Une gare oubliée, délaissée, dont le sol rapiécé — ici du béton, là du bitume, ailleurs des dalles de grès — raconte l'histoire du chemin de fer depuis la locomotive à vapeur jusqu'au train Corail : à Austerlitz, c'est à l'apparition de ces voitures orange que la modernité s'est arrêtée... Sonia remarque aussi sur le quai deux cabines téléphoniques jaunes des années soixante-dix ; des téléphones à pièces, qu'on avait sans doute adaptés à la carte à puce, mais que l'invention du mobile a relégués parmi les antiquités. Si l'entretien de la gare n'était pas aussi négligé, on les aurait déjà démontées. Quoique... Il y a peut-être encore des gens pour les utiliser ? Des gens âgés. Leur père, par exemple.

Leur père est fâché avec le progrès. Refuse d'acheter un portable. Aussi a-t-il recours aux cabines publiques. Plus souvent, même, qu'il ne devrait... Il y a trois ans, un jour qu'elle venait à Cleyrac à l'improviste, Sonia a vu le commandant qui téléphonait de la cabine municipale, sur la place. Elle a pensé qu'il appelait une autre de ses filles, ou le médecin, et qu'il ne voulait pas que la malade surprît ses propos : Sonia, qui a des dettes partout, fait toujours crédit.

Sans s'arrêter, elle avait poursuivi jusqu'à la maison ; son père est arrivé peu après, avec une baguette de pain : « Tiens, tu étais là, ma cocotte ? (il est presque tendre avec Sonia, entre eux les gifles ont créé des liens), c'est l'heure de la "boulange", tu sais... Tu montes voir ta M'man ? »

Mine de rien, pour faire le tour des interlocuteurs éventuels, Sonia a mis la conversation sur ses sœurs — y a-t-il longtemps qu'il leur a parlé ? —, puis sur les médecins : ne faudrait-il pas rappeler le généraliste et « le spécialiste du palliatif, à Paris, pour lui demander si... ». Le pacha ne fit état d'aucun coup de fil récent avec ces gens-là. Ni avec personne d'autre.

Est-ce par curiosité ou pour des raisons plus troubles — le besoin de souffrir ? — que Sonia est, par la suite, revenue exprès « à l'heure de la boulange » ? Chaque fois, le père téléphonait de la cabine de la place ; après quoi, en la trouvant à la maison, il mentait — à l'économie : jamais rien de trop long, ni de précis.

Plus tard, beaucoup plus tard, un week-end où elle gardait sa mère avec l'aide de Muguette Glorieuse, il s'est passé quelque chose de plus curieux. Son père était parti promener des peintres de marines en Auvergne — visite des vieux volcans, la marine aime le magma : toute la journée du samedi, Sonia s'est chantonné ces mots-là, « la marine aime le magma », une comptine de son invention. Le dimanche à midi, le père a appelé, comme convenu, pour prendre des nouvelles de la malade. Sonia lui avait donné son numéro de mobile de manière à pouvoir s'éloigner de la chambre pour répondre. Après avoir fait le point sur la dernière escarre de sa mère, elle a demandé : « Et toi, tu as beau temps là-bas ? Vous êtes où ? — À Vulcania, le truc de Giscard, a répondu le père. — C'est bien ? — Bof... » Machinalement, les yeux de Sonia se sont portés sur le numéro de son correspondant, qui s'affichait sur l'écran du mobile : un « fixe » qui commençait par 02... L'Auvergne c'est 04, le Limousin, 05. Le 02 couvre l'Ouest — la Normandie, la Bretagne... Son père mentait, une fois de

212

plus. Sans se douter, le pauvre vieux, qu'il était trahi par le progrès !

C'est drôle : jusqu'à ce qu'elle remarque ces anciens téléphones jaunes sur le quai de la gare, Sonia n'avait plus resongé à cette histoire. « La marine aime le magma. » Elle oublie tout. À cause du J & B, de l'Anafranil, du Stilnox, du Noctran. « À cause » ? Non. Grâce à.

15.

Quand notre mère a été admise dans le service de Louis-Pasteur, elle y était suivie en consultation depuis quatre ans : c'est le chef du service qui lui prescrivait, tous les six mois, les doses croissantes d'antalgiques dont elle avait besoin. Maman n'aimait pas monter à Paris pour cette consultation, elle n'aimait pas non plus ce médecin-chef qu'elle trouvait « cassant » ; mais elle se raisonnait : c'est elle qui avait décidé d'arrêter les traitements lourds, elle qui avait choisi, en connaissance de cause, le *palliatif* ; elle n'ignorait pas qu'un jour, sans doute, elle devrait être hospitalisée au *quatrième étage* : « Il faut que je les ménage, que je garde le contact. À la fin, j'aurai besoin d'eux. »

Elle disait bien « à la fin ».

Quand, il y a neuf jours, elle est passée, comme elle l'avait prévu et redouté, de l'*externat* de Louis-Pasteur à l'*internat*, nous nous sommes organisés pour qu'elle ne reste jamais seule. Mon fils Raphaël ayant sorti de son PC un planning hebdomadaire où chacun, fille et petit-fils, cousin, cousine, tout ce qui vivait à Paris ou pouvait y « faire un saut », contacté par téléphone, avait déjà pris son tour de garde, ce planning fut affiché près de son lit afin que si, par hasard, elle ouvrait les yeux, elle puisse le consulter sans tourner la tête :

« Tu vois, lui dis-je, tu auras toujours l'un de nous près de toi... »

Elle soupira et, soudain d'une voix forte, une voix dont j'avais presque oublié le son :

« Ce n'est pas ce que je voudrais.

— Ah ? Mais dis-nous ! N'hésite pas ! Qu'est-ce que tu voudrais ?

— Guérir. »

Les séjours en *soins palliatifs* sont, en moyenne, de vingt jours (vérité statistique) et l'on n'en sort pas sur ses jambes (vérité d'expérience). Depuis quatre ans, Maman connaissait parfaitement ces vérités-là ; mais « à la fin », à la toute fin, elle espérait guérir... Guérir ! Il n'y avait rien à répondre. Désormais, malgré notre présence constante, elle serait seule.

Neuf jours déjà. De souffrances et d'attente, de révolte, de mensonge, de silence, et de solitude à plusieurs.

Sonia est remontée de Limoges et, pour la deuxième fois, retournée à Limoges. Je l'ai accompagnée jusqu'au train pour porter son bagage — elle traînait la patte, son problème arti-

culaire s'aggrave. Dommage, parce que son
« problème avec l'alcool » semble en voie de solution : chez moi, elle n'a bu que de la Contrex, et
son haleine ne sentait pas le café.

Lisa reste tirée à quatre épingles (au cas où
Maman la regarderait ?) mais, derrière son
masque impeccable (eye-liner, mascara, blush
douceur), elle n'a plus de visage : ses traits
brouillés s'écartent du maquillage. Tout semble
décalé. Un portrait d'Andy Warhol...

Véra vient encore à l'hôpital chaque matin,
mais elle passe maintenant l'après-midi dans sa
petite chambre de Noisy-le-Grand à essayer, en
jouant du mobile, du portable et du Net, de boucler avant la fin du trimestre les comptes des
entreprises qui « clôturent » au trente septembre :
perdre sa mère à la mi-décembre est un luxe
qu'aucun comptable ne peut s'offrir...

Papa tient le coup, lui. Il s'installe au chevet de
Maman tous les jours en fin de matinée — non
pas « au chevet », d'ailleurs, mais dans le fauteuil
le plus éloigné du chevet. Comme si, tout de
même, il avait peur, peur de s'approcher du lit.
Que craint-il ? La mort ? Ou la mourante ?
« Courage, lui a murmuré l'autre jour Véra, elle
ne te mordra pas ! » Mais ces derniers mois,
avouons-le, elle le mordait. Dans la chambre, il
a maintenant des timidités d'homme battu. Au-
dehors, en revanche, il fait avec maestria l'apprentissage du veuvage : lave ses chaussettes
dans le lavabo du Star Hôtel, étend ses caleçons

sur le radiateur, porte ses chemises à la laverie de la Motte-Picquet... Une vie bien réglée : à midi, il déjeune au self de l'hôpital, remonte dans la chambre rose après le café, somnole une demi-heure dans le fauteuil, sort acheter son journal, revient le lire auprès de la malade, se retire vers cinq heures (sur la pointe des pieds : « Je m'en vais, ma chérie, ne bouge pas (conseil superflu !), à demain matin »). Il reprend son métro, rentre au Star, se douche, regarde les infos de la Trois, et attend Lisa pour l'emmener dîner à la brasserie du coin. Dans la tempête qui nous secoue, il garde « le calme des vieilles troupes » — son expression préférée, avec le « coup de pied au cul » et « la petite fille qui se néglige ». Vocabulaire de la marine.

Moi, je suis fatiguée. Maman est trop jeune pour mourir, moi, trop vieille pour la soutenir : dans dix semaines, cinquante-quatre balais ; dans six ans, droit à la retraite, troisième âge, carte Senior. Sexagénaire, disons le mot. « Oh, tu exagères », proteste Lisa. J'exagère ? « Tu verras, Lisa, six ans, à cet âge-là c'est vite passé ! Tu verras, quand tu seras "quinqua" ! Le mois prochain, non ? » Sait-elle que j'ai définitivement abandonné les talons aiguilles pour les talons carrés et acheté un sommier plus dur ? Je ne suis pas malade, mais j'ai mal partout : l'épaule (péri-arthrite calcifiée, rien à faire), les vertèbres (tassement lombaire, rien à faire), la hanche (arthrose évolutive, rien à faire). Je me coince, je me délabre, mon corps me lâche sans que je l'aie trahi : je n'ai pas bu, pas fumé, j'ai allaité mes bébés, mangé des fruits à tous les repas, absorbé du légume fibreux, pris de la vitamine C, évité le bronzage, remplacé la voiture par la marche à pied... je t'en fiche ! Et, en plus, j'ai du travail, du travail en retard, toujours en retard ! La correspondance des égéries de la Fronde sort en février, et je n'ai toujours pas achevé la relecture des notes, la correction des épreuves. Chez l'éditeur, les employés chargés de la fabrication commencent à s'impatienter : « Il nous faut vos corrections pour le 22, madame Sarov. Dernier délai ! » Après, la maison ferme ; tout le personnel part en congés pour quinze jours, une spécificité française : rattrapage de RTT.

En Australie, ils n'ont pas de RTT, même pas de « trêve des confiseurs », ce qui ne fait pas mieux l'affaire de Lisa : « Je plaide dans trois semaines à la Cour de Darwin. Un dossier important. Mon associé ne peut pas me remplacer... »

Maman résiste. On a dû, depuis plusieurs jours, lui poser une sonde urinaire. La poche placée au pied de son lit se remplit maintenant d'un liquide rougeâtre, sanguinolent. Hier, il nous a été impossible de la faire boire, même avec une paille, ou une seringue : elle n'arrive plus à déglutir. Les médecins soupçonnent aussi une occlusion intestinale, « soupçonnent », ils n'en sont pas certains : il faudrait faire des radios, mais la radiologie est dans un autre bâtiment ; entre les deux, ni couloir ni souterrain — alors, bien sûr, promener une civière dans les jardins au mois de décembre ! « Nous verrons comment les choses évoluent... » Nous verrons. « Mais si l'occlusion se confirme, docteur ? C'est très douloureux, non, une occlusion ? » En effet. D'autant qu'aucune opération n'est envisageable : c'est le cancer qui...

« Rassurez-vous, nous dit pourtant la doctoresse, adjointe du grand-chef-qui-fait-des-conférences-à-l'étranger, rassurez-vous : pour calmer ses douleurs, nous allons lui administrer un dessiccatif ». Un déshydratant ? Alors qu'il n'entre déjà plus une goutte d'eau dans cette bouche si sèche que la langue pèle ! Pas une goutte d'eau dans ce corps dont la peau se craquelle comme un cuir brûlé ! Est-ce ainsi qu'on meurt « sans douleur » dans les services aux murs roses ?

Le soir, au téléphone, je n'ose même pas répéter ce diagnostic (verdict ?) à Sonietchka ; je n'ai rien dit à Papa non plus : nous sommes bien assez de trois pour porter l'angoisse des tortures à venir. Maman résiste. À la Wehrmacht. À la Gestapo. À trois cancers. Elle résiste. Ne bouge plus du tout sous son drap en arceau, s'économise sur son matelas d'eau. Parfois, elle pousse un profond soupir. Soupire comme on s'ébroue. Parfaitement consciente. Gémit un peu, de loin en loin. Combien de temps pourra-t-elle... ?

Nous n'osons pas poser la question. Pour l'instant, « ils » lui font des lavements. Deux fois par jour. À tout hasard. Une infirmière a dit à Lisa qu'ils avaient aussi augmenté les doses dans la pompe à morphine. Légèrement, parce qu'on atteint un seuil critique. « Critique » ? ! Pendant que je me trouve là avec deux de mes fils, une secrétaire vient nous faire confirmer le nom et le téléphone de la personne à prévenir « en cas de nécessité » : le *parent référent*.

Ah, cette histoire de *référent* ! Le premier jour, au moment de l'inscription de Maman, l'accueil du *quatrième étage* nous avait demandé de désigner un responsable, le membre de la famille qu'on préviendrait le premier « si jamais... ». À la jeune femme qui remplissait la fiche, j'avais indiqué que j'habitais à un quart d'heure de l'hôpital : à Paris, certes, mais sur le boulevard extérieur, ou quasi. « Parfait. Donnez-moi votre téléphone... Ah non, je suis navrée. Pour le *parent référent*, je vois que ma petite collègue, en bas, a déjà noté un nom. » Lequel ? M. Le Guellec ? Non, pas Monsieur (tout le monde a remarqué, déjà, qu'il ne compte pas beaucoup, M. Le Guellec. Qu'il ne souhaite pas vraiment compter). Donc, Madame. Mme Véra Le Guellec.

« C'est ma sœur. Elle vit à Limoges. Ici elle loge chez des amis, dans la banlieue Est, mais il lui faut une heure et demie pour venir... Si bien qu'en cas d'urgence...

— Alors, qu'est-ce qu'on fait ? On change ?

Cette dame sera peut-être fâchée ? D'ailleurs, comme ce n'est pas moi qui ai écrit le premier nom, il faudrait que je fasse homologuer le changement par la surveillante... »

L'administration complique toujours les questions simples ! Finalement, nous étions convenues que je recueillerais l'accord de Véra ; j'étais persuadée qu'il s'agissait d'une simple formalité :

« Si tu veux bien, Vérotchka, je donne mon numéro à la place du tien : à pied, je peux être auprès de Maman en dix minutes...

— Il ne me faut pas longtemps non plus.

— Quand même ! Noisy-le-Grand ! RER, plus métro : une heure et demie. Quant à ta voiture, n'y pense pas : avec tous ces embouteillages...

— Embouteillages le jour, oui, mais pas la nuit. La nuit ça roule bien : si on m'appelle la nuit, je peux y être en vingt minutes, une demi-heure maxi.

— La nuit ou le jour, pour moi c'est du pareil au même : un quart d'heure, montre en main. Surtout à l'aller : ça descend tout le temps !

— Oui (un long silence). Je préfère quand même qu'on laisse mon nom... »

Brusquement, j'ai pris conscience de la situation : nous n'allions pas nous chamailler pour savoir quel est notre *parent référent* ! D'ailleurs, si ma sœur avait tort pour la rapidité d'intervention, elle ne se trompait pas sur la nature des sentiments : elle est bien, aujourd'hui, le « parent » de Maman, son tuteur, sa nounou ; moi, je ne suis que sa fille... Admirant, après coup, la prudence de l'administration — les services palliatifs en savent long, apparemment, sur la gestion des familles dans l'affliction — j'abandonnai de bonne grâce la compétition : Véra resterait la « personne à prévenir ».

Je le confirme encore aujourd'hui à la petite secrétaire que j'ai dû accompagner dans le hall pour signer un bon de *non-mise en service* du poste de télévision. Il est aussi question d'une restitution de caution pour la ligne téléphonique puisque la malade n'est plus en état de décrocher. J'en viens à aimer ces formalités qui me sortent de la chambre : la bureaucratie a du bon... Est-ce pour prolonger la diversion que j'interroge la jeune femme à propos d'un des panneaux du hall rose ? Il y a longtemps que j'avais remarqué, sur le mur du fond, ce support en liège où l'on a collé une vingtaine de photos d'identité ; en face, des prénoms : Élodie, Ségolène, Julien... Plutôt des jeunes, apparemment.

« Ce sont des visiteurs bénévoles », me dit la secrétaire. C'est curieux, depuis dix jours que je fréquente les lieux, je n'ai croisé aucun de ces *accompagnants* BCBG que l'agonie d'un président avait propulsés dans les pages « people » des quotidiens. Pas même, me semble-t-il, une vieille bigote friande de derniers moments...

« Quand viennent-ils ? » La petite sourit :

« Honnêtement, je ne sais pas : il y a deux ans que je travaille ici, et je n'en ai pas vu un seul ! D'ailleurs, ces photos ne sont jamais changées... » La mode est-elle déjà retombée ? Ne trouve-t-on plus de volontaires pour ce travail ingrat ? Il est vrai que s'ils sont venus sur la foi de ce que racontent les médias — la mort couleur bonbon, les gaietés du mouroir —, ils ont dû tomber de haut ! Peut-être, d'ailleurs, gênaient-ils les mourants, qui n'ont pas forcément envie de se mettre en frais pour des inconnus... Fin d'une illusion.

Heureusement que Véra est notre *parent référent* ! Heureusement ! Moi, je suis une bonne à rien : « Marie Patauge » ! Et plus j'appréhende de mal faire, plus je deviens gauche.

Dans la maladresse, j'atteins des sommets : puisque Maman ne peut plus boire, j'ai eu l'idée, pour lui humecter la bouche, d'acheter un brumisateur d'eau d'Évian. C'est une bonne idée, que les infirmières ne désapprouvent pas — tant, du moins, que l'occlusion n'a pas été confirmée. Maman, qui a toujours les yeux fermés, garde maintenant la bouche ouverte : il me suffira donc, après l'avoir prévenue, d'approcher de son palais l'embout du vaporisateur pour pouvoir, par pressions successives, envoyer quelques gouttelettes sur ses lèvres et ses muqueuses, si sèches désormais qu'elles desquament et que sa langue se couvre de peaux mortes. J'explique la manœuvre à ma mère et lui indique, d'une caresse, que, bon, attention, je vais y aller ; je me penche, place l'embout, appuie sur l'atomiseur avec précaution... et aussitôt il y a de l'eau partout ! Des ruisseaux lui dégoulinent dans la gorge et sur les joues, le haut de sa chemise de nuit est trempé ! Elle tousse, s'engoue, halète, lève rageusement les sourcils ; et alors que, tant bien que mal, j'essaie d'éponger les dégâts avec un kleenex, je vois se reformer au coin de sa bouche le rictus de mépris qui prouve qu'elle m'a reconnue...

Je me rassieds sans demander mon reste. Elle souffre et, parfois, gémit. Je reste là, près du lit, sans parler ni oser lui prendre la main : il vaut mieux que je me fasse oublier... Pourtant, j'aimerais la soulager, mais j'ai beau argumenter, l'équipe ne veut pas avancer l'heure de sa piqûre : une surdose d'antalgiques pourrait « l'emporter ». Ce serait dommage... On respecte la vie, en soins palliatifs ! On l'aime, la vie, on vous la fait boire jusqu'à la lie !

Pour distraire ma mère de sa douleur, lui procurer un plaisir à sa portée, j'essaie de vaporiser de l'eau de Cologne sur sa liseuse, son mouchoir. Elle plisse le front, hausse une épaule : je l'agace. Alors, je lui propose de l'éventer : depuis qu'elle n'a plus la force de remuer l'air, nous le faisons pour elle — debout à côté de son lit, l'éventail tenu à bras tendu, nous tâchons de rafraîchir son visage : à raison d'une dizaine de va-et-vient par seconde, on atteint six cents mouvements du poignet à la minute... En une demi-heure, c'est la crampe ! Quelquefois, en regardant faire l'un de mes fils ou de mes neveux, je songe aux plumeaux chasse-mouches qu'agitaient les esclaves de Cléopâtre. Il me semble que nous sommes des esclaves, en effet. Les esclaves d'un souverain mort...

Puisque ma mère n'a pas refusé ma proposition (de toute façon, elle ne parle qu'aux infirmières, et par monosyllabes), je l'évente. Mais, très vite, elle soupire : elle en a assez. Ça tombe bien : moi aussi ! Ces « séances d'éventail » rendent chaque jour plus douloureuse ma périarthrite de l'épaule... Je n'ai plus vingt ans, moi non plus ! On attend des vieux qu'ils soutiennent les vieillards, des invalides qu'ils portent les agonisants : juste châtiment de leur longévité. Nous quatre au chevet de Maman, c'est une scène des *Burgraves*. Ridicule. Bouffonne. « Sortez-les ! »

Véra

Mais qu'est-ce qu'elles croyaient, ses sœurs ? Que les services palliatifs pratiquaient l'euthanasie ? Que leur mère « s'endormirait » paisiblement entre deux *accompagnants* extasiés ? Les idiotes ! Elle, Véra, savait bien, depuis le début, qu'il fallait éviter l'hôpital avec ses médecins fuyants et ses infirmières bien-pensantes, éviter aussi les tiers encombrants, auxiliaires de vie, femmes de ménage, qui fouinent, bavardent, dénoncent : ces affaires-là doivent se régler en famille. Comme pour Micha.

Ses sœurs l'ignorent mais, pour Micha, leur mère avait pris ses responsabilités : elle avait fait le nécessaire pour qu'il ne souffre pas. Il n'aurait pas supporté de rester longtemps alité ; il ne craignait pas la mort, mais il n'était pas doué pour la maladie. Par chance, ancienne infirmière, leur mère avait encore, à cette époque, quelques relations « dans la médecine » ; depuis près d'un an, elle savait son père atteint d'une maladie incurable ; petit à petit, elle s'était procuré les doses de morphine qu'il lui faudrait et, quand il l'avait suppliée de le porter dehors, pour qu'il meure plus vite, dans la neige, elle avait fait elle-même la piqûre qui l'avait plongé dans le coma ; quelques heures après, il avait cessé de respirer. « Tu feras la même chose pour moi, n'est-ce pas, Véra ? Jure-le-moi ! » Et Véra avait juré.

Seulement, elle est expert-comptable. Ne sait pas faire une intraveineuse, placer un cathéter, poser une perfusion. Et, pour l'« approvisionnement », elle dépend du pharmacien du coin... Des mois qu'elle se démène en vain ! A tout essayé : les amis d'amis, les laboratoires dont elle certifie les comptes, les associations spécialisées... Partout, on lui a opposé que cette dame, puisqu'elle est encore consciente, doit « en parler » avec son médecin. Comme si sa mère avait un médecin ! Elle change de généraliste tous les six mois ! Quant au bon apôtre de Louis-Pasteur, le VRP du palliatif, ses malades ne le rencontrent qu'en photo, dans les magazines ! Seul le copain d'une copine qu'elle a connue en militant pour les femmes afghanes s'est montré — par personne interposée — compréhensif ; pour intervenir il n'exigeait qu'une lettre écrite par la malade ; mais une lettre authentifiée : ce qu'on appelle, dans les pays civilisés, un *testament de vie*. Par malheur, leur mère n'est plus en état d'écrire, ni même de signer...

Et pendant que Véra, obnubilée par sa promesse, écrasée par le silence de l'agonisante, continuait à frapper à toutes les portes, Katia répétait bêtement : « Je suis fatiguée, plaçons quelqu'un auprès de Maman. » Puis, en noircissant le tableau, elle a poussé Lisa à prétendre — depuis Sydney ! — qu'à la maison on ne contrôlait plus les escarres de la malade ni ses souffrances ; et Lisa a convaincu Sonia. Pour la première fois, Véra s'est trouvée « en minorité ». Pire : c'est elle que ses sœurs ont chargée de persuader leur mère d'accepter l'ambulance, la valise et le dernier voyage vers Paris — puisqu'elle avait, plus que toutes les autres, la confiance de la malade... Forte de cette confiance, Véra a menti, menti à sa mère comme une mère ment à son enfant : « Ce n'est pas pour longtemps. Quelques jours seulement. Tu seras mieux. Il le faut. — Puisque tu le dis... », a murmuré la mère.

Dupe, pas dupe ? Lorsqu'à Louis-Pasteur on l'a transférée du chariot au lit, elle a soupiré : « Je ne suis pas sortie de l'auberge ! » D'après Katia, cette phrase (la plus longue qu'elle ait prononcée depuis des mois) signifiait : « La guérison n'est pas pour tout de suite, je le crains. » « Car il est clair, ajoute l'aînée, qu'elle est entrée là avec l'espoir de guérir ! Elle ne veut pas mourir ! Toujours pas ! Elle... elle a la rage de vivre ! » Sonia conclut, doctorale : « Maman est dans le *déni*. »

Véra n'a pas compris les choses de cette manière-là ; pour elle, « Je ne suis pas sortie de l'auberge » veut dire : « En m'amenant ici, tu retardes ma sortie, tu manques à ta promesse, tu me trahis... » Parce que Véra sait bien, elle, que leur mère voulait en finir ; que ce n'était pas simplement une façon de parler, puisqu'elle avait elle-même, autrefois, pratiqué l'euthanasie.

Au téléphone hier soir, Sonia (qui ignore encore

l'aggravation de l'état de la malade et l'horreur du dessiccatif) a essayé de justifier le soutien qu'elle avait apporté à Katia quinze jours plus tôt :

« Écoute, Vérotchka, l'équipe a l'air sympa. Un peu "ouf", mais sympa. Je suis sûre que si Maman souffrait davantage, si ses douleurs devenaient vraiment intolérables, ils feraient ce qu'il...

— Ne sois pas si *sûre* ! Raisonne : dans un service qui n'accueille que des mourants, si on demandait aux soignants d'abréger les jours des patients il faudrait recruter le personnel dans les abattoirs ! Ce serait la mort à la chaîne ! Pas une infirmière ne tiendrait un mois ! »

Voilà pourquoi, à Louis-Pasteur, on ne joue pas avec la morphine. Ce qui n'empêche pas de pratiquer des « petits arrangements » avec la mort. La règle, par exemple, est de ne pas perfuser, de ne nourrir que par la bouche et à la demande ; autant dire qu'on laisse mourir de faim le malade trop épuisé pour appuyer sur la sonnette. Mais passe : la mort de faim est plutôt douce. La mort de soif, en revanche... Et leur mère va mourir de soif.

Actif circulant, provision pour investissement, stocks, deux et deux font quatre, quatre et quatre font huit, report à nouveau, pertes et profits... Et dépôt de bilan ! Dépôt de bilan de Véra Le Guellec, ras-le-bol ; ne peut plus additionner, Véra Le Guellec, ni ventiler, ni reporter. Va liquider, pleurer, Véra Le Guellec. Veut tout solder.

« Tu as de la chance, toi, lui avait dit un jour Sonia,

tu peux "cliver"... » Ah, celle-là, avec sa terminologie psychanalychic ! Enfin, oui, d'une certaine manière Véra clivait. À peu près. Boulot d'un côté, gosses de l'autre. Copains sportifs, militants de l'associatif. Mariages, liaisons. Limoges et Châteauroux. Limoges, plus Vierzon. Châteauroux, malgré Vierzon. Elle clivait. Aujourd'hui elle ne peut plus, la colère la prend tout entière. Sa mère, coincée sous l'arceau de son lit ! Elle-même, sommée de se taire ! Prisonnières des convenances ! Puisque nos ministres croient aux vertus du *palliatif*, il faut bien que le citoyen fasse semblant... Personne n'ose dénoncer la fumisterie, dire que le roi est nu, et que ces soins-là sont aux mourants ce que l'accouchement sans douleur était aux parturientes : un cautère sur une jambe de bois ! De la foutaise ! Non seulement les malades se sentent bêtes (puisqu'ils ne « devraient » pas souffrir), mais on les prie de montrer le bon exemple : pas de cris, pas de pleurs, vous êtes filmés... Il faut mourir comme il fallait accoucher : en respectant la nature, pour plaire aux dévots, et sans faire de bruit, pour épargner les indifférents.

Marre de l'hypocrisie ! Véra voudrait aller dans un de ces talk-shows télévisés pour cracher le morceau, lancer à ces « Messieurs de la Faculté » : « Pourquoi, si l'accouchement "sans douleur" était ce que vous racontiez, ne trouve-t-on plus de futures mamans pour préférer la *respiration contrôlée* à la *péridurale* ? Hein ? Bande de faux-culs ! À quand, pour les futurs morts, la victoire du cocktail lytique sur le baratin ? »

En tout cas, elle va se battre. Adhérer à « Mourir dans la dignité ». Mobiliser les familles. Écrire à son député. Distribuer des tracts. Manifester devant l'Assemblée. Emmerder les salauds, les tartuffes, les... Elle pousse un cri : la sonnerie du téléphone ! « Ah, c'est toi, mon cœur ? Si tu savais comme j'ai eu peur ! J'ai sursauté : le stress... Tu me manques, ma chérie... Non, j'essayais de clôturer le dernier exercice des Établissements Martin, mais je n'arrive pas à me concentrer sur... C'est difficile, oui... Voir ma mère dans cet état !... Je sais, mon amour, je sais, et je crois qu'elle aussi, si elle t'avait connue, elle t'aurait aimée... Oh, penses-tu ! Ma mère avait les idées larges, rien d'une nunuche de province ! D'ailleurs, je pense qu'elle se doutait, oui, pour toi... À sa manière de me parler de Vierzon, son demi-sourire, ses allusions... D'ailleurs, je me suis souvent demandé si elle-même, avec Louise... Elle me manque, ma maman complice, si tu savais !, elle me manque déjà. Et toi aussi, tu me manques, ma chérie... Oh non, « l'Australienne », comme tu dis, ne va pas assez bien pour... Ce serait plutôt moi qui la soutiendrais... Je ne sais pas, nous avons si peu de temps pour nous parler, elle et moi, nous nous voyons rarement sans les autres... Moi aussi, moi aussi, mon amour. Et tu sais ce qui me manque le plus quand je suis loin de toi ?... Non, pas tes caresses, encore que... Devine... L'*odor di femmina* ! »

16.

Notre mère, en vraie Creusoise, a toujours éprouvé peu d'intérêt pour les questions religieuses ; mais elle n'est pas anticléricale, ni même athée déclarée. Elle pratiquait autrefois le culte des ancêtres et priait « ses » morts à la Toussaint et en juin, au moment du bac de ses petits-fils ; elle allumait alors des cierges dans toutes les chapelles en s'adressant à ses parents disparus : « Si vous êtes bien placés là-haut, faites jouer vos relations : le petit est faible en maths, il faut l'aider. »

Sans doute ne s'opposerait-elle pas, aujourd'hui, à la visite d'un prêtre ? Mais elle ne l'a pas demandée ; et je ne peux rien suggérer : Lisa et Véra ne me le pardonneraient pas. Pourtant les hommes, comme les enfants, quand personne ne peut les soigner, ont grand besoin d'être bercés — et même bercés d'illusions.

Le mourant « qui ne croit pas », l'agonisant qu'on laisse « sans espérance » vont droit dans le mur. Le mur qui se dresse là, à un mètre du pied de leur lit. À Louis-Pasteur, je vois Maman foncer dans le mur à toute allure, la vitesse s'accélère sans cesse, je voudrais l'aider, mais impossible d'appuyer sur le frein ou de tourner le volant : je ne suis pas dans sa voiture...

Pourquoi, dans ces mouroirs de luxe qu'on bâtit au milieu des jardins, continue-t-on à installer les lits parallèlement aux arbres et aux fleurs ? Des lits qui ne regardent que le mur ? Celui qui n'a plus la force de tourner la tête, on l'empêche de s'évader.

Quand je mourrai, je veux qu'on me dise qu'il n'y a pas de mur ; juste un mirage — le reflet d'un nuage, un rideau léger. Qu'on m'assure que je ne vais pas me briser, corps et âme, contre ce bloc de béton, que je franchirai la muraille et ne sentirai, en passant, qu'une caresse froide sur mon visage. Jurez-moi qu'il y a, de l'autre côté, un autre côté. Et placez mon lit face à la fenêtre.

Ce lit, au *quatrième*, si je m'y étais trouvée, Maman ne m'aurait pas lâchée. Elle ne laissait jamais ses « petits » et n'abandonnait pas les mourants. Elle se serait tenue là, près de moi. Stabat mater. Aurait rafraîchi mon front, mes lèvres ; avec adresse, m'aurait tenu la main ; et je n'aurais eu peur de rien. Quand Maman était là, je n'avais peur de rien.

Pourquoi n'ai-je pas été capable de faire pour elle tout ce qu'elle aurait fait pour moi ? « Pourquoi ? » Mais parce que je ne suis jamais devenue la mère de ma mère ! Langer ma protectrice, bercer ma tutrice : autant faire remonter les fleuves à leur source ! De cette femme épuisée, fragile comme un nouveau-né, je serai, jusqu'au bout, restée l'enfant.

Quand, à Cleyrac, je guidais ma mère à travers les couloirs, que je la poussais ou la tirais pour monter l'escalier, que je la portais d'un fauteuil à un autre, que je l'habillais comme une poupée, que je lui brossais les dents, que je la couchais, bien des fois j'ai songé à cette parole de l'Écriture : « Un jour viendra où d'autres te mettront ta ceinture et ils te mèneront où tu ne voudras pas aller. » Ces jours-ci, face au mur qui se dresse au pied de son lit, c'est encore un verset biblique que j'entends : « Ils avancèrent jusqu'au bord et demeurèrent interdits. » Jusqu'au bord, nous y sommes allées avec elle ; mais nous nous arrêtons là, et elle poursuit seule.

Avant-hier, vingt-quatre décembre, troisième jour sans boire, Maman a demandé de l'eau bénite à deux infirmières qui m'en ont parlé ; mais l'une a dit « eau de Lourdes » quand l'autre disait « eau bénite ». Quels sont les mots que ma mère a employés ?

Si elle a dit « eau de Lourdes », c'est qu'elle espère encore guérir ; elle devine bien qu'il y faudrait un miracle (trois cancers et une occlusion, pensez !), mais elle souhaite, en vue de ce miracle, mettre toutes les chances de son côté : « Qu'est-ce que tu voudrais ? — Guérir ! » Après douze jours chez les mourants, son état d'esprit n'a pas changé : la vie, et rien d'autre.

Si, en revanche, elle a parlé d'« eau bénite », c'est qu'elle évolue, cherche moins désormais la guérison que la consolation. Voyant, face à son lit, le grand mur dressé, ce mur de mort qui se rapproche, elle tente, dans un sursaut d'énergie, de l'anéantir, de le pulvériser : « Eau bénite. »

J'ai fait prévenir l'aumônier de l'hôpital. Il était surbooké, c'est Noël, jouez hautbois, résonnez musettes ; mais il est passé dès le lendemain matin. Trop tard, pourtant : Maman venait d'entrer dans un semi-coma dont elle n'est sortie, pour quelques heures, que l'après-midi. Elle était inconsciente quand j'ai aspergé son corps d'eau bénite comme, la veille, je l'avais aspergé d'eau de Cologne, cette *Lavande-muguet* au goût sucré, un peu madérisé, qu'elle adorait. L'aumônier m'a invitée à dire une prière. J'ai dit un Je vous salue, Marie. J'aime Marie. Je sais à quoi m'en tenir sur son historicité, et même sur son trop grand succès ; mais je l'aime.

L'aumônier me suggéra ensuite un Notre Père. J'ai refusé. Je ne peux pas. Trop de comptes à régler. Surtout dans un moment pareil. « Pourquoi m'as-tu abandonné ? » Près de la croix, le Père n'y était pas. Non. Ni en haut ni en bas. Alors qu'elle, la mère, se tenait là, écrasée, impuissante, mais si près. Se tenait là. J'ai dit un second Je vous salue, Marie.

« Pourquoi faut-il souffrir pour mourir ? » : Lisa m'a posé la question comme s'il s'agissait d'un sujet de philo. Elle avait retrouvé son regard triste d'adolescente — celui de ses seize ans, quand elle n'était plus « la préférée » ; j'ignore ce qui s'était passé entre elle et Maman, mais pendant quelques années, en effet, elle s'était vu rétrograder au profit de Véra. Du coup, elle ne demandait plus conseil à « Numéro deux » pour ses devoirs et ses contrôles ; elle se tournait vers Sonia, qui n'était pas d'un grand secours, ou vers moi. « Pourquoi, Katia ? Pourquoi doit-on tant souffrir pour mourir ? »

J'essaie de lui répondre comme on me l'a appris — en deux parties. Première partie : la douleur physique, qui avertit, est nécessaire à la conservation de la vie — suit l'exemple, classique, de ceux dont la peau est insensible aux brûlures et qui laissent consumer leur chair. Mais (deuxième partie) quand elle perd cette fonction de prévention, la douleur devient inutile ; aussi n'est-elle pas nécessaire à la mort... Notre conversation s'arrête là. Nous la prolongeons en silence, chacune de notre côté : un Créateur compétent n'aurait rien introduit dans son œuvre qui ne fût utile ou beau ; si l'on peut à la rigueur imaginer un Créateur espiègle, qui ajouterait, pour le plaisir, du superflu au nécessaire — quelques hippocampes, deux ou trois chardons, une fleur carnivore —, un Créateur si content de lui-même qu'il ne s'interdirait pas la fantaisie, l'idée qu'il puisse ajouter de la souffrance « pour le plaisir » fait mauvais ménage avec celle d'un Créateur respectable... Que faire d'un « Dieu tout-puissant et infiniment bon » qui n'aurait pas pu, ou pas voulu, donner la « bonne mort » à ses créatures ? L'homme traite mieux ses chiens ! Pas de Notre Père, donc, et pas de regret.

Car, brusquement, l'absence de Dieu me crève les yeux : elle est éblouissante. Je me demande même, tout à coup, si notre mère avait bien demandé de l'eau bénite. Elle a tellement soif ! Trois jours sans boire. Elle a dû implorer : « De l'eau, de l'eau », et les jeunes infirmières, impuissantes mais si désireuses d'agir, ont entendu : « De l'eau, de Lourdes » ou quelque chose d'approchant. Dans les services palliatifs, tous les soignants sont croyants. Pas forcément musulmans, juifs, bouddhistes ou chrétiens — quoique... Mais même les moins religieux ont besoin, ici, d'avoir une foi : ils se font dévots « psy ». Les petites m'ont parlé d'eau bénite parce qu'elles voulaient se persuader que Maman attendait encore un geste de sa famille, qu'elle ne restait pas aussi longtemps à souffrir pour rien. L'attente leur paraissait moins vaine si elles me supposaient les moyens de l'abréger. Sans doute sont-elles catholiques, par-dessus le marché : l'eau bénite doit être, dans leur esprit, le pendant de la *permission de s'en aller* dont la doctoresse athée m'avait si complaisamment entretenue quelques jours plus tôt. *Permission de s'en aller* qui n'est, elle-même, que le symétrique du *lâcher prise*, dogme en vertu duquel le mourant choisit son moment. À en croire ces docteurs Pangloss, on ne meurt que lorsqu'on ne *veut* plus vivre : excellente nouvelle. Le monde n'est-il pas bien fait ? Une froide observation conduit malheureusement à une vérité plus banale et plus cruelle : on meurt quand on ne *peut* plus vivre. Il se trouve que Maman peut. Malgré l'eau bénite et la permission de s'en aller, elle peut.

Depuis hier, elle est retombée dans le coma. Un coma presque tranquille, comme un sommeil profond. Ce calme précède une nouvelle tempête, mais nous ne le savons pas, et, après les crises d'angoisse qu'elle vient de traverser, tournant sans cesse la tête sur l'oreiller, le front plissé, nous la croyons soulagée. Dans la chambre, nous sommes nombreux, filles et petits-fils assis en rond. Papa pleure dans son fauteuil. Il pleure vraiment, c'est étonnant. Véra seule reste debout près du lit, elle s'active — essuie le visage de Maman, lui masse les bras, mouille ses lèvres, l'évente, la parfume, arrange son drap, et quand c'est fini elle recommence : huiles essentielles, lingettes Mixa Bébé... Sonia, assise près de moi, me glisse à mi-voix : « Mais quand va-t-elle lui foutre la paix ? »

À notre mère nous avons dit, en six ans, tous les mots d'amour que nous connaissions. Elle a, depuis longtemps, « pris ses dispositions », fait ses dernières recommandations. À l'hôpital, puisqu'on nous en pressait, nous lui avons successivement, Lisa et moi, donné l'autorisation de nous quitter. Je l'ai rassurée sur le bonheur des vivants qu'elle laissait, je lui ai parlé des morts qu'elle avait aimés, son père, Louise, je lui ai dit qu'ils étaient là, tout près, avaient hâte de la retrouver, j'ai même — à tout hasard — mentionné le « bon Dieu ». J'étais persuasive puisque je me persuadais... Résultat ? Cinquante heures d'agonie avec un bruit de lavabo bouché, d'évier qui se vide mal : après chaque expiration, un glouglou de siphon au fond de la gorge, un gargouillis gras, sale, interminable.

Sans plus rien attendre, puisque nous n'avons plus rien à donner, elle vit. Vit, sans avoir bu une goutte d'eau depuis cinq jours. Elle vit parce que son muscle cardiaque « tient » : la voilà, la vérité !

Maman va mourir d'une occlusion intestinale. D'après les médecins, son cancer s'étend vigoureusement de ce côté-là. Enfin, ils le supposent, puisque, faute d'équipements de proximité, ils n'ont rien pu vérifier.

Sur les causes de cette « complication » finale, Sonia a son idée, qui n'est pas celle des médecins : selon elle, Maman meurt d'une occlusion parce qu'elle est trop propre.

Quand elle est arrivée à Louis-Pasteur, notre mère avait encore l'habitude que nous la levions pour ses besoins : c'était de plus en plus difficile, mais, en nous y mettant à deux ou trois, nous y parvenions.

En voyant la « chambre rose » de l'hôpital, la chambre des « Œillets » (toutes portent des noms de fleurs), nous nous sommes réjouies : toilettes incorporées, larges et faciles d'accès, avec un siège spécialement adapté ; la manœuvre en serait facilitée. Erreur : après un seul essai, les aides-soignantes ont décrété qu'il était impossible de faire avancer notre malade ; impossible de la « replier » pour l'asseoir ; impossible de la redresser « après » ; impossible, enfin, de procéder à cette opération à la demande. Comme il n'était pas question non plus, à cause de ses escarres, de lui passer le bassin ni de lui mettre des couches, on l'invita à se « laisser aller » : « Hein, ma petite dame, vous avez compris ? Si vous avez envie, vous vous gênez pas ! Il y a une alèze sous votre drap, on a pris nos précautions, allez ! Pas besoin de nous appeler, vous faites dans votre lit — tout simplement ! »

Maman est propre, délicate même. Quand on l'a admise à Louis-Pasteur, elle ne contrôlait plus grand-chose de sa vie, mais elle contrôlait encore ces fonctions-là : elle s'est « retenue ». Au bout de trois jours, comme elle n'avait toujours pas uriné, « ils » lui ont mis une sonde. Mais, de l'autre côté, n'est-ce pas, on ne peut pas sonder : les jours passèrent...

Ce n'est pas le cancer qui va la tuer, c'est son incapacité à s'abandonner, la force, intacte, de sa volonté, et sa détestation de la chienlit.

Maman ne va pas mourir d'occlusion, comme le docteur le prétend et comme Sonia veut s'en persuader : « Elle va mourir de soif », me dit Véra. Il est vrai qu'en application de leurs principes, quand le malade ne peut plus boire, les *palliateurs* n'hydratent jamais. Pire : pour que Maman ne souffre pas de son occlusion supposée, ils continuent de lui injecter un produit destiné à dessécher ses muqueuses — un « vasoconstricteur » qui lui brûle la bouche, un dessiccatif qui lui gerce les lèvres. « Regarde, Katia, comme sa peau se parchemine ! Ils la momifient vivante ! »

17.

Hier soir, vingt-sept décembre, Maman est morte. Pas d'occlusion, comme le croit Sonia, ni de soif, comme le croit Véra : elle est morte quand les soignants de Louis-Pasteur ont enfin pu faire le « nécessaire ».

Nous étions trop présents. Ils n'étaient seuls avec elle que pendant la nuit — de minuit, lorsque partait le dernier Parisien, à sept heures, quand débarquait le premier banlieusard. Quand Maman est entrée dans le coma, avec ce râle mécanique si bruyant qu'on l'entendait depuis l'ascenseur, l'équipe de nuit n'était formée que de bleuets — des novices du chemin de croix ; c'est seulement à la troisième nuit de coma qu'une infirmière chevronnée (dix ans d'expérience dans le service) a pris le relais : deux heures après, elle téléphonait à notre *parent référent* que Maman était morte « paisiblement », devant l'équipe réunie...

Pauvres troupiers des mouroirs ! Pris entre l'hypocrisie des lois et l'irréalisme des familles.

Condamnés à agir à la sauvette, entre deux visites, entre deux portes.

Il manque des temps au verbe « mourir ». Des temps pour conjuguer toutes les étapes de l'agonie, des temps que les enfants rétablissent à juste titre : Maman « a mouru » longuement... Maintenant, elle est morte — situation stable.

Lisa

Lisa sait bien de quoi est morte la malade. Et ce n'est pas d'occlusion. Ni de soif. Ni d'une surdose de morphine. Ses sœurs se trompent toutes les trois. Leur mère est morte parce que ses filles n'ont pas pu marcher-manger-respirer à sa place.

Respirer « pour Maman », Lisa l'aurait pourtant fait volontiers. Lui donner son cœur, son souffle. Parce que sa mère aimait la vie, follement, et qu'elle, Lisa, n'y tient pas tant que ça... Et puis la « petite dernière » avait l'habitude que son corps ne lui appartienne pas ; que sa mère juge seule de ce qui était beau et bon pour ce corps-là. « Tu veux mes poumons, Maman, tu veux mon foie ? Prends-les. » À l'âme si juvénile, si fougueuse, de sa mère, il aurait fallu greffer le corps plus neuf de Lisa. D'autant que la mère s'était déjà approprié, avec succès, des morceaux du corps de ses trois aînées — la chevelure de Véra, par exemple, ou l'utérus de Sonia. Plus exactement, le produit de ce jeune utérus : Fabrice.

Lisa vivait encore « à la maison » dans ce temps-là : elle a vu comment la grand-mère dynamique a confisqué son petit-fils premier-né. Bien sûr, Sonia n'était pas capable de l'élever, au début du moins. Mais quand elle eut suivi une formation, trouvé un boulot, loué un petit studio et se fut (provisoirement) acheté une conduite, leur mère a multiplié les prétextes pour ne pas lui rendre l'enfant : ses otites à répétition, sa fragilité intestinale qui obligeait à le surveiller de près, son affection pour la vieille Mémé Solange, sa complicité avec Moujik, l'épagneul de Micha, son besoin vital de grand air et de grands arbres, sa passion pour le clapier des lapins, sa petite cabane au fond du jardin, la qualité de l'école maternelle de Cleyrac, sa bonne entente avec la maîtresse du CP, ses excellents résultats au CE1, enfin, quand Katia et Véra eurent commencé à « produire » à leur tour, la fréquentation régulière de ses cousins qu'il adorait : « Tu ne voudrais pas le priver de cette chance-là ? Pour un fils unique, rien de plus important que des cousins ! »

« Babou » n'a relâché Fabrice qu'à l'âge du collège. Parce qu'il n'y a pas de collège à Cleyrac. Et que, matériellement, la bonne grand-mère était débordée par les nichées des autres... Sonia a récupéré un fils préadolescent avec qui elle n'avait jamais vécu. La cohabitation n'a pas été facile — d'autant que Fabrice regrettait sa grand-mère, et qu'il a bientôt trouvé des occasions de ne pas estimer sa mère. « Tu comprends, si je l'avais repris plus tôt, avait un jour confié Sonia à sa sœur, si je l'avais eu encore bébé, ça m'aurait soutenue, disciplinée. Je l'aimais, tu sais, mon

245

bichou, ma p'tite pomme. Pour lui, j'aurais arrêté de déconner ! J'en suis sûre. Presque sûre... »

Fabrice a pris son indépendance sitôt le bac passé. Avec l'aide financière de sa grand-mère dont, pourtant, il n'était plus le favori. Aujourd'hui, c'est un type bien. Multidiplômé. Peu communicatif. Célibataire. Il a des poissons rouges. Vit à Lausanne. Son hobby ? La philatélie. Il aime l'ordre.

« Si je n'arrivais pas à m'occuper de lui comme j'aurais dû, a ajouté Sonia ce jour-là, c'était peut-être à cause... à cause de toi.

— Ah, non ! Je ne vais pas porter tous les péchés du monde !

— Ne te fâche pas ! Tu n'es responsable de rien : je parle de *ma* culpabilité. À l'époque, quand j'ai su ton problème par Maman, je me suis dit que je t'avais donné le mauvais exemple. Plus tard, quand j'ai appris pour tes fausses couches... eh bien, je n'ai pas voulu me mentir : c'était la naissance de Fabrice qui t'avait condamnée à la stérilité. Tu étais punie de mes fautes...

— Excessif, non ? »

De son vaste fourre-tout, Sonia avait tiré sa bouteille de Contrex : il fallait qu'elle boive, même de l'eau, pour vaincre sa timidité et s'expliquer sans bafouiller. Mais, bien sûr, elle ne boit pas que de l'eau. Surtout quand elle sort la Contrex. Lorsqu'elle commence à trimballer partout sa foutue bouteille, à l'exhiber dès que les autres trinquent, c'est qu'elle a besoin de *déplier le paravent*... Sonietchka-la-discrète vient sans doute, une fois de plus, d'abandonner le « sevrage » ; depuis longtemps déjà il y a les mois « avec » et les mois « sans ».

Quand s'étaient-elles reparlé du drame, toutes les deux ? Au moment de la deuxième opération de leur mère. Lisa revoit très bien le décor, assorti à la gravité de leurs propos : la cafétéria de Gustave-Roussy, à Villejuif — quelques guéridons en formica beige, des chaises métalliques, des malades descendus là en pyjama avec leur perfusion, leurs pansements, des familles accablées... Elles avaient demandé deux thés russes. « Désolé : nous n'en avons pas. — Alors, deux cappuccinos. — Pas non plus. — Bon, deux n'importe quoi. »

Sonia buvait sa Contrex au goulot :

« En 71, Lisa, quand il t'est arrivé ce gros pépin...

— Gros, c'est le mot : un fœtus de quatre mois...

— Je venais juste de lui coller Fabrice sur les bras, à Maman, tu parles d'un cadeau, et là, rebelote ! Elle a dû penser qu'elle n'en verrait jamais le bout. Sans compter que tu n'avais même pas seize ans !

— Seize et demi...

— Elle a eu peur des ragots...

— Ce n'était pas son genre !

— Peur de la colère de Papa quand il apprendrait : ah, chapeau, l'"éducatrice", la "mère exemplaire" ! Pendant que le brave marin galérait pour gagner le pain de la famille, sa femme n'était même pas foutue de garder les pisseuses ! La pauvre ! Elle qui aurait tellement voulu avoir des garçons ! D'ailleurs, entre nous, avec quel argent tu l'aurais élevé, ton môme ? Les parents n'étaient pas millionnaires :

247

elle comptait, Maman, elle a toujours compté. Enfin bref, sur le moment... Mets-toi à sa place.

— Je dois pouvoir, puisqu'elle s'est mise à la mienne.

— Lisa, Lisotchka, mon petit chat, tout a mal tourné, mais elle avait des excuses...

— Des excuses, Sonia, tu en trouves à tout le monde. Même à toi. »

Sonia avait rougi. Puis, gentiment contre-attaqué — preuve que la Contrex, même la Contrex lui donnait du mordant :

« Qu'est-ce que tu t'es fait, à la main ? Tu t'arraches tes petites peaux ? Tu... Quand même, à ton âge, tu ne te bouffes plus les ongles ? »

Lisa avait regardé ses bouts de doigt boursouflés, les cicatrices rougeâtres, les petites plaies sur ses premières phalanges :

« Penses-tu ! Je suis tout à fait désintoxiquée... Comme toi. »

Maître Richard-Jones, la très élégante Lisa Richard-Jones, plaide toujours les mains gantées. Une singularité qui n'a pas peu contribué à son succès médiatique à Melbourne et à Sydney. Il y a cinquante personnes dans une salle d'audience pour entendre un avocat plaider, et cinq millions pour le voir « à la télé » : une notoriété se gagne, désormais, en venant au Palais en rollers ou en triporteur, avec les cheveux noués en chignon si l'on est un homme, le crâne rasé si l'on est une femme — maître Richard-Jones met des gants blancs au bout de ses manches noires. Maître Richard-Jones cache ses névroses dans ses manches d'avocat.

Ce jour-là, au bar du cancer, quatre ans avant la mort de leur mère, les « deux petites » Le Guellec, pour une fois débarrassées des « jumelles », avaient parlé librement. De cette époque, pas si lointaine, où l'avortement était interdit, où mères, filles, médecins risquaient la prison, où la contraception permise depuis peu restait réservée aux *plus de vingt et un ans.*

De ce temps-là, elles parlèrent comme leur grand-père parlait des tranchées : à demi-mot, parce qu'un demi-mot suffit pour tous ceux qui en ont partagé l'expérience ; et à ceux qui ne l'ont pas vécue, les plus longs discours n'enseigneraient rien.

En 71, seules Louise, l'amie chère, la complice, et Sonia, jeune maman, avaient été mises dans la confidence. On avait à peine consulté Lisa, une « petite menteuse », une « dissimulée », qui avait cessé, d'un coup, d'être la préférée. C'est Louise qui avait déniché l'« opérateur » — du côté de Bourges — et monté l'expédition : les deux femmes et la gamine avaient disparu pendant deux jours. Une expédition, et une boucherie : il est vrai qu'à quatre mois de grossesse... Rentrée à Cleyrac, Lisa avait souffert le martyre ; sans une plainte toutefois : d'abord, elle était fautive, devait à tout prix racheter l'estime, l'amour de Maman ; et puis, les plaintes, sa mère ne les supportait pas. « Pensez à l'hôpital Trousseau, mes enfants, aux petits leucémiques dans leurs lits blancs... » Quand on en fut à la péritonite, une clinique de Limoges accepta, en catastrophe, de réparer les dégâts. Les médecins réussirent par miracle à enrayer la septicémie. Le chirurgien ne dénonça personne. Ce fut donc une *appendicite, opérée à chaud, avec début de péritonite* : « Heureusement, mes chéries, qu'on a les antibiotiques, vingt ans plus tôt cette fichue appendicite nous emportait notre Lisa. Tout ça à cause d'un petit bout de chair inutile, d'un morceau en trop : cet appendice qui ne sert à rien ! Ah, elle n'a pas de chance, mon pauvre bébé... »

À Villejuif, tout en croquant des sucres qu'elle déshabillait de leur enveloppe avant de la rouler entre ses doigts, Sonia tentait d'expliquer sa mère à sa sœur : « Elle a cru te perdre... Bon sang qu'elle a eu peur ! À la clinique, elle ne te quittait plus, ni jour ni nuit. » Lisa se souvient, en effet : « Des complications, mon trésor. Mais ne t'inquiète pas, mon bouchon, il n'y aura pas de conséquences... » « À Cleyrac, poursuivait Sonia, c'est Mémé qui me gardait Fabrice. Tu ne te rappelles sûrement pas, tu étais dans le coltar, mais Maman dormait dans un fauteuil à côté de toi : elle est restée quinze jours sans en décoller ! Si elle avait pu donner sa vie pour la tienne, elle l'aurait fait. D'ailleurs, c'est elle qui t'a sauvée, tu sais, elle qui a diagnostiqué ta péritonite alors que tu ne te plaignais même pas ! Tu avais quarante et un de fièvre, le ventre plein de pus, et tu ne disais rien... Ça sert à quelque chose, quand même, d'avoir une maman infirmière ! »

Elles avaient commandé deux autres cafés.

Sonia aurait voulu dire à sa sœur qu'à cinquante

ans, finalement, ça ne fait guère de différence d'avoir des enfants ou pas : Fabrice l'appelle une fois par mois — un dimanche, à heure fixe ; il vient chaque année en août passer une demi-semaine à Limoges ; il ne couche pas chez elle parce qu'il n'aime pas les clic-clac ; il descend dans un petit hôtel près de la Préfecture ; il l'emmène dîner ; il gagne bien sa vie ; il ne danse pas, ne fume pas, ne grossit pas, ne boit pas, ne lit pas ; ils n'ont rien à se dire et parlent des « cousins » ou de « Babouchka ».

Elle avait repris une longue gorgée de Contrex, allumé une cigarette. « Ici, c'est interdit, lui avait signalé Lisa en montrant le panneau. Tu n'as pas le droit d'attraper un cancer du poumon au rez-de-chaussée pour aller te le faire soigner au cinquième... » Sonia avait cherché un cendrier. N'en avait pas trouvé. A écrasé sa cigarette sous son soulier. Elles ont bu leur café. Puis, l'aînée des « petites » a recommencé à dépiauter les sucres et à rouler leur papier en petites billes compactes, sans parler. Des boulettes de silence, bien grises, bien serrées.

À sa sœur, Lisa aurait pourtant aimé révéler son secret : si elle avait eu cet enfant, il y a trente-trois ans, elle aurait trouvé une île. Pour lui. Bien sûr, elle ne serait pas devenue avocat, et n'aurait jamais croisé William, tant pis ! Elle serait partie en Islande. En Islande, il n'y a que trois cent mille Islandais, ils ont de la place. D'autant qu'un bébé tient tout entier dans les bras de sa mère, habite la terre sans s'y poser, vit sur la bête, n'attend du dehors qu'un peu d'oxygène — qu'il n'aurait pas volé aux Islandais, puisque la mère et l'enfant seraient allés tout de suite s'installer au large, sur un bout de rocher ; par exemple, au sud du Sudhurland, sur l'îlot de Vestmannaeyjar. Le nom seul est un labyrinthe pour un gosier français : comment aurait-on pu les y rechercher ? Dans cette île détachée d'une île, cette parcelle d'un fragment, Lisa aurait caché son fils, et leurs descendants auraient vécu là, solitaires et secrets, *plus d'un million d'années...*

Sonia aurait bien voulu demander à Lisa pourquoi elle tenait tant à ce bébé : « Est-ce que tu... tu avais un sentiment pour le père ? » Mais elle n'a pas osé. Quand elle pose ce genre de questions, tout le monde croit qu'elle veut dire : « Est-ce que tu connaissais son nom ? » et, à cause de Fabrice, on lui rit au nez.

Lisa aurait bien aimé expliquer à Sonia qu'« avec le père » ce n'était pas une question de sentiments : elle voulait juste sentir qu'elle avait un corps à elle, séparé, un corps qu'elle pouvait donner ou refuser. Ne plus être la poupée de Maman — sa beauté, sa deuxième voix, la chair de sa chair. Son « appendice »... Mais le nouveau corps de Lisa, la mère s'en était emparée aussi : elle l'avait vidé, violé, mutilé à sa guise. Tous les corps de Lisa lui appartenaient. Le continent mangeait les îles.

Sonia n'a pas dit à Lisa que leur mère, pourtant, n'avait jamais cessé d'expier la violence faite à sa fille : si on l'opérait aujourd'hui à Villejuif pour la deuxième fois, si l'erreur initiale de diagnostic la condamnait à brève échéance, c'est parce qu'elle était restée fidèle à la clinique de Limoges où l'on avait, sans reproches, sauvé Lisa. Pendant ses dix-huit premiers mois de maladie, elle avait obstinément refusé de consulter ailleurs. Trop attachée au souvenir de sa faute, de sa douleur, et de ce qui autrefois, dans l'euphorie de la résurrection, avait ressemblé à un pardon.

À la cafétéria de Gustave-Roussy, le jour de cette seconde opération, les pensées des deux sœurs s'étaient croisées en silence, comme des trains fantômes, et s'éloignaient maintenant l'une de l'autre, sans bruit... Brusquement, Lisa avait sorti un paquet de cigarettes : « Tu viens de m'expliquer que c'est interdit ! avait protesté sa sœur. — Oui, mais je suis en manque... et merde ! » Elle, si légaliste ! Et, comme s'il s'agissait d'une justification, elle avait poursuivi : « Tu sais ce que Maman m'avait dit pour m'obliger à... Elle m'avait dit que si je, si je le gardais... (Elle retenait un sanglot dans sa gorge, et, pour qu'on ne voie pas les larmes dans ses yeux, contemplait le plafond, contemplait la fumée de sa cigarette qui montait vers le plafond :) Elle m'avait dit qu'elle ne m'aimerait plus... et aussi qu'elle me chasserait... Elle m'a... m'a montré la porte... Eh bien (Lisa avait soudain ramené son regard vers Sonia et tout à trac, les yeux dans les yeux :) ça, la loi ne lui en donnait pas le droit ! Une mineure, tu penses ! Et l'obligation alimentaire, qu'est-ce qu'elle en faisait, de l'obligation alimentaire ? Ses menaces ne tenaient pas debout ! Juridiquement, ça ne tenait pas, elle n'avait pas le droit, tu piges ? »

Non, Sonia ne comprenait pas grand-chose à cet accès soudain de juridisme — tant de véhémence, et hors sujet ! —, mais elle avait fouillé son cabas pour y trouver, sous la Contrex, la fiole d'or qu'elle n'oublie jamais : « Bon, moi aussi je suis en manque... et merde ! » Là-dessus, elle avait avalé une bonne lampée de whisky écossais : « Encore un que les boches n'auront pas ! »

Dans le hall de Louis-Pasteur, beaucoup plus chic que celui de Gustave-Roussy, Lisa vient d'apprendre qu'elle ne pourra pas voir le corps de sa mère : il a déjà été transporté à « l'amphithéâtre » — la morgue, quoi ! « Là-bas, nos agents ne pourront s'en occuper qu'en début d'après-midi. Nous manquons de personnel... Mais vous aurez la possibilité de le voir dans la soirée. Attention, ce service-là ferme à dix-sept heures quarante-cinq... Ah, pour ce soir, ce sera trop juste. Revenez plutôt demain matin. Ouverture à neuf heures trente. »

Lisa se sent soulagée. Même si son neveu Raphaël l'a gentiment appelée ce matin pour lui dire qu'hier soir Babouchka morte était très belle, « apaisée », presque « rayonnante », elle préfère attendre encore un peu...

Elle a devant elle une grande journée de liberté : Katia se charge de toutes les formalités parisiennes ; Sonia, depuis Limoges, s'occupe du caveau de famille à Saulière ; et demain, après la mise en bière, c'est Véra qui redescendra dans sa voiture les « passagers » du Star Hôtel.

Une journée de liberté... Pour commencer, elle décide de se faire coiffer. Puis elle ira s'acheter un imperméable noir pour l'enterrement : c'est idiot, mais quand elle a fait sa valise, à Sydney, elle n'a pas pensé au noir. Boulevard de Grenelle, un cinéma propose une rétrospective Ingmar Bergman, elle irait bien à la séance de dix-huit heures. Bergman, c'est convenable pour un deuil, non ? En tout cas, ce n'est pas gai. Après, elle emmènera son père dîner : dans un vrai restaurant, pour lui changer les idées. Spécialité de « fruits de mer » — le péché mignon du capitaine breton. Il faut dire qu'à Cleyrac, sur ce plan-là, il n'était pas gâté ! Ils rentreront avant onze heures pour ne pas manquer l'appel de William, qui doit téléphoner juste avant de commencer son cours à l'Institut de la préhistoire. Là-bas dans la grande île, ce sera le matin, une belle matinée de soleil : William lui dira qu'il fait trop chaud, presque orageux, et elle lui demandera de décrire les nuages...

En somme, elle revit. Depuis que sa mère est morte, elle revit. Phrase affreuse, mais affreusement vraie. Elle ne pleure même pas. Pourquoi pleurer ? Tout le monde est délivré, à commencer par l'agonisante.

Quand Lisa sort de chez le coiffeur, il ne pleut plus. Elle surprend son reflet dans une vitrine : jolie femme... À la shampouineuse elle a demandé un « rinçage éclat », quelque chose de léger : aussitôt ses cheveux ont retrouvé leur vraie couleur, la couleur de son enfance — miel d'acacia liquide. Autrefois, quand une de ses petites-filles avait mal à la gorge ou mal au ventre, Mémé Solange lui préparait son remède universel, sa botte secrète contre la douleur : un jus de citron chaud dans lequel elle délayait deux cuillerées de miel très clair. Parfois, avant de boire cette potion magique, Lisa approchait du verre l'une de ses longues nattes pour voir si les tons collaient : oui, Maman ne lui avait pas menti, elle était bien née de la rencontre d'une goutte de citron et d'une coulée de miel... Aujourd'hui, en passant rapidement, négligemment, devant les vitrines, elle trouve très chic cette femme d'or liquide et de popeline noire. *Glamorous* ! Et maintenant, cinéma : À nous deux, Bergman !

Lisa, miel d'acacia et manteau de deuil, est encore dans cette période d'euphorie par laquelle passe tout rescapé d'un tremblement de terre : les sauveteurs l'ont libéré du poids des poutres qui l'écrasaient, de nouveau l'air emplit ses poumons, le sang circule dans ses membres. Comment imaginer que cette délivrance peut le tuer ? La gangrène, jusqu'alors contenue dans les extrémités, va envahir son corps entier. Sous l'afflux du sang, trop brutal, son cœur risque de lâcher. Contrecoups d'autant plus violents que la décompression aura été plus rapide. Lisa la belle n'est pas sauvée : elle décompresse.

18.

À part l'amour des enfants, nous n'avions pas, Maman et moi, les mêmes centres d'intérêt. Mais, au moins, je mangeais sa cuisine de bon appétit et portais ses robes avec fierté. J'appréciais son art.

Elle n'a jamais voulu goûter au mien : elle ne lisait pas mes livres, avait essayé au début, n'essayait plus. Pourtant, elle découpait les quelques articles que les journaux me consacraient (« Incroyable comme tu es photogénique ! Beaucoup mieux en photo qu'en réalité ! À ce point-là, c'est sidérant ! »). Elle voulait savoir quand je passerais « à la télé », m'y trouvait souriante et bien-disante (« Il faudrait seulement que tu changes de coiffure ! Avec celle-là tu fais mémé ! Tu devrais consulter une visagiste ! »). Quand un roman s'était « bien vendu », elle me transmettait les compliments de la libraire du pays.

Avec cette fille aînée qui lui ressemblait si peu, elle restait comme une poule qui a trouvé un stylo. Ayant quitté l'école à quatorze ans, elle n'osait pas me juger : elle doutait de ses capacités. En mère modeste, elle doutait aussi des miennes : je me souviens de ce jour où, à Cleyrac, je m'étais installée pour écrire dans la salle à manger où elle cousait ; j'avais apporté le dictionnaire ; quand elle me vit le consulter pour la troisième fois, elle s'étonna : «Tu as besoin d'un dictionnaire ? C'est pour l'orthographe ? » (Elle était « bonne » en orthographe, faisait toujours les dictées de Pivot.) — Non, Maman, ce n'est pas pour l'orthographe, enfin rarement. — Alors pourquoi ? Tu ne connais pas tous les mots ? Tu ne sais pas ce qu'ils veulent dire ? »

D'un coup, j'avais baissé dans son estime : un écrivain qui « regarde dans le dictionnaire » ne peut pas être un bon écrivain.

Tout cela ne m'empêchait pas d'accepter avec joie ses confitures de cerises et ses bocaux de soupe à l'oseille, de solliciter ses conseils pédagogiques et de l'appeler au secours dès qu'un de mes fils tombait malade. Je recevais beaucoup d'elle. Elle ne voulait rien de moi.

Mais après sa mort j'ai gagné : elle va être enterrée dans « mes » vêtements, des vêtements que je lui ai offerts. Que je lui ai offerts mais qu'elle n'a jamais portés — comme d'habitude.

D'ailleurs, elle avait raison, mes cadeaux étaient comme mes gestes : violents, maladroits. Trop coûteux, ostentatoires, inutiles. Quand cependant, pour ne plus commettre d'erreurs, je lui demandais : « Qu'est-ce qui te ferait plaisir pour Noël ? » ou « De quoi as-tu besoin ? », j'obtenais toujours la même réponse : « J'ai tout ce qu'il me faut, ne gaspille pas ton argent en bêtises ! — Mais, Maman, tu sais bien que de toute façon je t'offrirai quelque chose ! Ne me dis pas que tu ne veux rien, aide-moi... »

Elle ne m'aidait pas. Et, chaque fois, je mettais à côté de la plaque ! Seule Lisa trouvait de bons, d'excellents cadeaux : surprenants (australiens) et « recevables » ; je me demande comment elle faisait, elle devait y penser à longueur d'année. Moi, c'est vrai, je retardais de plus en plus le moment de m'en occuper...

Quand, sitôt sa maladie connue et nommée, Maman cessa de sortir de chez elle, je lui offris de beaux vêtements d'intérieur. Qu'elle garda soigneusement pliés dans son armoire. C'est moi qui lui avais donné la longue chemise de nuit blanche, dentelle et soie, qu'elle va porter dans la tombe ; elle m'avait dit : « C'est parfait. Trop beau pour moi, évidemment, mais parfait pour ma dernière toilette ! »

Eh bien, je l'ai prise au mot ! Juste avant qu'elle n'entre dans le coma, j'avais demandé à Sonia, qui s'apprêtait à remonter de Limoges, d'aller prendre cette chemise-là dans l'« armoire des parents ». Et un grand châle aussi, bleu et mauve, un Souleiado que j'avais rapporté, deux ans plus tôt, d'Aix-en-Provence. À l'époque, j'avais longuement hésité entre un rouge orangé et ce bleu-mauve. J'avais peur de me tromper. J'aurais tellement voulu qu'il plaise à Maman, mon châle ; qu'il lui aille bien. J'avais essayé les deux modèles sur une vendeuse, grande et brune comme elle, et j'avais opté pour le bleu : « Mais oui, m'assurait la vendeuse, pour une maman brune, le bleu est plus original. » Ce châle, trop somptueux, était resté emballé dans son papier de soie...

Quand ma mère eut pour la seconde fois perdu conscience, je remis ces vêtements à la surveillante, en catimini : « Si pour Maman, ça... ça arrivait pendant la nuit, il faudrait lui mettre ce... ces choses-là. — Comme c'est beau ! s'exclama la surveillante. C'est magnifique ! Seulement, nous serons forcés de découper la chemise de nuit : quand cette dame sera, euh... nous ne pourrons lui passer qu'un vêtement ouvert dans le dos... Une si belle chemise, c'est dommage ! On la croirait neuve. »

Je ne me suis pas laissé attendrir par ces arguments : dans le salon des familles, armée d'une paire de ciseaux, j'ai déchiré moi-même la belle chemise du haut en bas... Pour une fois, une seule fois, Maman porterait mes trop beaux cadeaux : elle entrerait dans la mort tout entière vêtue par moi.

19.

Avant-hier, c'est au moment où je revenais de l'hôpital, vers dix heures du soir, que Véra, notre *parent référent*, m'a appelée. L'infirmière blonde, l'« expérimentée », la gentille au regard lumineux, venait de la rejoindre sur son portable : « Votre maman... Juste quand on lui faisait ses soins, sa respiration s'est... On était tous autour d'elle, vous savez, toute l'équipe... »

À ma sœur j'ai lancé : « J'y vais ! J'y vais immédiatement ! » Le temps de passer un manteau, et déjà je courais, volais vers l'hôpital.

Idiote ! Je n'avais même pas pensé à la toilette du mort ! Au temps qu'il faut aux soignants pour « préparer » le corps, empêcher le cadavre de béer, de s'écouler : obturation des orifices, fixation de la mentonnière qui doit rester en place jusqu'à ce que les muscles soient raides et la chair glacée. Moi : « J'arrive ! », oubliant tout ce que j'ai appris de la *dernière toilette* à Cleyrac et à La Roche, ces gestes que j'ai faits moi-même, avec Maman, pour mes grands-parents. Idiote !

Je descendais à grands pas les rues qu'un instant plus tôt je remontais fatiguée, recroisant les mêmes promeneurs de chiens, pataugeant dans les mêmes flaques gluantes, et courant au milieu des voitures, courant sans songer à rien...

« L'équipe », heureusement prévenue par ma sœur, a été admirable de professionnalisme ; en un quart d'heure, avant que je ne déboule, les infirmières avaient fait face : quand j'ai poussé la porte de la chambre, tout était en ordre, tout semblait doux.

Dans la pièce qu'une petite lampe jaune, au pied du lit, sortait à peine de la pénombre, ma mère était étendue, magnifique. On lui avait passé ma longue chemise en dentelle blanche, et ses épaules, sa poitrine, étaient cachées par le châle bleu et violet qui l'enveloppait jusqu'à mi-cuisse. Du châle, seuls émergeaient, en haut, le collet un peu monté de la chemise, en bas, quatre volants de dentelle, et, au milieu, ses mains, ses belles mains aux ongles vernis qui, croisées sur son ventre, serraient un éventail entrouvert. Une princesse. À la lèvre dédaigneuse.

Le rictus qui tordait son visage depuis des semaines s'était transformé en moue, une moue un peu Habsbourg... Ma dernière mère m'a semblé altière — peut-on dire d'une femme allongée qu'elle est « altière » ? C'est pourtant le mot qui m'est venu à l'esprit devant cette gisante au menton dressé, au sourire hautain. Une princesse espagnole. Ou péruvienne peut-être, à cause de l'ampleur du châle et de ce visage tout en pommettes, un peu inca, que la mort lui avait laissé. Ma mère, élégante et lointaine.

Le châle bleu, l'éventail rose et l'abat-jour jaune composaient un « tableau d'intérieur » tranquille et chaud, à la Vuillard, à la Bonnard ; j'aurais voulu entrer dans le tableau et que, malgré mon vieil anorak, ma coiffure à la diable, la dame au châle m'admette dans son élégance comme elle me laissait, enfant, caresser sa robe, respirer son parfum, lorsqu'elle s'habillait pour aller danser. Je me suis penchée pour l'embrasser. Sous mes lèvres sa peau était tiède encore, et souple. À peine sentait-on sur ses joues cette fraîcheur légère de ceux qui sont restés longtemps dehors en hiver : « Maman, ce froid ? — Ne t'inquiète pas, mon petit : le vent, juste le vent de la nuit... »

Non, ce n'est pas l'apaisement et la douceur qui m'ont frappée dans la chambre : c'est le silence.

L'atroce respiration — ce gargouillis qui obligeait les infirmières à nous chasser de la chambre toutes les heures pour « aspirer », ce râle gras qui crépitait dans l'arrière-gorge comme une friture — avait enfin cessé, mais aucun bruit ne l'avait remplacée. On n'entendait rien ou, plutôt, on entendait le rien : pas le moindre frémissement, froissement, mouvement. Maman n'était plus dans son corps, et elle n'était pas ailleurs.

Aucune féerie dans l'air. Elle ne s'était pas transformée en papillon ou en libellule, laissant derrière elle sa chrysalide ; son âme ne voletait pas, légère, autour de moi ; et ce qui restait d'elle, ici et maintenant, ne s'appelait ni *coquille,* ni *enveloppe,* ni *première peau,* mais dépouille.

« Dépouille. » Expression toute faite qui devient neuve dès qu'on la prend au pied de la lettre : c'est lourd, une « dépouille », comme un gibier abattu. C'est effrayant, un « silence de mort », comme un cri sans écho. Dans la chambre d'hôpital, malgré la lampe jaune et le châle bleu, il n'y avait plus qu'une dépouille et un silence de mort.

La porte s'est ouverte : mon neveu Jérémie est entré, suivi de mon dernier fils, Raphaël — entre les cousins, le téléphone portable fonctionne presque aussi vite que le téléphone arabe. Ils m'ont dit : « L'équipe de nuit demande si on peut refaire les valises de Babouchka. Ils aimeraient mieux qu'on les emporte maintenant : la morgue viendra chercher le corps à six heures du matin et, si les placards sont vides, l'équipe de jour pourra refaire le lit. Comme ça, ils admettront un nouveau patient à midi... » Le mouroir ne chôme pas. « Au fait, a ajouté mon neveu, Maman te fait dire d'enlever à Babou tous les bijoux qu'elle porte encore. — On pourrait les lui laisser, ce ne sont pas des bijoux de valeur... — Maman le sait, mais elle dit que, de toute façon, Babouchka se les fera voler : quelqu'un les piquera pendant le transport du corps, ou à la morgue. Alors, elle aime autant que ce soit toi qui les enlèves. »

Mieux vaut en effet être dépouillée par ses filles que par des étrangers... Je me suis rappelé la tiédeur du front pâle sous mes baisers : le corps devait être encore assez souple, je pourrais le bouger, mais il ne fallait pas tarder. Pendant que les deux garçons débarrassaient les placards et la jolie salle d'eau où Maman n'avait jamais mis les pieds, j'ai soulevé ses épaules pour dégager le fermoir du collier qu'elle gardait autour du cou. Puis j'ai décroisé ses mains et fait glisser sa dernière bague ; une à une, enfin, ses gourmettes. Au bras gauche, il restait sa montre : une montre en argent, une montre presque neuve, pas même chargée de souvenirs. J'ai renoncé à la récupérer. Je n'en avais plus la force. Ne pouvais pas, physiquement, lui ôter l'heure. J'ai ramené son bras gauche sur son ventre et refermé sa main droite sur l'éventail. Guillaume, mon « troisième », et Gilles, l'aîné de Véra, venaient d'entrer à leur tour pour une ultime visite à leur grand-mère. Dernier regard à la dame hautaine et parée, très Frida Kahlo, qui reposait sur le lit blanc. J'ai suivi Raphaël et les valises...

À la morgue, le jour suivant, Maman avait perdu toute beauté : sous prétexte de la « désinfecter », les employés l'avaient lavée et, en la douchant, abîmée, tordue, décoiffée. Ils n'avaient même pas su la rhabiller, avaient posé le châle sur ses pieds, plié comme une couverture : la chemise de nuit mal refermée découvrait ses épaules dépouillées de leur chair, et le blanc de la soie soulignait maintenant le vert de sa peau. Au bas du visage défait, le menton semblait de travers, comme si quelqu'un l'avait enfoncé à coups de poing. L'éventail, fermé, était glissé sous son aisselle... Je n'ai rien pu « arranger » ; pourtant, avant le départ pour Limoges, et la mise en bière à laquelle assisteraient mon père, Lisa, Véra et deux ou trois petits-fils, j'aurais voulu rendre à ce corps livré en vrac un peu de sa superbe ; mais je ne pus ni remuer les membres glacés ni maquiller les joues : sur une chair congelée le fond de teint ne prend pas. Les garçons de salle avaient volé à ma mère sa dernière dignité, mais pas sa montre, ils n'avaient pas volé sa montre...

Faute de mieux, j'essayai de parfumer une dernière fois ses cheveux. Ses cheveux morts. Dans sa chambre d'hôpital, j'avais repris sa bouteille d'eau de Cologne. Une dernière fois, j'ai baigné ses tempes de cette *Lavande-muguet* qu'elle aimait. J'ai lissé tendrement ses cheveux mouillés en lui répétant ce que je lui avais souvent dit à l'oreille les derniers jours : « Tu as été une bonne maman. Tu nous as beaucoup donné, et nous t'avons beaucoup rendu. Au-delà nous ne pouvions plus, tu sais, nous ne pouvions plus. »

Et brusquement, alors que je m'abandonne à l'effusion, me voilà rattrapée par mon double, l'empotée, celle qui « sabote », casse les éventails et meurtrit de ses caresses le bras des mourants : par ma faute, la chevelure de Maman est trempée — et rien au monde ne pourra la sécher ! Pas une seconde, en effet, je n'ai songé que sur un corps glacé l'eau ne s'évapore pas, et qu'aucune chaleur ne viendra de l'extérieur puisque l'« amphithéâtre » est réfrigéré ! Comment faire ? Je ne peux pas retourner chez moi prendre un séchoir : il n'y a pas de prise pour le brancher. D'ailleurs, le gardien entendrait le ronflement de l'appareil et me jetterait dehors : profanatrice de sépulture !

Je ne vois qu'une solution : penchée sur le corps de Maman, je souffle — souffle jusqu'à l'épuisement — mon haleine chaude sur ses tempes... Dans le vestibule, le croque-mort de service doit s'impatienter. Je souffle et souffle encore...

En rentrant à la maison, j'ai vidé le flacon de *Lavande-muguet* dans l'évier — il y a longtemps que j'avais cette odeur en horreur ; maintenant, elle me soulève le cœur.

Il s'est écoulé deux jours avant que je ne découvre mon ultime bévue — celle-là, peut-être, aurait amusé Maman : la montre est une montre à pile, et cette pile a une « durée de vie » de trente-six mois ! Sans doute, en prêtant l'oreille dans le petit cimetière de Saulière, des passants entendront-ils parfois, amplifié par le bois du cercueil et la profondeur de la tombe, le curieux tic-tac d'un cœur qui bat... Comment imagineraient-ils qu'il y a quelque part une morte à qui sa fille a laissé l'heure ?

Pourtant, je ne m'en veux pas : de même qu'autrefois les vivants offraient aux défunts des aliments, des meubles, des bijoux, des esclaves, les entourant ainsi, pour leur dernier voyage, de ce qu'ils avaient eux-mêmes de plus précieux, je n'ai pas pu priver ma mère de ce qui semble indispensable à un vivant d'aujourd'hui : la mesure du temps.

Lisa

C'est la veille de la mise en bière, en rentrant au Star Hôtel après son après-midi récréative au cinéma et chez le coiffeur, que Lisa a constaté le désastre : son agenda, son petit agenda de cuir noir, n'était plus dans son sac. Elle a renversé le sac sur le lit, mais l'agenda n'y était pas. Elle s'est efforcée de respirer calmement. A fouillé la chambre avec méthode. Sorti tous les tiroirs de la table de chevet, regardé sous le lit. L'agenda n'y était pas. Elle est retournée en courant jusqu'au restaurant où elle avait dîné avec son père : les garçons mettaient déjà les chaises sur les tables, ils n'avaient pas vu de carnet noir...

Quand le téléphone a sonné dans la chambre, elle n'a pas demandé à William s'il faisait chaud à Sydney, s'il voyait des surfeurs dans la baie et les voiles blanches des plaisanciers ; elle lui a tout de suite asséné : « Je ne trouve pas mon agenda ! Tu te rends compte : tous mes rendez-vous ! Je ne sais même plus ce que j'ai à faire la semaine prochaine... » William a remarqué, philosophe : « Anyway, the year's over... — Mais non, c'était mon agenda neuf ! Celui de la nouvelle année ! Avec les quinze derniers jours de celle-ci... Oh, William, c'est une catastrophe ! »

William, qui ne parle jamais inutilement, n'a pas demandé : « Mais pourquoi n'as-tu pas au bureau un double complet, un planning à jour ? Et ton associé ? » Il ne s'est pas étonné non plus — comme Véra le ferait à coup sûr — qu'une avocate du troisième millénaire n'ait pas encore adopté l'agenda électronique : « C'est fini, maintenant, dépassé, le petit carnet ! » Pour l'homme des diplodocus, le papier garde ses charmes... Et puis, le mari de Lisa sait bien qu'il n'a qu'une fonction dans la vie de sa femme : rassurer. Il l'a interrogée posément sur son emploi du temps de la journée écoulée, lui a conseillé de retourner, avant la levée du corps, au Bon Marché où elle avait acheté l'imperméable, et au salon de coiffure : « Don't worry, darling. Refais ta route à l'envers : tu vas le retrouver... »

Mais personne n'avait rapporté de carnet noir aux vendeuses du rayon, ni aux shampouineuses du salon, ni à la caissière de l'UGC. Lisa est arrivée au funérarium en retard et effondrée : pour la première fois de sa vie, elle a perdu son agenda ! C'est aussi, il est vrai, la première fois qu'elle perd sa mère...

Elle a perdu son agenda : son « doit-faire », le minutieux catalogue de ses lendemains. Le passé qui la poursuit, qui dévore son *bel aujourd'hui*, a mangé le demain aussi ! Plus de Maman, plus d'avenir.

20.

Pourquoi une messe ? Parce qu'on n'abandonne pas le corps de ses défunts aux vautours, qu'on ne les jette pas à la rivière.

Si ma mère avait été juive, j'aurais payé le voyage à ses cousins d'Israël pour chanter le kaddish ; si elle avait vécu au temps des pharaons, j'aurais soudoyé les embaumeurs des princes, rempli sa tombe de myrrhe et d'or. Elle était russo-limousine ? Alors, évangiles, encens, requiem !

Pour le corps de Maman, je veux des rites et des chants. D'ailleurs, ma mère elle-même avait enterré ses parents religieusement et poussé le respect des convenances jusqu'à faire dire cette « messe de bout de l'an » qui marque, dans nos régions, la fin du deuil. Pour le reste, elle n'avait pas la foi, c'est sûr. Ni même la curiosité de la foi.

Il n'empêche que pour rédiger le faire-part il a fallu trancher : cérémonie religieuse ou enterrement civil. J'ai fait valoir que, peu avant sa mort, Maman avait demandé de l'eau bénite... Lisa et

Véra n'en maintinrent pas moins leur opposition aux « simagrées des curés ». J'eus l'idée de consulter notre père — auquel personne ne pense jamais ; il opta pour l'église ; non qu'il soit pratiquant, mais il est breton et, en Bretagne, il y a des choses qui se font... Après ça, à moi de jouer ! De ce qui s'ensuivrait, tous, père compris, se désintéressaient, persuadés, peut-être, que la tâche me serait aisée : comme j'ai eu, autrefois, la curiosité des textes sacrés et que ma meilleure amie est pieuse, mes sœurs m'ont depuis longtemps rangée dans la catégorie des « grenouilles de bénitier »...

La vérité, pourtant, est que je ne connais aucun prêtre. Quant aux curés de la Creuse, pas un ne pouvait se flatter d'avoir compté Maman parmi ses ouailles ; celui de Cleyrac n'avait même jamais vu sa paroissienne ! Pour surmonter la difficulté, j'ai dû, depuis Paris, agiter toutes mes relations dans la littérature et l'édition : s'il n'y a plus, même à l'Académie, de « grand poète catholique », il reste quelques historiens spécialisés dans l'étude du christianisme... En remuant ciel et terre — et plutôt la terre —, j'obtins la cathédrale de Limoges et les grandes orgues. Je me vis à deux doigts de décrocher l'évêque ! Rien ne me paraissait trop beau : si j'avais été une Indienne des bords du Gange, j'aurais bâti pour ma mère le plus haut bûcher, avec le bois le plus odorant et les pleureuses les plus pleurantes.

J'ai cherché dans l'Écriture des raccourcis

puissants et des images brillantes. Sans cesser, pourtant, de me demander ce que Lisa et Véra supporteraient d'entendre. Ne choquer ni les croyants ni les athées : casse-tête... Sonia me tira d'embarras en me faxant un texte lu à l'enterrement d'un de ses amis. C'était le genre de prédication soft qu'affectionnent les télévangélistes américains : le mort parlait à sa famille, lui disait de ne rien changer à ses habitudes, de continuer à rire comme s'il était dans la pièce d'à côté ; d'ailleurs, il était dans la pièce d'à côté : « Pourquoi serais-je hors de votre pensée parce que je suis hors de votre vue ? Donnez-moi le nom que vous m'avez toujours donné. »

Le texte s'ouvrait sur une phrase forte : « La mort n'est rien. » Affirmation qui, à ce moment-là, ne me choqua pas : après l'interminable agonie de Maman, ses cris, ses souffrances, ses haines, après les longues journées de râle et de suffocation, la mort n'était rien, en effet. Une formalité.

Pourtant, quand il a vu sur son e-mail mon projet de livret, le prêtre limougeaud a tiqué. Il m'a appelée : « La mort n'est rien ? Oh non, on ne peut pas dire ça ! » À l'évidence, pas le genre de curé à crier sur les clochers « Mort, où est ta victoire ? »... Il s'en expliqua : le texte que je lui proposais, il l'avait vu choisir une fois déjà dans sa carrière de desservant. Par des parents qui venaient de perdre leur fils de vingt ans. « La mort n'est rien ? Voyez-vous, Madame, c'est l'espérance des survivants. Bien sûr. Mais un an après la mort de ce garçon, sa maman a... Sa maman a fait une tentative de suicide. »

Fâcheux précédent qui ne me détourna pas de mon choix puisque c'était le choix de Sonia. Du reste, la dernière phrase de la lecture remettrait les choses en place ; les vivants, s'ils ne pleuraient pas sur le défunt, auraient de quoi pleurer sur eux-mêmes : « Je vous attends, disait le mort, je vous attends : juste de l'autre côté du chemin... »

Mon fils Damien a lu le texte ; il lit bien ; il sut même lire au second degré, disant les mots du réconfort avec des sanglots dans la voix. À la fin, comme je l'avais espéré, l'assistance était en larmes.

Pas moi. Maintenant que ma mère avait fini de mourir, elle allait rentrer à la maison, je la retrouverais comme avant — rieuse et dansante « dans la pièce d'à côté ». Sa mort était terminée. « La mort n'est rien. »

J'ignorais que, jamais plus, je ne la verrais jeune et joyeuse. Même en rêve. Sa mort avait effacé sa vie ; et sa mort ne faisait que commencer.

À la fin de l'office, le prêtre nous a invités à passer devant le cercueil pour l'asperger d'eau bénite. C'est un dernier hommage, et la forme de cet adieu importe peu, du moins l'avais-je toujours pensé... Mon père prend donc le goupillon et, en Breton qui a des usages, il trace le signe de la croix. Derrière lui, face à la foule qui emplit la cathédrale, nous avançons par ordre d'ancienneté : moi juste derrière Papa, puis Véra, Sonia et Lisa ; ensuite, nos huit fils par rang d'âge.

Papa me passe le goupillon, je bénis le corps et tends l'instrument à Véra. À peine ai-je fait deux pas que retentit derrière moi un coup de gong, d'autant plus assourdissant que l'assemblée est plus silencieuse : Véra vient de rejeter violemment le goupillon d'argent dans le bénitier métallique... Un goupillon, à cette athée déclarée ? Il lui brûlait les doigts ! Comme dans un accident vécu au ralenti, j'ai le temps d'imaginer la stupeur du curé, le malaise de l'assistance, mais j'avance, continue d'avancer, impassible en apparence, vers l'allée centrale et la sortie. Dans mon dos, claquement sec des talons de ma sœur sur les dalles ; elle presse l'allure. Je me dis que, de toute façon, le pire est passé puisque Véra est passée... Alors que j'avance, tête haute, vers le portail, soudain, là-bas dans le chœur, « dong ! » : deuxième coup de gong ! La cathédrale me tombe sur la tête... En une seconde, je comprends ce que je n'ai ni vu ni anticipé : Sonia, voulant bien faire et me faire plaisir, a repris le goupillon là où Véra l'avait laissé ; avec des timidités de catéchumène, elle a secoué l'eau bénite sur le corps de Maman, puis elle a glissé, vite, vite, la poire d'argent dans la main du suivant : Lisa, malheureusement ! Lisa qui, aussitôt, s'est débarrassée de l'objet dans le seau en métal — dong ! — pour prouver à la face du monde qu'elle partage les idées de Véra : ces deux-là ne font pas dans la dentelle... À ce moment, l'organiste — loué soit-il ! — a envoyé à pleins tuyaux la grande *Toccata* qui a couvert les derniers éclats du combat.

Le cercueil, aspergé par les uns, salué sec par les autres, est sorti dans le calme. Comme sur des manifestants trop échauffés, le pompier de service avait déversé sur la foule des flots de Bach ; le parvis lui-même était noyé sous la musique. Délices et orgues.

Sonia

Éprouvante, cette messe ! Le texte que Sonia avait elle-même suggéré de programmer lui a donné envie de chialer. D'ailleurs, elle a chialé. Fabrice aussi. Jour noir à marquer d'une pierre blanche : il est rare que son fils et elle éprouvent en même temps les mêmes sentiments !

Dommage que Katia, en bonne élève, ait fait du zèle : sa prière d'action de grâces était de trop, soyons francs. Peut-être le curé avait-il exigé qu'on remercie « le Seigneur » et tout le saint-frusquin, mais quand même ! « Nous te rendons grâce, Seigneur, de nous avoir donné avec celle qui nous a quittés un être qui, que, dont... » Non, aucune envie de te rendre grâce, Seigneur, car si tu fus pour quelque chose dans la naissance d'Olga Mikhaïlovitch Sarov, tu n'es pas innocent de ce qui s'ensuivit. Or, la fin de l'histoire, Seigneur, ne fut pas à la hauteur de son commencement...

Au moins, cette prière a-t-elle donné à Katia l'occasion d'évoquer la disparue : le prêtre, lui, aurait été bien en peine de le faire ! À propos, quels mots avait

choisis la grande sœur pour peindre leur mère ?
« Un être qui nous a montré l'exemple de la générosité, de la compassion et de la joie. »

Pour la joie, aucun doute : « Personne n'a jamais
donné d'aussi belles fêtes que votre maman », a
affirmé aux quatre filles réunies sur le parvis une
vieille voisine de Cleyrac. Leur mère avait le goût et
le talent de la fête : à La Roche ou à Cleyrac, elle proposait même — pour les réveillons, les 14 Juillet, les
naissances, les mariages — des séjours de fête
« longue durée ». Elle se transformait en hôtelière
(qui couche où, et dans quels draps ?), en chef scout
(course au trésor pour les jeunes, ping-pong pour
les seniors) et en aubergiste — comptant les verres,
dépliant les nappes, allumant les chauffe-plats et le
samovar... Et tout ça sans cesser de blaguer ou de
chanter ! Non contente d'organiser, elle improvisait
(« cinq heures du matin : et si on se faisait une petite
soupe à l'oignon ? »), apparaissait déguisée en clo-
charde ou bien dans la copie — en crépon ! — d'une
robe de Jean-Paul Gaultier (« Yvette Horner, ça en
jette, non ? »), conviait au dernier moment des invités inattendus, multipliait les canulars, s'amusait sans
arrêt, s'amusait à la seule idée de la fête et s'amusait
encore à son souvenir...

Son côté russe. Pour la générosité aussi. Le portefeuille toujours ouvert. Sonia est bien placée pour
le savoir : le cordon ombilical entre son compte bancaire et celui de sa mère n'a jamais été coupé.
« Babou » se serrait la ceinture pour donner à tous
ceux qui demandaient, et même à ceux qui ne

demandaient pas : argent de poche aux petits-enfants, enveloppes discrètes aux aînés. « Seulement, répétait-elle à Sonia qui bénéficiait seule d'un virement régulier, mets-toi bien dans la tête que, quand ton père sera mort, je ne pourrai plus t'aider... » Elle avait toujours été persuadée qu'il disparaîtrait le premier. Affaire de statistiques, d'espérance de vie ; d'ailleurs, elle était plus jeune que son mari. Oui, elle s'inquiétait de ne plus pouvoir, devenue veuve, gâter « ses petits ».

Apparemment, c'est l'inverse que ses petits auraient dû redouter : dans la voiture de Véra qui le ramenait à Limoges, le père a déjà annoncé à ses filles que les subventions aux uns et aux autres, c'était fini : « Je ne partageais pas les conceptions éducatives de votre mère. À cinquante ans, on n'a plus besoin d'argent de poche ! Même mes petits-fils sont trop grands pour ces enfantillages : ils sont bien portants, n'est-ce pas ? Aucun handicap ? Alors, de deux choses l'une : ou ils ont une situation et ne manquent de rien, ou ils ne sont pas foutus d'en décrocher une et c'est leur problème. De toute façon, ils ont des parents... Je pense que vous approuverez ce partage des responsabilités qui respecte votre indépendance. »

Présenté comme ça, forcément... Les lendemains de Sonia ne chanteront pas.

« ... Nous avoir donné avec celle qui nous a quittés un être qui nous a montré l'exemple de la joie, de la générosité et de la compassion. » Seule la référence à la compassion ne s'imposait pas. Coquetterie d'écrivain : Katia adore les rythmes ternaires. Mais la compassion n'était pas le fort de leur mère. Peut-on, d'ailleurs, être en même temps résistant et compatissant ? De Gaulle par exemple, est-ce que de Gaulle... ? Il est possible, néanmoins, que Katia ait connu une mère compatissante. Déjà, comme Sonia l'a remarqué, les huit petits-fils quand ils parlent entre eux n'ont pas la même image de leur « Babou » : les uns l'ont vue stoïque, mais brutale ; les autres, tendre, quoique douillette ; il y a ceux qui admirent sa constance et ceux qui ont souffert de ses impatiences ; ceux qui se rappellent ses injustices et ceux qui ne se souviennent que de sa complicité. Rien de plus naturel : même s'ils appartiennent à la même famille, Marc et Guillaume, Fabrice et Jérémie n'ont pas eu la même grand-mère. Que dire, alors, des quatre filles ! Dans une fratrie il y a des aînés et des cadets, des risque-tout et des poules mouillées : ils n'ont pas les mêmes parents. Sonia est très au fait de ces distinguos : chaque semaine la télé aborde le sujet dans *Un psy à la maison* ou *Parlons-en sans tabou*. Elle a trouvé aussi des exemples éclairants dans ces bouquins qui horripilent Véra : *Comment gérer votre famille recomposée* et, encore plus stimulant, *Mère et fille, positivons la relation*.

« Seigneur, nous te rendons grâce de nous avoir donné avec celle qui nous a quittés... » En tout cas, cette action de grâces, même élogieuse pour la défunte, n'a pas plu aux « dures » de la famille : Lisa et Véra n'offrent pas le spectacle de la douleur mais celui de la colère contenue. Visages de granit, regards

280

en mèche de perceuse, bouches barbelées... Tout les agace dans cet office-là. Il est vrai que la messe était trop longue. Surtout pour des athées.

Non seulement Sonia est en deuil, mais elle se sent malheureuse. Parce qu'elle se met tantôt à la place de Katia, qui s'est donné du mal, tantôt à la place de Véra, qui n'aime pas le mensonge. Sonia est une éponge. Depuis l'enfance, elle étanche tout... Il n'y a pas de quoi rire, allez ! On n'est pas en train de parler du whisky-Coca, là ! Sonia est poreuse aux émotions de ses sœurs, elle se gonfle des sentiments d'autrui, se charge de tous les malaises de sa famille. Un jour, sa sœur aînée dont elle aime tant les livres lui a avoué qu'elle aussi éponge tout : et quand elle ne peut plus absorber, elle écrit ; elle rejette tous ces liquides étrangers, les « exprime », et reprend sa forme... Sonia, elle, n'a pas fait d'études ; alors, elle absorbe sans pouvoir exprimer. Voilà pourquoi elle enfle. Son fils lui reproche de grossir, d'avoir les joues bouffies. C'est à cause du malheur des autres.

Et du bœuf sur sa langue. Elle a un « bœuf sur la langue ». Qui l'empêche de raconter ce qu'elle sait. Elle garde en elle la tristesse de Lisa, et le pourquoi de la tristesse de Lisa — Lisa qui a recommencé à se ronger les ongles, à se griffer les bras. Lisa, si belle pourtant... Sonia ne dit à personne, non plus, ce qu'elle devine des liaisons de Véra, de ses amours vierzonnaises ; elle n'a même pas un sourire quand Véra, lorsqu'elles déjeunent en tête à tête dans un fast-food limougeaud, fait une allusion rapide à « son mec ». Et elle n'a dit à aucune des trois autres ce qu'elle sait de leur père : la cabine publique de Cleyrac, et l'« affichage du numéro ». Elle ne parle jamais : le « bœuf » est là, qui empêche sa langue de se délier.

Au début, juste un petit veau. Qui est né quand Sonia avait douze ans. À l'époque où ses seins ont commencé à pousser. Quelqu'un, un jour, a porté la main sur ses seins — oh, la première fois, un effleurement, en plaisantant : « Dis donc, ça gonfle, on dirait ! », presque par hasard — un couloir resserré, un escalier... C'était un geste affectueux, n'est-ce pas ? Les adultes ont le droit de surveiller la croissance des enfants. De toute façon, le corps des enfants appartient à leur maman, et à tous les parents et amis de la maman. C'est la loi. Pourtant, Sonia s'est sentie bizarre : comme si elle était malade, ou sale. Affaire d'hormones, probablement, sa mère l'aurait expliqué de cette façon-là — Katia détestait avoir ses règles et se cloîtrait chaque fois dans sa chambre ; Sonia, elle, avait honte de ses nouveaux seins, voilà tout ! Elle s'habituerait...

Mais le « quelqu'un » avait recommencé : en passant « on » relevait son sein d'une pichenette coquine ; ensuite « on » a soupesé l'un ou l'autre en y mettant la main entière — d'abord vite, puis tranquillement ; quand « on » s'est mis à chercher son regard en même temps, Sonia a su qu'elle ne s'habituerait pas. Elle a demandé à sa mère de lui acheter un soutien-gorge ; elle pensait qu'au moins, si « on » glissait les doigts sous son chemisier, elle ne les sentirait plus sur sa peau ; un soutien-gorge à baleines, comme une armure... Sa mère lui a ri au nez : « Mais, ma pauvre Sonia, tu n'as pas de quoi garnir des bonnets ! Qu'est-ce que tu crois ? Tu flotterais ! Même dans du 75 A ! »

Alors, Sonia a fait des parcours compliqués pour éviter les occasions. Avant de descendre à la cave, de traverser le jardin, de passer une porte, elle guettait. De sa chambre, elle écoutait les voix, en bas. Mais, pour échapper aux « gestes », il aurait fallu quitter la maison...

Le temps passant, « l'autre » s'enhardissait : comme dans la publicité, après « le haut » il lui fallait « le bas » — les petites fesses moulées dans le jean. En s'approchant par-derrière. Comme pour jouer. Retenue par la taille, emprisonnée, Sonia sentait la main s'attarder sur l'entrejambe... Ces gestes, venant d'une personne que sa mère adorait, étaient impensables. Au sens propre. Elle ne pouvait pas les penser. Ni les décrire. D'ailleurs, si elle avait parlé, sa mère ne l'aurait pas crue. Et si elle l'avait crue, elle en serait morte de chagrin... Se taire, donc. Quand « l'autre » la coinçait entre deux portes, ne pas crier, rester de bois ; faire semblant de ne pas comprendre, de ne rien remarquer, et dérober son regard, vider ses yeux. Sonia ne voyait plus rien, elle n'était pas là, personne ne pouvait l'obliger à être là. Sous les caresses de Louise, comme sous les gifles de son père, Sonia s'absentait.

Finalement, la seule à s'être fâchée contre ces « absences » répétées, c'était Katia : quand elle aidait sa sœur à réviser ses leçons, elle ne supportait pas cette façon qu'elle avait de s'évader à tout bout de champ ; il est vrai que, lorsqu'on a trouvé le moyen de fuir, on n'a plus vraiment de raisons de rester, surtout pour affronter des difficultés inutiles, du genre guerre des Boers ou Succession d'Espagne... « Eh bien, je te vois mal partie, ma petite ! » disait Katia avec toute l'autorité de ses quinze ans, et elle ramenait sa sœur dans le réel à coups de trique. La méthode importait peu : Sonia était reconnaissante à Katia de chercher à la rattraper. Si reconnaissante qu'elle s'est imaginé, un jour, que Katia pourrait comprendre si elle osait lui parler.

Elle a essayé. Une seule fois. Avec des mots vagues et sans nommer personne. Allusions imprécises à des *choses bizarres*, qui se passaient *dans cette maison*, avec *quelqu'un que tu connais*. Elle n'avait même pas osé dire que, de ces *choses bizarres*, elle était la victime : le bœuf, le bœuf sur sa langue, l'empêchait de préciser. Maman aurait trop de peine, Maman ne voudrait pas... Mais son embarras, ses silences parlaient pour elle — à condition de vouloir les entendre.

Katia ne pouvait pas vouloir. À quinze ans, élève dans un lycée non mixte, elle était prude, la grande sœur, et plus intéressée par les présocratiques que par la sexualité. Peut-être même n'est-elle pas arrivée à se les figurer, ces *choses bizarres* ? A-t-elle pensé à un viol ? « Viol », elle connaissait le mot et se faisait sûrement une certaine idée du fait, mais... c'est énorme, un viol, voyons ! Et bruyant ! Un viol ne passe pas plus inaperçu qu'une bataille ! Si Sonia avait été violée, on l'aurait su... Alors, quelles *choses* ? Des baisers ? Qu'existait-il d'intermédiaire entre le baiser et le viol ? Sonia se souvient très bien d'avoir prononcé l'adjectif « dégoûtant »... Or, Katia n'avait certainement aucune envie de se représenter le dégoûtant : le dégoûtant devait lui faire le même effet que la géométrie dans l'espace — paralysie instantanée de ses facultés cérébrales. Mais surtout, elle avait peur. Peur, si elle interrogeait sa sœur, de découvrir, derrière ses phrases tronquées et ses sous-entendus alambiqués, quelqu'un qu'elle préférait aimer. Peur de voir le décor s'effondrer : peut-être, comme dans une noyade, avait-elle eu le temps de faire défiler les visages familiers, même Micha, même Papa, et de les voir, un à un, grimacer et basculer... Un jeu de massacre ! Il fallait protéger la maison. Protéger le silence. Empêcher Sonia d'accoucher d'un monstre : « Sonia, tu ne m'as pas répondu : à quel cas met-on le sujet d'une proposition infinitive ? Nominatif ou accusatif ? »

En fin de compte, ce sont les garçons de son collège qui ont délivré Sonia. Dans les surprises-parties, dès qu'elle avait bu, elle s'abandonnait entre leurs bras, dansait à bouche que veux-tu et à corps perdu. Dès le premier slow, elle se laissait peloter, mignoter, tripoter : les jeunes mains la nettoyaient des vieilles caresses de « l'autre ». Mais elle ne se sentait jamais assez propre, se savonnait et resavonnait contre la peau douce des garçons. Ce fut son époque brassières rikiki, minijupes taille basse et nombril à l'air.

Parfois, leur mère se fâchait : « Dis donc, Sonia, tu ne crois pas que tu t'habilles d'une manière un peu olé olé ? S'il t'arrive des bricoles, ma petite fille, il ne faudra pas venir pleurer ! »

Sonia n'avait jamais pleuré. Ni parlé. Sauf à « Tatie Salope », un soir, en bombant la poitrine et en tortillant des fesses, exprès, avant de lui lancer : « Bas les pattes ! » Maintenant que tant de garçons l'avaient touchée, elle se savait intouchable : les Marie-couche-toi-là ont une grande supériorité sur les Chaperon rouge — elles ne respectent pas les grands-mères... Et puis, elles ne manquent pas de vocabulaire ! Ce jour-là, pour la première fois, Sonia a lu le désarroi sur le visage de la « meilleure amie », la peur, même, puis la tristesse. Mais elle n'a jamais rien raconté. Même à Lisa, qu'elle aurait aimé protéger des « grandes personnes » : le « bœuf sur la langue » pesait trop lourd.

Déjà, il réclamait à boire et à manger. Quand les garçons de sa classe se répandaient sur elle pour la laver, laver sa peau des souillures avec la salive de leurs sexes et de leurs baisers, le bœuf demandait à boire. Chaque soir, Sonia abreuvait son bœuf. Un bœuf qui, au fil du temps, s'était enflé d'autres secrets, et exigeait toujours plus de liquide pour « faire passer ». Si bien qu'il grossissait, grossissait jusqu'à occuper tout le gosier, tout l'estomac, tout le ventre de la troisième des Le Guellec. « Numéro trois » devint un être hybride et monstrueux : une tête de petite fille sur le corps d'un bœuf gras. Aujourd'hui, le bœuf est si lourd qu'il l'empêche de remuer : elle devrait, par exemple, trier ses vieilles photos, elle le sait, descendre aux poubelles ses robes de gamine taille 36 et tous ces emballages vides, cartons béants, sacs crevés, qu'elle repousse dans les coins du séjour. Se débarrasser des peaux mortes... Mais, pour jeter, il faut emprunter l'escalier ; pour emprunter l'escalier, on doit avoir des genoux solides ; pour avoir les genoux solides, il faudrait maigrir. Comment maigrir, dites-moi, avec ce bœuf à l'intérieur qui gonfle comme une tumeur ?

21.

Au cimetière, Véra eut un malaise. Elle avançait dans l'allée, blanche dans son manteau noir,
encadrée par deux de ses fils, quand, brusquement, elle est sortie du cortège et a vomi derrière
une tombe. Vomi longuement, comme on sanglote. Une jeune femme blonde — collègue de
bureau sans doute ? — s'est précipitée vers ma
sœur, l'a soutenue, a essuyé sa bouche... Véra
chancelait. Ce désespoir physique, cette révolte
du corps, je ne les avais vus que chez des femmes
dont on enterrait l'enfant.

Sonia aussi a faibli avant la cérémonie ; elle
est tombée deux fois. Les amis, bouleversés, ont
mis cette double chute sur le compte du chagrin.
Les cousins, mieux informés, se sont rappelé son
accident de moto et ses multiples opérations du
genou ; sa rotule la lâche de temps en temps...
Elle a terminé le parcours en boitillant, son anorak et ses gants couverts de boue. À la sortie du
cimetière, Lisa s'est approchée de moi : « Même
un jour comme aujourd'hui, il a fallu que Sonia

déconne ! » J'ai dû lui paraître étonnée. Elle m'a affranchie : « Tu sais pourquoi elle est tombée ? Devine où elle était après la messe ? Au café, derrière la cathédrale. Elle a arrosé son deuil... Bien sûr, hein ? De toute façon, pour Sonia, tout s'arrose ! » Je me sens plus indulgente que Lisa : si Sonia n'avait pas bu, aurait-elle seulement pu marcher jusqu'au caveau ? « Katia, me disait-elle autrefois, si Maman mourait, je ne lui survivrais pas... — Voyons, c'est ta mère, il est normal qu'elle parte la première ! — Elle doit vivre. Si tu savais ce que j'ai fait pour qu'elle soit heureuse, pour qu'elle le reste... Katia, si tu savais ! »

Nous savons. Nous savons que, jusqu'au bout, elle a maquillé la mourante, lui a verni les ongles, massé les pieds. Nous savons... Pauvre Sonia, avec ses quatre-vingts kilos de chagrin, ses prothèses du genou, son anorak couvert de boue ! Et Papa, maintenant, qui lui coupe les vivres ! Et Lisa qui la condamne ! Et sa patronne qui lui a collé un deuxième avertissement !

Lisa avait les yeux rouges et son nez coulait. Quand nos fils, face à la foule des amis, ont dit pour leur grand-mère le poème qu'ils avaient choisi, Lisa pleurait. Pleurait d'autant plus, il est vrai, qu'elle est enrhumée. Il fait froid : en décembre, forcément ! En plus, c'est le plateau : vent glacé, allées boueuses. Elle n'avait qu'un petit imperméable sur le dos, notre Lisotchka : elle a dû se croire à Sydney. Elle était gelée. Je regardais son mouchoir trempé, le blouson sali de Sonia et le flacon d'alcool de menthe qu'une vieille dame tendait à Véra. Moi, je ne vomissais pas, je ne tombais pas, je ne pleurais pas. J'ai le chagrin sec.

L'organisation de la cérémonie m'occupait tout entière, au cimetière comme à la messe. Les faire-part, les musiques, les lectures, les discours. En tant qu'aînée, j'étais responsable du bon déroulement des opérations. Mon père ne s'était chargé de rien. Même le cercueil, c'est moi qui l'avais choisi. Cas de conscience : sur le couvercle, devais-je mettre une croix ? Une croix ou pas de croix ? Grande croix ou petite croix ? Une croix, oui, puisqu'il y avait une messe ; il ne fallait pas choquer le curé. Mais le modèle le plus discret ; il ne fallait pas choquer Véra.

Pour l'ultime étape le corbillard était en retard : les croque-morts, eux aussi, avaient arrosé le deuil en chemin ; après quoi, bien sûr, ils s'étaient perdus... Perdus entre Limoges et Saulière ! Le caveau était ouvert — le cantonnier avait fait son travail —, mais on ne pouvait même pas disposer les fleurs « en attendant » : les gerbes qui avaient orné la cathédrale étaient dans la camionnette des pompes funèbres. Par-dessus le marché, la neige commençait à tomber !

Malgré moi, j'ai pensé qu'à Cancale il n'aurait pas neigé, qu'à Cancale les « services funéraires » sont moins bêtes, qu'à Cancale la direction du

cimetière est sûrement indiquée sur les panneaux routiers : pourquoi avions-nous forcé la
main à Papa ?... Car il avait fallu, trois jours
plus tôt, régler le problème délicat du caveau.
Notre mère avait toujours dit qu'elle rejoindrait
ses parents dans la tombe ; or, notre père avait
eu également des parents, en Bretagne ; lesquels
jouissaient eux aussi d'une tombe spacieuse
— avec, en prime, « vue sur la mer ». Quand
Maman, encore en bonne santé, lançait devant
Papa, encore en activité : « On m'enterrera avec
Micha ! — Et moi ? disait Papa. — Mais je ne
compte pas t'abandonner ! répliquait Maman.
Il reste deux places dans le caveau de Saulière :
je t'y mettrai. — Merci beaucoup ! Avec dix ou
douze pékins que je ne connais ni d'Ève ni
d'Adam ! (il faut dire que les caveaux creusois
sont des caveaux de maçons : les dernières
demeures, ici, sont plus vastes que les maisons —
notre trisaïeul, compagnon terrassier et père du
cafetier, n'avait épargné ni sa sueur ni le ciment).
J'ai une tombe à Cancale, poursuivait Papa, dans
un cimetière charmant, il m'y reste quatre
places : pourquoi n'irions-nous pas là-bas ?
Parce que moi, j'en ai plein les bottes du plateau
creusois ! Ou bien, tiens, prenons une concession
ici, dans la vallée, au cimetière de Cleyrac...
— Tu veux rire ? Avec quatre places à Cancale
et deux à Saulière ? Tu as gagné au Loto, ou
quoi ? »

Finalement, à l'issue d'un bref débat, notre

père, survivant magnanime, avait accepté de laisser Olga rejoindre son Micha.

« Mais après ? lui avait demandé Sonia d'une voix timide.

— Oh, après, vous verrez bien, mes enfants ! Je vous laisserai des instructions détaillées. Promis !

— Pour la Toussaint, ce sera commode, avait conclu Véra. Un à Saulière, l'autre à Cancale ! »

Maîtresse de cérémonie, je ne savais plus comment, en l'absence du « corps » et des fleurs, occuper la foule qui se pressait pour *la fille à Micha* : cousins du plateau, anciens du maquis, vieux de la vieille. Chez nous, les enterrements sont des réjouissances : depuis la disparition des foires, les occasions de se rassembler deviennent rares ; les bistrots ont fermé ; et le sapin ayant remplacé partout la bergère et ses moutons, l'homme ne croise plus son semblable qu'entre deux tombes. Même à la fin décembre donc, et sous la neige, « on vient » : à trente kilomètres à la ronde, les artisans abandonnent les chantiers, les commerçants baissent leur rideau — « Fermé pour cause d'enterrement ».

À tous ces gens il faut bien donner un peu de spectacle. Autour du caveau ouvert je fis rassembler les bouquets apportés directement au cimetière par les anticléricaux ; pendant ce temps, deux de mes fils s'échinaient sur leurs portables pour retrouver le fourgon — mais la communication passait mal : les téléopérateurs refusent d'installer des relais pour desservir une population en voie de disparition. Ni TGV, ni mobiles, ni haut débit, plus de bureaux de poste, de gares routières, d'écoles, le plateau s'enfonce dans la nuit... « J'ai réussi à les capter pendant cinq secondes ! me glissa Marc, j'ai cru comprendre qu'ils avaient encore un bon quart d'heure de route. » Pour faire patienter le public, je « lançais » les poèmes de nos enfants, revus avec eux la veille dans la maison de Cleyrac. Fond musical assuré par un lecteur à piles. Lisa pleurait. Véra, livide, fermait les yeux. Fabrice soutenait Sonia... Mais le corbillard n'était toujours pas là !

Maintenant, il neigeait dru. Je dus donner la parole au président des médaillés de la Résistance, un vieillard tricolore un peu déconcerté d'avoir à évoquer une disparue dont le corps s'était évaporé. Pourtant, il parla bien de cette Olga que nous n'avions pas connue, petite combattante de l'ombre, farfadet des taillis, mascotte des FFI. À son tour, le maire rappela la « haute figure de Micha », ce Russe devenu si creusois, rebelle généreux, révolutionnaire joyeux. C'est alors que je me suis souvenue que Micha voulait appeler sa fille Volga. Sa « Volga » n'était pas allée bien loin, finalement ; elle terminait son cours à deux cents mètres de l'endroit où elle était née. Pas pu quitter sa source...

Le maire avait déjà passablement étiré l'hommage à notre grand-père quand, au soulagement de tous, les pompes funèbres firent leur apparition. Branle-bas de combat : les gerbes qu'on apportait de la cathédrale étaient si nombreuses — rouges, roses, jaunes — qu'elles recouvrirent bientôt les dalles voisines, jusqu'au mur d'enceinte du cimetière. Neige. Ciel blanc. Sol blanc. Veloutés comme une nuit d'été. Et, au milieu, le bouquet géant de ce feu d'artifice.

Le reste de la cérémonie se déroula dans l'ordre prévu. Je n'avais pas eu le temps de m'attendrir beaucoup. Quand nous étions entrés dans le cimetière pour nous regrouper autour du caveau, j'avais pensé « zut, le corbillard est en retard ! » ; puis, quand le cercueil fut installé sur les tréteaux, les couronnes réparties sur les tombes voisines, j'ai pensé « enfin ! mais le corbillard était en retard » ; et quand, dans un grand raclement de cordes, Maman descendit au fond de sa fosse et que nous reçûmes les condoléances dans la grande allée, je pensai : « Parfait. Dommage que le corbillard... »

22.

La maison de Maman est vendue. Papa a vendu la maison de Maman — forme active. On croirait un exercice de langue ; mais c'est d'abord un exercice spirituel : l'apprentissage du détachement.

Il nous a communiqué ses intentions dès que nous sommes rentrées du cimetière. Dans la maison de notre enfance (« à l'orée d'un bourg, gde mais. 19ᵉ, jard. 7 000 m², C.C. au bois, travx à prév »), Véra avait organisé pour la famille un buffet léger : chacun avait des horaires à respecter — train pour Paris, correspondance pour Lausanne, vol pour Londres, long-courrier pour Sydney ; on mangeait sur le pouce ; les repas de funérailles ne sont plus ce qu'ils étaient.

Lisa et moi buvions un vin chaud, Sonia nous a rejointes avec sa bouteille de Contrex, elle puait le bonbon mentholé : en somme, elle voulait nous faire savoir qu'elle avait victorieusement rééquilibré son yin et son yang... Je l'ai prise par le cou. Ma Sonietchka si fragile et si forte. Notre père s'est approché du groupe ; d'un geste vague il a montré la pièce autour de lui : « Je ne vais pas pouvoir rester là-dedans. Tout seul ! Je verrais votre mère partout... » C'était vrai, sans doute, et la femme qu'il retrouverait dans cette maison vieillie par six ans de maladie, ce serait l'agonisante et non la jeune beauté en robe-bustier qui l'attendait sur le pas de la porte pour lui « refiler », dans un baiser, un noyau de cerise...

Tout en mangeant des canapés au saucisson, il nous a donné d'autres raisons, très raisonnables. À son âge, mieux valait renoncer aux maisons, avec leurs escaliers, et préférer les petits appartements de plain-pied ; avec chauffage collectif, code d'accès, volets roulants et salle d'eau ; plus de baignoire surtout ! Pour son avenir, il rêvait d'un bac à douche. Il fallait aussi savoir quitter à temps le rural et le suburbain pour s'installer « en ville » : un jour, il ne pourrait plus conduire ; or, on a besoin, en vieillissant, des restaurants, des librairies, des cinémas — et même, pourquoi ne pas l'avouer ?, des pharmacies...

« J'ai l'intention de vendre : je suppose qu'aucune de vous n'a envie de s'installer ici ? Véra habite Saint-Léonard, qui a tout de même plus de charme que ce patelin ! Et puis, elle a fait construire... Toi, Lisa, je ne t'en parle pas, hein ? Katia, comme campagne tu as le moulin — qui garde ta préférence, j'imagine ?

— Euh... À brûle-pourpoint, comme ça... Le moulin est dans la famille depuis plus longtemps, oui, et il date du XVIᵉ siècle. Exactement 1533, l'année de la naissance de Montaigne...

— Pour une littéraire, c'est important, en effet... (Il se moquait, mais sans méchanceté. Très allègre, comme veuf.) Et toi, Sonia, tu te rends compte, je pense, que la maison te donnerait trop de soucis sur le plan matériel ? »

Encore une fois, c'était joliment dit. Avec tact : Maman aurait été plus « carrée ». Si, en plus, le père faisait maintenant miroiter à Sonia la possibilité de toucher quelque chose sur la vente... Non, il ne faisait rien miroiter : « Bien sûr, je ne veux pas redevenir propriétaire. À l'âge que j'ai !... Je prendrai une location. Mais puisque la maison était mon bien propre, je placerai l'argent de la vente, ce qui me procurera un petit revenu. Pour retrouver le capital, vous devrez attendre ma mort. Mais j'espère ne pas vous faire trop languir, mes pauvres cocottes. D'ailleurs, la vie sans votre mère... Elle tenait tant de place ! » Soupir.

En tout cas, c'était un coup dur pour Sonia, que Papa venait déjà de priver d'un complément de ressources régulier. Plus de toit de secours, maintenant, et pas de capital. À ma Sonietchka aux yeux tendres, mon nounours, mon vieux chiffon, je glissai que, lorsqu'elle aurait une fin de mois difficile, nous verrions ce que nous pourrions faire, Véra et moi : après le deuxième avertissement de sa patronne, elle risquait, en effet, de renouer avec le chômage.

Depuis que Papa nous avait dévoilé ses intentions, Lisa avait l'air *sous le choc*, comme on dit à la télévision. Lisa était *sous le choc*, et Véra, sitôt qu'elle saurait, serait *en colère* : personne n'était plus attachée que ma « jumelle » à la maison de Maman — propriété de Papa. Quant à moi, j'étais surprise, mais pas étonnée ; surprise de la rapidité avec laquelle avançaient les choses, mais pas étonnée, au fond, des choix de Papa. Curieusement, c'est Sonia — toujours « à côté de ses pompes » selon Véra — qui s'est ressaisie le plus vite :

« Si tu veux que je te cherche un logement à Limoges, je peux regarder dans les agences...

— Merci, ma petite fille, mais je suis assez grand pour m'en occuper moi-même.

— Oui, reprit Sonia, et d'ailleurs tu ne veux peut-être pas du tout que ce soit à Limoges ?

— Je ne te cacherais pas que Limoges, j'en ai soupé... Votre grand-père avait beau prétendre qu'il n'y a rien de plus central en France que la gare de Limoges — je lui ai même entendu dire que c'était le plus grand port du monde ! —, bon, moi, à Limoges, j'ai beau humer, je ne sens pas l'odeur du varech.

— Donc, tu t'installes au bord de la mer... Dans l'Ouest, sûrement ?

— Mon Dieu, fit Papa sur un ton de chattemite, je suis breton, après tout... »

Cette fois, oui, j'étais *sous le choc*. Même si je sais depuis toujours que notre père vient de

Saint-Servan, qu'il a fait ses études à Saint-Malo et qu'il a une tombe à Cancale... Ma première pensée fut pour les peintres de marines d'Auvergne et du Limousin : qu'allaient-ils devenir ? Deuxième question : comment Sonia avait-elle pu deviner, pour « l'Ouest » ? Car enfin, elle n'avait pas l'air bouleversée. Troisième flash : Lisa est née ici, dans la chambre du premier étage, elle perd sa maison natale. Quant à la quatrième pensée, je la formulai à voix haute, à mesure qu'elle me venait : « Mais Papa, si tu veux vivre en ville, pourquoi pas Paris ? Tu pourrais habiter près de moi et de quatre ou cinq de tes petits-enfants. Sans compter que, pour tous les autres, ce serait plus facile : Fabrice, à partir de Lausanne ; Jérémie, depuis Londres ; et même Lisa... » Lisa m'a coupé la parole avant que j'aie eu le temps de développer : « Laisse tomber, Katia. Avant la maladie de Maman, Papa n'avait pas l'habitude de nous fréquenter. Il veut reprendre sa vie de globe-trotter, il rencontrera ses filles une fois par an — comme d'habitude... »

L'arrivée de Muguette Glorieuse, que Véra avait conviée à notre « pot d'enterrement », fit une heureuse diversion. Pour honorer la défunte, elle avait mis un boubou fleuri sous son anorak fourré. Elle était monumentale. Tout en s'empiffrant de sandwichs au pâté, elle nous parla du « monsieur » qu'elle gardait maintenant à Bourganeuf : « Pas du tout comme votre maman... Un méchant, ouille ! Et il ne veut pas mourir, celui-là ! Il s'agite, ha... En plus, le pauvre, il est raciste. — Oh ! fit Véra qui suivait Muguette avec les provisions de bouche (un plateau chargé de sandwichs au fromage et de petits-fours). Mais vous n'avez pas à tolérer des propos racistes, Muguette ! Signalez-le à l'association qui vous emploie, demandez à changer de place... — Mais non ! Ce n'est pas grave, dit Muguette de son ton chantant. Chez nous non plus, au Cameroun, les vieux n'aimeraient pas être soignés par quelqu'un d'une autre tribu, ah ça non ! "Sorcière ! Marabouteuse !" Ils sont tous pareils, ces vieux, ils voudraient leur vie d'avant, de quand ils étaient petits : ils réclament leur maman... Une jeune maman noire pour un vieux monsieur blanc, cherchez l'erreur ! » Et elle rit.

Le marché de l'immobilier est « soutenu », même dans le Limousin : un mois après l'enterrement, notre père nous a annoncé qu'il avait signé un compromis de vente, avec des Anglais. Les acheteurs commenceraient les travaux en avril. Il fallait vider la maison avant le printemps. D'ici là, il s'installerait chez Véra, entre deux voyages vers « l'Ouest » où il cherchait activement un point de chute.

Nous sommes chargées de défaire notre maison d'enfance, pièce par pièce. Depuis six ans, elle était mal chauffée, mal éclairée, mal aimée, vide d'odeurs et de sons, mais entière : il nous reste à la mutiler, la désosser de la cave au grenier, avant d'en disperser les morceaux.

Décrocher les sous-verre, dépendre les rideaux, regrouper les lampes, démonter les lits, vider les armoires, rassembler les cache-pots : un travail qui révèle l'envers du décor. Rien, ici, n'a de valeur, nous le savions, et nous le vérifions : c'était la maison d'une pas-bien-riche qui avait « de l'or dans les mains » et le sens de la déco. Chaque pièce semblait chaleureuse, lumineuse, de bon goût, mais pas un meuble, pas un objet qui n'ait été rafistolé ! Notre mère achetait dans les brocantes et les vide-greniers, récupérait dans les granges en ruine et même sur les trottoirs. Après quoi, avec talent, elle recollait, reclouait, repeignait, recousait : l'ensemble était original et charmant. Mais en y regardant de près, nous voyons les vases fêlés, les barbotines ébréchées, les couverts dépareillés et toutes ces tables qui boitent, ces pendules qui n'ont jamais sonné !

Pire : il y a, dans cette bimbeloterie, un tas d'horreurs. Maman, qui n'avait guère fréquenté l'école et jamais aimé les musées, était capable d'accrocher côte à côte une authentique gravure du Grand Siècle et une reproduction médiocre découpée dans un magazine. Sans parler des pots de yaourt décorés par ses petits-enfants !

Pourtant, aussi longtemps qu'elle a habité — pleinement habité — cette maison, tout se tenait : le beau, le laid, le flambant neuf et le discrètement bancal formaient autour d'elle une ronde joyeuse ; les fleurs du jardin et les plantes exotiques, les parfums d'encens et de confiture, le crépitement d'une flambée achevaient d'unir les disparates. La maison chaude prolongeait le corps de Maman, la maison claire était sa plus belle robe et tournait, tournait comme une jupe-corolle quand Maman dansait.

Comme elle a aimé danser ! Aimé vivre et aimé danser. Dès que la radio diffusait un air qu'elle aimait, elle lâchait sa couture, abandonnait ses marmites et s'élançait, seule, au milieu de la cuisine ou du couloir, pour valser, swinger, be-boper. Parfois, le temps d'un rock, elle s'emparait de la plus jeune d'entre nous : « Allez, en rythme ! Bouge-toi ! Plus vite ! » Elle riait, « Non, pas comme ça ! », elle riait, « C'est pas la bourrée ! Oh là là ! Viens lui montrer, Véra ! », elle riait, et nous lâchions nos livres, nos cahiers, pour danser toutes autour d'elle.

À ses petits-fils aussi, plus tard, elle a appris les pas, les figures, la joie des cadences, du mouvement, elle adorait faire danser les bébés : tenus serrés dans ses bras, bien en sécurité contre son corps, ils tournoyaient avec elle sur des airs endiablés.

« C'est drôle, dis-je à Sonia en emballant le magnétoscope de nos parents, je n'ai pas retrouvé les disques de Maman. Tu sais, ses vinyles... Elle avait une collection de musique de danse fabuleuse ! Toutes les années cinquante, cha-cha, mambos, bambas, Sidney Bechet. Et les années soixante ? Les twists, les jerks, Dave Brubeck ! Même les années quatre-vingt : tu te souviens de sa collection disco ?

— Papa a dû tout jeter quand elle est tombée malade. Ils n'avaient plus de platine pour écouter ces machins-là. Et puis le rock et Papa, tu sais !

— C'est dommage. J'aurais bien aimé...

— Tu trouves qu'on n'a pas assez de collections à ranger ? »

Oh si, des « collections », Maman en a laissé derrière elle ! Elle collectionnait tout et n'importe quoi : « Une bibelotière ! » ronchonne Papa.

Dans une lettre adressée autrefois à Lisa, elle nous avait demandé de partager entre ses petits-fils « ma collection d'œufs peints, ma collection d'éventails, ma collection de mazagrans, ma collection de tabatières, ma collection de vieux stylos, ma collection d'épingles à chapeau »... Nous trions, divisons, faisons des lots — chacun des huit garçons recevra quatre épingles à chapeau. Que fera de quatre épingles à chapeau un jeune homme du XXIᵉ siècle ?

N'importe : il faut partager, et disperser ce qu'elle a mis toute une vie à rassembler... Sacs-poubelle, cartons, papier bulle, arrache-clous, tournevis : nous détruisons la maison de Maman.

En triant les vêtements usés, les batteries de casseroles et nos vieux jouets, je me réconcilie avec Véra. Depuis la mort de Maman, elle se laisse fondre. Disparu le caporal qui me donnait ses ordres par téléphone ! Aujourd'hui Véra ne pince pas les lèvres, elle sourit : elle n'ordonne plus, elle donne. Dans les partages, elle ne demande rien. Elle a cette indulgence amusée d'une grande personne qui regarde des enfants se disputer un sac de billes...

Elle m'a laissé notre lit de petites filles, celui où nous avons dormi ensemble jusqu'à l'âge de douze ans, et la bague de Mémé Solange, une turquoise que ma grand-mère m'avait promise quand j'avais huit ans. Je suis contente... Bien sûr, je ne sais pas quoi faire du lit, que je reléguerai dans le grenier du moulin ; ni de la bague, que je ne peux plus passer : elle finira dans la table de chevet.

Je suis trop grande pour le lit d'enfant, trop vieille pour la turquoise... Mais quelqu'un de très petit et de tout jeune en moi s'émerveille de ces trésors et éprouve, à l'égard de Véra, une gratitude infinie.

« Papa a trouvé un appartement ! Et devinez où ? Au Havre !

— Au Havre ? Mais il cherchait en Bretagne ! »

C'est un week-end ordinaire, que je passe à Cleyrac comme au temps de la maladie de Maman : si la maison est la deuxième peau d'une femme, nous sommes en train d'écorcher son cadavre... Lors d'une séance d'emballage, donc, Véra nous annonce la nouvelle de l'installation de Papa. Elle ne comprend pas, pour Le Havre : « Il a déjà signé le bail. Un studio. Dans un immeuble sur le port... Bon, c'est vrai que depuis sa retraite il y allait de temps en temps, au Havre. À cause de cette association de capitaines marchands qui a son siège dans le coin... En tout cas, il m'a dit qu'il restait encore quelques jours là-bas pour les démarches administratives — eau, électricité, etc. Il gardera peu de meubles de Cleyrac : son studio est trop petit. Bonne nouvelle, par contre : il va s'acheter un portable ! Pour l'instant, il m'a donné le numéro de son hôtel...

— Tiens, fit Sonia en regardant le bout de papier, c'est le même numéro que Vulcania...

— Vulcania ? Près de Clermont ? Tu plaisantes : l'Auvergne, c'est 04 !

— Pas l'Auvergne de Papa... Il reste fidèle à ce numéro-là. Même quand il va à Bordeaux ou à Toulon, il garde ce "fixe"... Ah, il a de l'avance sur la technique, le paternel !

— Qu'est-ce que tu veux dire ?

— Rien, ma grande, chacun vit comme il veut. Ou comme il peut. Je t'adore, va ! »

Elle avance ses lèvres dans le vide, comme pour un baiser. Elle a bu. Et le pire, c'est qu'elle s'en fout ! Plus de Contrex, pas de grains de café : son regard est flou, son haleine chargée. Tout à l'heure, elle a laissé tomber une lampe. Et

elle vient de se faire virer de l'institut de beauté !
Comme esthéticienne sur Limoges, elle est gril-
lée. Une amie de Véra lui cherche quelque chose
à Vierzon...

Le soir, j'ai parlé à mon fils Marc de l'installation prochaine de son grand-père au Havre et
des curieux propos de Sonia. Une demi-heure
après, il me rappelait. En faisant marcher un service d'« annuaire inversé », il pouvait me dire que
le numéro laissé par mon père n'était pas celui
d'un hôtel, mais d'un particulier. Une particulière, plutôt, dont le prénom — Monique —
aurait autorisé le service consommateurs de La
Redoute ou des Trois Suisses à penser que la
« cliente » était née avant 1950.

Notre veuf joyeux a une liaison. Commencée,
si Sonia dit vrai, avant son veuvage. Le veuf
joyeux est adultère. Adultère mais excusable. Il a
dû rencontrer cette femme un ou deux ans après
la première opération de Maman, il avait besoin
de se changer les idées ; je l'imagine au banquet
annuel des capitaines marchands : la dame, que
le hasard a placée près de lui, est veuve de fraîche
date, très distinguée, elle connaît bien les bateaux,
elle vit sur l'ancien port, ce Bassin du Commerce
qu'il aime tant, elle l'invite à prendre un verre
chez elle... Pendant la longue agonie de Maman,
il est allé trois ou quatre fois chercher du réconfort au Havre. Maintenant les deux vieillards
rapprochent leurs solitudes, et s'il n'en dit rien
encore, c'est pour respecter les convenances, le

« délai de viduité »… J'ai décidé de garder l'information pour moi jusqu'au moment où il nous en parlerait lui-même : pour l'instant, Véra serait peinée, Lisa, outrée. D'ailleurs, nous avons du travail : Papa s'en va, et les Anglais vont arriver.

Je me suis chargée des placards de la cuisine. Beaucoup de vieilleries à jeter.

Nos parents avaient commencé dans la vie sans une petite cuillère. Leurs biens péniblement acquis, ils les conservaient comme des louis d'or et les défendaient sans mollesse : pas question qu'un enfant casse un pied de chaise en se balançant, un vase en courant, une vitre en jouant. Nous traversions la maison sans déplacer d'air, ne touchions aux trésors de Maman qu'avec les yeux, ôtions nos chaussures avant de marcher sur les tapis. Nous avons été élevées dans le culte des objets. Pas le respect : le culte.

À mes fils, j'ai inculqué les mêmes principes : j'avais tellement peur que les choses meurent avant moi ! Quand mes quatre garçons se bagarraient, leurs plaies et bosses ne m'inquiétaient guère ; je craignais seulement qu'ils renversent une lampe, fracassent une bonbonnière ou un cache-pot — auquel cas, quadruple fessée, confiscation des tirelires, et sermon : «Tu vois, ce petit ange doré que tu viens de tuer : il était né sous Louis XV. Il avait survécu à la Révolution, ce qui n'était pas facile pour un ange ! Survécu à la guerre de 14 : pas évident pour une porcelaine ! Et survécu à la Seconde Guerre mondiale. Trois siècles qu'il survivait ! Et puis, il t'a rencontré... » Mes fils, honteux, épargnaient mes dieux fragiles.

C'est en vidant les placards de cuisine que j'ai compris ma sottise : Véra m'avait chargée d'emballer (pour qui, Seigneur ? pour Sonia ?) deux douzaines de couverts en Inox terni et des assiettes dont Maman ne se servait plus qu'avec Papa ; quand nous venions déjeuner, notre mère mettait la table dans la salle à manger et sortait son « beau service » — de la porcelaine de Limoges, soldée à Cleyrac.

Les assiettes « ordinaires », que je ne voyais plus depuis longtemps, je les ai tout de suite reconnues : un petit service fleuri en faïence commune que Maman avait gagné avec des bons d'épicerie. Assiettes sans valeur ni beauté qu'on mettait déjà, dans mon enfance, « à tous les jours » et toutes les sauces. Pourtant, sur l'étagère, il en restait onze : cinq plates, six creuses. Près de la moitié de ces assiettes que personne ne ménageait avaient résisté ; et elles étaient encore là, vieilles, moches, quand ma mère n'y était plus ! Mes yeux se dessillèrent : la longévité d'un service de faïence est scandaleuse.

Je ne chinerai plus.

Quand nous avons partagé les bijoux, Sonia n'était pas là : elle venait de se fouler la cheville en tombant d'un trottoir. Lisa, qui était revenue d'Australie pour les derniers partages (elle a perdu un procès imperdable, son grand combat « aborigène », ses confrères et la presse l'ont critiquée, elle n'a pas l'air gai), Lisa, en apprenant le petit accident de Sonia, a levé les yeux au ciel en soupirant. Nous sommes convenues de laisser à l'absente quelques « pièces » qui valaient cher ou lui seraient chères : un bracelet en or assez ancien, le collier que Maman portait au moment de sa mort, et l'améthyste que Papa lui avait offerte pour leurs quarante ans de mariage.

« Vous savez ce qu'elle va en faire, Sonia, de l'améthyste ? a grondé Lisa. Et du collier aussi ! Vous le savez ? — Oui », dit Véra. J'ai ajouté : « C'est son affaire, n'est-ce pas ? »

Pour le partage des meubles, et la répartition des objets que Papa n'emporte pas au Havre, Lisa n'est pas aussi généreuse que Véra, ni aussi détachée que Sonia. Bien qu'elle n'ait jamais été intéressée, elle veut tout, demande tout.

Elle fait des lots, les défait, elle troque, négocie, s'emporte, comme si nous parcourions une foire à la brocante : « Ah non, si tu prends le fauteuil jaune, je rajoute à mes chandeliers les deux petits chromos et la théière ! » « Il est beau, ce miroir. Il était dans ta chambre, je sais, mais ce n'est pas une raison. Si je te le laisse, tu me rends la pendule. » De marchandage en marchandage, elle finit même par se faire attribuer toutes nos poupées ! Sans doute ne se console-t-elle pas d'avoir autrefois perdu son « Nicolas »...

Sans parler des broutilles dont nous découvrons que Maman les avait étiquetées pour elle : chaque fois que, pour un anniversaire ou un Noël, Lisa avait offert à Maman une petite boîte ou une gravure, Maman avait collé, au dos, une petite étiquette de provenance : « Offert par Lisa. » Les présents des trois autres, que nous reconnaissons aussi parfois dans un « lot », n'ont pas bénéficié de la même attention : ils étaient sans doute moins bien choisis... D'après Lisa, Maman souhaitait qu'elle pût reprendre, à sa mort, tous ses cadeaux. Nous ne discutons pas cette interprétation : elle semble évidente.

« Mais où vas-tu mettre tout ce bazar ? » lui a demandé Sonia. Nous supposons en effet que les vieux couvre-pieds et les cendriers en céramique n'iront pas aux antipodes... Quant à sa fermette de Morterolles, à dix kilomètres du moulin et quinze de la « maison de Maman », elle n'est pas extensible. C'est pourtant dans ces trois pièces qu'elle prétend entasser son butin : « Tout y loge », nous assure-t-elle.

Je l'aide à y transporter un chargement de chaises et je reste abasourdie : tout ce qui est accrochable sur un mur a été accroché — à touche-touche ! Tables et commodes croulent sous les bibelots, et les vieilles tommettes disparaissent sous les carpettes brodées par Maman.

« Ma pauvre, dis-je à Lisa, cet été tu vas en avoir des choses à ranger !

— Non, j'ai fini, tout tient très bien, tu vois. (Et elle entreprend une visite guidée.) Là, c'est la tasse en porcelaine que Maman m'a donnée pour mon brevet, et là, au-dessus de notre lit, mon diplôme du bac, qu'elle avait encadré elle-même. Ici, tu reconnais le dessous-de-plat à musique que je lui avais acheté pour une fête des mères. Ça, c'est les petits chromos des saisons : on les avait chinés ensemble, elle et moi, à la foire de Chéniers. Juste en dessous, sa lampe de chevet années vingt et sa grosse casserole en cuivre. J'ai même réussi à replacer ses icônes ! Si, je te jure ! Bon, je ne raffole pas des bondieuseries, tu le sais, et puis ce ne sont pas des icônes anciennes : Maman les avait rapportées de Russie, la seule fois où Papa a pu l'emmener en voyage. Ce coup-là, elle avait accepté parce qu'elle voulait "connaître le pays de Micha", tu te souviens ? Leningrad par la mer, puis Moscou, Kiev, Odessa... Elle avait repassé le Rideau de fer chargée comme un baudet : châles à fleurs, plateaux peints, poupées gigognes, petites boîtes en papier mâché, et ces évangélistes tout neufs reproduits sur du vieux bois... La pauvre, le poids qu'elle transportait ! Eh bien, dans ma cuisine, j'ai démonté deux de mes placards Lapeyre : les quatre icônes logent pile au-dessus de mon évier, génial, non ? Et regarde, regarde aussi comment j'ai arrangé ma salle de bains :

oui, c'est la vieille baratte de Mémé, et ta petite chaise de bébé... »

J'ai compris ce que William, toujours flegmatique, avait voulu dire la dernière fois que je l'ai conduit d'Austerlitz à Roissy : « Ta sœur va me faire passer les vacances prochaines dans un sarcophage. Non, pas sarcophage : "mausolée". That's it ! Ma maison de la Creuse, il faut que je n'y touche plus, c'est un mausolée ! » Et je sais aussi pourquoi Lisa revendique la moindre breloque, s'empare des colifichets : elle ne veut pas ces objets, elle veut Maman — Maman tout entière, et toute à elle... « Elle n'a pas encore fait son deuil », me dit Sonia qui, un pied dans le plâtre, psychologise gravement entre deux gorgées de J & B.

23.

Lisa a refermé son mausolée privé et emporté la clé en Australie ; Papa surveille les travaux d'aménagement de son studio, au Havre ; Sonia, qui ne se déplace plus qu'avec des cannes anglaises, ne sort pas de son HLM. « Ni de son chômage ! » fulmine Véra. C'est seule avec ma « jumelle » que j'attaque les penderies du *dressing* — terme noble pour désigner, au premier étage de la maison de Cleyrac, le débarras sans fenêtre au bout du couloir. Nous trions les vêtements de Maman. Aucun des ensembles « jeunes et chics » que notre mère ne mettait plus depuis six ans n'a tenu le coup ; les tissus des petites boutiques parisiennes — cent pour cent viscose, élasthanne première qualité, triacétate garanti — vieillissent sans être portés : sur les cintres en fer du teinturier, des chemisiers quasi neufs ont l'air ridés et les robes de l'été 99 pleurent du col aux ourlets ; le synthétique *infroissable* s'est fripé dans la masse, ligneux comme du bois dur.

« *Infroissable !* Ce qui fait qu'on ne peut même

pas le repasser ! Fourre ces guenilles dans les valises en toile, pour la Croix-Rouge...

— Qu'est-ce qu'ils en feront ? s'interroge Véra, pas un SDF n'en voudrait... Et pourtant, sur Maman, c'était très chouette, souviens-toi : ce petit tailleur-là, tiens, c'était l'année du *fuchsia*. J'en ai porté, moi aussi. Est-ce que c'est déjà si loin, l'année du *fuchsia* ? »

Avant-hier soir, en finissant de vider le placard à chaussures, j'ai mis la main sur une enveloppe, au fond d'une boîte où Maman gardait ses collants filés (qui peuvent servir sous un pantalon — pourquoi gaspiller ?). Suscription en lettres capitales : « DERNIÈRES VOLONTÉS ».

« Tu savais, fis-je, étonnée, que Maman avait laissé un testament ?

— Non, fais voir : ça doit être des instructions pour le caveau... Bizarre, quand même ! Pourquoi est-ce qu'elle ne m'en a pas parlé ? »

Machinalement, j'ai tendu l'enveloppe à Véra : n'est-elle pas notre *parent référent* ? Elle l'a ouverte, et s'est effondrée.

Comme Véra ne pleure pas souvent, c'était bouleversant : ses larmes coulaient comme du sang — une hémorragie. Elle pleurait comme elle avait vomi au cimetière. Elle haletait de douleur.

Je lui ai repris la lettre. Écriture ferme de notre mère, son écriture « d'avant » : *Aujourd'hui, saine d'esprit et en parfaite connaissance de cause, je supplie mes enfants et les médecins de ne pas me laisser souffrir vainement en prolongeant des traitements inutiles. Je ne veux pas devenir cette malheureuse chose qui n'a plus rien d'un être humain. Lorsque j'en manifesterai le désir, au bout de ma résistance, qu'ils entendent ma prière : aidez-moi à mourir dignement... s'il faut mourir !*

Entre deux sanglots Véra murmurait : « Ce papier... Si j'avais eu ce papier... Oh, la pauvre ! Elle a cru que je la trahissais... Dès le début, après la première opération, je lui avais promis de... de trouver, quand il faudrait, quelqu'un, quelque chose... mais "ils" réclamaient tous un papier, un papier signé d'elle, et je n'avais rien. Rien... Oh, Katia, si seulement !... Sa colère, à la fin, sa colère, c'était à cause de moi, contre moi... »

La voilà donc, l'explication ! Le pourquoi de l'entêtement de ma sœur à nous laisser seules, nous les filles, avec Maman. À refuser l'assistance à domicile, refuser l'hospitalisation, refuser les « étrangers » et les regards indiscrets : elle avait promis...

Assise par terre au milieu des escarpins et des espadrilles, ce soir-là Véra pleurait comme on saigne. Moi, je ne pleurais pas. C'est la vieillesse — atrophie des glandes lacrymales, dessèchement de la cornée :

« Entre nous, Maman l'avait bien caché, ce "permis de tuer"... Si bien caché que personne n'aurait pu le trouver ! Au milieu des collants filés, tu penses ! Si elle avait souhaité que tu

315

l'aies, Vérotchka, elle t'en aurait parlé ou elle l'aurait laissé en évidence, sur sa table de chevet... Et puis *Dernières volontés*, quel drôle d'intitulé ! Si tu étais tombée par hasard sur l'enveloppe, avec cette formule-là, tu l'aurais ouverte ?

— Non, pas de son vivant... Non, j'aurais cru qu'elle y parlait de sa tombe... ou de la cérémonie... ou peut-être (à travers ses larmes, elle souriait presque) du partage de ses épingles à chapeau ? »

Je lui ai tendu mon mouchoir et j'ai passé mon bras autour de ses épaules, comme au temps où elle était plus petite que moi. La lettre restait posée sur le placard à chaussures, devant nous. Véra avait encore les yeux trop mouillés pour la relire, mais je pouvais l'aider : « Tu n'as rien à te reprocher, mon chat : non seulement Maman a caché sa lettre deux fois — derrière ses collants et derrière un "titre" inadapté —, mais ses *volontés*, que nous ne connaissions pas, nous les avons respectées. Écoute, je vais te faire une explication de texte. » Mon côté bonne élève reprenait le dessus : « Je te propose un mot à mot : elle demande de ne pas la *laisser souffrir vainement en prolongeant des traitements inutiles* — or, personne n'a pratiqué sur elle d'acharnement thérapeutique. Pendant les quatre dernières années elle n'a eu que des traitements de confort, antalgiques, morphine. On ne l'a ni perfusée ni nourrie par sonde. D'accord ? Jusque-là tu me suis ? Bon, je continue : *Aidez-moi à mourir dignement*... Mouche-toi,

Vérotchka, oui, je sais que cette phrase est la plus terrible. Quand on a vu son... son agonie, cette phrase... et aussi la *malheureuse chose qui n'a plus rien d'un être humain*, je sais... Mais, Véra, cet *aidez-moi à mourir dignement* est précédé d'une proposition circonstancielle, attention ! Une circonstancielle de condition : *Lorsque j'en manifesterai le désir, au bout de ma résistance.* Ce désir, quand Maman l'a-t-elle manifesté ? Depuis deux ou trois ans, quand ? Jamais ! Au contraire : en entrant à l'hôpital, en "soins palliatifs" — "palliatifs" : nous savons ce que parler veut dire, et elle aussi ! —, elle m'a demandé à *guérir*. Guérir ! Et quelques heures avant d'entrer dans le coma, quel *désir* a-t-elle manifesté auprès des infirmières ? Qu'on lui apporte de l'"eau de Lourdes" ! Pas de l'eau bénite, comme l'a traduit bêtement la petite jeune fille à lunettes : de l'"eau de Lourdes", Véra ! Du miracle, quoi ! Pour guérir... Cesse de renifler, Vérotchka, mouche-toi ! Pleure tant que tu voudras, mais mouche-toi. Parce que je n'ai pas fini : entre cette imploration, *aidez-moi à mourir dignement*, et le *merci* qui précède la signature, qu'est-ce que tu vois ? Des points de suspension, suivis de trois mots qui ont leur importance : *S'il faut mourir.* Avec, en prime, un point d'exclamation : *Aidez-moi à mourir dignement... S'il faut mourir !* Écoute, ma chérie : *Si !* Encore une conditionnelle ! Quand Maman nous adresse cette lettre qu'elle ne nous a jamais donnée, elle est malade, condamnée par la médecine à brève échéance, et elle le sait... Vous aviez été claires, n'est-ce pas ? Néanmoins, la mort reste pour elle une hypothèse, juste une hypothèse : il se pourrait qu'elle n'ait pas à mourir, qui sait ? Il se pourrait que des humains, vieux et malades comme elle, échappent au sort commun. Il se pourrait que certaines gens ne meurent jamais... »

Véra a posé sa tête sur mon épaule, nous sommes assises sur le parquet côte à côte, face au tas de chaussures usées ; maintenant elle ne pleure plus, ou presque.

« Tu n'es coupable de rien : Maman souhaitait qu'on lui donne la mort quand elle serait *au bout de sa résistance* : eh bien, elle n'y est jamais arrivée ! Consciemment, jamais ! Elle avait, cancer mis à part, une santé de fer et une volonté du même métal ! »

Je replie doucement la lettre, la remets dans l'enveloppe, glisse le tout dans mon sac en essayant de ne pas déranger Véra, toujours appuyée contre mon corps, Véra qui se berce contre moi : « Notre Olga est restée jusqu'à la fin la gamine qui, à treize ans, renseignait le maquis de son père... Elle n'a pas accepté l'"inéluctable" : tu sais, l'arbitraire de la maladie, la dictature de l'agonie. Elle ne... ne pouvait pas collaborer à sa mort. »

Ma voix se casse : la vieillesse encore — quand je m'émeus, j'ai tendance à chevroter. Je poursuis d'une voix étranglée, en espaçant mes mots pour reprendre haleine : « Autrefois j'aimais cette prière que Rilke... adresse à je ne sais quel... dieu, oui, forcément un dieu, excuse-moi : *Donne-leur la mort née de leur propre vie.* C'est la mort de l'alpiniste qui... qui dévisse en escaladant l'Everest. La mort du marin qui périt en mer. J'étais furieuse parce que... parce que en somme... en somme Maman n'avait pas eu la mort née de sa vie. Pourquoi une fin si lente ? Tellement... humiliante. » Véra s'est tournée vers moi, maintenant elle secoue la tête, esquisse un sourire triste, me caresse la joue. « Tu sais, Véra, depuis que j'ai lu cette lettre, ça va mieux : elle est... elle est morte en résistante. N'a jamais pactisé avec l'ennemi. » Ma gorge s'est nouée. Je pleure, finalement. Un peu. Pour la première fois depuis des semaines. Des petites larmes. Puis des grosses. Véra m'embrasse. Je l'aime.

Quand j'étais petite, je pensais que ma sœur Véra était le plus beau cadeau que la vie m'ait fait.

Véra

La cadette revient à son naturel : silhouette de matador, mais solidité de cow-boy. Depuis que Katia lui a expliqué mot à mot la dernière lettre de leur mère, lui a prouvé que, chez l'agonisante, la rage de vivre l'avait emporté jusqu'au bout sur le désir de mort, elle se sent libérée. Du coup, le « torero » prend le taureau par les cornes et s'attaque à un nouveau chantier : tirer au clair l'histoire de leur père.

Savoir pourquoi Vulcania, dans le Puy-de-Dôme, a le même numéro de téléphone qu'un restaurant de Bordeaux ou un hôtel du Havre. Sonia, bien qu'elle ait été la première à s'interroger, se désintéresse de la réponse — peu de suite dans les idées... Lisa, du fait de son éloignement géographique, est hors jeu, naturellement. Quant à Katia, elle n'est pas du genre à gratter le vernis des apparences : « La vérité ? Pour quoi faire ? Papa nous ment, d'accord, mais il a l'âge de vivre sa vie, non ? Ça nous avancerait à quoi, la vérité ? » Pour peu qu'elle soit lancée, elle est même capable d'attirer l'interlocuteur sur le terrain philosophique ! Fuyons ces nuées. Restons sur terre où Vulcania s'appelle Monique Pellerin...

Grâce au numéro de l'« hôtel du Havre », Véra a trouvé le nom et l'adresse de la dame. Pour l'âge et la profession, elle s'en remet à « Vierzon » : dans le civil, « Vierzon » est officier de gendarmerie. Difficile à croire quand on voit l'« officier » si frêle et si blonde ! Au départ, la gendarmerie, c'était, explique la douce aux cheveux d'or, une affaire de vocation. Maintenant, c'est surtout une cause de complications : la si-belle doit vivre dans une caserne — enfin, un HLM où sont regroupés les gendarmes et leurs familles. Elle n'ose pas y recevoir Véra. *Deux femmes qui se tiennent la main, ça n'a rien qui puisse choquer la morale*, dit la chanson. La morale, non, mais la maréchaussée... *Une femme avec une femme !* Elles sont obligées d'aller à l'hôtel, et toujours en dehors du département : dans le Loiret ou l'Indre-et-Loire. Elles demandent une seule chambre, mais à deux lits. On les prend pour deux amies qui voyagent. Ou deux sœurs : la douce et pâle Vierzonnaise ressemble un peu à Lisa, la Lisa d'autrefois. Non, pas des sœurs ; plutôt mère et fille : elle paraît si jeune, la maîtresse de Véra ; après tout, elle n'a que trois ans de plus que Jérémie... D'ailleurs, quand Véra pense à Vierzon-la-blonde, elle se dit « la petite ».

Ce qui la rassure tout de même, c'est que « la petite », malgré ses airs fragiles, n'a pas froid aux yeux : une battante dans son métier et, en amour, une délurée qui prend toutes les initiatives. Ce qui n'exclut pas que, de temps en temps, la coquine ait besoin d'une « maman »... Il y a des filles comme ça, qui ne prennent pas la tangente quand la poitrine de l'« aînée » s'affaisse un peu, que sa taille s'épaissit, que son ventre est moins plat. Ces filles-là aiment la femme, toute la femme, la femme dans tous ses états. Un goût rare chez les garçons ! Eux, passé vingt ans, fuient les « vieilles ».

C'est d'ailleurs pourquoi Véra ne comprend rien aux renseignements d'état civil que « Vierzon » a réunis sur Monique Pellerin : ancienne secrétaire de direction, célibataire, installée au Havre depuis plus de trente ans, bon, mais « née le 27 juillet 1920 » ! Quatre-vingt-cinq ans ! C'est trop pour un homme de soixante-dix-sept qui vient de supporter pendant six longues années une femme malade, aigrie, dépendante, puis grabataire. Sauf s'il s'est découvert une passion perverse pour les handicapées : aurait-il, par exemple, passé une petite annonce dans *Le Chasseur français*, « Veuf allègre cherche dame en fauteuil roulant pour poussette et soins intimes » ? Non, décidément, aucun homme — encore moins un homme âgé — n'ira faire des galipettes avec une maîtresse de douze ans plus vieille que sa légitime !

« Quatre-vingt-cinq balais, la Monique Pellerin, tu vois le tableau ! » Véra s'imagine en train de raconter toute l'histoire à Katia, elle parle à Katia, rit avec elle, même si elle sait bien qu'elle ne lui dira rien de ses découvertes. « Sonietchka avait tout faux ! Le jour où elle a lu le numéro de Vulcania sur son mobile, elle ne devait pas avoir les yeux en face des trous... Et dire que nous avons soupçonné ce pauvre

Papa ! Soupçonné d'une relation coupable avec une logeuse cacochyme ! »

À moins que. À moins que Monique Pellerin n'ait une fille, une fille naturelle qui serait dans la soixantaine, une fille avec laquelle le commandant pourrait...

« Dis donc, elle n'aurait pas une fille, par hasard, la Madame Pellerin ? »

C'est un week-end loin de Cleyrac, un week-end sans pince coupante ni ruban adhésif, sans cartons ni caisses ; pour le rangement, Katia était indisponible : retenue à Paris par un macchabée du Grand Siècle qui faisait, au XXIe, un come-back médiatique inopiné.

Les amoureuses ont pris une chambre à Loches, face au château.

« Ah, on peut dire qu'on les aura visités, les châteaux de la Loire ! a ronchonné Véra en posant son sac de voyage sur son lit.

— Cause toujours, a dit "Vierzon", tu la regretteras, la Loire, le jour où ils m'affecteront à Tarbes ou à Briançon !

— Ne parle pas de malheur ! File-moi plutôt le dossier Pellerin...

— Pas la peine, je le connais par cœur. Oui, Mme Pellerin a bien eu une fille naturelle : bravo, lieutenant Le Guellec, vous avez mis dans le mille, z'aurez de l'avancement ! Mais cette fille naturelle, prénommée Anne, est morte en 1973... Trente ans de cimetière : ton père n'est pas nécrophile, que je sache ?

— Tout est possible, mon amour : je le connais si peu !

— En tout cas, la gamine est morte à dix-huit ans. Ce qui conduit un bon officier de gendarmerie à s'interroger : s'agit-il d'un accident ? d'un crime ? d'une malformation ? Car, même en ces temps reculés (Véra déteste que Vierzon-la-belle parle de 73 comme d'un temps reculé), oui, même en cette lointaine époque, les ados ne tombaient pas comme des mouches... Remarque, en lisant la fiche, j'ai eu une espèce de vision à propos d'Anne Pellerin : j'ai vu une handicapée mentale — les arriérés, comme on disait alors, n'avaient pas une longue espérance de vie...

— Eh bien, elle n'a pas dû rigoler tous les jours, Monique Pellerin. Secrétaire dans la même boîte pendant trente ans — fabrication de compresses et de pansements adhésifs. Célibataire. Mère d'un enfant "inadapté". Et coincée au Havre toute sa vie...

— Je te rappelle quand même qu'elle n'y est pas née ! Elle venait d'Ille-et-Vilaine...

— Ah ? De quel patelin, déjà ?

— Un truc qui commence par R. Comme Roland. Euh... Rothéneuf, voilà !

— Rothéneuf ? Mais c'est à côté de Saint-Servan, ce pays-là !

— Et alors ?

— Alors, mon père est né à Saint-Servan, ses parents sont morts à Saint-Servan, ils sont enterrés à Cancale, un de ses frères habite Saint-Malo, c'est beaucoup de coïncidences... On va au Havre ! Tout de suite. Je veux en avoir le cœur net... »

Véra a déjà refait les bagages, prévenu la réception, retenu une chambre à Chartres :

« En attrapant l'autoroute à Blois, on y sera avant minuit. Demain, on se lève à sept heures et...

— Merci pour la grande nuit d'amour !

— L'amour, ça se fait aussi l'après-midi, ma chérie. C'est même meilleur l'après-midi... De Chartres, on file sur Dreux, on trouve la quatre-voies jusqu'à Louviers, puis l'A 13 jusqu'au Havre : déjeuner face à la mer ! Pour moi, ce sera un homard. »

La Vierzonnaise sait qu'il est inutile de chercher à freiner Véra lorsqu'elle suit une idée : autant vouloir arrêter un tank avec des « s'il vous plaît » ! D'ailleurs, pourquoi protester ? Cette autorité lui plaît ; de même qu'elle aime faire de la route avec Véra, se laisser conduire par elle ; passer le bras autour des épaules du pilote, allumer ses cigarettes, poser la main sur sa cuisse... Rien de plus. On respecte la sécurité routière, dans la gendarmerie !

À midi, le lendemain, elles sont devant la mer, à la porte Océane, et devant l'immeuble. « Vierzon » le trouve moche, l'immeuble : béton des années cinquante. En arrivant, Véra lui a expliqué que la ville, détruite pendant la guerre, avait été reconstruite par un architecte célèbre, Auguste Perret ; maintenant, elle est classée au patrimoine mondial de l'UNESCO. « À ce train, fait la "petite", ils finiront par classer les

horreurs des années soixante-dix : tu sais, les "rési-
dences" en alu et verre fumé... — Remarque, ces
horreurs, on les trouvait très "luxe", nous, quand on
était jeunes. » Pas vraiment la chose à dire. Tant pis :
Véra a la tête ailleurs. L'immeuble, une barre grise,
donne sur un quai : il n'est séparé de la mer que par
les trois rangées de voitures du parking ; elle y a tout
de suite reconnu la Peugeot neuve de son père :

« Il est chez lui...

— Es-tu sûre, Véra, de vouloir l'enquiquiner, ce
vieillard ? Parce qu'il est encore temps de l'oublier
et d'aller passer un week-end tranquille à Sainte-
Adresse : on pousserait jusqu'à Étretat, on verrait
l'Aiguille creuse, on visiterait le Clos Lupin...

— Écoute, mon petit chat, tu es gentille mais...

— Je ne suis pas ton petit chat, compris ? Ni ton
petit lapin. Même pas ton petit trésor. Rien de petit.

— "Ma vieille branche", alors ? Écoute, ma vieille
branche, j'ai besoin de savoir. La vérité, c'est vital
pour moi.

— Reçu cinq sur cinq. Je suppose que tu comptes
sur ta gendarmette pour mener l'enquête, je commence par qui ? La concierge, comme dans les séries
télé ? »

Les boîtes aux lettres du hall avaient déjà livré
leurs informations : l'une des étiquettes portait un
double nom, « Pellerin — Le Guellec (troisième
étage) », et elle était jaunie, l'écriture passée ; la
cohabitation ne datait pas d'hier... En revanche, sur
une autre boîte, une autre étiquette, récente celle-là,
indiquait : « M. Yann Le Guellec (R de C). » Bon pré-

texte pour interroger la gardienne. La Vierzonnaise se fit passer pour une petite-nièce désireuse de reprendre contact avec son vieil oncle. Troisième ou rez-de-chaussée ?

« Troijième. »

Déjà, la Portugaise refermait sa porte, moins loquace que les concierges de cinéma. Il fallut sonner de nouveau, insister, jouer la confusion :

« En bas, c'ête jouste le stoudio que votre oncle il vient de louer. Pour son travail...

— Toujours au boulot, mon tonton !

— Pas dou genre à profiter de la retraite, ah non ! Mais l'Afrique, au moins, il a fini : à son âge, l'houmanitaire, hein ? Et puis vout' tante, la pauvre, à force qu'il reste toute seule comme oune rat, il commençait à perdre lo moral... »

Vierzon-la-blonde, que ces renseignements n'avaient pas troublée autant que Véra, examina ensuite d'un œil professionnel la structure de l'immeuble :

« Au troisième, ils ont un F-4... Tu veux savoir depuis combien de temps ? Le savoir exactement ?

— Oui. On interroge le boulanger ?

— En ville, un boulanger, c'est zéro. Faisons plutôt le tour des pressings... mais après le déjeuner, mon amour ! Parce que, moi, j'ai la dalle ! Tu nous avais promis du homard, je crois ?... Oh, Véra ! Non, ne bouge plus ! Ne te retourne pas ! Il y a un type près de la Peugeot de ton père. Un type à cheveux blancs. Il sort des clés... Merde, c'est forcément ton père !

— Planque-toi, j'y vais. Rendez-vous au buffet de la gare. File ! »

Yann Le Guellec est en train de mettre le contact. Véra court, frappe à la vitre :

« Bonjour, Papa.

— Tiens... »

Il a l'air surpris, mais pas désarçonné. Reste maître de lui : un écueil à bâbord ? Tribord toutes, et pas de panique ! Le premier, il interroge :

« Qu'est-ce que tu fais là, ma grande ? »

C'est elle qui se sent gênée :

« J'étais... à Étretat, chez des amis... Je, heu, enfin, c'est tellement près que... Bon, puisque je suis là, je peux visiter ?

— Non. Malheureusement. C'est encore en chantier : des retards de livraison, des problèmes de plombier, bref... Mais je vous inviterai toutes les quatre à la pendaison de crémaillère. Promis. »

Espère-t-il encore la rouler dans la farine ? L'impressionner comme lorsqu'elle avait dix ans, père exotique et invisible, genre Jéhovah, en moins causant ? Véra, cinquante-quatre ans, contourne la voiture, ouvre d'autorité la porte du côté passager et s'installe :

« Ne me dis pas que tu comptais sérieusement y mettre un lit, dans ton studio ? Maman est morte : il est temps de regarder les choses en face. Démarre : nous trouverons bien un restaurant dans les parages... Mme Pellerin t'attend, je le sais. Tu l'appelleras du restau pour la rassurer : un vieil emmerdeur qui s'est imposé, un gars avec qui tu faisais autrefois

Libreville-Dieppe, sur ton bananier... Pour l'imagination, je te fais confiance... Mme Pellerin peut préparer son déjeuner toute seule ? Elle n'est pas invalide, au moins ? »

Il hausse les épaules :

« Bien sûr que non ! Merci tout de même de t'inquiéter de sa santé... »

À eux deux, ils ont descendu en trois quarts d'heure la bouteille de riesling que le père avait commandée. C'est lui qui a choisi le vin et la brasserie. Une brasserie « Maître Kanter », comme à Limoges ou à Vierzon : « J'évite les pièges à touristes ! » explique-t-il.

Dès le bouquet de crevettes (très frais ici, le pacha l'a conseillé), Véra est entrée dans le vif du sujet : « Ton histoire avec Mme Pellerin avait commencé longtemps avant la mort de Maman ? — Oui. — Avant sa maladie ? — Oui. — Ça fait combien de temps ? Huit ans, dix ans ? » Il paraît choqué ; choqué qu'un retraité si alerte soit censé ne pouvoir séduire qu'une femme âgée ! « Plus de dix ans, lance-t-il dans un hoquet de fierté. — Vingt ? — Plus. »

Il sourit maintenant. Aucun signe d'affolement ou de repentance. Il semble plutôt satisfait. Véra, elle, a l'impression de jouer au « Juste prix » : c'est « plus », c'est « moins »...

« Trente ans, alors ? — Plus. » À peine s'il a baissé les yeux ! Elle y va carrément : « Cinquante ? — Un peu plus... »

Elle a le souffle coupé : plus de cinquante ! Voyons,

329

c'était avant la conception de Katia alors, avant le mariage ?

Ravi, le capitaine explique, s'explique, s'étale, il est aux anges, il a pris la parole et ne compte plus la lâcher — cinquante ans de silence à rattraper : Monique, il la connaît depuis l'enfance, elle allait en classe avec l'aîné de ses frères, l'un de ces oncles bretons que les filles n'ont jamais vus « parce que Saint-Servan, c'est loin de la montagne limousine, et que ta mère ne se montrait pas très accueillante, envers ma famille du moins. Elle n'invitait guère. Au début, du reste, c'était impossible : le bistrot de Saulière, on s'y entassait déjà à sept dans deux chambres ! D'ailleurs, chez moi, c'était le genre cathos de l'Ouest, huit frères et sœurs : avec Olga, fille unique, et ton grand-père, pas très catholique, peu d'atomes crochus, forcément ! ». À dix-sept ans, Yann Le Guellec avait eu une aventure avec Monique. Sans lendemain. Monique, qui craignait de « coiffer Sainte-Catherine », se fiança avec un autre. Ils se perdirent de vue. Juillet 1950, bal à l'Hôtel-de-Ville : Olga. « Comme diraient tes fils, j'ai flashé sur elle... Quelle beauté, nom de Dieu ! Et quel caractère, la garce ! Un cheval échappé... J'étais amoureux fou quand Katia est née ! Et très amoureux encore quand tu l'as suivie de si près, hein, mon Patapouf ? Tu te souviens que je t'appelais "Patapouf" ? Avec tes bras potelés et tes mollets de footballeur, costaude, un vrai gars !... Tu devais avoir un an ou deux quand j'ai retrouvé Monique par hasard, en passant embrasser mes parents à Saint-Servan : finalement, elle ne s'était pas mariée, elle travaillait comme secrétaire à Paramé. Nous avons passé trois nuits ensemble. Elle occupait un petit logement "intra-muros", au-dessus des remparts, face au Grand Bé. Les portes-fenêtres de son appartement, au quatrième, ouvraient sur la mer... À chaque retour de mission — que ce soit à Dunkerque, Bordeaux ou Nantes —, j'ai pris l'habitude de faire un détour par Saint-Malo avant de rentrer à la maison. Pour les dates de débarquement, je laissais ta mère dans le flou ; pas difficile : elle a toujours cru que les cargos fonctionnaient comme la marine à voile, que leur arrivée au port dépendait de la vitesse des vents... Que veux-tu, ni les Russes ni les Limousins ne sont des navigateurs ! En fait d'océan, Micha n'avait rien vu de plus large que la Volga ! Quant à ta mère, je n'ai jamais pu lui apprendre à nager... Ces gens-là ont besoin de garder le plancher des vaches sous leurs pieds ! Bref, je me suis aperçu peu à peu que ta M'man était merveilleuse sans doute, mais difficile à vivre. D'abord, j'avais épousé une femme mariée, figure-toi : oui, mariée avec le Limousin, avec Micha ! Saulière-Vancouver, pas facile à gérer ! Enfin, voilà... Notre mariage a vite battu de l'aile. Somme toute, nous n'avions rien en commun... — Quatre filles, quand même. Vous aviez quatre filles en commun ! — Oh quatre, mon chat, c'est vite dit ! Compte tenu de la place prise par Monique dans ma vie, je n'allais pas faire d'histoires pour Lisa : j'ai "endossé". J'ai le dos large... Mais ce bébé né à huit mois de grossesse — sept mois et demi même, d'après ta mère — et qui pesait déjà trois kilos, ce bébé m'a paru trop beau pour être honnête ! Si, contrairement à ce que m'a prétendu ta M'man, ta sœur est née à terme — comme elle en avait bien l'air —, alors moi, mon coco, au moment de sa conception je me trouvais au large de la Patagonie avec un chargement de cuivre embarqué à Valparaíso ! Ta mère et la sage-femme, une copine à elle, m'ont vraiment pris pour un couillon ! D'un autre côté, je n'étais pas un ange, donc j'ai fermé ma gueule. Aujourd'hui, avec l'ADN, on saurait, bien sûr... »

Une menace ? Même pas. Il avait commandé une deuxième bouteille de riesling pour faire descendre le plat du jour, un *filet de saint-pierre au coulis de Saint-Jacques, avec ses petits légumes.* Très frais aussi, le poisson. Le capitaine, qui a toujours eu un excellent appétit, connaît les bonnes adresses. Mais Véra ne faisait pas honneur au repas : les crevettes et les langoustines étaient passées, parce que les révélations qui les accompagnaient n'étaient encore que des hors-d'œuvre. Le saint-pierre aux Saint-Jacques, en revanche... Trop de saints à la fois pour une fille du plateau creusois ? Peut-être. Mais surtout, déjà, une indigestion de confidences, de confidences très lourdes : comment, après ça, garder une « petite place » pour *la tarte chaude au Calva* ?

Le père a beaucoup parlé. Moins pour instruire sa fille que pour se soulager, se délivrer de cinquante ans de mensonges. Se délivrer, ou s'exhiber ; car n'allez pas croire qu'il soit sans charmes : pour son âge, d'autres le trouvent encore gaillard ! Il se défend, le mec ! Forfanteries de marin : « Toutes celles que je voulais... »

Résumons-nous : en 1956, Monique s'installe au Havre. Yann Le Guellec aussi. Quand il se met ainsi en ménage avec « Madame Pellerin » — double étiquette sur la boîte aux lettres —, Yann est marié dans le Limousin depuis six ans, sa fille aînée a cinq ans, sa benjamine dix-huit mois. Et Anne, la petite fille destinée à mourir ? Un an à peine. C'est sa naissance qui semble unir les tourtereaux : Monique, bretonne et fille mère, épouse la Normandie et le pansement adhésif. Yann, père adultère, choisit Le Havre comme port d'attache.

Véra est persuadée qu'il avait dû, une fois de plus, espérer un garçon, ce fut encore une pisseuse, et malade, par-dessus le marché : bien fait ! De toute façon, elle ne pose aucune question sur Anne, n'y fait même pas allusion ; le père non plus : cette petite-là, tout le monde l'évite ; côté Le Guellec, le sujet serait douloureux, et, côté Pellerin, la question a l'air sensible aussi. Passons au large.

Le père préfère s'étendre sur son souci d'équité : « Chez les gens de mer, la convention collective est assez favorable aux embarqués : pour un mois à bord, on passe quinze jours à terre. Je naviguais huit mois de l'année, il me restait donc quatre mois à prendre : deux avec Monique, deux avec ta mère. Depuis le début Monique savait, je ne l'ai jamais trompée... Ta mère ? Oh, ta mère a toujours cru que la marine ne m'accordait que huit semaines de vacances ! Elle n'était pas curieuse. Curieuse de ma vie, je veux dire... »

A beau mentir qui vient de loin, et le père venait toujours de si loin : comment la mère aurait-elle pu séparer les mensonges de la vérité ? Mais il est vrai aussi qu'elle ne s'intéressait ni aux pays lointains, ni aux livres difficiles, ni aux âmes complexes.

Brusquement, en 1962 (aggravation de l'état d'Anne Pellerin ?), la vie privée du père se complique parce que sa vie professionnelle se simplifie : comme il n'était toujours pas commandant (ah oui, au fait, il n'a jamais été « pacha », notre bourlingueur, il a terminé dans la marine comme second), il avait posé sa candidature à un emploi de bureau, au siège havrais de la compagnie. Dès lors, comme n'importe quel « terrien », il n'a plus droit qu'à trois semaines de congés annuels. Auprès de Monique il peut être présent onze mois sur douze. Auprès d'Olga, seulement trois semaines — qui, grâce au progrès social, devinrent bientôt quatre, puis cinq. Mais, pour sauver les apparences, il lui fallait davantage. Il prenait donc, à ses frais, deux fois deux week-ends prolongés dans l'année. Deux « ponts » d'affilée.

Il arrivait un vendredi soir à Limoges, restait à Cleyrac jusqu'au mardi matin, repartait en voiture sous prétexte d'aller voir des amis à Bourges ou de chasser deux jours en Sologne, laissait sa voiture à la gare de La Souterraine, reprenait le train pour Le Havre, téléphonait à Cleyrac le jeudi soir pour dire qu'il rentrerait un peu plus tard que prévu — « j'ai coulé une bielle » —, reparaissait le samedi matin avec des croissants chauds et un perdreau froid, redisparaissait le mardi soir, ne rentrait pas le mercredi midi alors qu'on l'attendait pour le déjeuner, appelait à deux heures et demie en invoquant une urgence du côté des Anciens matelots du Berry ou des Peintres de marines auvergnats, promettait son retour pour le jeudi, revenait le vendredi matin avec trois bouteilles de reuilly ou une gouache verdâtre, emmenait sa femme au restaurant, examinait en séance solennelle les carnets de notes des « orphelines », leurs carnets de santé, pesait les quatre petits corps, les mesurait, taillait la haie du jardin, passait le samedi chez ses beaux-parents, racontait le cap Horn au dîner, l'île de Pâques au petit déjeuner, cousinait dans les fermes du plateau le dimanche midi, et, le dimanche soir (ouf !), se faisait reconduire à la gare de Limoges par la famille au grand complet, tout émue de le quitter mais persuadée qu'elle l'avait vu pendant quinze jours.

« Exténuant ! dit Véra. N'aurait-il pas été plus simple de divorcer ?

— Je ne suis pas favorable au divorce : c'est catastrophique pour les enfants.

— Ah ?... Tu te souviens que j'ai divorcé deux fois ?

— Je ne te juge pas, ma petite fille. »

Après la tarte aux pommes, il a commandé deux cafés et il a parlé de Micha. Au fond, il le reconnaît, c'est peut-être moins à cause de ses filles qu'à cause de son beau-père qu'il ne divorçait pas : Micha était le père qu'il aurait voulu avoir — le sien, le marin pêcheur de Saint-Servan, ne soulevait l'admiration de personne. Véra se souvient, en effet : « Ton grand-père Le Guellec, un soiffard », disait leur mère... Le père n'a pas voulu perdre l'estime du *Russe*. D'où cap Horn et paquets de mer, tangage et roulis, messages en morse et *Si tous les gars du monde*... Pas de classeurs à dossiers suspendus, de tampons encreurs, de stencils, de concubines, ni de divorce. N'allaient pas dans le tableau.

Quand, en 67, Yann avait une fois de plus changé de métier, quittant l'armement pour le pansement adhésif — où Monique s'épanouissait depuis dix ans — quand tous deux avaient partagé non seulement les soirées mais les heures ouvrables, rien n'avait filtré, à Cleyrac, de cette nouvelle « affectation ». Le père continuait, deux ou trois fois dans l'année, à débarquer dans le Limousin en provenance de Tanger ou d'Honolulu.

Véra encaisse sans broncher cette révision de l'Histoire ; tout en buvant son café à petites gorgées, elle tente, en hâte, de remettre de l'ordre dans son passé ; tout incertain qu'il soit, son avenir lui paraît soudain beaucoup plus prévisible que ses souvenirs. Elle essaie désespérément de remonter le film : prenons, par exemple, le moment où leur père entre chez Saniplast — bandes extensibles et hypoallergéniques —, elle a quinze ans, mais Sonia treize, et Lisa, même pas douze. À cet âge-là, les « petites » sont encore fières de recevoir, du bout du monde, des cartes de leur papa (« Affectueusement, Le Guellec ») : « Les cartes postales, dit Véra, comment faisais-tu pour nos cartes postales ? »

Moue amusée de son vis-à-vis : « Avant de cesser de naviguer, j'en avais accumulé un stock. Toutes mes dernières escales. J'avais prévu le coup. Pas bien dur, après, de trouver dans les équipages en partance un gars pour poster mon truc : "Tu fais le Cap ? Mets-moi ça à la grande poste de Dakar." »

Véra reste songeuse. « C'est pour ça qu'à la fin nous recevions toujours les mêmes monuments ? Notre-Dame-de-la-Garde vue du Vieux-Port, la statue de la Liberté depuis le pont du *Normandie*... Tu avais épuisé ton stock, tu raclais tes fonds de tiroirs ?
— J'admets le reproche... » Il sourit.

Elle interroge encore. Veut comprendre comment sa mère, elle, ne s'est doutée de rien : « Ton salaire, par exemple... Maman a bien dû s'apercevoir que les virements venaient d'un autre employeur ? — J'ai toujours perçu mon salaire sur mon compte : à la Banque Transatlantique. C'est moi qui virais l'argent à la Caisse d'épargne de ta mère. Et fais-moi confiance : je ne laisse pas traîner mes relevés bancaires. Ni mes talons de chèques... »

Véra se rappelle, en effet, que leur père ne s'est jamais servi d'une carte à puce, et qu'il utilisait rarement son chéquier, payait tout en liquide, leur mère en plaisantait : « Voilà un bonhomme qui commande des supertankers, avec des superradars, et il n'est même pas fichu de remplir un chèque ! » Oui, Véra, petite fille, avait entendu ces mots-là, et, plus tard, Véra, expert-comptable, ne les avait pas traduits à

Véra, petite fille. L'expert-comptable savait pourtant que les hommes infidèles, comme les parrains de la mafia, effacent leur trace : jamais de carte bancaire ni de chéquier — rien que des billets...

Quand ils sont sortis de la brasserie, il pleuvait, le père a pris sa fille sous son parapluie. Presque tendre. Dans la voiture, ils n'avaient plus grand-chose à se dire. Autrefois, le bruit mécanique des essuie-glaces aurait meublé le silence ; aujourd'hui, sur cette Peugeot neuve, les essuie-glaces aussi restaient silencieux. Pour faire du bruit, Véra soupira.

« Tu es fatiguée, mon coco ?

— Sans doute. De Saint-Léonard à Étretat, la route est longue. Je n'ai pas beaucoup dormi.

— Mais tu es solide, hein ? La plus solide de mes filles. Je t'appelais Cadet-réjoui, dans le temps : toujours prête à rigoler... Tu te souviens de tes concours de grimaces, mon gros Patapouf ? »

Et pourquoi pas « Babichou, fais-moi un risou » ? Ah, il n'est pas méchant, Véra sait bien que son père n'est pas méchant ! Il s'est donné un mal fou pour tout sauver, tout garder. Fou, c'est le mot. Une vie de cinglé pour n'arriver, au bout du compte, qu'à rendre deux femmes malheureuses... Elle se demande si, vraiment, sa mère n'a rien soupçonné de cette existence en trompe-l'œil. Comment une femme énergique, futée, pouvait-elle s'aveugler à ce point ? N'a-t-elle jamais été tentée de passer derrière le décor ? Véra se rappelle cette nuit lointaine où, toute petite encore, il lui avait semblé entendre sa mère pleurer...

Mais, au dessert, Yann Le Guellec a déclaré gravement (ils avaient presque fini la deuxième bouteille
de riesling) : « Ta mère n'a jamais souffert de la situation. Je ne l'aurais pas supporté. Pour elle, au fond,
l'essentiel c'était ses enfants. Du moment qu'elle
vous avait... Ses "princesses" ! » Des princesses ?
Non : des otages. Pour obtenir sa liberté, Yann Le
Guellec a laissé ses filles en gage. Prisonnières de
leur mère comme la mère était captive de ses filles.
Nid bien clos... et vole l'oiseau !

En déposant Véra devant ce buffet de la gare où
elle prétend retrouver une bande d'amis (« Mais si,
mon Patapouf, je t'emmène jusque-là, je ne veux pas
que tu te mouilles ! »), le père a dit :

« Ah, avant qu'on se quitte, je dois t'avouer que je
m'inquiète pour Sonia. Il me semble qu'elle picole un
peu en ce moment...

— Penses-tu ! Sobre comme un chameau.

— Et puis, cette instabilité professionnelle... Vous
devriez faire attention à elle.

— Ne te tracasse pas pour Sonia. Ni pour Lisa,
Katia ou moi. On s'occupe de tout. Entre nous.
Comme avant. Tout ira bien, Papa, tu verras. Comme
avant. Rembarque-toi. Laisse-nous. Comme avant. »

Le soir au lit, parce que le chagrin des femmes est
bavard, Véra a raconté l'essentiel de ce qu'elle savait
à Vierzon-la-blonde. Comme à une sœur. La seule
avec qui elle puisse parler de ce qu'elle a appris
aujourd'hui. Ensemble, elles se sont demandé ce que
la mère avait (aurait ?) pu (dû ?) deviner. « Pendant

toutes ces années de maladie, ou d'"action humanitaire en Afrique" — version mitonnée à l'intention de ses voisins havrais —, Papa a été bon pour Maman, et relativement présent. C'est Monique Pellerin qui devait trouver le temps long ! Il avait inversé les proportions : onze mois pour la légitime, un seul pour la clandestine... Mais, curieusement, Maman était odieuse avec lui. Aucune reconnaissance. Elle le rabrouait sans arrêt. Et lui, qui avait toujours été pète-sec avec nous, devant Maman les derniers temps il filait doux. Alors elle redoublait d'agressivité. Odieuse, je te dis ! Un jour, devant Sonia, elle lui a même lancé : "Je t'ai assez vu comme ça !" Oui, elle lui a dit qu'elle n'ouvrait plus les yeux parce qu'elle l'avait "assez vu". Elle voulait lui faire payer quelque chose, mais quoi ? De vagues désillusions — cinquante ans de mariage, bon... Ou quelque chose de plus précis, quelque chose qui avait pourri sa vie ? Je ne sais pas, je ne sais pas ce qu'elle a su. »

Et, tout à coup, Véra comprend que leur mère était au courant ; depuis longtemps, peut-être depuis toujours. La preuve ? Mais sa survie, bien sûr ! Sa colère, la durée de son agonie ! Si elle ne voulait pas mourir, déjouait tous les pronostics, s'accrochait à la vie au-delà de ses forces, s'agrippait, s'incrustait, c'était pour ne pas laisser la place — toute la place — à « l'autre ».

24.

Dernier dimanche à Cleyrac, dans la maison de Maman. Les meubles sont partis depuis long-temps. Les tableaux, les tapis, le samovar et les casseroles aussi. Les vêtements, nous les avons donnés à la Croix-Rouge, même le petit blouson des années soixante-dix en « queues de vison ». Puisque Papa, au sommet de sa carrière, n'avait pas les moyens d'offrir à sa femme un mètre carré de vison entier, Maman s'était contentée d'un raboutage de queues... Sonia espérait que je pourrais revendre ce patchwork beigeasse à un fourreur parisien :

« Un peu de cash, c'est toujours bon à prendre.

— Mais, ma pauvre fille, plus personne ne porte de fourrure ! À part quelques écolos nunuches à qui les Chinois refilent du chien en jurant que c'est de l'acrylique ! Moi, remarque, dépeçage pour dépeçage, j'aimerais autant qu'on en revienne au vison : le chien est intelligent, l'agneau, gentil comme tout, tandis que le vison ! Con, méchant, et immangeable, en plus ! Enfin...

De toute façon, Lisa serait furieuse que je négocie avec un fourreur : elle milite pour les bébés phoques...

— D'ailleurs, tranche Véra, ces queues de vison étaient mal tannées : je ne sais pas où le pacha les avait prises, mais elles puaient. Son blouson, Maman n'a jamais pu le porter, il sentait le pâté de foie... »

Les queues de vison sont parties à la Croix-Rouge, avec les blouses en polyester et les étoles en faux cachemire.

Nous finissons de débarrasser la cave — cinq étagères de bocaux en verre. Des bocaux vides. En attente... Grands bocaux de Nescafé ou de pêches au sirop ; moyens bocaux ayant contenu des cœurs de palmiers Bonduelle ou des asperges pelées ; petits bocaux de mayonnaise Bénédicta. Bocaux vides, soigneusement préservés, que Maman remplissait : jamais elle n'est venue dans nos maisons sans traîner avec elle un grand panier ou un vaste sac à provisions d'où elle sortait (petit bocal) « un reste de coq au vin, ça te fera ton déjeuner de demain puisque tu seras toute seule » et (bocal moyen) « une petite compote de rhubarbe que j'ai coupée avec de l'abricot, tu verras, c'est délicieux », « du vrai fromage blanc, fait avec du vrai lait, ton mari adore ça », « un coulis de tomate, tu le mettras sur les pâtes de tes petits », enfin (très grand bocal) « une soupe au lard » ou bien « un potage au potiron, mets-le au frigo ».

À mesure que les bocaux pleins étaient rangés dans le buffet ou le frigidaire, ils se trouvaient remplacés dans son sac par les bocaux qu'elle nous avait « consignés » : « Surtout, ne jette pas mes bocaux : lave-les et n'oublie pas de me les rendre, j'en manque — avec quatre filles et huit petits-enfants, tu penses ! »

Nourrice éternelle qui ne croyait qu'aux nourritures terrestres : *L'homme ne vit pas seulement de pain* — ah, si elle avait lu cette phrase-là (mais elle ne lisait pas), elle aurait rigolé ! « Il ne vit pas seulement de pain, l'homme ? Sûrement, puisqu'il lui faut des gâteaux ! » Dans l'énorme cabas qu'elle transportait de chez elle à chez nous, il y avait toujours, au-dessus des bocaux, une galette au beurre, un quatre-quarts au yaourt, une frangipane maison, une tarte au citron. Parfois même, dans un saladier enveloppé d'un torchon, de la pâte à crêpes prête à l'emploi : « Une surprise pour tes garçons quand ils rentreront du sport... » Elle riait : « Ne dis pas à ton père que je transporte de la pâte à crêpes dans le coffre de sa voiture ! »

Dans les conteneurs « spécial verre » de la mairie de Cleyrac, nous avons jeté un à un les bocaux vides de café Maxwell, de confiture Bonne Maman, de sauce tomate Panzani...

En bas, à la cave, plus rien désormais n'attend Maman... Et nous n'attendons plus rien d'elle.

Ne restent ici et là, dans les coins obscurs de la maison, que les « fouillis » : torchons coupés dans des draps de chanvre, chiffons de laine raidis d'encaustique, petits morceaux de bougies, bouts de ficelle, vieilles toiles cirées qui collent, tubes de rouge à lèvres entamés, poudriers dédorés...

Avec ma « jumelle », j'achève de vider les vieux sacs à main et les pochettes en lamé. Après quoi, la mort dans l'âme, nous nous attaquons au saint des saints : la réserve de *bijoux fantaisie*, que nous avons gardée pour la fin. Maman a conservé, dans des cartons à chaussures, tous les bijoux en plastique, en cuivre, en verre, en coquillages, en bois, en strass, qu'elle a portés — tout, depuis les années cinquante ! Un vrai musée de la mode !

« Quel dommage de balancer ça ! Ce serait passionnant pour une histoire du costume...

— Tu as de la place au moulin ?

— Non. Mais Lisa...

— Justement ! Quand il saura que nous nous sommes débarrassées de cette verroterie en l'absence de sa femme, William nous bénira ! »

Pour autant, nous ne nous résignons pas à déverser directement le contenu des boîtes dans les poubelles. Nous examinons un à un les sautoirs, les broches, les bracelets : « Oh, ce truc à pendeloques, regarde, avec des topazes, genre indien : typique de la période hippie !... Et ces boucles d'oreilles trapèze, noir et blanc, est-ce qu'on ne dirait pas du Courrèges ? Tiens, ces grands anneaux, elle les avait mis le soir où elle s'était habillée en gitane pour nous amuser, tu te rappelles ? »

J'ai voulu persuader Véra de garder pour elle deux ou trois clips très pop art, une bague « ethnique » inouïe (à l'époque, on disait « exotique »), et un pendentif en cuir et acier d'un demi-kilo :

« Toi, tu peux les porter. Je te jure : c'est tellement incroyable que c'est indémodable ! Tu n'as pas le genre rombière, et puis tu es restée si mince, tu peux !

— Tu rigoles ! Je n'oserais jamais...

— Mais si ! Ton "Vierzon" aimerait ! Et "Châteauroux" aussi. »

Elle a souri :

« Maintenant, il n'y a plus que Vierzon...

— Tu t'assagis ?

— On peut le voir comme ça.

— En tout cas, Maman disait que tu pouvais tout te permettre : regarde comme il est beau, ce pendentif !

— Non, je n'aurais pas le culot. Surtout à cinquante-quatre ans...

— À cinquante-quatre ans, Maman portait encore un tas de trucs dans ce goût-là, elle n'avait pas peur d'attirer les regards, et c'était super...

— Katia, Maman était très, très belle. (Elle me regarde gravement.) Très, très belle, tu comprends ? »

Je comprends. Je comprends brusquement que Véra, même Véra, et Lisa, même Lisa, ne sont pas aussi belles que Maman. Et qu'elles l'ont toujours su.

Nous replaçons mélancoliquement les vieux bijoux dans leurs vieilles boîtes ; nous mettons les vieilles boîtes dans un vieux carton, avec les brosses à dents usées, les serviettes déchirées, le peignoir de bain décoloré, les pantoufles poussiéreuses ; puis nous posons le vieux carton comme un cercueil, sur le trottoir, sous la pluie.

Je m'oblige à penser à l'été : « Au fait, Vérotchka, je ferais volontiers la connaissance de ton monsieur de Vierzon. Tu pourrais me l'amener au moulin en juillet... » Elle sourit. Elle a deux ou trois molaires couronnées, je le sais ; pourtant, son sourire reste un sourire d'enfant. Depuis que Maman est morte, j'aime Véra. C'est ma petite sœur. Comme avant.

Sonia

Sous une pluie glacée, Sonia, encapuchonnée comme une poupée russe, entre — d'un pas provisoirement raffermi — au magasin Culturland de Vierzon, dans la zone commerciale de Jolibois (trente mille mètres carrés de hangars en bordure de l'A 20). Elle habite Vierzon depuis un mois, n'a pas retrouvé de boulot à Limoges ni d'emploi dans l'esthétique, mais Véra a réussi à lui décrocher, « par relations », un job de vendeuse dans la zone de Jolibois : un CDD d'un semestre chez Marionnaud. « Avec des vendeuses aussi affriolantes, a courriélé Lisa, pas étonnant que le cours de Marionnaud soit en baisse ! » Un commentaire peu amène que Sonia ignore et que Lisa a tout de suite regretté. D'autant que Véra a relooké leur sœur de son mieux : coupe de cheveux et teinture chez sa propre coiffeuse (Sonia est rousse maintenant, aussi rousse qu'une Irlandaise, ce qui met en valeur ses yeux « ni gris ni verts »). Tant qu'on regarde cette chevelure incandescente et ces yeux pers, on ne remarque pas la couperose — dissimulée sous le blush — ni, à partir

de la taille, les « bouées » superposées. À ce niveau-
là — au-dessous de la ceinture — Véra est intervenue aussi, en offrant à sa sœur des vêtements « spécial grande taille ». Katia a participé aux frais car,
pour les grosses dames, il n'y a pas de petits prix.

À l'heure du déjeuner, revêtue d'une élégante
tunique Marina Rinaldi jetée sur une ample et très
amincissante jupe à mi-mollets (le tout, malheureusement, empaqueté dans une vieille doudoune
bleue, un châle rouge et un cache-nez), Sonia traîne
sa solitude dans les allées du centre commercial.
Au Culturland, elle cherche vaguement des tubes
d'acrylique pour se remettre à la peinture : aux
Alcooliques anonymes on lui a conseillé de cultiver
ses « hobbies ». Elle s'est revue, quinze ans plus tôt,
travaillant la matière : de grands aplats blancs,
d'épaisses coulées noires. Elle voudrait peindre des
hivers, des arbres morts, sculpter la toile comme un
bois sec. « Je suis sûre que tu as une grande sensibilité artistique », lui a assuré la cheftaine des Alcooliques anonymes, abstinente depuis dix-huit ans.
Abstinente, rigole Sonia, abstinente mais pas pertinente : avec son air bête et sa vue basse, la nana a
l'air de s'y connaître en peinture comme une vache
bretonne ! Elle fait juste sa B.A., applique son caté-
chisme : l'alcoolique manque de confiance en lui,
l'alcoolique ne s'estime pas ; moyennant quoi, si
Sonia lui avait confié un petit goût pour le judo, l'abstinente obstinée lui aurait prédit l'étoffe d'une ceinture noire ! Sonia déteste tout chez les A.A. : leur
côté scout (cantiques nunuches qu'on chante en

formant la chaîne comme des gosses, main dans la main) comme leur côté « cellule du parti » (petites fêtes entre soi, flicage souriant, autocritiques hebdomadaires). Elle est persuadée qu'elle pourrait parfaitement se passer d'eux pour « aller mieux » ; mais à Véra qui lui achetait des habits neufs elle a promis de s'acheter une conduite, c'était bien le moins. Or, Véra — qui n'y a jamais foutu les pieds — croit beaucoup aux A.A. Donc, Sonia y va. Elle s'applique. Sans y croire. Et se remet à la peinture. Sans y croire non plus. En somme, elle a signé un CDD d'abstinence. Six mois. Six, c'est long, et la vie est courte...

Au Culturland, elle n'avait pas l'intention de passer par la « librairie » : dans le minuscule studio meublé qu'elle loue à Vierzon, il n'y a pas de place pour les livres. En quittant Limoges, elle a dû donner à Emmaüs les quelques meubles de son F2, ils étaient invendables ; ses biens les plus précieux — la cantonnière confectionnée par sa mère, la grande photo de Micha, et ses vieux bouquins annotés — elle les a laissés en dépôt dans le grenier du moulin, chez Katia.

C'est à cause de Katia, justement, qu'elle s'est attardée dans les rayonnages de la librairie. Une très petite librairie : le « nouvel espace » n'a de culturel que son enseigne ; il est surtout consacré aux *activités de loisir*, qu'on appelait autrefois, modestement, « ouvrages de dames » — canevas, pastels, gommettes, encadrements, pochoirs, perles à enfiler, enfin tout ce qui peut occuper les mains sans meubler l'esprit. Sonia n'est pas allée droit au matériel de peinture parce qu'elle cherche des yeux le dernier roman de sa sœur. Partout, toujours, elle vérifie que ses livres sont bien placés ; si elle n'en trouve aucun en rayon, elle les réclame à la vendeuse : « Katia Sarov... Vous ne connaissez pas ? Vous devriez. Très bonne romancière. » Elle admire sa sœur, toutes ses sœurs : Lisa si belle, Véra si forte, et Katia si cultivée. Elle est heureuse de les avoir toujours aimées, et défendues, elle si petite, si démunie, si indigne ; elle les a même protégées, dans la mesure de ses moyens.

Protégées ? Brusquement, là, entre les romans noirs de Stephen King et les thrillers au scalpel de Patricia Cornwell, Sonia a un doute. « Toujours protégées », ses sœurs : vraiment ? Elle revoit, comme en rêve, des scènes anciennes, un peu floues, des scènes d'une autre vie : c'était il y a un siècle, à Cleyrac... En ce temps-là, elle partageait la chambre de Lisa, le « bébé » comme on disait. Quel âge a Lisa ? Deux ans, guère plus. Ses boucles pâles, qui n'ont pas encore été coupées, commencent juste à cacher sa nuque. Elle occupe un vieux lit en fer forgé, que Maman a repeint en blanc ; Sonia, un lit en bois à hauts montants que Micha a fabriqué en recoupant deux lits « à rouleaux » ; Mémé Solange a fait les matelas — toile de jute et balle d'avoine. Les filles aiment ces paillasses qui sentent bon le foin, l'été, et les greniers : le nez dans la balle, elles font de beaux rêves de vaches, des rêves d'ânes Bakounine et de chevaux de traîneaux...

Maman, elle, dort moins bien : sa benjamine — une beauté — tète ses doigts, elle va se déformer le palais ; si l'on n'agit pas, elle aura les dents de Fernandel !

C'est Mémé qui a eu l'idée de la moutarde de Dijon : un soir dans la cuisine, les deux femmes ont tartiné de moutarde les mains de Lisa. Quand on a couché sa sœur, Sonia l'a regardée avec étonnement : elle avait un gant jaune à chaque main. D'un ton sévère, Maman a prévenu le bébé : « Si tu suces tes doigts, Lisa, il t'en cuira ! » Avec ses nouveaux gants, Lisa a mis du temps à s'endormir, elle ronchonnait, avait l'air très en colère.

Le lendemain, pourtant, c'est Maman qui était furieuse : Lisa avait « mangé » son gant droit !

Alors, les femmes sont passées à l'aloès. Sonia se rappelle très bien le liquide brun dont on a badigeonné les mains du « bébé ». Plus tard, en voyant une photo de Lisa gantée de blanc en train de plaider à Sydney, elle a cherché le mot « aloès » dans le dictionnaire : qui a eu l'idée de ce *suc médicinal*, cette teinture vomique ? Celle, sans doute, qui connaissait la pharmacopée : leur mère... L'odeur seule de l'aloès donnait un aperçu de son amertume. Pendant qu'on lui peignait chaque doigt, Lisa, pourtant, ne se débattait pas ; elle regardait faire les grandes personnes avec curiosité. Sonia était plus inquiète. « Je serais étonnée, Lisa, que tu t'entêtes à trouver tes doigts délicieux », avait dit Maman en éteignant la lumière. Puis, plus bas, d'une voix triste : « Il faut que tu sois belle, mon amour... »

Trois fois Lisa s'est réveillée, secouée de haut-le-cœur. « Arrête, Lisa, c'est défendu, c'est poison », chuchotait Sonia. Au matin, quand leur mère est entrée dans la pièce, le « bébé » a cru lui faire plaisir : « Pas sucé son pouce ! » claironna-t-elle en tendant les mains. Un examen attentif de sa main droite révéla, malheureusement, qu'elle mentait : le pouce et l'index s'étaient éclaircis...

Quand il devint clair que l'aloès ne suffirait pas à détourner l'enfant de ses plaisirs, il y eut de longs conciliabules. Sonia se rappelle encore l'accablement de Maman qui répétait à longueur de journée : « Cette petite est en train de se défigurer ! » Qui suggéra l'offensive suivante ? Mémé ? Micha ? La méthode choisie avait un côté « bricolé » qui leur ressemblait. Un soir, Maman apporta des vieux gants de toilette grisâtres au bas desquels on avait fait des trous pour passer une ficelle ; elle y glissa les mains de Lisa et serra la ficelle : Lisa avait deux moufles maintenant, des moufles sans pouce, à coins carrés, qu'elle ne pourrait pas arracher. Sitôt les mains du bébé emprisonnées, Maman les prit par les poignets pour faire danser les « marionnettes ». Mais Lisa ne riait pas. Sonia non plus.

Combien de nuits Lisa a-t-elle gardé ses gants de toilette ? Combien de nuits à gémir, à pleurnicher ? Elle a pourtant fini par trouver le moyen d'amollir, avec sa salive, le coin de son gant droit : elle bave sur le coton rêche jusqu'à ce qu'il s'assouplisse et épouse la forme bien-aimée. Apaisée, elle tète un demi-pouce, un bout d'index, et parvient à s'endormir tandis que sa sœur veille, sa sœur à qui le matelas en balle d'avoine ne suffit plus, maintenant, pour faire de « beaux rêves de vaches »... Nuit après nuit, Sonia souffre de la souffrance de Lisa. Mais elle souffre aussi, au matin, de la déception de sa mère. Le cœur de Sonia est une éponge : on peut le tordre dans tous les sens et de toutes les façons.

Lorsque l'usure du gant droit eut prouvé que Lisa était retombée dans ses errements, les grandes personnes ne s'avouèrent pas vaincues pour autant. Certes, Lisa avait gagné une bataille, mais c'était Maman, autrefois, qui avait gagné la guerre. Maman ne capitulait jamais. L'invention qui changea la face du combat — conflit titanesque qui opposait trois ou quatre adultes ingénieux à un bébé de deux ans —, c'est Tatie Louise, la « voisine », qui en eut le mérite.

Un soir, alors que « Numéro trois » se hissait sur la pointe des pieds pour voir par-dessus son bois de lit, Maman coucha « Numéro quatre » et, avec les cordelières en laine que Mémé tressait pour les maillots de bain de ses petites-filles, lui attacha les poignets aux volutes en fer de son berceau. Elle noua les cordelières sans trop les serrer, laissant un peu de mou à l'enfant, mais rien qui permît au pouce droit de rejoindre la bouche, ni à la bouche de se rapprocher du pouce droit sans que le corps finît par tirer sur l'épaule gauche : la douleur l'emporterait sur la gourmandise. « Je ne veux pas que tu t'abîmes, Lisotchka, avait dit Maman en enfilant au bébé le beau pyjama bleu à pois rouges qu'elle venait de couper dans une de ses anciennes jupes. Tu comprends, ma chérie ? Est-ce que tu comprends ?... Bon, on verra bien qui de nous deux aura le dernier mot ! » Sonia, plus grande, connaît déjà le gagnant : le dernier mot appartient à Maman, et même les mots d'avant — tous les mots sont à Maman. Dans la voiture, à quatre ans, elle est capable de chanter avec ses aînées une chanson que leur mère leur a apprise : *Les enfants obéissants font tout ce que veulent leurs parents*. Maman trouve cette chanson tellement amusante qu'elle essaie de la leur faire chanter en canon : *Papa n'a pas voulu et Maman non plus*. Pour l'instant, ces paroles laissent Sonia perplexe : comment savoir ce que Papa veut ou ne veut pas, puisqu'il n'est jamais là ?

Les enfants obéissants font tout ce que veulent leurs parents, les enfants obéissants font tout ce que veut leur maman, et Bébé Lisa est très désobéissante, il faut l'avouer. N'empêche : même si ces précautions sont prises pour le bien de Lisa — comme lorsqu'on lui interdit de s'approcher du puits ou de manger des baies de sureau —, Sonia redoute maintenant l'heure du coucher. Elle a peur du pouce de Lisa, des bonnes idées de Maman, de l'entêtement de Lisa, de l'entêtement de Maman, des sanglots de Lisa, de la fureur de Maman. Elle voudrait protéger sa petite sœur, mais contre quoi ? Et la protéger comment ? Lisa est prisonnière des cordelières, Sonia prisonnière du chagrin de Lisa.

Car, cette fois, Lisa est coincée, elle a beau gigoter, elle ne peut même plus s'asseoir dans son berceau : la voilà couchée sur le dos, aussi embarrassée qu'un hanneton retourné. Pire même, car elle ne peut plus bouger ses pattes de devant, ne peut que soulever un peu ses pattes de derrière pour frapper le matelas. Elle hurle comme un klaxon bloqué ; est en nage, les joues cramoisies ; ses boucles blondes sont tellement trempées qu'elles semblent brunes ; la veine de son cou gonfle ; elle crie sans s'arrêter. Le menton posé sur le rebord de son lit, le cou tendu, Sonia, affolée, murmure : « Tais-toi, Maman va te taper... » Dans la panique, elle essaie même de chantonner la berceuse de Mémé Solange : *Dodo, petite / Sainte Marguerite, endormez-moi cette enfant...* En vain : déjà la porte s'ouvre, Maman attrape les deux pieds de Lisa, lui soulève le derrière, lui flanque une fessée, puis, sans un mot, elle referme la porte. Lisa sanglote maintenant, ne prend même plus le temps de respirer, son ventre saute sans arrêt : est-ce qu'elle va mourir ?

Et le lendemain, l'horreur recommence. Lisa n'a toujours pas compris qu'elle est piégée, « faite aux pattes ». De nouveau, hurlements, puis sanglots à s'en étouffer. Sonia a peur : « Maman, Maman ! Lisa a mal ! » Quand Maman a rallumé, elle n'a parlé qu'à l'aînée : « Non, mon bout de chou, ta sœur n'a pas mal. C'est de la comédie. Dis-moi : à ton avis, est-ce que ce sont les petites filles ou est-ce que ce sont les mamans qui commandent dans une famille ? » La mère n'a jamais « parlé bébé » à ses enfants, ce qui rend ses questions très angoissantes : ce soir-là, Sonia, troublée, a répondu : « Les petites filles. » Maman ne s'en est pas formalisée : « Tu es fatiguée, ma chérie, il faut dormir. » Cependant, la présence de sa mère, son parfum, ses paroles tranquilles avaient rassuré Lisa : elle ne criait plus ; des torrents de larmes qui, cinq minutes plus tôt, ruisselaient sur ses joues violettes ne subsistait qu'un petit courant — d'où jaillissait encore, de loin en loin, un gros hoquet, comme un rocher laissé à découvert.

Quand la mère se pencha pour reborder Sonia dans son lit, Lisa, entre deux reniflements, réclama d'une voix rauque : « Bisou, Maman ! — Non, dit la mère sans se retourner, je n'embrasse pas les méchantes filles. » Lisa, qui décidément ne comprend rien, insiste encore sur le mode interrogatif : « Maman, *Dodo potite*, moi ? » Une chanson, elle ose espérer une chanson ! Le cœur-éponge de Sonia se serre, se plie en dix. Mais rien ne peut empêcher le coup de grâce : « Les petites filles entêtées n'ont plus de chanson de leur maman. Ni de baiser. Jamais. Je ne t'aime plus. » Dans le noir, Sonia entend longtemps Lisa pleurer ; elle ne sanglote pas, elle goutte à petit bruit comme un robinet mal fermé, et Sonia est trop petite, bien trop petite pour fermer le robinet.

Le soir suivant, à l'idée de revoir les cordelières, Sonia a flanché ; elle a dit : « Je veux pas faire dodo avec Lisa. Elle est méchante ! » Sa mère a été merveilleusement compréhensive : « Elle t'empêche de dormir, hein, avec son cirque ? Eh bien, tu vas coucher avec Maman, mon poussin. » Le satisfecit par excellence : partager le grand lit de Maman, dont une moitié, toujours vide, est attribuée de temps en temps à l'enfant le plus méritant... Sonia est comblée. Et consternée. Elle devine confusément qu'elle est récompensée quand, pour désertion, elle devrait tâter du martinet. Elle passe plusieurs nuits coupables et délicieuses dans le lit de Maman, qui sent bon la brillantine Roja et la poudre de riz Bourjois. Un lit où l'on ne fait jamais de cauchemar et où la lumière reste allumée longtemps... Combien de nuits a-t-elle ainsi dormi « dans la place à Papa » ? Lorsqu'elle a retrouvé son petit lit de bois, sa sœur ne criait plus et dormait sans cordelières, les bras grands ouverts. Jamais plus elle n'a sucé son pouce. Elle a d'ailleurs une dentition magnifique, les plus belles dents de la famille, et n'a pas eu besoin d'« appareil » à l'adolescence : leur mère en était fière. Pour les mains, évidemment, c'est moins bien. On dirait que Lisa, avec ses dents, se venge sur ses mains : ongles rongés, petites peaux arrachées, chair mordillée. Un massacre...

Quand Sonia a confié Fabrice à « Babouchka », elle a remis, avec l'enfant, une tétine en caoutchouc achetée chez le pharmacien. La tétine, sa mère était contre : « Ça traîne partout, c'est plein de microbes. » Mais Sonia est restée ferme. Jamais été aussi ferme de sa vie. C'est même la seule fois, à dire vrai, où elle est intervenue dans l'éducation de son fils...

Dans les rayons du Culturland, Sonia se réveille brusquement du passé face aux étagères du « Mieux vivre », consacrées aux ouvrages de *développement personnel* et aux livres de cuisine. Sonia n'est pas un cordon-bleu. Seules Véra et Lisa ont hérité un peu du talent de leur mère — avec une mention spéciale pour Lisa qui, obligée de composer, à Sydney, avec les ressources locales, sert aujourd'hui aux British du pavé de kangourou sauce chasseur et du ragoût d'autruche aux kiwis...

Sonia, elle, mange des pâtes à tous les repas. Elle attend avec impatience le moment où l'on pourra se nourrir en avalant deux ou trois pilules. Elle n'est pas gourmande. Pas même gourmande d'alcool. Véra croit qu'elle apprécie les apéritifs, les liqueurs, les bons vins. Croit qu'elle boit parce qu'elle aime « ça ». Erreur : elle déteste le porto, le gin, l'armagnac et autres sucreries ; refuse le champagne qui lui brûle l'estomac ; évite le vin blanc qui donne des maux de tête, et ne supporte, en fait de vin rouge, que quelques premiers crus classés du Bordelais qui ne sont pas dans ses moyens. Même son whisky-Coca la dégoûte. Elle prend maintenant le J & B au goulot, sans respirer — comme on avalerait un remède infect : c'est juste pour aller plus vite qu'elle a choisi le whisky. Là où il faudrait des litres de bordeaux, une demi-bouteille de J & B suffit : en cinq minutes son « bœuf » a sa dose, ce bœuf-sur-la-langue qui connaît tout de l'histoire de l'aloès, des gants de toilette et des cordelières, ce bœuf qu'elle abreuve par devoir et sans joie. « Tu devrais voir un psy, faire une thérapie », lui a un jour suggéré Katia, sans oser aborder le fond du « problème ». Ridicule ! Elle a déjà choisi sa thérapie. Sa thérapie, c'est le whisky. Plus efficace que la psychiatrie. Excellent rapport qualité-prix.

Machinalement, dans le rayon du « Mieux vivre », Sonia feuillette une de ces anthologies culinaires qui se vendent d'autant mieux qu'on cuisine moins. Qu'espère-t-elle trouver dans ce gros bouquin ? La maman qu'elle aimait ? Pas la jeune mère en robe rouge qui menait ses *orphelines* à la baguette ; ni la malade aigrie des dernières années ; mais Babou-chka, la Babou donnante et complice, bricoleuse, far-ceuse, valseuse, chanteuse... Malheureusement, dans le livre de recettes qu'elle parcourt, elle retombe tout de suite sur le corps qu'elle a dû laver et maquiller, ce corps découpé, piqué, recousu, médica-lisé : *Préparation du pigeon. Fendre le cou en longueur pour retirer le sac et l'œsophage. Appuyer sur le ventre pour faire sortir les entrailles. Retirer le foie, les poumons. Couper les bouts des ailes et des pattes. Brider serré.* Tous les détails, jusqu'au conseil final : *Ne pas laisser faisander...* Comme la mort est bonne cuisinière ! Ce soir, Sonia se fera des nouilles. Pas de cadavre au menu. Elle préfère.

Et elle renonce à pousser jusqu'au rayon « Loi-sirs » — pourquoi acheter des acryliques ? Il n'y a pas de place, dans son studio, pour garder des tableaux. D'ailleurs, il ne neige pas à Vierzon, rien à peindre sur le motif. Et puis, pour « se remettre » aux beaux-arts, à la chanson ou à quoi que ce soit,

elle est trop vieille : tant de passé, et si peu de futur !
Depuis que sa mère est morte, elle sait... Au rayon
des livres elle cherche la vendeuse, finit par dénicher
une stagiaire en blouse : « Excusez-moi, mademoi-
selle, je ne vois pas le dernier roman de Katia
Sarov. »

25.

J'aurais voulu que nous prenions le deuil, portions le deuil, respections le « temps du deuil ».

Pendant que Maman mourait, pendant qu'elle était morte, pendant qu'on lui enfilait sa dernière chemise et qu'on dépouillait sa maison, j'ai dû organiser, pour mes enfants, trois fiançailles et deux mariages. Je passais en somnambule des couronnes mortuaires aux bouquets de mariée, et de la recherche d'un « nid d'amour » à l'ouverture d'un caveau ; je rédigeais du faire-part tous azimuts, composais du livret de messe tout-terrain, et répondais aux lettres de condoléances sans cesser de me chercher un « petit chapeau rose rigolo ». Maintenant que la mort est *intime*, plus besoin de se gêner : c'est fête tous les jours de l'année !

La semaine dernière, six mois après l'enterrement, mon fils Damien et sa femme m'ont annoncé que j'aurais une petite-fille entre Noël et le Jour de l'An. « Tu es contente ? » Plutôt, oui. Je crois. Pour autant que je m'y retrouve. J'étais orpheline. Je vais être grand-mère.

La nuit qui suit l'annonce de ce futur heureux événement, je rêve que je suis poursuivie dans les longs couloirs d'un hôpital avec ma « petite sœur » Véra. Pour échapper à nos poursuivants, nous poussons une porte au hasard : ce refuge inespéré, c'est la maternité. Une maternité sans infirmières et sans bébés ; pas de couffins transparents ni de murs blancs : des berceaux de toutes les couleurs dans un environnement assorti — lits vert pomme posés sur une moquette herbue, lits rose framboise qu'éclairent des lampadaires-sucettes, lits bleu azur devant des panneaux d'arc-en-ciel...

J'avance, émerveillée : « Oh, regarde, Véra, un berceau jaune citron ! Sous des orangers ! Comme c'est beau ! » J'avance, et soudain : une tache blanche dans la couleur. J'avance. Lit blanc. Lit d'hôpital. J'avance. Maman blanche sur le lit blanc. Cadavre au milieu des berceaux.

Terrifiée, j'essaie de me persuader qu'elle m'a souri.

Depuis qu'elle est morte, ma mère ne m'envoie ni beau rêve ni souvenir imprévu. Depuis qu'elle est morte, elle ne me donne aucun signe de vie. Ne hante pas mon moulin en laissant derrière elle une odeur de réséda et de *Lavande-muguet*, un pot de confiture qui moisit, une marmite oubliée, une porte qui bat... Où est-elle partie, la voyageuse de nuit ? Elle ne revient plus dans ma maison. Ne revient plus parce que je ne la reconnaîtrais pas. La maladie l'a défigurée corps et âme. Je ne retrouve ni ses fous rires, ni ses yeux brillants, ni ses gestes vifs. « Tu nous gardes les petites, Katia ? » *Mambo Club* de Limoges, *Whisky* de Bellac, et, tard dans la nuit, une deuxième voiture... Olenka la rieuse, Olenka mon aimée, la « Pharaonne » l'a tuée.

À moins que je ne la cherche trop loin ? Plus loin qu'elle n'est ? Comme Sonia qui, à quatre ans, réclamait une « mère imaginaire ». Elle avait la scarlatine, Maman ne quittait plus son chevet ; mais à coups de poing, à coups de pied, Sonia tentait de la repousser : « Je veux ma maman, gémissait-elle. — Je suis là », disait ma mère en l'embrassant. Sonia hurlait, rouge de fièvre : « Non, pas toi ! Va-t'en ! Je veux ma maman ! Mon autre maman ! — Laquelle, ma chérie ? demandait ma mère en posant un gant de toilette mouillé sur son front. — Celle qui est dans la cuisine, elle va venir ! Pousse-toi, vilaine ! Maman ! Maman ! »

Aujourd'hui, j'ai quatre ans moi aussi ; et peut-être — tandis que j'en réclame une autre — ma vraie maman, mon Unique, est-elle en train d'embrasser mon front ?

Aussi longtemps que ma mère a vécu, je n'ai pas eu peur de mourir. Quand j'imaginais (furtivement) ma mort, soit je me la figurais accidentelle et si rapide que je n'avais pas le temps de la craindre, soit je me voyais malade, couchée, amaigrie, fiévreuse, mais dans tous les cas je ne m'effrayais pas : Maman se tiendrait là, près de mon lit, elle me rassurerait, poserait des compresses de Synthol sur mon front, redresserait mes oreillers, me donnerait une cuillerée de « charbon naphtolé » ou un sirop de sa composition dont elle me promettrait, « croix de bois, croix de fer », qu'il allait me soulager, « fais-moi confiance, Katia ». Je lui faisais confiance (ancienne infirmière, n'est-ce pas ?), aucune souffrance ne résistait à sa compétence et à son autorité ; lentement, je m'endormais sous son regard. Stabat mater : elle était là.

Disons les choses comme elles sont : j'avais toujours pensé mourir avant Maman. Vivre sans elle, passe... Mais mourir sans elle !

On prétend qu'après la disparition de nos parents nous appréhendons la mort parce que nous nous trouvons « en première ligne ». Mais je ne suis pas en première ligne ! Pas moi ! J'ai un père guilleret, voyageur, dragueur de vieilles veuves, et, du côté Le Guellec, une tripotée d'oncles et de tantes en bonne santé. Comment voir la mort en face quand autant de gens lui font écran ? Papa, comme bouclier, a beau manquer un peu d'épaisseur, derrière lui je ne distingue rien, je le jure : aucune menace, rien... Simplement, je croyais, je croyais depuis le premier jour, je croyais encore et encore, qu'à l'heure de ma mort Maman serait là.

William

Dans le bureau de Lisa, William dépouille le courriel de sa femme — mails amicaux, professionnels,
publicités, invitations. Il fait le tri. Accuse brièvement
réception ; range quelques lignes dans « Mes dossiers » ; le plus souvent, il met au panier. La corbeille
est l'icône qu'il préfère. Surtout en ce moment :
débarrasser, il faut débarrasser, « vous avez soixante
nouveaux messages » — que de mots inutiles ! Sau-
grenus même, compte tenu des circonstances.

Ce que Lisa, il y a six mois, lui racontait des journées exténuantes passées à vider la maison de sa
mère, William maintenant s'en souvient, et il a peur :
si Lisa meurt, il ne devra pas vider seulement ses
penderies et leur maison de Morterolles, mais aussi
l'ordinateur. Visiter la boîte à secrets du défunt,
détruire ses dernières connexions neuronales,
entrer dans sa mémoire pour jeter, éteindre, effacer :
une mort moderne...

Pour l'instant, il limite son effort aux messages
reçus : Lisa n'est pas encore morte, certains médecins espèrent qu'elle survivra. Il s'agit d'aider son

organisme affaibli par l'hémorragie à surmonter les complications pulmonaires ; peut-être sortira-t-elle du coma sans séquelles cérébrales. C'est l'avantage des barbituriques sur la pendaison : ils laissent subsister une marge d'incertitude, donnent une petite chance au Hasard... Les femmes excellent à ce jeu-là. Même Lisa — bien qu'elle ne se soit pas bornée à avaler des comprimés mais que, pour « assurer », elle se soit, en prime, ouvert les veines et plongée dans un bain d'eau chaude : histoire d'accélérer l'écoulement de son sang, ou pour se noyer dès qu'elle aurait perdu conscience ? Une vraie pessimiste, en tout cas : ceinture et bretelles ! Pourtant, cette pessimiste ne s'est pas jetée du douzième étage, elle n'a pas songé à appuyer sur sa tempe le revolver de William : le Hasard gardait sa chance. Et il a bien fait les choses : la bonde de la baignoire, imparfaitement hermétique, a laissé fuir en continu un minuscule filet d'eau. Si bien qu'en fait de noyade, Lisa, quand on l'a découverte, ne baignait plus que dans son sang — et encore : les plaies de ses poignets tailladés au rasoir, labourés aux ciseaux, avaient fini par coaguler ; quant aux « médicaments », exagérément surdosés, son estomac en avait rejeté une partie avant que le reste ne paralyse certains centres nerveux.

Ce qui est sûr, c'est qu'au lendemain du week-end, quand leur femme de ménage a poussé la porte de la salle de bains, le spectacle n'était pas ragoûtant : Lisa nue et sanglante, gisant dans une baignoire maculée de vomissures. Du reste, après le transport de « Madame » à l'hôpital et le retour en catastrophe de « Monsieur », la jeune employée indonésienne a donné sa démission — elle ne voulait plus travailler chez des fous ; mais, avant de changer de patrons, elle a récuré la baignoire dont l'émail, maintenant, est comme neuf : quand on a vécu, et survécu, dans un bidonville de Djakarta, on méprise les suicidaires, mais on respecte les baignoires.

Il est une heure du matin. Les infirmières du service de réanimation ont insisté pour que le mari de « la Française » aille prendre un peu de repos : il y avait près de vingt heures qu'il se tenait dans le couloir, debout, regardant à travers la vitre sa « Belle au bois dormant » hérissée de tuyaux. Elle est sous assistance respiratoire. Les médecins ne se prononceront pas avant deux ou trois jours. Son état serait moins alarmant si, en restant nue tout le week-end dans une baignoire glacée, elle n'avait pas attrapé une mauvaise pneumonie. S'arracher les veines, s'empoisonner, organiser sa noyade, tout ça pour finir emportée par une congestion pulmonaire comme si on avait oublié de mettre son cache-nez !

William a dormi deux heures, d'un sommeil de plomb ; au réveil, il s'est senti si coupable qu'il a cherché à se rendre utile : il a allumé le PC de Lisa. Bien sûr, pendant qu'il y est, il pourrait envoyer un mail à Véra pour la mettre au courant, ou téléphoner à Katia. Mais que leur dire ? « Lisa a voulu mourir » ? Il pourrait tout aussi bien affirmer qu'elle a voulu se tuer pour ne pas mourir. Elle a tellement peur, sa petite fille (il n'est que de six ans son aîné, mais il pense toujours à elle comme à une enfant), tellement peur d'elle, peur des autres, du temps qui passe, des nuits qui viennent. Il n'est jamais parvenu à la rassurer. La disparition de sa mère n'a rien arrangé : plus personne à qui reprocher son malaise, ses tristesses ! Et puis, il y a eu ce procès aborigène perdu, un procès imperdable sur le fond et qu'elle a trouvé le moyen de perdre dans la forme — une négligence inexplicable : des pièces communiquées au tribunal hors délai, une histoire de forclusion... Indignation de la presse et des « chers confrères ». Il faut les comprendre : ils ne peuvent pas savoir, n'ont pas à savoir que Lisa avait perdu son agenda, égaré les quinze premiers jours de la nouvelle année ; et Balwatja Kukaquelquechose, le plaignant, ne peut pas deviner à quel point, ces derniers mois, son avocate était dérangée dans son organisation, dans sa pensée même, par ses allers-retours Sydney-Limoges et l'interminable agonie de sa mère : Olga, autrefois si vive, si joyeuse, semblait avoir décidé de rassembler dans sa tombe toute sa nichée... Toute ? Non sans doute, car il n'y a plus qu'une place dans le caveau de Saulière. Cette place unique, la morte la réservait à sa préférée : Lisa l'« adorée ».

Dans les messages accumulés depuis le début du suicide de sa femme (cinq jours déjà), William trouve un long courriel de Fabrice. De leurs huit neveux français, Fabrice est le plus proche de sa tante, qu'il a toujours considérée comme une grande sœur : lorsque Sonia l'a confiée à Babouchka, Lisa n'avait que quinze ou seize ans ; Babouchka s'est occupée de Fabrice comme de son propre fils, Lisa, comme d'un frère.

Drôle de famille : quand William a découvert ces Le Guellec, le « marin » demeurait invisible tandis que Micha — déjà disparu mais présent sur tous les murs (en jeune bûcheron du plateau creusois et en maquisard triomphant) — affichait cet air d'éternelle jeunesse que nous conserve la photographie : impossible de l'imaginer s'accouplant avec la vieille Mémé qui terminait ses jours dans une chambre du premier ! William avait pris Mémé Solange pour la mère de Micha, Micha pour le mari d'Olga, Olga pour la sœur de ses filles, Louise pour leur tante, et Fabrice, encore domicilié à Cleyrac, pour le fils de sa grand-mère. Une vraie salade russe !

Mieux renseigné, il ne cessa pas pour autant de traiter Fabrice en beau-frère ; le garçon était trop vieux, de toute façon, pour que leur couple pût reporter sur lui son « désir d'enfant ». William l'avait-il éprouvé d'ailleurs ce « désir d'enfant » ? Quoi de plus ridicule, pour un familier des dinosaures, que de vouloir un « enfant de sa chair » ! Ajouter un petit *sapiens* prometteur aux six milliards de *sapiens* existants, prolonger « sa lignée », voilà une illusion que les paléontologues laissent aux imbéciles. Mais William avait rêvé d'un enfant par sympathie, espéré un enfant qui mettrait l'éclat du rire dans les yeux de sa Lisa. Sad Lisa, blue Lisa, sa seule blessure, sa défaite, son procès perdu. Battante au regard d'enfant battue.

C'est pour elle qu'il s'est intéressé à Fabrice. Un curieux garçon, qui, seul de sa famille, s'est entêté à apprendre le russe. Pour parler à qui ? Même sa Babouchka ignorait tout de la langue dont elle tenait son prénom ! À peine savait-elle quelques proverbes et deux ou trois chansons mémorisées phonétiquement... On ne trouvait rien, dans cette tribu Sarov, de la culture balalaïka entretenue par les Russes blancs : en épousant Solange, en devenant creusois, le soldat rouge avait arraché la Russie de sa mémoire. N'étaient restés que le culte familial du samovar, le goût du thé noir, du pain de seigle (que la Mémé cuisait elle-même dans le four à pain) et une tendresse particulière pour les peupliers et les bouleaux, ces arbres communs à la plaine russe et aux vallées du Limousin, espèces à la chair pauvre et la peau chlorotique que Micha méprisait comme bûcheron, mais qu'il adorait comme jardinier : au moulin, il en avait planté partout...

Est-ce dans l'espérance de plaire à cet arrière-grand-père mort avant sa propre naissance que Fabrice a choisi d'apprendre la langue de Pouchkine ? William l'ignore. Il ne force jamais l'entrée des jardins secrets et ne parle pas à cœur ouvert avec ce neveu sans père ; d'ailleurs, aucun d'eux n'est très loquace. Ce soir, pourtant, dans son mail, Fabrice bavarde. Pire : il se répand !

Avec trop de points d'exclamation et d'émoticônes, il raconte à sa pseudo sœur une longue histoire, excitante apparemment : le pacha n'était pas « pacha » (and so what ?), il avait une maîtresse (big deal !), l'aurait entretenue pendant des années (what a surprise !) et viendrait de s'installer avec sa vieille (what a shame !). William clique sans hésitation : à la corbeille, les confidences ! Au panier, la *transparence* ! Vive les aveugles !

Pour son « dear nephew », il tape sur-le-champ la réponse qui s'impose : « In the old times, my boy, nous ne jugions pas nos salauds de parents. Encore moins nos salauds de grands-parents. Il leur restait si peu à vivre... In the old times, nous nous taisions. Surtout près des hôpitaux : ta tante se trouvant dans un état de santé que les médecins s'autorisent à qualifier de *slightly alarming*, je te serais reconnaissant de ne plus faire de bruit. Aucun, tu piges ? Forget, my dear Fab, forget and forgive. »

De nos « proches », que savons-nous ? On est dans sa famille comme au casino : autour de la table, chacun n'a reçu qu'une poignée de cartes et ignore le jeu des autres — William pense que c'est très bien ainsi. Certes, à mesure que les plus vieux passent la main, les survivants finissent par hériter les figures manquantes, les atouts cachés, le mistigri, bref « tout le paquet ». Mais les dernières cartes ne leur rentrent qu'en fin de partie, à un âge où, à part la mort, plus rien n'est grave, ni les frasques de l'aïeul, ni les débauches des cousins, ni les mensonges roses des *mummies* et des *nannies*. William, à cinquante-six ans, en est déjà là ; il se sent fondre comme une banquise ; des morceaux se détachent de lui, de grands morceaux du passé qui s'en vont dans les vagues : les *public schools* de son enfance, la minijupe de sa première maîtresse, ses amitiés d'Oxford, les derniers retraités de l'armée des Indes, le visage sévère de son père... Bientôt, il le sait, il en ira de même pour Lisa. Il suffit qu'il gagne un peu de vie pour elle, qu'il la protège encore assez pour que s'effacent, naturellement, les années qu'elle a vécues sans lui.

« Les yeux vont lui pourrir dans la tête ! » : Solange, la grand-mère des quatre filles, répétait cette phrase, paraît-il, quand l'une d'elles dormait trop longtemps. « Si on la tirait pas du lit, disait la Mémé, les yeux y pourriraient dans le crâne à c'te gamine-là ! » Tout seul devant son ordinateur, William pense aux yeux d'Olga, sa belle-mère, qui pourrissent dans sa tête. Il pense aux paupières closes de Lisa, dans sa chambre de « réa »... Et aussitôt, il attrape ses clés de voiture, prend son imperméable, appelle l'ascenseur : il doit retourner à l'hôpital, vite, tirer sa femme par les pieds, la chatouiller ou la gifler, la réveiller, peu importe la manière, la forcer, la violer, et lui tenir les paupières ouvertes pour laisser entrer la lumière — toute la lumière avant que ses yeux lui pourrissent dans la tête, toute la lumière tant qu'il y en a, la lumière tant qu'il nous en reste...

Lisa

Prince of Wales Hospital. Trois heures du matin.

... Un temps léger comme un mois de mai en Provence, un temps doux comme un liquide amniotique, tout l'enveloppe, tout la baigne. Soleil. Dans la maison grande ouverte, le jour entre de partout : portes-fenêtres en enfilade sur le jardin et sur la rue. Une lumière tiède fait briller les meubles, Katia et elle sont en train d'emménager : des meubles, il y en a partout, même sur le trottoir, elles n'ont pas eu le temps de les rentrer.

En riant Katia repousse une console, soulève seule, avec aisance, une armoire, un bahut — où sont leurs maris ? Loin... Heureusement, elles n'ont pas besoin d'eux : rien n'est lourd dans cet étrange pays, et Katia sait où placer les meubles pour accueillir le corps immense et transparent de Lisa, lui fabriquer un cocon à sa mesure. Car leur maison n'a pas de limites : au bout de longues pièces voûtées, on devine d'autres pièces voûtées, des plafonds ronds comme des ventres, et, sous ces courbes, dans ces ventres, Lisa sent son corps grandir encore, se fluidifier ; il épouse les contours de la maison, *On dirait le Sud*, Lisa plane dans un corps aérien que ne bornent plus l'espace et le temps. Katia virevolte parmi les meubles, et Lisa s'étire à la dimension d'une maison qui s'étend sur des kilomètres, une maison qu'il faudra des siècles pour aménager, une maison où l'on pourrait vivre *plus d'un million d'années*...

Des voix tout à coup, fortes, gênantes : par les doubles portes ouvertes sur la rue des gens sont entrés, ils prennent l'endroit pour un dépôt-vente, veulent acheter, marchander, emporter... Doit-elle perdre le long corps immatériel dans lequel elle nageait avec tant d'aisance ? Katia marche vers les visiteurs, s'adresse fermement aux intrus : « Nous ne vendons rien ; il nous reste des choses à rentrer, mais tout logera, c'est une question de temps ; nous avons le temps, il ne pleuvra pas, laissez-nous le temps... » Un autre groupe, entré par une autre porte, se faufile entre les buffets deux corps et les vaisseliers : « Ce n'est pas une brocante, ici ! » dit Katia, et elle se fâche : « Il y a erreur, nous voulons tout garder. » Des passants s'attroupent, un téléphone sonne, Katia s'énerve : « Ah, si, en plus, je dois répondre ! — Je vais le faire », crie Lisa, qui redescend, redescend lentement, tandis que la sonnerie insiste, insupportable. Agacée, Katia repousse la foule : « Lisa ! Grouille ! » Mais Lisa ne trouve pas l'appareil, et court maintenant avec son corps trop petit, trop étroit, court d'un meuble à l'autre, se cogne, rien que des angles, des coins partout, qui lui rentrent dans la chair, elle a mal...

Une lumière aveuglante. « Ouvre les yeux, Lisa », dit une voix, et d'autres voix parlent au-dessus d'elle, des voix dont elle ne saisit pas les mots car des machines, à côté, respirent fort et sonnent, sonnent sans arrêt. « Ouvre les yeux, Lisa », mais il n'y a rien à voir, que du blanc : murs blancs, néons. « Ouvre les yeux, Lisa » : une silhouette sombre, à contre-jour, sur un store blanc. « Elle vous entend », dit une voix là-haut, et d'autres voix approuvent. « Ouvre les yeux. » Devant elle, assis tout près, et cerné de blanc, un vieux monsieur. Crispé. Le front coupé en deux : cette ride verticale, entre les sourcils, Lisa se souvient qu'on l'appelle la « ride du lion »... Ce lion a du plissé soleil autour des paupières — que Lisa regarde avec attention, comme si on l'avait chargée de compter les plis — et une crinière grise, un peu mitée : sous les poils, on aperçoit son crâne rose... En bas du visage, une chair floue, flasque — il n'a plus de mâchoire, ce vieux fauve ! C'est quand même lui, le lion fatigué, qui répète sans cesse : « Ouvre les yeux. »

Il dit aussi « Lisa, ma Lisa, c'est William ». William, voilà un nom que Lisa connaît, c'est le nom de son mari. Elle fait un effort, balaie du regard le mur blanc autour du vieux, mais elle a beau chercher : personne. Le monsieur d'un « certain âge » dit encore : « Lisa, c'est moi, William. Tu me reconnais ? » Lui ? Il plaisante ? Elle, si jeune, mariée avec un grand-père ? Elle voudrait protester et dire que, par-dessus le marché, elle en a marre de ce téléphone qui sonne,

qu'elle veut qu'on décroche, que le bruit s'arrête...
Seulement, dans sa gorge, quelque chose l'empêche
de parler, de crier, c'est un nœud, un chiffon, une ser-
pillière, elle a l'impression, soudain, qu'on lui enfonce
dans la bouche un entonnoir de fer, elle étouffe, elle
va vomir... Vite, tout arracher ! Mais elle ne peut pas,
découvre qu'elle ne peut plus remuer les mains, ni
bouger les bras, ils l'ont attachée au lit, elle est couchée dans un lit blanc, attachée de la tête aux pieds !
Alors, elle pleure en silence : de grosses larmes
coulent de ses yeux... Et William lui caresse la main,
dit doucement : « Sois patiente, ma chérie. Ce sont
les perfusions. Tu en as besoin. Mais ils vont tout de
suite t'ôter l'intubation. Tu respires bien, maintenant.
Calme-toi. Tu es revenue. Je suis là... Pardon, made-
moiselle (il s'adresse maintenant à quelqu'un au-
dessus de la tête de Lisa), est-ce qu'on ne pourrait
pas faire quelque chose à propos de cette sonnette ?
— Oh, c'est encore le 12 qui nous appelle ! Il nous
sonne toute la journée ! Ne vous inquiétez pas : on
va débrancher. »

Lisa gardera peu de séquelles de l'« incident ».
Certes, l'intubation a provoqué un petit nodule sur
une corde vocale, elle aura la voix rauque de temps
en temps, mais il suffit d'éviter de la faire parler. De
toute façon, William n'a pas l'intention d'aborder les
grands sujets ; d'un commun accord, Lisa et lui en
restent au *small talk*. Les médecins sont satisfaits :
« Et pour ses plaidoiries, docteur ? — Une piqûre de
cortisone juste avant, et le tour sera joué ! » Seul

détail embêtant : les avant-bras de Mrs Richard-Jones ne seront pas, enfin, « aussi présentables qu'autrefois. Nos chirurgiens ont rétabli la circulation veineuse, mais les plaies étaient si profondes et si nombreuses qu'on ne peut espérer des cicatrices discrètes. Mieux vaudra qu'à l'avenir Mrs Richard-Jones porte des manches, n'est-ce pas ? » À son âge, semble penser le jeune chef de clinique, ce ne sera pas une catastrophe : vient un moment où toutes les femmes attrapent le « pélican » — le biceps se relâche et, sous l'os, se forme la même poche disgracieuse que le palmipède porte sous le bec pour nourrir ses enfants. Les dames « à pélican » ne se dénudent plus les bras : même au plus fort de l'été, dans le désert Victoria ou le Great Sandy, elles gardent des manches courtes. Mrs Richard-Jones en gardera de longues, voilà tout.

Mais William se fait de l'avenir une autre idée. Lisa avait les plus belles épaules, les plus beaux seins, le plus beau décolleté du monde — ça, le docteur ne le sait pas. Il n'est pas question qu'elle se vieillisse avant l'heure en cachant cette chair aimable sous des chemisiers.

Le mari, donc, a consulté son banquier — à son âge, un emprunt reste possible, mais sur très courte durée... Il est allé chez un grand bijoutier, a acheté sept anneaux d'or identiques, bien larges : un bracelet semaine si épais qu'il ne pourra glisser que de quelques centimètres sur le bras nu ; il dissimulera les blessures et, bientôt, Lisa aimera cette musique métallique qui l'accompagnera partout. Pour l'autre bras, William a voulu un bijou différent, plus original, qui attirerait le regard pour mieux le tromper : il s'est souvenu, en historien, des brassards de cuir que portaient à l'avant-bras les soldats romains quand ils craignaient le frottement du bouclier ; au bijoutier, il a commandé une « création » : un long brassard en peau claire recouvert d'écailles d'or.

« Un bracelet d'esclave ? » a demandé Lisa lorsqu'il lui a fait la surprise de ce cadeau ; elle n'avait pas encore quitté l'hôpital, ses bras étaient toujours bandés, mais, à chaque fois qu'on lui refaisait le pansement, elle voyait bien qu'aucun onguent n'effacerait la trace de ce qu'elle s'était fait — cette fois, elle avait réussi à s'abîmer « pour de vrai » ; les ongles rongés, les mains griffées, c'était du provisoire, du réversible, de la gnognote, mais aujourd'hui ses bras... « Un bracelet d'esclave ? » Quand elle a posé la question d'un ton glacé, quand elle s'est entendue ironiser au lieu de fondre en remerciements, il lui a semblé que c'était sa mère qui parlait. Sa mère craignait tant de s'attendrir qu'elle se moquait avant d'être touchée, répondait à une trop grande douceur par la dureté. « Un bracelet d'esclave ? » : sa mère vivait encore en elle, parlait, malgré elle, par sa bouche... Mais William ne s'est pas laissé impressionner : « Révise ton histoire antique ! Pas un bracelet d'esclave, maître Richard-Jones, un bracelet de soldat. »

Quinze jours plus tard, Lisa, qui avait retrouvé un peu de voix, a raconté son rêve à William, le rêve qu'elle faisait lorsqu'elle était dans le coma : elle lui a parlé de son corps sans âge et sans limites, *un million d'années et toujours en été*. « C'est peut-être ça, la mort, tu sais ? Des vacances éternelles. Dans un climat confortable. On se sent si jeune, Will, tellement bien, tellement mieux ! »

Plusieurs fois, elle a raconté ce rêve de la grande maison, du corps heureux dans la maison ronde, avec sa sœur aînée tout près.

Plus tard encore, quand les médecins ont déclaré Lisa convalescente, « encore fragile psychologiquement, mais en bonne voie », et qu'ils ont autorisé sa sortie, William a consulté le jeune associé de sa femme, un garçon de qualité, plein d'idéal, qui pare déjà au plus pressé ; puis il a appelé Katia. Tous deux n'ont pas eu besoin de parler longtemps.

26.

De ma mère avant sa maladie, je retrouve peu de choses : un geste parfois, un son qui ressuscitent brusquement ma « maman d'avant ». Quelquefois, un air de variété, une musique entendue à la radio : l'autre soir, en sortant de mon bain, *Afrique adieu, belle Africa, où vont les eaux bleues du Tanganyika ?* Tam-tams, youyous, et là au milieu, tout à coup, Maman. Maman qui danse, ondule des hanches, rythme de la tête et des bras, martèle le sol, *Afrique adieu* ; elle danse les odeurs de l'Afrique, le rire de l'Afrique, les corps nus, la sueur, la joie ; et Louise, la meilleure amie, Louise morte aussi, la rejoint dans la danse, elles se font face, se sourient, leurs mains se touchent, bras levés, paume contre paume, *belle Africa* ; elles se balancent, leurs ventres tournent comme des soleils, *Où vont les eaux bleues* ; et devant le miroir, au son des tam-tams, vieille et jeune, sorcière, je danse avec elles.

Lisa et moi, parfois, nous dansons ensemble, en souvenir de Maman. C'est notre manière à nous de la prier.

Dans quinze jours, justement, nous serons au « bout de l'an ». Je me suis brusquement rappelé que, pour ce premier anniversaire de la mort d'un parent, l'usage est de dire une messe. La messe sera dite : les églises de Fontenailles, Morterolles, Saulière et autres lieux n'étant plus fréquentées que par les chauves-souris, pour le « bout de l'an » je descendrai à Cleyrac. Seule, seule avec mon père, qui, pour la circonstance, arrivera du Havre le matin et repartira le soir même — toujours pressé, le capitaine, et fâché de s'éloigner de la mer ! Mes sœurs, fils, belles-filles, neveux, je les ai conviés à une cérémonie plus conforme à nos traditions — une grande fête, la « Fête au moulin ». « On mangera, chantera, dansera », précise mon mail d'invitation. Et Maman sera là.

Officiellement, Lisa est venue de Sydney pour m'aider à préparer ces festivités ; en accord avec William, c'est ce que je lui ai demandé. Mais au début elle est si fatiguée qu'elle ne peut pas lever le petit doigt. Tant mieux : elle doit se reposer. Il est convenu d'ailleurs que, sous un prétexte quelconque, je la garderai après la fête. Tout le mois de janvier ; février même, si j'arrive à la persuader. Ce sont mes mois d'écriture ; de toute façon je les passe ici : à Paris, je m'émiette.

Quand ma sœur est arrivée à Roissy, je l'ai à

peine reconnue : en huit mois, elle a tellement changé ! Plus rien d'une diva ; ni même d'une femme « encore jeune ». On dirait un arbre sur lequel la bourrasque a soufflé, elle est tout effeuillée. Le matin, je l'installe au premier étage du moulin, avec une chaise longue, sur le grand balcon de bois qui domine le lac — comme on faisait autrefois dans les sanas, pour les tuberculeux convalescents. Quand j'ai un moment, je la rejoins ; je m'assieds dans mon fauteuil d'osier et lui lis les nouvelles. Sous la pression de mes fils, je me suis abonnée à *La Montagne* et à *L'Écho du Plateau* pour être sûre d'avoir tous les jours la visite du facteur. Sans quoi, dans ce fond de vallée, personne ne saurait si je suis morte ou en vie... À ma petite sœur je fais la lecture, gros titre de *L'Écho* : « *Des voleurs de chaussures arrêtés. Deux individus ont été arrêtés la nuit dernière en flagrant délit de cambriolage. Ils avaient volé des chaussures de marque dans une boutique d'Aubusson. Lucas C. et Karim B. revenaient sur les lieux de leur délit lorsqu'ils ont été interpellés par la brigade anticriminalité. À l'issue d'une perquisition, trois paires ont été retrouvées à leur domicile et...* Six godasses, Lisa, six ! Tu te rends compte ! Un vrai hold-up ! Nous aussi, au village, on a nos thrillers ! »

Lisa sourit. J'aime bien quand elle sourit. Une goutte de grenadine dans l'acide. Elle dit :

« Je suppose tout de même que tes canards t'apportent de temps en temps des nouvelles du monde, de vraies nouvelles, sérieuses...

— *L'Écho*, non. *La Montagne*, oui : quelques articles en pages intérieures. Mais ce ne sont pas des nouvelles, ou bien elles ne sont pas sérieuses. Juges-en par toi-même : y a-t-il un seul titre qui n'aurait pas pu être le même il y a vingt ans ? *Chirac, l'embellie ; Le trou de l'assurance-maladie se creuse ; Comment réformer les régimes de retraite ?...* Tandis que, dans les petites annonces de *L'Écho*, quand je tombe comme aujourd'hui sur *Vends buffet Louis XX, parfait état*, ce *Louis XX* me prend par surprise et son *parfait état* fait ma joie... »

Je sais que je pousse un peu loin le bouchon. Avant la maladie de Maman, Lisa aurait bondi : comment puis-je rester indifférente au mouvement de mon siècle, au sort des démunis, des discriminés, des plus victimes, des plus morts ? Mais aujourd'hui elle se tait. Trop épuisée, ou revenue de ses illusions ? La vérité est que, pour elle comme pour moi, il n'y a plus de nouveau : Maman est toujours morte, et nos dates de naissance jaunissent comme de vieilles photos.

Le vent soulève mon journal, l'emporte jusqu'à la rambarde de bois dans un grand bruit d'ailes (*L'Écho* ne pèse pas lourd, il tient sur deux doubles pages) ; je vais chercher un châle pour ma sœur : nous passons « Noël au balcon ». Le temps reste trop doux pour un hiver, doucereux même, mais je ne crains pas le retour de bâton : « Pâques aux tisons » ? Non. Le climat, même dans nos montagnes, a changé, les saisons se décalent, l'air se réchauffe. Cette année, à la mi-décembre, nous goûtons la mansuétude d'un « été indien ». Je ramasse encore des pommes. La treille de la grange perd tout juste ses dernières feuilles. Nous prenons le café dehors. Hier, avec six semaines de retard sur le calendrier d'autrefois, nous avons vu se succéder les escadrilles d'oies sauvages en partance pour l'Afrique ; elles tournaient longuement au-dessus de l'étang à la recherche des courants, nous les observions à la jumelle depuis la galerie de bois.

« Qu'elles soient encore en France en décembre, c'est insensé, a dit Lisa. La nature devient folle !

— Plus que tu ne crois : il y a six ans, dans un moment d'enthousiasme, j'avais planté, au pignon de la bergerie, deux figuiers ; cet été, après notre deuxième canicule, j'ai récolté des figues superbes ! Sur le plateau de Millevaches, tu te rends compte ? Les cinq degrés supplémentaires qu'on nous annonce pour la fin du siècle, ici on les a déjà gagnés ! »

Le lac où se reflètent les bouleaux et les sapins que Micha avait plantés, le lac, autrefois gelé et couvert de neige dès le début de l'hiver, garde maintenant longtemps sa couleur vert opale.

« Crois-tu que son niveau baisse ? demande Lisa, inquiète.

— En juillet août, oui, mais, en janvier dernier, je l'ai vu déborder, au contraire ! Pour la première fois de ma vie ! Tu sais avec quel soin

Micha avait aménagé les trop-pleins, les déversoirs, étudié le système de vannes, de pelles, de dérivations : en cas d'orages en amont, notre gros ruisseau, le Malsignat, ne doit plus passer par l'étang, il rejoint directement la rivière. Mais Micha n'avait pas prévu la mousson ! L'hiver, chez nous, il ne pleuvait pas, souviens-toi : il gelait, tu te rappelles nos glissades sur le lac ? Du ponton, Micha nous encourageait... Aujourd'hui, tu n'aurais plus l'occasion de patiner : nos derniers grands froids remontent à 1985 ; cette année-là, j'ai vu tous mes fusains geler sur pied. Maintenant, on pourrait planter des oliviers ! Les hivers sont si tièdes... Tièdes, mais diluviens ! Ah, pour pleuvoir, il pleut ! Des semaines d'affilée ! En janvier, juste après l'enterrement de Maman, j'avais beau ouvrir toutes les vannes, l'étang montait sans arrêt. Le ponton avait disparu, les déversoirs fonctionnaient à plein régime, mais rien n'y faisait. L'eau a atteint le sommet de la digue, et là, les évacuations que Micha avait placées sur la chaussée, ces buses avec leurs drains géants dont Mémé rigolait («Votre grand-père, on dirait qu'il s'attend à voir passer ici un fleuve de Russie, ma parole il croit que les meuniers de La Roche ont barré la Volga ! »), eh bien, ces buses, ma petite, ont pris du service : l'eau s'y engouffrait en tourbillons sans que ça empêche la "marée" de monter... En cinq minutes, toute la chaussée s'est transformée en cascade — une cascade de deux cents mètres de long qui se déversait douze mètres plus bas, dans le pré de l'Étang. Drôle de "pré" où l'on ne voyait plus un brin d'herbe, puisqu'un deuxième lac se formait en contrebas du premier ! Prise entre les deux, j'ai dû quitter la chaussée. Me réfugier dans la maison...

— Tu n'avais pas peur que le moulin soit inondé ?

— Pas trop, non. Tous les moulins sont inondables, mais celui-ci ne s'appelle pas La Roche pour rien ! Les meuniers de 1533 avaient trouvé la seule vallée où il soit possible d'accrocher la roue à un piton granitique : quatre niveaux de construction qui épousent la forme du rocher — le moulin peut avoir les pieds dans l'eau, il aura toujours la tête au sec !... Je me suis même installée sur la galerie, bien à l'abri, et j'ai regardé le spectacle : le lac se déversant sur toute sa largeur dans le pré de l'Étang, c'était beau comme les chutes du Niagara !

— J'aimerais voir la fin du monde avec toi », a dit Lisa.

Et il n'y avait pas la moindre trace d'ironie dans sa voix ; c'était la voix d'une petite fille qui parle à sa sœur aînée et implore : « Est-ce que tu permets, s'il te plaît, que je meure près de toi ? »

Elle dit souvent des choses étranges, ma Lisa, quand, du balcon de bois, nous contemplons la splendeur tranquille de l'arrière-saison : le lac des fins d'après-midi qui passe du vert opale au jaune d'ambre quand la lumière épaisse se répand comme une confiture — gelée de coing, marmelade d'orange. Une lumière au goût de sucre, au parfum d'automne, alors que l'hiver a commencé. Pourquoi les grues et les cygnes qui traversent le ciel partent-ils si tard ? Ils virent brusquement au-dessus du lac et disparaissent en criant. Si tard... Assises sur la galerie de notre grande « datcha », nous n'avons pas froid. Le soleil caresse les mains de Lisa, cajole ses bracelets d'or. Elle me demande :

« Est-ce que tu te souviens des fourmis ?

— Quelles fourmis ?

— Celles que j'ai tuées. À Cleyrac, dans le jardin, quand j'avais six ans. Tes fourmis, que j'ai noyées. Maman t'a punie. »

Je ne comprends rien à cette histoire de fourmis, mais je ne veux pas la contrarier :

« Tu sais, des fourmilières adoptives, j'en ai eu des tas ! Et toutes ces petites familles sont crevées depuis belle lurette ! L'espérance de vie d'une fourmi... »

Lisa demande :

« Est-ce que tu penses remettre une roue au moulin ?

— Pour quoi faire, seigneur ?!

— Pour rien... Tu n'as pas gardé non plus la vieille charrette de Micha, celle qui avait des roues bleues ?

— Voyons, Lisa, tout ça avait disparu depuis longtemps quand j'ai repris la maison... D'ailleurs, je ne crois pas que les roues de la charrette étaient bleues.

— Si. Je les ai bien regardées au moment de mourir : elles sont bleu pastel et elles tournent sur des chemins tout blancs... »

Là non plus, je ne saisis pas. Mais je lui propose d'aller voir en bas, au fond de l'ancienne écurie, où il reste un tas de fouillis : il se peut que nous y retrouvions un bout de ridelle, un moyeu... Lisa dit :

« Toi et moi, comme enfants, on n'a pas été désirées. Véra, par contre, l'a été. Sonia, aussi.

— Excuse-moi, mais si Sonia a été désirée, c'est comme garçon ! Tu imagines l'ampleur de la déception !... Autrefois, d'ailleurs, aucun enfant n'était "désiré". Surtout quand les femmes risquaient leur vie à chaque mouflet ! Un gosse par an, tu te rends compte ? »

J'ai senti Lisa un peu tendue. Quand je parle d'Histoire, elle s'agace. D'ailleurs, s'attendrir sur le danger des grossesses à répétition devant une femme stérile, c'est, au minimum, un manque de tact. Bien digne de « Marie Patauge ». Aussitôt j'ai créé une diversion : « Et si on faisait des crêpes ? J'ai faim de crêpes », et nous voilà toutes les deux dans la cuisine où j'allume une flambée au fond du *cantou* pendant que Lisa s'empare du saladier.

Toute la soirée nous nous empiffrons de crêpes au chocolat, au beurre, au cognac, en buvant du thé noir et en nous racontant les

Chandeleurs passées : « Et la fois où Sonia a fait sauter la crêpe sous le fil à linge ? Et sa crêpe est restée accrochée au-dessus du fourneau, entre un soutien-gorge et une serviette de toilette ! » Lisa s'est rappelé une chanson que nous avions apprise à la « petite école » : *Quand on fait des crêpes chez nous, Maman nous invite, quand on fait des crêpes chez nous, elle nous invite tous : une pour toi, une pour moi, une pour ma petite sœur Ida, une pour toi, une pour moi, une pour toutes les trois.* Et nous voilà parties à accompagner la chanson d'une danse de Sioux, une espèce de ronde que l'institutrice de Cleyrac apprenait à ses élèves : *Quand on fait des crêpes chez nous, Maman nous invite...* Intermède de polka piquée. Je prends Lisa dans mes bras. Je danse avec elle, et Maman danse avec nous.

Elle va mieux, notre benjamine, surtout depuis qu'elle a pris en main les courses au chef-lieu et la préparation des repas. Elle se mitonne des petits plats : elle a raison, pour ces choses-là ce n'est pas sur moi qu'on peut compter !... Depuis que nous avons célébré le « bout de l'an », elle remonte la pente. Il faut dire que la fête était réussie : mes fils, nos neveux, leurs femmes, leurs copines, tout le monde s'était déguisé — Véra, comme d'habitude, méritait le premier prix : elle est apparue en gendarme, avec la moustache adéquate ; le plus fort, c'est qu'il s'agissait d'un véritable uniforme ; pas d'un costume loué chez un marchand de masques, avec épée de bois et bicorne en papier mâché ; non, un uniforme contemporain... Je ne sais pas comment elle s'y prend pour dénicher des accoutrements pareils.

Après le dîner aux chandelles, les jeunes sont montés dans le grenier pour danser à la mémoire de Babouchka et se raconter leurs métiers, leurs galères, peut-être leurs amours : il paraît que Véra va être grand-mère. Elle aussi ! Je n'aime pas ça : les nurseries sont des cimetières...

Nous sommes restées toutes les quatre en bas. Nous avons admiré les bracelets de Lisa. Sonia pense que William devrait faire breveter le brassard en peau d'autruche : « Je suis sûre qu'un couturier un peu déjanté genre Galliano se toquerait de ce machin-là ! » Nous en étions à nous demander comment améliorer le modèle pour que les écailles d'or n'accrochent plus la maille des pulls quand, brusquement, Lisa s'est tournée vers moi : « Est-ce que tu crois en Dieu ? » Elle a encore du mal à fixer son attention, perd le fil de la conversation, saute du coq à l'âne, comme un enfant. J'ai répondu en grande personne : « C'est un sujet compliqué. Qu'on ne peut pas aborder à trois heures du matin. Si tu veux, nous en reparlerons. Pour l'instant, on va plutôt préparer une petite soupe à l'oignon pour les garçons... »

Pendant que nous épluchions les oignons, Lisa a dit : « Les derniers temps, Maman était en colère contre nous... — En colère, peut-être, a répondu Véra, mais pas contre nous. Ça, je peux te le jurer ! » Un serment ? Bébé Lisa n'a plus besoin d'explications en effet, il suffit qu'on la rassure. Avec une grande fermeté. Véra l'a compris, elle a répété : « Je sais ce qui fâchait Maman. Aucun rapport avec nous. Aucun. Juste une vieille histoire qui remontait à la surface. Ces choses-là arrivent, quand on est très malade... » J'ignore si notre « gendarme » avait en tête quelque chose de précis. L'essentiel, c'est que nous soyons soulagées.

Pour peler les oignons sans trop souffrir, chacune de nous a sa méthode : Véra met des lunettes de soleil ; Sonia épluche à grande eau, sous le robinet ouvert ; Lisa se fait un manchon d'un sac à congélation et « n'attaque » qu'à l'abri de la pellicule plastifiée ; moi, je bloque ma respiration. Bien sûr, je finis toujours par reprendre mon souffle et par pleurer aussi ; mais la dernière des quatre, parce que j'ai les yeux noirs.

Ce soir-là, donc, Véra maniait le hachoir ; Sonia pelait les bulbes en pestant, « oh merde, les filles, je chiale déjà ! » ; et Lisa, en reniflant, coupait les rondelles. J'ai ouvert la fenêtre pour chasser l'odeur. Aussitôt, le bruit de la cascade a couvert les claquements du hachoir et les rumeurs de rap descendues du deuxième étage. C'est sur ce fond de cataracte que tout à coup Lisa, entre deux reniflements, a crié : « Est-ce que Papa a eu de mes nouvelles ? »

Les juristes, comme les écrivains, emploient rarement un mot pour un autre. Nous communions, Lisa et moi, dans le culte de la précision : elle n'a pas demandé si notre « voyageur » avait pris de ses nouvelles, mais, plus réaliste, si l'une de nous avait réussi à lui en donner... C'était le cas : hurlant à son tour pour se faire entendre, Véra a mentionné deux coups de fil, « et le paternel s'est montré très inquiet pour toi ! ». Possible : Papa a toujours eu le souci de notre santé. Quand il était de passage à Cleyrac, il ne suffisait pas, pour éviter ses taloches, que nous lui présentions des bulletins de notes élogieux, il fallait aussi pouvoir afficher une belle courbe de croissance... Je ne l'imagine pas indulgent aux suicidaires. Quant au mode opératoire choisi par sa fille — les barbituriques et l'hémorragie — il a dû penser que c'était bien une « idée de bonne femme ! ». Par Véra, qui n'en dira rien à Lisa, j'ai su que, dans le premier mouvement, furieux, il avait conclu la communication téléphonique sur un proverbe russe, un dicton que citait Micha : « Quand on n'a pas assez d'ennuis, on en achète ! » Il est comme ça, l'« homme au long cours », un père qui ne protège pas, célibataire-né, étranger à sa propre lignée. Du coup, j'oublie même qu'il existe : pour la « fête », je l'ai prévenu trop tard, d'après Véra — il avait déjà versé un acompte pour une croisière... Mais à Lisa, son « acheteuse de soucis », il a quand même envoyé deux boîtes de chocolats ; et il viendra au moulin en février si elle y est encore. Elle y sera : j'aime son parfum d'Anglaise proprette, le cliquetis de son bracelet semaine, ses pas légers dans l'escalier, la vapeur des légumes qui cuisent dans le faitout, l'odeur de la tarte qu'elle sort du four — « Katia, tu es sûre que je ne te dérange pas ? ».

Maintenant, c'est elle qui nous prépare le thé, ferme les volets, allume les lampes, me fait écouter le long trémolo de la hulotte dans le châtaignier et le chuintement des effraies qui squattent l'ancien pigeonnier, au-dessus de la grange : la nuit, la mère chasse au loin, et ses petits, inquiets, l'appellent sans arrêt.

Un soir, en allant lever la pelle meunière de l'étang, nous avons vu, juste au-dessus de nous, s'envoler la grande effraie : un moment, ses ailes blanches déployées nous ont caché la lune. Elle montait, libre dans la nuit, comme une âme exaucée.

« Maman... Maman était tout à nous », a dit Lisa, les yeux fixés sur l'oiseau qui rasait la pointe des sapins, « elle était tout à nous, mais elle nous voulait tout à elle...

— Lisa, c'est fini maintenant, nous sommes vieilles : laisse-la s'en aller. »

Ma sœur a établi ses quartiers d'hiver dans ma bibliothèque, une grande pièce avec mezzanine. Elle applaudit le résultat de vingt-cinq ans de travaux, trouve que j'ai eu raison d'abattre des cloisons et d'aménager, sur le « jardin des bouleaux », une vraie *family room* où l'on passe en douceur de la cuisson des repas à leur ingestion, et de leur ingestion à leur digestion. « En plus, ces vieilles tommettes, ces poutres lazurées, cette longue table, ce vaisselier, ça colle tout à fait avec le style du moulin ! — Oui, dis-je, c'est plus "authentique" depuis que ce n'est plus vrai... »

Nos grands-parents, ici, n'occupaient que deux pièces : tout le reste était dévolu à l'exploitation. L'habitation, au bout du bâtiment, avait un sol en ciment brut, des murs chaulés, noircis par la suie, et un mobilier qu'on croyait « moderne ». À part le vaste *cantou* en granit, qui est d'origine, tous les matériaux anciens et les meubles faussement gustaviens qui font aujourd'hui l'agrément du moulin sont d'« importation ». Un jour quelqu'un que je ne connaîtrai pas les reléguera au grenier pour réhabiliter le Formica de Mémé...

Nous marchons dans les bois ; le temps reste anormalement suave, doré, liquoreux. Une arrière-saison qui n'en finit plus... Je lui montre les passées de chevreuils au milieu des fougères, et leurs reposées dans les feuilles sèches de la hêtraie. À travers les branches nues, le lac brille comme une goutte de pluie dans une toile d'araignée.

Un grand busard plane au-dessus de la sapinière. Vol lent. Sans agitation inutile. Ni à-coups ni affolement. Un vol plus lisse encore que la peau de l'étang. Apaisant. Maîtrisé. Si j'étais mulot, il me semble qu'en contemplant le vol des rapaces je me sentirais rassuré... à condition, bien sûr, de rester dans mon trou ! Lisa a suivi mon regard, elle dit :

« Hier soir, à la télévision, ils parlaient d'une nouvelle pandémie, ou plutôt d'un risque de pandémie. Pas le sras ni la grippe aviaire, non : un truc qui ne passe pas par les oiseaux. Le vecteur, ce serait des mouches.

— Des mouches ? Dans ce cas, on verra plus tard. Au printemps prochain... En hiver, aucun danger !

— En principe, oui. Mais il ne fait pas froid pour l'instant. Pas assez. J'ai tué une guêpe dans ma chambre... »

J'avais pourtant conseillé à Lisa de ne pas regarder les informations télévisées, je lui ai même recommandé de n'allumer le poste qu'après le journal du soir, juste pour la météo. Pas très obéissante, la petite sœur ! Heureusement que je n'ai pas le Net !

« Je ne comprends pas, s'étonne-t-elle, que tu n'y sois pas abonnée.

— À Paris, je suis connectée, mais ici, sur le plateau, nous n'avons pas le haut débit...

— Le bas débit serait mieux que rien ! »

Comment lui expliquer que je ne veux plus avoir le monde en direct ? Ni sentir planer sur moi les grandes menaces. Même pas savoir quel jour on est. Mon trou de mulot n'est pas assez profond.

Au loin, invisibles à l'œil nu, les guerres, les épidémies, les attentats, les assassinats. Ici, les chevreuils et la clémence du ciel... Lisa, plus « conscientisée », secoue ses bracelets et ses bras lacérés (on dirait ceux de l'écorché qu'on nous présentait dans les classes de sciences nat.), elle secoue et sermonne : « Regarde la vérité en face » (surtout pas !), « c'est loin, le malheur, loin, la mort, mais ça se rapproche... »

Je ferme les yeux, les oreilles, et propose un dîner de crêpes à la confiture de mûres, que nous mangeons sur le tapis de la bibliothèque en écoutant du Couperin.

Promenons-nous dans les bois, pendant que le loup y est pas... Nous suivons la piste des chevreuils. En cette saison, les bêtes sauvages se cachent parce qu'elles nous entendent venir, les feuilles craquent sous nos pas. Mais je connais depuis longtemps leurs habitudes, leurs parcours. Chose étrange, depuis tant de siècles qu'ils sont pourchassés, les animaux n'ont pas encore appris à dérouter les hommes en changeant de gîte ou d'itinéraire : pour nous échapper, ils s'immobilisent, se terrent ou prennent leurs pattes à leur cou, mais ils ne déménagent jamais. « Tôt ou tard, dis-je à ma sœur, même si le bruit nous dénonce, nous tomberons sur toute la harde. Les chevreuils ont beau être craintifs, quand l'ennemi commence à fréquenter leur territoire, ils sont infoutus d'émigrer ! » Arrivée au bout du sentier, Lisa Ivanovna (pour rire, Véra s'est mise à désigner notre benjamine par son patronyme à la manière russe, manie contagieuse : maintenant, nous l'appelons toutes comme ça), Lisa Ivanovna s'est arrêtée, essoufflée et songeuse : « Émigrer, dit-elle, moi je l'avais fait. Je voulais une île... — Et tu as trouvé l'Australie. »

Pas du tout : elle s'emporte, l'Australie est un continent, en plus on y déteste les Français (tiens, j'avais cru que son accent y charmait les juges et les kangourous, je me trompe), pour rien au monde elle ne voulait de l'Australie, elle cherchait une petite île, non répertoriée, genre Robinson Crusoé.

Décidément, je ne la « suis » pas : un jour, elle me reproche de ne pas capter le satellite, de ne pas recevoir Internet, de me désintéresser des famines du Darfour et du sort des sans-papiers ; le lendemain, elle veut se retirer sous les cocotiers sans laisser d'adresse ! Sous les cocotiers, ou dans les glaces : son choix n'est pas arrêté ; il lui arrive de mentionner l'Islande, je ne sais quel îlot entre Reykjavik et le Groenland : physiquement, elle va mieux, mais mentalement elle reste incohérente... Pour ne pas la contrarier, je lui conseille plutôt Saint-Pierre. Ou Miquelon : au moins les autochtones y parlent français !

« De toute façon, comme île lointaine, tu ne trouveras jamais mieux que la Creuse. Tu te souviens des slogans de notre Comité du tourisme dans les années quatre-vingt ? *La Creuse, c'est encore un secret pour tout le monde.* Il y avait aussi : *La Creuse, une île où l'on arrive à pied* ; c'était si joli, cette *île où l'on arrive à pied...*

— Tu me fais marrer avec ton île ! Le moulin est loin des imbéciles, peut-être, il n'empêche que pour ta survie tu dépends des autres, de la collectivité, même si tu la fréquentes peu ! Que demain une épidémie, une guerre, ou un Tchernobyl quelconque désorganise le pays, et tu te retrouves sans eau potable, sans électricité, et sans pain. Je ne te parle même pas du bifteck !

— Écoute, Lisa, je vais tout t'avouer : je me suis mise en autarcie.

— Qu'est-ce que tu veux dire ?

— Attends, je m'exprime mal : ce que j'ai mis en autarcie, évidemment, c'est le moulin... Une idée qui m'est venue après la grande tempête. »

Il y a sept ans, la tornade qui balayait la France avait ravagé le plateau : forêts hachées, pylônes arrachés, routes coupées. Je me trouvais au moulin comme chaque hiver, et j'ai été isolée du monde câblé. Dix jours sans lumière, sans chauffage, sans téléphone, sans télévision, et sans secours. C'est à ce moment-là que j'ai décidé de revoir mon organisation.

Première réforme : remplacer ma chaudière à mazout par une chaudière à bois, fonctionnant par thermosiphon pour que l'eau chauffe les étages sans accélérateur électrique. Nos grands-parents avaient douze hectares de taillis autour du moulin, j'ai fait rapporter sous le hangar assez de bûches pour couvrir ma consommation de trois années — le temps de voir venir... Deuxième réforme : la remise en service du four à pain — j'ai réparé la porte, rentré du fagot de genêt, et trouvé, dans une foire à la brocante, la pelle à long manche indispensable. Le troisième changement, j'en ai senti la nécessité l'« année de la canicule » : l'eau de la commune était rationnée ; chaque soir, après avoir éventé ma mère toute la journée, quand la température tombait au-dessous de quarante degrés, je remplissais des seaux à la cascade pour sauver mes hortensias bleus et mon ginkgo biloba ; en remontant la côte, j'avais l'impression de tourner un remake de Jean de Florette. C'est alors que je me suis rappelé les deux sources de Micha, celle qu'il avait captée autrefois au-dessus de la maison, pour alimenter l'étable, et celle qui, après avoir rempli la citerne, arrivait sur l'évier. J'ai fait réparer les captages défoncés, arracher les queues-de-renard, remplacer les drains de poterie par du plastique inusable, et ajouter un surpresseur — dorénavant, dans la cuisine et la salle de bains, j'aurais l'eau de « chez moi ».

Au fil des saisons j'ai encore accru l'autonomie de la maison, taillant les poiriers, plantant des cerisiers, remettant en service l'ancien fruitier. Puis j'ai remplacé l'un de mes téléphones électroniques par un vieux poste à cadran trouvé dans le grenier, complété l'armoire à pharmacie, acheté des bougies, et stocké dans l'écurie trois

ou quatre bouteilles de butane : assez pour préparer quelques centaines de repas avant de
devoir remettre en service le grand *cantou*... « Et
quoi encore ? » s'étonne Lisa. Elle s'est assise sur
une vieille souche au milieu des bois, et je ne sais
si le regard qu'elle lève sur moi est admiratif ou
goguenard. La phrase suivante me tire du doute :
« J'espère que tu as pensé aussi, comme en quarante, à l'huile et au sucre ! »

Il en faut davantage pour me démonter : « Bien
sûr. Sans oublier le gros sel, indispensable à la
conservation des aliments dès qu'on n'a plus de
congélateur... Quand les habitants de cette maison auront épuisé ma provision de farine, ils
pourront se rabattre sur les châtaignes : personne
ne les ramasse plus. Pourtant Mémé Solange
nous racontait que, dans son enfance, avec la
bouillie et le *pain de châtaignes*, les gens du plateau arrivaient à tenir d'octobre jusqu'en mai.
Moi, en tout cas, dans mon fruitier, je garde déjà
mes pommes jusqu'au mois de mars. Pour les
châtaignes, il faudra seulement réapprendre à
les faire sécher. Et, peut-être, adopter une vache :
les châtaignes, c'est meilleur dans du lait...
— Pendant que tu y es, adopte aussi un cheval :
pour pouvoir atteler une petite carriole amish !...
À propos, ton eau de source et tes châtaignes,
tu comptes les défendre comment si, dans une
économie de pénurie, de moins prévoyants que
toi sont tentés de s'en emparer ? — J'ai des
armes. La vieille carabine de Micha, son pis-

tolet... Il faut seulement que je rachète des munitions. »

Nous avons repris notre promenade, en silence. Deux vieilles petites sœurs. Ma hanche recommence à me faire souffrir. Il est temps de rentrer. Nous n'avons pas vu les chevreuils. La nuit tombe. Nous nous ferons des crêpes fourrées à la crème de marron pour le goûter. Au moment où nous franchissons le petit pont de bois sur le ruisseau, Lisa me demande : « Franchement, tu crains quoi ? » Et je m'entends répondre : « L'avenir. »

Tu crains quoi ? « L'avenir » : c'est idiot ! Irrationnel au possible, puisque, dans l'avenir, je serai morte. À moins que, précisément...

Promenons-nous dans les bois pendant que le loup y est pas... Nous faisons le tour du lac. Quand je serai morte, le moulin continuera à vivre. Pour mes enfants ou pour des étrangers. Il sera abreuvé, nourri, chauffé, et le lac restera beau — un diamant. Le temps est si doux que Lisa a envie de tremper ses pieds dans l'eau. « Attention, rappelle-toi : c'est plus profond et bien plus froid qu'on ne croit ! » Avec sa couronne de sapins, sa frange de bouleaux et les rousseurs d'un érable de loin en loin, l'étang ressemble, en modèle réduit, à un grand lac canadien. Ou russe. « Un petit domaine au bord d'un lac », finir leurs jours dans « un petit domaine au bord d'un lac », c'est le rêve de tous les personnages de Tchekhov, c'était le rêve de Micha.

« Je vais vendre Morterolles, m'annonce brusquement Lisa.

— Bonne idée ! »

Elle va peu dans cette maison, qui n'a jamais été une maison de famille.

« Je pense aussi changer de métier. M'intéresser aux chiffres plutôt qu'aux gens. Comme Véra. C'est très protecteur, les chiffres... Je pourrais entrer dans un cabinet d'affaires pour m'occuper de fusions-acquisitions dans les pays anglo-saxons. Je connais bien le droit anglais — procédure, langue —, peu de juristes français sont aussi compétents que moi là-dessus.

— Évidemment.

— Je me réinstallerais à Paris... »

Moins bonne idée. Je ne sais pas quoi dire : elle hait Paris. Normalement, elle hait Paris. Certes, la sensibilité de Lisa est un labyrinthe, la conduite de sa vie un mystère, son suicide une énigme, mais il est clair que, si elle revient à Paris, elle va déprimer. Il faudrait au moins qu'elle garde un refuge :

« Tu pourras descendre au moulin autant que tu voudras, lui dis-je, on s'entend bien toutes les deux, on ne se gêne pas... Je peux même m'arranger pour qu'à ma mort il te revienne en usufruit.

— Donc, je vends Morterolles...

— Oui, c'est bien situé, tu trouveras des Anglais.

402

— Je me cherche un job à Paris, dans un cabinet international...

— Pourquoi pas ?

— Et puis je divorce de William...

— Ah non, mauvaise idée, ça ! Très mauvaise idée ! »

Qu'est-ce qui lui prend ? Elle dit, pense des choses saugrenues. Elle est fêlée. On la croit normale. En tout cas, réparée. Mais elle reste fêlée...

Le lendemain, au petit déjeuner, tout en beurrant ses toasts elle a pourtant parlé de faire un régime : « Je prends du ventre. » Quand une femme de notre âge décide de se mettre aux courgettes bouillies et de se priver de dessert, c'est qu'elle a surmonté ses angoisses existentielles. Du moins le croyais-je... Mais en remplissant le lave-vaisselle, elle m'a demandé — avec force circonlocutions (on aurait dit qu'elle préparait le congrès de Vienne) — si j'accepterais de passer quelques nuits dans sa chambre : elle a peur, tout à coup, de faire des cauchemars... Je n'aime pas changer de lit, j'ai mis du temps à trouver un matelas adapté à mes lombalgies, et puis, si j'éteins trop tôt, j'ai des insomnies. Surtout depuis la mort de Maman : je préfère entrer dans le sommeil toutes lumières allumées... Mais comment refuser ? Je suis l'aînée, elle est la « petite ».

Promenons-nous dans les bois... Cette fois, nous les avons vus, les chevreuils ! Nous les avons vus, toutes les quatre : Véra venait d'arriver de Saint-Léonard-de-Noblat pour passer le week-end au moulin, elle nous avait fait la surprise de nous amener notre « Vierzonnaise », Sonietchka, et, toutes les quatre, au sortir de la sapinière, nous avons vu les chevreuils dans le pré des Vergnes. Nous sommes tombées dessus nez à nez, nous dans l'ombre, eux dans la lumière. Ils étaient quatre aussi : deux brocards et deux chèvres. Une harde que je ne connaissais pas : des étrangers ?

J'ai arrêté mes sœurs du geste, mais, déjà, les bêtes effrayées avaient sauté la haie. « Sauté » n'est pas le mot juste : elles n'avaient pas couru, pas pris d'appel, elles se sont élevées très haut au-dessus de la clôture, sans élan, sans effort, comme si le ciel les aspirait. L'ascension du Christ et l'assomption de la Vierge devaient être des trucs dans ce genre-là. Sauf que, sitôt la haie franchie, les chevreuils nous ont montré leur derrière...

N'empêche, j'étais encore dans l'extase quand Lisa, qui m'avait devancée, s'est exclamée : « Oh, les dégâts qu'ils t'ont faits, ma pauvre Katia ! » Les chevreuils inconnus avaient écorcé tous les troncs, dévoré les branches basses des arbrisseaux : un massacre. « Les salauds ! Et comment ils feront, ces cons-là, le jour où il n'y aura plus de forêts, hein ? » Sonia, cette sans-cœur, riait de ma fureur, et elle s'est mise à chanter *La jument de Michao et son petit poulain sont entrés dans le*

pré, ont mangé tout le foin, une vieille scie bretonne
— Loïc Valdor — dont Louise nous avait rapporté le disque trente ans plus tôt en revenant de
vacances à Concarneau ; Lisa, à l'époque peu au
fait des prononciations armoricaines, avait transformé la chanson en « jument de Micha »... Dans
le pré des Vergnes, cet après-midi-là, Véra joignit
sa voix à celle de Sonia : *L'hiver viendra, les gars,
l'hiver viendra, la jument de Micha, elle s'en repentira*. À son tour, Lisa entra dans le chœur, repre-
nant en canon : *Sont entrés dans le pré, ont mangé
tout le foin* ; c'est un air très gai, très rythmé, le
temps était printanier, et je n'allais pas pleurer
sur des pousses de frênes dont, de toute façon, je
ne serais plus là pour admirer la maturité ! J'ai
rattrapé la voix joyeuse des trois autres, *la jument
de Micha, elle s'en repentira*.

Nous étions quatre filles, nous sommes quatre
sœurs : sans y penser nous avions formé un
cercle. Véra esquissa un pas de danse, Sonia dit :
« En bourrée, les filles, on se le fait en bourrée !
— À l'auvergnate », a précisé Véra. L'« auvergnate » est une bourrée qui se danse à quatre,
Micha et Maman nous l'avaient apprise autrefois. En principe, il faut deux femmes et deux
hommes pour bien la « croiser » : les hommes
tapent du pied, entrechoquent leurs sabots,
balancent les bras, les femmes coulent le mouvement et se glissent entre les moulinets, le soulier modeste et les yeux baissés. Maman nous
faisait tenir le rôle des hommes, à Véra et moi,

tandis que les petites, en minaudant, jouaient les dames. Sur l'herbe du pré, les « petites » ont commencé à se croiser, affectant, malgré leurs pantalons épais et leurs bottes en caoutchouc, des grâces de libellules ; la grosse Sonia relevait des deux mains les pans de sa parka. Alors, du talon, Véra et moi nous sommes mises à marteler la terre, et en avant : *L'hiver viendra, les gars, l'hiver viendra, la jument de Micha, elle s'en repentira...*

L'« auvergnate » est une danse rapide, auprès de laquelle le rock le plus enlevé a des langueurs de menuet. Nous voilà pourtant, quatre quinquas au milieu des bois, en train de danser et de chanter en même temps ! Et de rire, par-dessus le marché. « Je vais crever, soufflait Sonia, vous me tuez ! » « Arrêtez, disait Lisa, vous allez me coller la migraine ! » Mais Véra leur faisait les gros yeux, frappait du pied à coups redoublés et reprenait à tue-tête : *La jument de Micha, elle s'en repentira.* Nous avions la sueur au front, la respiration courte, nos bottes arrachaient des mottes de terre, gigue, saltarelle, nous nous élancions vers le passé, nous bondissions au-dessus des haies, *l'hiver viendra, les gars, l'hiver viendra...* L'hiver viendra, bien sûr. Mais quand ?

27.

Il pleut. Depuis huit jours, il pleut sans dis-
continuer. Avant-hier, huit centimètres dans la
nuit ! Et pas de vent. Rien qui puisse chasser les
nuages. Des nuages que, d'ailleurs, on ne voit
pas. Le ciel est trop bas. La rivière gronde, la cascade rugit : on ne s'entend plus dans la maison.
Lisa s'est trouvé une nouvelle occupation : surveillante d'étang. Pendant que je mets la dernière
main à un petit conte XVIIIe, résolument rural et
gentiment libertin, elle fait, matin et soir, le tour
des berges et des déversoirs.

Hier, elle était inquiète :

« Il se passe un truc que je ne pige pas. Jusqu'à présent le niveau montait assez lentement,
mais tout d'un coup ça s'est mis à enfler. Je me
demande si quelque chose ne s'est pas bouché
du côté de la sapinière : il s'est formé une espèce
de tourbillon là-bas. Mais la nuit tombe, c'est
trop loin, je ne peux pas y aller...

— La digue est sèche ?

— Pour le moment, oui... Mais la météo n'est

pas bonne : à midi, j'ai pris la télé, ils n'annonçaient pas la fin de la dépression, au contraire elle devrait s'installer...

— On verra bien, mon lapin. Tant que l'eau s'écoule, dormons sur nos deux oreilles !

— Les deux oreilles, je ne sais pas, parce que, même sur une seule, ce sera difficile : avec tout le raffut que font les collines, le bief, la vallée... Sans parler de tes gouttières ! On se croirait à la pointe du Raz ! »

Moi, la pluie me berce. C'est Lisa qui m'a tirée du lit, à l'aube :

« Le lac déborde ! »

La pluie ruisselait si fort sur les carreaux que, pour voir, j'ai dû ouvrir la fenêtre : au-dessus des peupliers du pré de l'Étang, en haut de la chaussée de pierres, dans la lumière crépusculaire du matin, une petite ligne argentée : l'eau. Oh, pas encore les Victoria Falls ! Un friselis. Mais, l'an dernier, il avait fallu trois semaines pour en arriver là... « Il y a quelque chose d'anormal. On y va ! »

Nous avons sauté dans nos bottes, j'ai pris les jumelles, la fourche, lui ai tendu une pioche : il faudrait sûrement dégager les grilles des déversoirs — trop de feuilles mortes, de brindilles...

Sur la digue, les bottes dans l'eau, j'ai tenté un diagnostic à chaud : « Regarde ! L'étang baigne les premières rangées de sapins. Du jamais-vu ! Je lui ai passé les jumelles ; je joue volontiers les chefs d'état-major dans ces moments-là, même si je suis à moi seule toute mon armée :

« D'habitude, ce terrain est archisec ! À mon avis, si l'eau y pénètre aujourd'hui, c'est par-derrière : je parie qu'au lieu d'aller vers la rivière, le ruisseau des Landes est venu se déverser dans mon étang ! Tu parles d'un cadeau ! J'en ai déjà trois qui arrivent plein pot ! Pour le quatrième, le Malsignat, tu as bien vérifié, hier, que la dérivation de Micha fonctionnait ?

— Oui, tout contourne le lac et passe en aval, par les buses.

— Donc, le problème vient des Landes : chute d'arbres, ou coulée de terre. En tout cas, ce ruisseau s'est trouvé barré, maintenant toute sa flotte descend chez nous ! Un coup à faire céder la digue ! Il faut rétablir son cours, essayer au moins...

— On n'y arrivera pas sans aide. Il vaudrait mieux appeler quelqu'un. »

Quelqu'un ? Dois-je lui expliquer que, quand l'eau passe la digue, le chemin, en bas, est déjà coupé ? Quant à la grand-route, il est probable que la rivière est depuis longtemps vautrée dessus : pour un oui, pour un non, cette marie-couche-toi-là saute le pont !

« Pas question de suivre les berges pour faire le tour : à hauteur de la sapinière, on serait coincées — entre l'eau qui monte et les éboulis de granit, on ne peut sûrement plus passer... Mais j'ai ma barque, ici, dans les bouleaux : on la prend, et on gagne la rive d'en face.

— Un peu dangereux, non, une barque, par ce temps-là ? »

Ah, ces suicidaires ! Pas étonnant qu'ils se ratent !

« Le lac, ma cocotte, même les jours de tempête, ce n'est pas les quarantièmes rugissants ! »

Après, je ne sais plus comment les ennuis se sont enchaînés. Je ramais — à contre-courant bien sûr, puisque nous tâchions de remonter vers les Landes et que le ruisseau des Landes, sorti de son cours, s'efforçait justement de nous en empêcher. On croit toujours que les lacs et les étangs sont des eaux dormantes ; il suffit pourtant d'y nager pour sentir que de forts courants les traversent, s'y mêlent, s'y contrarient. Un étang calme n'est qu'un tourbillon stabilisé. Les rames sont lourdes ; ma douleur à l'épaule s'était réveillée : « Ma périarthrite, Lisa Ivanovna, ma périarthrite, le canotage ne lui vaut rien. » Elle a proposé de prendre ma place. Malgré son blouson et sa capuche, elle était trempée : « Ramer me réchauffera », elle avait l'air d'un poulet mouillé. Une minute plus tôt, elle m'avait demandé ce qui se passerait si la barque chavirait : « Eh bien, on nagera ! Je le fais tous les étés ! — Avec nos bottes ? — Enlève les tiennes, si tu as peur. » Elle s'est déchaussée. En socquettes sous la pluie battante, cette Cosette aurait attendri un Thénardier. « Pour écoper rien ne vaut une botte vide, fit-elle avec un sourire humide. Parce que, vu la quantité d'eau qui tombe d'en haut, même si nous n'embarquons pas de paquets de mer, nous n'allons pas tarder à avoir les fesses au frais... »

Elle voulait prendre les rames, je voulais les lui donner — comment, dans le mouvement que j'ai fait pour les lui présenter, l'une des rames lui a-t-elle glissé entre les doigts ? Mystère. Il est vrai que, dans l'accès de rage qui l'avait jetée contre ses poignets il y a trois mois, elle s'est sectionné un tendon de la main ; et cette main gauche handicapée faisait face à ma périarthrite de l'épaule droite, bref, comme deux gourdes, nous nous sommes embarrassées l'une dans l'autre, et la rame nous a échappé. En voulant la rattraper, j'ai fait tanguer le bateau et Lisa a hurlé : « Arrête, tu vas nous foutre à la baille ! » Dans les moments critiques, nous retrouvons toutes le vocabulaire viril du pacha : aujourd'hui il pleut « comme vache qui pisse », « le ciel nous chie sur la tête », et j'ai entraîné ma sœur dans une aventure « à la mords-moi-le-nœud » et une « histoire de corne-cul ». « Parce qu'enfin, observe Lisa, pensive, en regardant la rame qui s'éloigne portée par le courant, tu nous as embarquées dans ce jeu de cons alors que, tu me l'avais dit, le moulin n'a rien à craindre des inondations... — Oui, mais quand l'étang déborde, je perds mes anguilles. — Dramatique ! — Emmerde pas, Lisa ! Ma vraie trouille, si tu veux tout savoir, c'est que l'eau emporte la digue : si la digue cède, qui sera responsable des inondations dans la vallée ? Moi, ma petite ! Pire : je n'aurai jamais les sous pour reconstruire un rempart de cette taille... Alors quoi ? S'en tamponner le coquillard ? Laisser un trou ? Contempler la friche ? Le moulin sans son étang, le monde sans mon moulin ? J'aime mieux crever ! »

Il pleut. Plus question de remonter vers le ruisseau des Landes pour le ramener dans son lit, ni d'accoster où que ce soit : la barque dérive lentement. J'essaie de godiller. « Est-ce qu'on ne pourrait pas ramer en se servant de la fourche ? » suggère Lisa. Je hausse les épaules : soyons sérieux, quelle résistance opposer à l'eau avec un râteau ?

Elle grelotte. « Je nous vois mal barrées. » Pour s'occuper, elle écope un peu d'eau au fond de la barque, avec sa botte. « Et si on rentrait à la nage ? De toute façon, on ne peut pas être plus trempées qu'on l'est ! » Sans doute, mais je lui montre les branches que des courants, de plus en plus violents, emportent vers le « Niagara » : la digue, transformée en cascade géante, avale tout. Il me semble qu'un nageur ne résisterait pas à cette aspiration, encore moins à la chute qui s'ensuivrait : « Douze mètres de dénivellation. À moins d'être un spécialiste du canyoning... »

J'ai pris des repères visuels dans la sapinière, la hêtraie, et les peupliers : le niveau monte de quart d'heure en quart d'heure. La pluie redouble. Lisa, la capuche plaquée sur le crâne, les vêtements collés au corps, n'a plus d'épaisseur. « J'ai faim, dit-elle, je voudrais une crêpe au sucre... » Je sais que nous finirons par rentrer. Même s'il ne faut pas espérer de secours immédiat : le portable de Lisa ne passe pas (« Ce pays est vraiment le cul du monde », grogne ma sœur), aucun chasseur n'apparaîtra non plus au bout de ma « longue-vue » (on ne mettrait pas un chien dehors !), et demain matin le facteur ne sonnera pas : la route est coupée. Mais, tôt ou tard, les courants qui entraînent les branchages nous pousseront vers la digue — plus lentement qu'un nageur, puisque la barque est plus lourde, et plus sûrement car le canot raclera le sommet de la muraille et nous aurons tout le temps, avant qu'il bascule, de sauter sur le « chemin de ronde ». Un chemin très large. Il suffit d'attendre.

Par malchance, en essayant de manœuvrer avec notre unique rame, nous avons « planté » la barque dans un endroit où les courants de surface s'équilibrent — le Malsignat y lutte bravement contre le torrent des Landes. Résultat : nous sommes en panne. Un angle mort. « Alors, en attendant, qu'est-ce qu'on fait ? » demande ma sœur.

Pour la distraire, je commence à lui raconter mon prochain roman. Sur Micha. « Tu ne vas pas parler de nous, au moins ? » Non, bien sûr, la famille, les sentiments, Maman ne permet pas. Je lui raconte mon personnage : « Ce sera un maçon de la Creuse, un maçon de la sixième génération.

— Pas russe du tout ? Pas cafetier ? — Maçon pur jus. Père charpentier, grand-père plâtrier. Migrants saisonniers. Il va monter à Paris pour construire le métro, son frère aîné travaille déjà dans les tunnels comme carreleur, ils rencontreront deux cousettes de Montmartre qui... — Quel rapport avec Micha ? — Rien. Tout. Mais crypté. »

Elle secoue la tête, incrédule. Elle a l'air frigorifiée, ses lèvres sont bleues. Moi, j'ai mal à la gorge, mon nez coule, mais je me réchauffe en parlant. J'avance dans mon récit, sans pourtant lui dire « comment ça finit » : c'est mon secret — tant que j'ai une suite à raconter, je ne peux pas mourir. Comme Schéhérazade, j'apprivoiserai la nuit, un autre jour se lèvera. *Plus d'un million d'années...* « On aurait mieux fait d'apporter des sandwichs », soupire ma sœur, et elle recommence à écoper l'eau du ciel avec sa botte.

Il pleut. La nuit tombe. On ne distingue plus les berges. Parfois, dans mes jumelles, j'aperçois des formes blanchâtres. Des brouillards qui dansent comme des hologrammes. À moins que ce ne soit la buée qui se forme sur les verres mouillés. « Si le courant nous ramène vers la digue, je ne m'en rendrai même pas compte, dit Lisa. Je ne pourrai pas sauter sur le chemin, puisque je ne le verrai pas ! » Je la rassure : « Tes yeux vont s'habituer à l'obscurité. Il existe une vision de nuit que les marcheurs de jour ne connaissent pas. »

Je ne suis pas inquiète. « Il aurait mieux valu quitter le bateau tant qu'on voyait encore la rive, gémit Lisa, et nager... » Peut-être : elle est meilleure nageuse que moi. Et plus jeune. Mais nous ne pouvons pas rater la « sortie ». Je l'ai entraînée dans une histoire idiote, d'accord ; néanmoins, tout se terminera bien. Dans les situations désespérées, je me raccroche à la loi de Döblin, un mathématicien de génie qui a découvert en 1940 un principe roboratif : « Les durées moyennes de séjour dans un tourbillon tendent vers l'infini » ; j'ai traduit « séjour » par « survie ». Ce soir, sous la pluie, tout en enlevant mes bottes (il est grand temps que je m'allège aussi), je raconte à Lisa l'histoire de Vincent Döblin, prisonnier des nazis, mort de désespoir à vingt ans ; je lui dis le réconfort que, dans la situation où nous sommes, j'attends des sciences abstraites. « Ça ne m'étonne pas, maugrée-t-elle, tu n'as jamais rien compris aux maths ! » Puis, avec tendresse, elle pose sa menotte sur ma main.

La cascade gronde. La pluie transperce nos K-way. Ma vie tend vers l'infini. Ma sœur se tait. L'eau coule dans nos yeux. Je ne sens plus les doigts glacés de Lisa — est-elle toujours là ? Nous ne voyons rien. Mais j'entends. Les yeux fermés, j'entends encore : le vent s'est levé. Autour de nous la forêt craque. On dirait que le monde bouge, tremble, s'ébroue. Seules dans la barque, au milieu du chaos, nous n'osons plus remuer. Au bruit, pourtant, il me semble que la digue se rapproche. La digue et la chute d'eau. Le bateau tourne sur lui-même, de plus en plus vite. Mais je ne m'inquiète pas.

DU MÊME AUTEUR

COLLECTION FOLIO

Composition CMB graphic
Impression Maury-Imprimeur
45330 Malesherbes
le 23 mai 2008.
Dépôt légal : mai 2008.
Numéro d'imprimeur : 138283.

ISBN 978-2-07-035813-7. / Imprimé en France.